문학과 꿈의 변용

문학과 꿈의 변용

인쇄 2012년 11월 15일 | 발행 2012년 11월 20일

지은이 · 이혜선
펴낸이 · 한봉숙
펴낸곳 · 푸른사상사
주간 · 맹문재 | 편집 · 지순이 | 마케팅 · 박강태

등록   제2-2876호
주소   서울시 중구 초동 42번지 아시아미디어타워 502호
대표전화   02) 2268-8706~7 | 팩시밀리 02) 2268-8708
이메일   prun21c@yahoo.co.kr / prun21c@hanmail.net
홈페이지   www.prun21c.com

ⓒ 이혜선, 2012

ISBN 978-89-5640-961-0 93810
 값 25,000원

    이 책의 전부 또는 일부 내용을 재사용하려면 사전에 저작권자와 푸른사상사의
    서면에 의한 동의를 받아야 합니다.

    e–CIP 홈페이지(http://www.nl.go.kr/cip.php)에서 이용하실 수 있습니다.
    (CIP제어번호 : CIP2012005155)

이혜선 평론집

문학과 꿈의 변용

Transformation of Literature and the Dream

푸른사상
PRUNSASANG

제 살 파먹기와 곡비(哭婢)의 문학

우리는 시를 통해서 꿈을 꾼다. 모든 인간은 현실에 발이 묶여 있는, 한계상황에 기투(企投)되어 있는 제한적인 삶의 조건 속에서 결핍을 견디며 살아가는 유한자(有限者)이다. 그렇기 때문에 더욱 꿈꾸기를 멈출 수 없다. 인류 중에서도 특이한 종족인 시인은 꿈꾸기를 통해 자아와 세계와의 합일을 꾀하며 불가능한 현실을 초월하고, 상상의 세계를 현실에 실현시킨다. 그들은 결핍의 상황을 넘어 이상적인 세계를 자아화(自我化)하여 갈등을 해소하고 화해와 승화의 초월적 세계를 제시한다. 그리하여 시인의 세계에서 불가능이란 없다. 시인은 언어로 세계를 창조하는 신(神)이다. 단지 그가 창조하여 건립하는 세계는 언어라는 매체를 통해야 하기 때문에, 시인의 꿈꾸기가 언어의 옷을 입고 어떤 방법으로 변용되어 제시되느냐에 따라 시의 성패가 가름된다. 언어를 통한 시적 변용이 성공적으로 이루어질 때 시는 비로소 독자에게 감동과 동화(identipication)의 기쁨과 깨우침을 주게 된다. 그러기에 하이데거도 '시작(Dichtung)은 예술의 가장 탁월한 양식'이라고 하였다. '이곳' 아닌 '저곳'을 꿈꾸고, '지금'에 발붙이고 서서 그것을 초월하는 '내일'을 꿈꾸며 그 '꿈'을 독자 앞에 가능태로 변용시켜 보여주는 것이 시인에게 허용된 가장 큰 특권이자 사명이다.

문학과 꿈의 변용

　시인은 이러한 사명에 충실하기 위하여 평생 동안 정신의 꽃가루와 꿀을 모아 영혼의 즙을 짜서 언어의 옷을 입혀 표현한다. 일상의 안일과 나태에 머물지 않고 항상 자신을 태워서 새롭게 탄생하고, 그 타는 불길 속에서 비로소 잉태되는 문학의 힘은 위대하다. 그리하여 잉태된 문학 작품은 독자의 잠든 영혼을 깨우고 향기와 위안과 감동을 준다. 그러므로 시인에게 있어서 창작은 '제 살 파먹기'이며, 울고 싶어도 울지 못하는 타인의 아픔을 대신 울어주는 곡비(哭婢)의 역할이라 할 수 있다. 그렇다고 문학작품이 감성에만 호소해서는 좋은 작품이 될 수 없다. 문학은 감성과 이성, 직관과 논리, 신비와 과학을 통합하는 통합적 감수성과 상상력 속에서 새로운 세계를 창조하는 작업이다. 그러한 문학작품 속에 감추어진 비의(秘意)를 캐어서 읽어내고 감상하고 분석하는 작업 속에서 문학평론 또한 새로운 세계를 창조해낸다. 창작과 평론을 동시에 수행하는 작업 속에서 두 가지 작업이 상호보완이 되기도 하고 때로는 서로 방해가 되기도 하는 과정을 겪으면서 필자는 그래도 행복을 누려왔다.

　이 책에 수록된 글은 모두 세 부분으로 나누어져 있다. 제1부는 세미나에서 발표한 주제논문과 시인론, 작품론이고, 제2부는 시집의 해설과 서평 및 시인론이다. 제3부는 그동안 발표한 월평 및 계간평을 모은 현장비평이다.

시인이 제 살 파먹기와 곡비의 자세로 시를 쓴다면 그 작품의 비의와 속내를 읽어내는 평론 역시 그러한 심정으로 임해야 대상작품과 진정한 교감을 이루어낼 수 있고, 작품이 옷을 벗고 맨살로 안겨와서 그의 진실과 진수를 드러내줄 것이다. 이것은 평론가뿐만 아니라 시를 읽는 독자가 지녀야 할 마음가짐이기도 하다.

이 책에 수록된 글들이, 작품의 진수를 읽어내고 이해하고 공감과 감동을 느끼고 함께 즐기는데 조금이라도 도움이 되고 길잡이가 되어, 필자가 누린 행복을 독자와함께 누리게 된다면 더없는 기쁨과 보람이 될 것이다.

이 책의 출판을 기꺼이 맡아주신 푸른사상의 한봉숙 사장님과 편집인께 감사드린다.

2012년 가을 명일원에서
이 혜 선

제3부 카이로스의 신화 창조

미래를 예견하는 눈

역사의식의 시, 생태시, 대신 우는 시[1]

1. 들어가며

시는 시인이 한 시대를 살아가는 체험과 사상과 상상력과 전 인격의 형상화이다. 시인도 물론 개체로서의 인간이면서 관계 속의 인간이기 때문에 사회나 정치, 역사적 상황에서 자유로울 수 없다. 하이데거(M. Heidegger)의 말을 빌리지 않더라도 인간의 현존재(現存在)는 이미 거기에 던져져[被投] 세계 안에 본질적으로 존재한다. 즉 인간은 세계 속에 내던져진 피투성(被投性)의 숙명으로 인해 그를 둘러싼 세계와 유리되어 존재할 수 없으며 시간적으로 공간적으로 다른 개체들과 상호영향을 미치면서 관계 내 존재가 된다. 즉 사회성과 역사성을 가지게 되는 것이다. 스스로 선택할 수 없는, 이미 주어진 한계상황 속에서 자기 존재의 역사적 일회성을 실천하기 위하여 스스로를 형성하는 존재인 인간, 그중에서도 언어를 매개로 하는 예술활동의 세계 속에 자신을 구속하고 있는 것이 시인이다.

그러므로 시인은 관계 속의 세계에서 자기를 둘러싼 역사와 상황에 대해 어떤 형태로든지 참여하게 되고, 침묵조차도 그의 참여의 한 방법이

---

1 「우리 시의 나아갈 길」, 한국현대시인협회 2004년 세미나 주제발표문.

된다. 바꾸어 말하면 시인은 독자에게 역사와 시대와 상황을 아우르는 메시지를 전달하고 그들과의 교감을 통해 정신적 감화와 감동과 공감을 주어야 하는 사명을 가진 자이다.

본고에서는 일제 강점하라는 특수한 민족적 상황 속에서 역사의식을 가진 지사적(志士的) 시정신으로 저항시와 예언적 기능의 시를 쓴 이육사와 윤동주의 시를 살펴보고 그와는 대조적으로 방황하고 고통 받는, 혹은 슬픔에 잠긴 영혼을 부드러운 손길로 위무하고 달래주며 그의 슬픔과 고통을 대신 울어주어 독자의 눈물을 닦아주는 가장 서정적인 시를 살펴보고자 한다.

그리고 21세기 인류 공통의 화두라고 할 수 있는 인간사랑 환경사랑 자연사랑 생명사랑의 생태시에 대해 함께 생각해 보고자 한다.

2. 저항시, 예언적 기능의 시

저항시, 역사의식의 시라 하면 다소 진부한 느낌이 들 수도 있지만, 우리를 둘러싼 주변국의 역사왜곡을 지켜보면서 이러한 민족의식과 애국심, 역사의식은 아무리 강조해도 지나치지 않으며, 나아가 민족통일시와도 연계되며 민족의 존엄과 존속을 가능케 하는 원동력이라 생각한다.

일본 식민지 지배라는 가열한 시대상황 속에 시인의 역사의식이 지행일치(知行一致)의 시와 삶으로 드러난 시인으로 이육사와 윤동주를 들 수 있다.

우리말과 우리글의 사용이 금지되고 우리말이 마지막으로 남아 있는 이름마저 창씨개명으로 없어져 적어도 언어상으로는 저들이 획책하는 내선일체가 이루어진 것처럼 보이던 일제 말기에, 많은 시인들이 붓을 꺾고 침묵으로 항거하던 시기에, 항거하기에는 너무 힘겨운 대상에게 시로 저항하며 민족의 앞날을 예언하다 목숨까지 바친 시인이 육사와 동주이다.

체험의 총량이 한 편의 작품을 낳는다고 볼 때 시인에게는 상상력마저 체험의 소산이며 그 두 시인이 가진 상상력과 의지와 예언적 기능은 작품을 거쳐 행동으로 옮겨지고 마침내 거대한 폭압 앞에 '모가지를 드리우고 꽃처럼 피어나는 피'를 흘리고야 만 것이다.

이육사(본명: 李活)는 1904년 경북 안동에서 태어나 31세가 되던 1927년 대구 형무소에서 2년 넘도록 옥고를 치른 것을 시초로 일제의 감옥에 들어간 것이 무려 열일곱 번에 이르렀다.

17세에 고향을 떠나 의열단 단원으로 국내와 중국에서 비밀히 활동하다가 1943년 여름에 일본 영사관 형사에게 체포된 후 북경에 있는 일제의 감옥에서 광복을 한 해 앞둔 1944년 1월 16일에 옥사, 순국하였다.

육사는 1940년에 발표된 「絕頂」과 「喬木」을 통해, 극한상황에 직면한 고난의 현실 속에서도 강한 저항의지와 현실극복의지를 표출하고 있다. '마침내 호수 속 깊이 거꾸러져' '검은 그림자 쓸쓸' 하더라도, 즉 자신의 삶이 스러지고 존재가 사라질지라도 '차마 바람도 흔들지 못' 하고 '마음은 아예 뉘우침' 없다는 자신의 전 존재를 던지는 결심과 의지를 읽으면 범인으로서는 따라가기 힘든 순국의지를 오래 간직해 온 육사의 내면의식을 엿볼 수 있다.

> 까마득한 날에
> 하늘이 처음 열리고
> 어디 닭 우는 소리 들렸으랴
>
> 모든 산맥들이
> 바다를 연모해 휘달릴 때도
> 차마 이곳을 범하던 못하였으리라
>
> 끊임없는 광음(光陰)을
> 부지런한 계절이 피어선 지고

큰 강물이 비로소 길을 열었다.

지금 눈 내리고
매화 향기 홀로 아득하니
내 여기 가난한 노래의 씨를 뿌려라

다시 천고(千古)의 뒤에
백마 타고 오는 초인(超人)이 있어
이 광야에서 목놓아 부르게 하리라

— 이육사, 「曠野」 전문

　시 「曠野」에서는 이러한 초극의지, 순국의지가 자기희생을 넘어 조국광
복을 실현하는 초인정신과 만나고 있다. 즉 단순히 자기 존재를 던져도 좋
다는 '뉘우침 없는' 차원이 아니라 자기 존재를 던져 민족의 미래에 대한
염원과 희망을 실현해야겠다는 현실인식과 선구자적 의식이 보다 강한 초
인정신으로 '가난한 노래의 씨', 즉 '부활의 씨'를 뿌리고 있는 것이다.

　이러한 '부활의 씨'는 「꽃」에 와서 북쪽 툰드라의 '찬 새벽'에도, '눈
속 깊이'에서도 제비 때 까맣게 날아올 약속의 날을 예비하고 있다. 마침
내 '한바다 복판 용솟음치는 곳' '타오르는 꽃성에' '나비처럼 취하는'
무리들을 불러 광복의 날을 맞아 환희에 들떠 춤추는 민족의 앞날을, 예
언 차원을 넘어서 아예 현실화시키고 있는데 이때에도 시인은 '저버리지
못할 약속'을 위해 스스로의 '목숨'을 '쉬임없이 꾸며' 자신을 희생의 이
미지로 표현하고 있다.

　윤동주는 1917년 북간도 명동촌에서 명동소학교 교원인 윤영석을 부
친으로, 독립운동가이며 교육가인 김약연을 외숙으로 하여 태어나 1938
년~41년 봄까지 연희전문 문과에 유학하였다. 그 후 일본 도오시샤 대학
(同志社大學) 영문과에 다니다가 1943년 7월 집에다 '귀향'을 알리는 전보
를 치고 짐까지 부쳐놓았지만 경도(京都)에서 일본 경찰에 '사상불온'으

로 체포되어 2년형을 언도받고 후쿠오카(福岡) 형무소에서 복역하던 중 1945년 2월 16일 광복을 6개월 앞두고 옥사하였다.

윤동주의 부친은 열렬한 배일운동가(排日運動家)로 평생 동안 일본이라는 이름조차 부르기 싫어서 왈(曰)본이라 불렀으며, 동주는 명동소학교와 용정에 있는 은진중학교 2학년 때까지 교실과 강당과 운동장에서 태극기를 펄럭이며 "동해물과 백두산이……"를 소리 높여 불렀다고 한다.[2]

이러한 환경 속에서 조용하고 외유내강한 동주의 성품이 길러져 자기 내면 성찰에서 나아가 '남의 나라'에 유학하면서 '민족에 대한 인식과 자기화, 동일시(「슬픈 족속」)를 거쳐 세상과의 불일치에서 아픔을 느끼고 (「병원」) 부끄러움과 괴로움, 노력의 필연성(「무서운 시간」, 「길」)을 절감하며 신생의 아침을 소망(「또 태초의 아침」)한 나머지 「十字架」와 「肝」에 이르러 자기희생정신으로, 「별 헤는 밤」에서 부활의식으로, 「참회록」과 「쉽게 씌어진 시」에서 자아성찰, 천명의식, 밝은 미래 예언 등의 시작(詩作) 과정을 거치게 된다.[3]

> 괴로웠든 사나이
> 幸福한 예수 · 그리스도에게
> 처럼
> 十字架가 許諾된다면
> 목아지를 드리우고
> 꽃처럼 피여나는 피를
> 어두어가는 하늘 밑에
> 조용히 흘리겠읍니다.
>
> ― 윤동주, 「十字架」 부분(1941. 5. 31)

---

2 문익환, 「태초의 종말과 만남」, 『크리스찬문학』 제5집, 1973년 신춘호.
3 이혜선, 「윤동주 시 연구」, 『세종어문연구』, 세종대학교 세종어문학회, 1988.

바닷가 햇빛 바른 바위 우에
습한 肝을 펴서 말리우자,

코카사쓰 山中에서 도망해 온 토끼처럼
둘러리를 빙빙 돌며 간을 지키자,

내가 오래 기르던 여윈 독수리야!
와서 뜯어 먹어라, 시름없이

너는 살지고
나는 여위어야지, 그러나,

거북이야!
다시는 龍宮의 誘惑에 안 떨어진다

푸로메디어쓰 불상한 푸로메디어쓰
불 도적한 죄로 목에 맷돌을 달고
끝없이 沈澱하는 푸로메디어쓰.

— 윤동주, 「肝」 전문

위의 시 「십자가」에서 얼른 보면 희생의 이미지는 기독교적 대속의식
으로 볼 수도 있다. 그러나 예시 3행의 '처럼'은 독립되어 쓰이는 실사(實
詞)가 아니고 비교격조사로 체언에 붙여 써야 하는데도 이 단어 하나를
독립시켜 한 행으로 따로 처리해 놓았다. 이에 대해 김용직 교수가 「어두
운 시대의 시인과 십자가」에서 분석하였듯이 시인의 특별한 의도를 읽을
수 있는데 시인은 이 시의 희생의 이미지를 예수 그리스도의 경우 즉 기
독교적 정신과는 다른 시대적 의미에 두고 있다.[4]

---

4 김용직, 「어두운 시대의 시인과 십자가」, 권영민 엮음, 『윤동주 연구』, 문학사상사, 1995.

또한 "어두어가는 하늘"이라는 배경 아래 "꽃처럼 피여나는 피"를 흘린다는 것은 그 꽃이 진 뒤에 맺을 많은 열매까지 의식하는 희생의지로 볼 수 있다.

프로메테우스 신화와 구토설화를 결합한 「肝」에서도 "불 도적한 죄로 목에 맷돌을 달고/끝없이 침전하는 푸로메디어쓰"를 통해 인간 즉 타자를 위해 불을 도적해 주고 자신은 독수리에게 간을 뜯어 먹히는 신화 속의 신(神)을 등장시켜 치열한 아픔과 고통을 감내하는 희생의지를 제시하고 있다. 이때 시인의 시대인식과 역사의식은 「쉽게 씌어진 시」와 「또 다른 고향」에서 '時代처럼 올 아츰을 기다리는 最後의 나'를 통해 제시된다.

윤동주 시의 이러한 역사의식과 부활의식, 예언의 기능은 침략국인 일본 땅에서 체포되어 옥사한 그의 삶의 궤적과 함께 그를 항일 저항의 지사시인이라 일러 부족함이 없을 것이다.

3. 생태시

생태시의 개념을 송용구는 '생태학적 인식과 환경 운동의 여러 이념을 바탕으로 전개되는 자연시', '자연환경의 오염에 의해 나타나는 생명체의 질적 변화를 생태학적·사회적·정치적 인식 및 생명의식에 근거하여 사실적으로 묘사하고 고발하는 현대시의 한 장르'[5]라고 정의하고 있다. 위의 정의를 포함하면서 한 차원 더 나아가 모든 생명체가 서로 화합하고 상호보완하며 융합하는 생명권 동등주의의 이상세계 실현을 지향하는 시를 생태시라고 정의할 수 있을 것이다.

서구의 합리주의 및 계몽주의는 이성 중심, 인간 중심주의를 낳고 그

---

5 송용구, 『독일의 생태시』, 새미, 2007.
　송용구 외, 『에코토피아를 향한 생명시학』, 시문학사, 2000.

결과 인간의 이성에 절대성을 부여해 물신주의와 기술만능주의를 촉진시켜 환경 파괴와 자연 생태계의 질서 파괴를 가져왔다. 이러한 파괴와 오염과 동식물의 멸종으로 인간을 비롯한 지구상의 모든 생명의 멸종을 초래할 것이라는 위기의식이 서구의 생태시를 발전시켰다.

우리나라는 1960년대 이후 경제개발로 인한 산업화, 도시화, 성장제일주의 등으로 농촌과 자연이 파괴되고 환경오염이 심화되어 오고 있다.

독일의 생태시가 1970년대부터 문학의 큰 조류로 등장하고 미국의 '네이처 라이팅(Nature Writing)'의 역사가 100년을 넘은 것으로 보는데 우리나라에서는 1960년대 이산 김광섭의 「성북동 비둘기」에서 생태시의 성격을 엿볼 수 있을 뿐, 1970년대와 1980년대는 민주화문제, 민중의 생존권 문제 등 인간 중심주의에만 급급해 문인들조차 이 문제를 간과한 측면이 있다.

그러나 1990년대에 들어와 환경문제와 생태계의 질서 파괴가 심각해지면서 공동체의 생존권을 위협하는 사회문제와, 자연과 인간의 공멸을 막아야 한다는 위기의식이 문인들로 하여금 환경시 형태의 생태시에 관심을 갖게 하고 차차 생태시의 본질적인 규명과 창작을 시도해 오게끔 하고 있다.

이러한 생태시 창작에는 사회적 분위기 못지않게 학자, 비평가, 문예지가 지대한 공헌을 해 왔다.

1990년 『외국문학』 겨울호에 발표한 이동승의 논문 「독일의 생태시」에서는 한국문학사상 최초로 서구 생태시의 발생배경을 소개하고, 독일의 생태시화집 『직선들의 폭풍우 속에서』(1981) 중 9편을 번역, 소개하여 단편적이긴 하지만 한국 문단에 '생태시'의 모델을 제시하고 관심을 환기시키는 데 기여하였다.

한편 월간 『시문학』에서는 생태주의 혹은 생명주의 사상을 일종의 이데올로기 운동으로 평론과 창작 분야에서 지속적으로 전개해 오고 있다.

1995년 6월부터 11월까지 송용구의 「독일의 생태시」 연재를 시작으로,

강남주의 「이데올로기로서의 생태주의詩」(1997년 5월), 송용구의 「독일 생태시의 지평」(1998년 1월~3월 연재), 문덕수, 송용구, 강남주, 박혜경, 신동춘, 이일환의 「환경과 생태문학」(1999년 6월~11월 연재), 김용재, 손해일, 김동환, 송용구의 좌담회 「21세기 생태·환경시의 전망과 과제」(2000년 3월) 등과 시인들의 생태시 특집을 통해 한국 문단에서 '생태시'를 하나의 문학운동으로 정립시키고 21세기 문학의 새로운 전망과 사명을 제시하는 길잡이 역할을 하였다.

송용구가 생태시의 산실격인 독일의 생태시를 주로 소개한 반면에 김욱동은 「현대시와 생태학적 상상력」(『현대시학』, 1997년 10월~1998년 1월 연재)에서 주로 미국 중심의 생태시에 관해 소개하였다.

그밖에도 2000년을 전후해서 『문학사상』, 『창조문학』, 『현대시』, 『현대시학』, 『시와 사람』 등 시 전문지에서도 매년 생태시에 관한 기획특집을 게재하고 『녹색 평론』, 『시와 생명』 등에서는 생태시를 시정신운동으로 전개시키려는 노력을 집중적으로 해오고 있다. 또한 『시문학』에서는 2010년 10월호부터 2012년 4월호까지 16회에 걸쳐 송용구의 「한국과 독일의 생태시 100인선」을 연재하였다. 송용구는 이 글에서 18개의 테마그룹 속에 한국 시인 48명과 독일 시인 48명의 시를 소개하고, 생태시의 다양한 테마에 대하여 시론적 해설을 전개하고 있다.

지구 온난화와 환경오염으로 인해 우리나라는 물론이고 세계 곳곳에서 자연재해가 빈발하고 있다. 더욱 염려되는 것은 이런 이상기후현상이 앞으로 더욱 잦아지고 그 정도도 격화될 것이라는 예고이다. 산업문명의 무절제한 사용에 대해 지구생태계가 반응하기 시작하여 앞으로 20년 안에 전 지구적인 재앙이 초래될 것이라는 가능성을 제시한 보도도 있었다. 이러한 자연의 재앙 앞에 세계관을 바꿀 필요성 아래 세계는 생태철학과 생태학에 관심을 기울이고 있다. 생태철학은 생태계의 관계성과 유기체성, 역사성과 주체성을 강조하면서 자연과 함께 하는 삶의 소중함을 일깨우는 이념적 원리에 바탕을 두고 있다. 인간 중심에서 생태 중심으로 패러다임의 전환을 요구하면서 그동안 대상으로만 존재하던 자연환경을 인식주체로 끌어들여 인간과 자연을 하나로 묶는 세계관을 제시한다.

생태시는 이러한 생태철학(Ecophilosophy)과 생태학(Ecologe)에 그 뿌리를 두고 있다. 그리고 가까이는 인간에 의한 환경 파괴와 생태질서 파괴를 고발하고 그 원인을 규명하여 인간 우위, 인간 중심적인 세계가 아닌 동식물, 자연환경, 나무와 풀과 새와 곤충, 생명 가진 모든 존재들과 순환적 상호의존관계 속에 공생 공영하는 유토피아에 대한 희망과 가능성을 제시하는 참여문학이다. 그러나 한국의 생태시는 주제의식이 다양화되지 못하고 환경 파괴나 자연 파괴의 실상을 르포르타주 형식으로 제시하거나 고발하는 형식, 혹은 김지하의 시집 『검은 산 하얀 밤』에서 보듯이 '모든 생물 · 무생물 · 물질과 기계까지도 거룩하게 드높이고 서로 친교하고 공생하고 해방하고 통일하여 〈한울〉로 살게 하는 가없는 화엄의 바다'(서문)가 실현된 것으로 착각하게 하는 예찬적 시로 국한되어 있다.

이에 대해 송용구는 '환경오염의 배후에 도사리고 있는 정치 및 사회구조에 대한 폭넓은 인식을 바탕으로 현실 투쟁과 생명 사랑을 함께 이야기하는 생태시가 주류를 이루어 국내 문단에서 두터운 층위를 형성해야 한다'[6]고 지적하고 있다.

문덕수는 생태시의 가능성을 위한 전제조건으로 1) 자연과 야생동물에 대한 생태학적 관찰과 인식의 필요성, 2) 종래의 자연관에서 생태주의적 자연관으로의 전환─과학적 자연관, 실용주의적 자연관, 낭만적 자연관을 비판적으로 수용하고, 불교적 자연관과 노장의 자연주의와의 맥락 하에 생태학적 자연관으로 전환할 필요성, 3) 생명권 평등주의─인간 중심주의의 편견을 탈피하여 야생동식물과 인간이 동등한 레벨의 생명체라

---

6 송용구 외, 『에코토피아를 향한 생명시학』, 시문학사, 2000.

는 인식의 전환 등을 제시하고 있다.[7]

그는 또한 임신 초기단계의 개, 박쥐, 토끼와 인간의 엠브리오를 비교해 보면 전혀 차이가 없는 데서 인간과 토끼가 먼 친척간일 수도 있다는 요스타인 가아더의 견해를 소개하면서 "생물의 세포 속에는 지구 나이(약 46억 년)와 거의 맞먹는(?) 오랜 진화과정을 통해서 세포 융합의 흔적이 응축되어 있고, 따라서 우리 각자의 생명 안에는 야생 동식물을 비롯한 수없는 타자(他者)가 공존하고 있다. 내 생명이 수없는 타자와 공생하고 있다는 사실은, 모든 야생동식물들의 상호의존관계와 더불어 공생, 조화, 협조, 통합, 안식, 행복의 이데올로기적 기초다."라고 하여 생태주의의 사상적 이데올로기적 기초가 내 남의 구별, 동식물의 구별 없는 순환적 상호의존관계를 인식하는 공생, 조화, 공영에 있음을 밝히고 있다. 그는 또한 생태주의와 니힐리즘, 생태주의와 불교사상, 생태주의와 동양사상 등의 관련을 규명하는 일이 앞으로의 비평적 과제임을 제시하고 있는데, 인용된 언술에서도 불교의 자타일여(自他一如)사상을 읽을 수 있다. 한국인은 생래적으로 불교와 노장사상의 세례를 받고 있어, 생태문제에 대한 관심을 지속시키면서 표현에 있어서 예술적 아름다움과 미학적 기교와 수사에 좀 더 관심을 기울인다면 서양의 생태시를 능가할 수 있는 시정신의 깊이와 창작의 심화와 승화를 21세기의 한국 시에서 기대해도 좋을 듯하다.

1991년에 생태시화집 『새들은 왜 녹색별을 떠나는가』(고진하, 이경호, 다산글방)가 출간되면서 생태시가 본격적으로 창작되기 시작하여 신진의 『강』, 강남주의 『흐르지 못하는 강』, 이승하의 『생명에서 물건으로』 등 생태문제를 다룬 시집들이 발간되어 주목을 끌었으며, 시인, 평론가, 독자를 대상으로 하는 여름철 문학캠프(산상시인학교)에서 생태시 특강이

---

7 문덕수, 「생태시와 에콜로지」, 송용구 외, 『에코토피아를 향한 생명시학』, 시문학사, 2000.

행해질 정도로 지금은 생태시운동과 시작(詩作)이 일반화되고 있다.

　참고로 인간과 자연과 모든 생명의 공멸과 종말을 예고하는 생태시 두 편을 살펴보겠다.

　　　　태양을 중심으로 지구가 돈다
　　　　그곳에 아무도 살지 않는다
　　　　그들이 일어날 때의 시간인데도
　　　　산의 그늘만이 길게 뻗쳐 있다
　　　　햇빛이 해골의 눈 속을 통과하여
　　　　바람이 불고 오늘은 눈이 내린다
　　　　지구는 혼자 외로이 겨울을
　　　　빠져나가면서 공중에 떠 있을 뿐
　　　　인류는 모두 어디에 갔는가
　　　　빈 지구만이 태양을 돌면서 또
　　　　태양은 지구를 데리고 멀고도 먼
　　　　움직이는 우주를 따라가는 은하
　　　　그 은하계를 따라 사라져 간다
　　　　지구는 모든 조상의 묘를 싣고
　　　　밤과 낮을 끊임없이 통과하리라

　　　　　　　　　　　　　　　　― 고형렬, 「지구墓」 전문

　지구에 있는 모든 생명체를 타자로 느끼지 않고 자신의 생명처럼 아끼고 배려하면서 살아야 한다는 인식의 전환이 필요하다. 그렇지 않고 인간만이 우월하여 인간이 만물의 영장이니 여타의 환경은 인간을 위해 존재해야 한다는 인간 중심사고가 생태계를 파괴하고 뭇 생명체를 죽이고 그 결과가 부메랑처럼 돌아와 인간마저 죽이게 될 때 지구는 공멸할 것이다. 이 시에서는 인간이 사라진 지구, 생명체가 사라진 지구는 거대한 무덤이 되어 홀로 허무하게 은하계를 따라 돌게 될 것이라는 비극적 상황을 예견하고 있다. '햇빛이 해골의 눈 속을 통과'하고 생명 가진 존재, 인식의 주체가 사라진 지구에 바람이 불고 눈이 내림은 무슨 의미가 있는가? 멸망과 죽음과 정적과 무의미만이 있는 지구가 되기 전에 인간이 각성해야 될 이유를 예언적으로 제시하고 있다.

　　　보자기만한 하늘 바라 고개 쳐들었다
　　　헤진 목, 마른 침 삼킬 때
　　　휘파람새 노래가 그리웠다
　　　삐비꽃 그대 보얀 솜털이 그리웠다

　　　잠시 눈 감으면 허리마저 꺾이는,
　　　한 치만 흔들려도 혼자 버려지는 땅에,

　　　나는 서서 잠든다
　　　쓰레기 더미 다이옥신 바다에
　　　까만 목줄기 빳빳이 세우고
　　　눈 부릅뜨고,

　　　뿌리털은 녹고
　　　모가지만 길어졌다
　　　알루미늄 녹아 고인 이슬로 목 축여 보지만
　　　씨앗 하나 제대로 맺지 못한다

　　　죽어서도 혼자 서서 마르는
　　　망초꽃, 망초꽃.
　　　　　　　　　　　　　　　　　　— 졸시(拙詩), 「서울의 망초꽃」 전문

　고형렬의 시가 우주적 사고로 지구의 종말을 예고했다면 이 시는 지금, 여기의 현실문제를 '망초꽃'이라는 자연물을 통해 제시하면서 역시 생명의 종말을 예고하고 있다.
　소외와 단절과 고독감에 몸부림치면서 최소한의 생존 조건마저 없는 곳에서, 중금속 녹은 땅에 뿌리를 뻗을 수 없어 뿌리털이 녹아가는 망초꽃—꽃을 피움은 씨앗을 맺기 위함인데 씨앗 하나 맺지 못하고 서서 말라가는 망초꽃의 모습은 다이옥신과 환경 호르몬으로 인해 암이 유발되고 기형아를 출산하고 무정자증(無精子症)을 유발하여 생명 잉태가 불가능해지는 인간에 대입되고, 결국에는 인간도 자연도 멸종의 위기에 처하는 생명의 공멸을 초래한다. 더 나아가 그들의 주검조차 거둘 손이 없는 쓸쓸한 종말을 예고하고 있다.

4. 대신 우는 시

어떤 문학이든지 궁극적으로는 인간 영혼의 문제에 부딪쳐야 하며 결국에는 인간 영혼의 근원적 문제를 다루게 된다.

잠들어 있는 인간의 영혼을 일깨워 그 상처를 뿌리부터 흔들어 들쑤시는 시가 있는가 하면 방황하고 고통 받는 영혼에 부드러운 손길로 위무하고 달래주며 그의 슬픔과 고통을 대신 울어주는 시가 있다. 전자나 후자나 간과해서 안 되는 점은 자기성찰과 자기반성이다. 결국 시인은 개별적이고 개성적인 자신의 문제를 들쑤시어 일반화시키고 보편성을 획득하여 많은 독자에게서 공감을 이끌어내는 독백의 명수이다. 그러므로 시는 그 시를 쓰는 시인만의 것이 아니라 그 시를 읽는 독자의 것이다. 독자가 그 시를 읽고 공감과 즐거움을 느끼고, 위안을 받고 마음의 안정과 평안을 얻거나 또는 영혼이 고양됨을 느낄 때 그 시는 시로서의 책무를 다한 것이라 할 수 있다.

원래 시의 근원은 서정성(lylicism)이다. 어떤 류의 시이거나 자아를 표현하는 서정성을 바탕에 깔고 새로운 감수성과 감각으로 자신과 이웃에게 따뜻한 위무의 손길을 보내고 독자의 고통과 아픔을 나직나직 달래며 대신 울어준다. 이것이 서정시가 갖는 가장 큰 장점이며 많은 독자에게 사랑받는 이유가 될 것이다.

　서정시란 그 범위가 무한히 넓고 작품세계도 무한하기 때문에 논의를 좁히기 위해 편의상 『시문학』 2004년 8월호에 자신의 시론을 밝힌 시인으로 한정해서 그들의 시론과 시를 함께 살펴보겠다.

> ① 시는 사람다운 삶을 향한 일상의 그리움이며 발돋움이라 생각한다. 그것은 사람들이 양식처럼 일용하는 것이지 선택된 분들의 자기도취가 아닌 것이다. 그것은 일상의 언어로 담백하게 나타낼수록 좋겠다는 생각이다.
> 　　　　　　　　　　　— 신진, 「일상화법의 자연언어 그리고 치유」 부분

> ② 시란 금단추에 검은 연미복을 입은 귀족신분이 아니다. 천하도록 자유롭고 동시에 사랑으로 엄한 부모노릇도 해 보는 자연의 사람되는 시간이다. 나는 따뜻한 생명을 나누는 시, 부드러움과 자유로움을 향한 그리움이 밴 시를 쓰고 싶다.
> 　　　　　　　　　　　— 신진, 「일상화법의 자연언어 그리고 치유」 부분

> ③ 집에 가기
> 　힘들다.
> 　맨정신으로 사오십 분
> 　이 왔다 다 왔다 해도 더 가야 한다.
>
> 　집에 가기
> 　힘들다.
> 　한 잔 그윽한 채 한 이십 분
> 　이 왔다 다 왔다 해도
> 　버얼써 지나쳐 왔다.
> 　　　　　　　　　　　— 신진, 「음주운전 또는 귀가」 전문

　①과 ②는 신진의 「일상화법의 자연언어 그리고 치유」에서 인용한 그의 시론이고 ③은 그 글에서 인용된 시이다.

일상의 언어로 담백하게 나타내어 독자로 하여금 양식처럼 일용하게 하고 따듯한 생명과 그리움을 느끼게 하는 시를 쓰고 싶다는 시쓰기의 자세를 피력하고 있다. 그의 이런 시론은 '(수사의 버릇과 자동화되어 있는 잔머리의 작동 탓에) 실제로 잘 안된다'는 고백 아래 ③의 시를 인용하고 있다.

음주운전을 하거나 술 몇 잔 마시고 얼근히 취해 집으로 돌아가던 경험이 있는 사람이나 그런 경험이 없는 사람이라도 누구나 이 시를 읽고 공감을 느낄 것이다. 실제로 우리에게 '집'이 주는 의미는 물리적 공간의 의미를 넘어서 가족의식, 귀향의식과 연계되거나 영혼의 안식처로서의 의미까지 포괄하고 있다. 그렇게 소중한 집이기에 소망과는 달리 때로는 마저 도착하지 못하고 때로는 지나치고 말 수밖에 없는 것이다.

집이 있어도 집에 도착하지 못하는 역설적 상황과 안타까움을 별 기교 없이 담담하고 진솔하게 표현하여 독자의 공감을 얻게 하는 시이다.

> ① 시는 내가 선택한 방법으로 내 자신을 외부로 표현하려는 시적 의지의 산물이다. 그러므로 내 의지에 근접해 있는 독자라면 어느 정도는 감지될 것이다. 하지만 그들은 그 자신의 타고난 독특한 세계감각으로 내 시를 그의 말로 번역해서 읽을 것이다. 나는 그런 다양한 번역자가 가능한 한 많기를 바란다. 내 시의 목소리가 그만큼 더 많이 우리가 사는 세계 공간을 울림해 줄 수 있기 때문이다. 그리하여 그때까지 잠자던 사람의 눈을 띄우고 어둡던 공간에 불을 켜 처음 보는 사물에 감동하여 기쁨을 누릴 수 있는 사람이 많기를 바라는 심정에서다.
>
> — 함혜련, 「나의 시 나의 시론」 부분

> ② 순수시라고 하여, 현실의 생활과 유리된 시의 세계는 무의미하여, 생활과 사상이 끊을래야 끊을 수 없이 하나가 된 세계를 잘 전달해 주어야 좋은 시의 기법이다
> 라고 한 루이 아라공의 말에 나는 동의한다.
>
> — 함혜련, 「나의 시 나의 시론」 부분

③ 몇 해 전
　어디에선가
　북아메리카를 지나가다가 나는
　덫에 걸린 여우가 하늘을 향해 처절히
　울부짖는
　그림을 보고 깜짝 놀란 적이 있다

　이 세상 덫에 걸린 나를 비로소 보았기 때문

　그때까지 산과 들판을 제멋대로 뛰어다니며
　놀고 먹고 사시사철 온갖 작폐 다 부리던 내 가슴 속
　꼬리 열 둘의 여우가
　그날
　화가 뭉크의 덫에 걸려
　캔버스 위에 끌려나와 울부짖는 그 여우를 보고
　얼마나 오래 그 자리에 숨을 죽이고
　서 있었던지

　나는 모르겠다
　신은 왜 이 세상을 덫으로 삼았는지

—— 함혜련, 「여우」 전문

　①과 ②는 함혜련의 「나의 시 나의 시론」에서 인용하였으며 ③은 '자선 시집 10편' 중 1편이다. 역시, 독자에게 가까이 다가가 기쁨을 주는 시, 어둡던 공간에 눈을 띄우는 시, 우리가 가는 세계 공간을 더 많이 울림해 줄 수 있는 시, 생활과 사상이 하나된 시를 지향하고 있다.

　우리들의 내면에는 무수한 얼굴이 있다. '악마와 천사가 울며 웃으며 연극을 하고 서로 대화하고 합창하고 춤을 추고 환희의 심포니가 울려 퍼지는 가운데서 꿈을 꾸는' 무수한 얼굴들, 오만과 편견과 방종으로 '온갖 작폐' 부리고 싶은 내면의 얼굴들, 그래도 채워지지 않는 갈망과 욕구의 내면을 화가 뭉크의 캔버스 위에 '덫에 걸린 여우'로 표현해 놓고 있다. 독자는 이 시를 읽으면서 자신도 명확히 인식하지 못한 자기 속의 또 다른 자기를 발견하는 개안을 할 것이다. 한 줄을 한 연으로 배열한 2연은 다소 설명적 진술이지만 독자에게는 친절한 길잡이가 될 것이다.

> ① 오래 전 나는 곡비(哭婢)를 자처한 적이 있다. 이 세상 가장 슬픈 사람들의 울음을 천지가 진동하게 대신 울어주고 그네 울음에 꺼져버린 땅 밑으로 떨어지는 무수한 별똥 주워 먹고 사는 허기진 울음 전문가가 시인이다.
>
> — 문정희, 「나의 시를 말한다」 부분

> ② 내가 그녀의 어깨를 감싸고 길에 나서면
> 사람들은 멋있다고 말하지만
> 나는 그녀의 상처를 덮는 날개입니다
> 쓰라린 불구를 가리는 붕대입니다
> (중략)
> 미친 황소 앞에 펄럭이는
> 투우사의 망토처럼
> 나는 세상을 향해 싸움을 거는
> 그녀의 깃발입니다
> 기억처럼 내려앉은 따스한 노을
> 잊지 못할 어떤 체온입니다
>
> — 문정희, 「머플러」 부분

> ③ 내 어머니는 분명 한쪽 눈이 먼 분이셨다
> 어릴 적 운동회 날, 실에 매단 밤 따먹기에 나가
> 알밤은 키 큰 아이들이 모두 따가고
> 쭉정이 밤 한 톨 겨우 주워온 나를
> 이것 봐라, 알밤 주워 왔다! 고 외치던 어머니는
> 분명 한쪽 눈이 깊숙이 먼 분이셨다.
> 어머니의 그 노래는 그 이후에도

30년도 더 넘게 계속되었다
마지막 숨 거두시는 그 순간까지도
예나 지금이나 쭉정이 밤 한 톨
남의 발 밑에서 겨우 주워 오는
내 손목 치켜세우며
내 새끼 알밤 주워 왔다고
사방에 대고 큰소리로 외쳤다

— 문정희, 「밤 이야기」 전문

문정희에게 와서 시인은 곡비가 된다.

장례식 때 상복을 입고 장의 행렬의 맨 앞에 서서 상주의 슬픔을 가장 슬프게 대신 울어주는 종의 이름이 곡비이다.

시인은 결국 자기 슬픔을 꺼내어 만인의 앞에 놓고 "너희들 슬프지 않니? 나와 함께 울지 않을래? 아니 내가 더 슬프게 울어줄게" 하고 독자의 슬픔과 아픔, 그리움과 사랑을 대신 앓아주는 이이다. 이때 독자는 비로소 자신의 정서가 순화되고 마음이 가라앉음을 느끼며 일상의 자신으로 돌아올 수 있는 것이다.

시인은 시 ②에서 '물푸레나무처럼 늘 당당' 하게 보이는 인간에게도 보이지 않는 상처와 불구가 있고 그것을 덮어 줄 보호막이 필요함을 일깨우고 있다. 세상을 향해 깃털을 세우는 미친 황소이기도 하고 투지를 불태우는 투우사의 망토가 되기도 하는 그녀의 깃발은, 때로 잊지 못할 그리움으로 우리를 감싸기도 한다. 객관적 상관물인 '머플러'를 통해 표출되는 여러 이미지로 여성성의 시, 페미니즘 시의 계열에 둘 수 있는 작품이다.

③의 시에서는 자식에게 맹목적인 이 땅의 어머니의 사랑을 노래하고 있다. 독자가 이 시에서 감동을 느낄 수 있는 것은 시인이 우리 모두의 어머니에게서 느낄 수 있는 '어머니' 속에 깃들인 보편적인 사랑의 진실을 체험을 통해 리얼하게 드러내고 있기 때문이다.

5. 나가며

　질곡의 민족사에 민족의 운명을 자신과 동일시하여 시와 삶을 함께하여 저항했던 지행합일의 시정신을 이육사와 윤동주를 통해 살펴보고, 현재의 문제점을 고발하고 미래에 비전을 제시하는 시, 지구에 사는 시인이라면 누구도 그 책무에서 자유로울 수 없는 생태시에 대해 고찰해 보았다. 그리고 슬픔과 고통에 잠긴 영혼을 대신 울어주고 위무해 주는 서정시에 대해 살펴보았다.

　생태시는 지금까지의 논의에서 좀 더 범위를 확대하여 지금까지 인간이 저지른 과오를 반성하고 전 인류와 전 생태계를 함께 살릴 수 있는 원융화합의 이상세계를 향한 시로서의 지향점을 제시해 준다.

　결국 시는 이원화의 길을 걸을 수밖에 없다.

　앞서서 이끌어나가는 사명을 가진 시와, 독자와 영혼의 높이를 맞추고 대신 울어주는 시.

　역사의식의 시와 생태시가 전자에 해당된다면 대신 우는 시는 후자에 해당될 것이다.

　스피드 시대, 정보화 시대, IT시대, 불안의 시대, 상실의 시대, 전통사회처럼 안빈낙도의 가치관으로는 살 수 없는 물신주의 시대, 생명 경시의 시대, 흉악범죄가 횡행하고 살인을 취미로 삼는 사람이 생기고 자기 살인이 사이버 세상에서처럼 망설임 없이 저질러지는 시대, 이런 시대일수록 문학을 통한 정서순화와 도덕성 회복, 가치관의 정립이 필요하다.

　자기 정서의 표현을 통해 독자에게 편하게 다가가 공감과 보편성을 얻고 그들의 영혼을 쓰다듬어 순화시키고 안정시키고 위안을 주는 서정시의 역할도 앞서서 이끌어나가는 시 못지않게 절실히 요구되는 시대라고 하겠다.

격변기의 문학활동
— 서창남, 임화, 피천득 문학연구

1. 들어가며

본고는 1900년대 초기에 서울에서 출생하여 탄생 100주년을 맞이한 서창남과 임화, 피천득에 대한 연구이다. 연구의 특성상 새로운 관점으로 고찰하기보다는 그들의 생애와 문학세계를 정리하는 자료정리의 입장에서 집필되었다.

그러나 그중에 서창남 시인은 연구논문이 전혀 없고 생애에 대해 정리한 자료도 없어서 처음으로 자료를 찾아 생애를 정리하고 작품세계를 천착하는 어려움이 있었다.

일제 강점기와 해방공간, 전쟁기, 그리고 농업 중심의 전통 사회에서 산업 사회로, 또 정보화 사회에 이르기까지 격변과 혼란기를 겪고, 반만년 역사의 그 어떤 시기보다 다양한 변화의 시기를 거쳐 오면서 문학활동을 해온 세 문인들은 각기 그 나름의 방법으로 시대와 역사와 상황과 적응하고, 대결하고, 향유하고 미래에 대한 시인의 예지력을 형상화하면서 다양한 삶과 문학세계를 펼쳐놓고 있다. 긍정적이거나 부정적이거나 간에 어떤 의미에서건 그들의 문학활동은 우리나라 현대문학 초기의 초석이 되었다는 점에서 소중한 문학사가 되고 한국 문학과 세계 문학의 전통 속에 편입되며, 또한 후세인들과 후배 문인들의 귀감이 되는 귀중한 자료이다.

본고에서는 이러한 세 문인을 출생 연도의 차례대로 그들의 생애와 문학세계를 고찰, 정리해 보고자 한다. 세 문인의 생애와 작품과의 밀접한 연관성에 따라, 본고의 연구방법은 역사주의적 비평방법에 따랐으며, 경우에 따라 형식주의적 방법도 사용되었다.

2. 서창남의 생애와 문학세계

1) 생애

서창남(徐昌南) 시인(1906~1987년)은 서울에서 출생하여 서울에서 사망한 여성 시인이다.

달성 서씨로 증조부가 판서를 지내어 서 판서집으로 불렸으며, 부친은 별다른 직업 없이 재산을 관리하며 지냈던 것으로 서 시인의 3녀 윤지순은 외조모(서창남의 모친)로부터 들은 내용을 기억하고 있다.[1] 서창남은 세 자매 중의 막내로 태어나 어려서부터 영리하고 똑똑하여 부모와 자매들의 사랑을 받았다고 한다. 진명여고보를 졸업한 후, 친척 오빠의 친구이자 경성제대를 졸업하고 뒤에 판사가 된, 한 살 위의 윤병의와 결혼하여 서울에서 살았다. 부군 윤병의는 충남 예산의 유지의 4남 2녀 중 장남으로 인물이 출중하고 언변도 좋고 유식했으며, 경복중학교 1회 졸업생으로 3·1운동 이전에 제일고보에 다닐 때는 유진오와 같은 반이었다 한

---

1 2011. 8. 29~9. 1까지의 대화내용에서 발췌함. 외조부모의 성함은 기억하지 못하였다. 필자가 본 논문을 집필하기 위해 도서관을 비롯하여 다방면으로 검색하였으나 기록을 찾지 못하고, 1950년대 말 예산지역에서 '육석동인'으로 같이 활동한 이재인 소설가의 기억을 빌려서, 예산지역에 수소문 끝에 딸과 연락이 되어 서창남 시인의 생애에 대한 증언을 채록하고, 이하는 대체로 윤지순의 증언을 토대로 기술하였음. *서창남에 대한 논문은 처음으로 집필되는 것이라서 이하에서 각주로 작품출처를 밝혀놓았다.

다. 서창남은 부군의 남동생 2~3명이 교육관계로 서울에서 같이 살게 되자 그 수발을 잘 해주어서 나중에 부군의 고향인 예산으로 낙향해서도 시부모의 사랑과 인정을 받았다고 한다.

부군은 6·25 직전에 판사직을 그만 두고 고향 예산으로 낙향하여 부친의 양조장을 물려받아 경영하였는데, 이후 서창남은 60세가 넘어서 부군이 병환으로 양조장을 처분한 후 아들을 따라 서울로 이사하기까지 예산지역에서 생활하느라고 창작활동과 개인생활에 적잖이 불편을 겪었던 듯하다.

전술한 바와 같이 시부는 자부를 사랑하고 그 자질을 인정하여 이해하는 편이었고 부군도 아내의 지성과 총명을 자랑스러워하여 잘 이해하여주었지만 적극적으로 도와주지는 못했다고 하니, 시골생활이 한 가정주부의 외부 출입과 창작과 문단활동에 제약이 컸음을 미루어 짐작할 수 있다.

슬하에 6남매를 두었는데 전쟁 중 장남과 차남이 사망하고(장남은 병사), 막내아들(윤흥기) 하나만 남아서 지금 약사로 활동하고 있다 한다. 장녀는 이화여대를 졸업한 직후에 류마티스균이 심장에 침입하여 아깝게 사망하였고, 차녀는 이화여대 사학과를 졸업하여 단국대 교수와 결혼하였다(67세에 사망). 3녀인 윤지순은 1942년생인데 역시 이화여대 응용미술학과를 졸업하고 중앙대 교수와 결혼하여 한양대와 세종대, 서울예전 강사를 지내고 현재 남양주에 거주하고 있는데 어렵게 필자와 연락이 닿았다. 현재 투병생활을 하고 있어서 필자가 병원으로 찾아가서 모친의 시집 두 권을 전해 받고, 가족사에 대한 간단한 증언을 들을 수 있었다.

6남매를 모두 서울에 보내어 교육시키고 특히 세 딸을 모두 이화여대를 졸업시킬 수 있었던 것은 부친의 힘도 컸고 경제적인 뒷받침도 중요하지만 무엇보다도 모친(서창남)의 투철한 교육관과 교육열 덕분이었다고 윤지순은 회고하고 있다. 서창남은 자녀들 교육에 적극적이었고 특히 여자도 직업을 가져야 한다, 자립심을 키워야 한다고 지속적으로 교육했다

한다. 이러한 이면에는 진명여고보를 졸업한 신여성이었는데도 남편 따라 낙향하여 자신의 창작열을 다 펼치지 못한 미련과 아쉬움이 많았던 것으로 보인다. 특히 자녀들은 어머니가 집안일과 자녀 돌보기는 뒤로 하고 출입이 잦고, 서울 가서 온다던 날에 안 돌아오기도 하고, 제자들이라는 문학청년들과 만나는 것 등으로 불만과 피해의식을 가지고 어머니를 질책하기도 했으며, 집안 동서나 친척들도 은근히 책망하는 분위기였으니 그 고충이 많았던 것으로 보인다.

시집을 출간할 때도 자녀들과 가족의 이해가 부족한 속에서 원고를 몰래 숨겨가지고 다니면서 출간했다고 한다. 몸매가 자그마하고 항상 한복 차림으로 단정하며 몸에 잔병이 없이 건강하게 출입을 잘 했는데, 67세 경에 뇌졸중을 앓고 나서부터 약 15년간을 병환으로 거동이 불편한 채로 고생하다가 82세에 타계하였다 한다. 부군은 그보다 먼저 당뇨를 오래 앓다가 약 10년 만에 타계하였다 한다.

이야기도 잘 하고 노래도 잘하고 명랑한 성격인데 자녀와는 툭 터놓고 이야기를 안 하고 권위적이고 자립심이 강한 것으로 기억했다. 언젠가 '소설을 쓰고 싶었는데 못썼다'고 두 번 이야기한 적이 있었다 한다. 특히 제6시집인 『文身』을 출간할 때는 병석에 있는 몸으로 자녀들이 조금씩 주는 용돈을 모아서, 자녀들 몰래 제자들을 불러서 출판했다 한다. 그때는 그 집념을 이해하지 못하고 또 책을 내어서 무엇하느냐고 질책하는 마음이었지만 후에 모친의 시들을 읽으면서 모친의 내면을 이해하게 되고, 모친의 상처와 그리움을 이해하게 되어 마음이 뭉클해짐을 느꼈다고 고백하였다. 윤지순은 특히 첫 시집 『네잎 크로바』에 실린 「모란」이라는 시를 좋아하며, 시를 읽으면서 어머니의 재능을 뒤늦게 감지하게 됐다고 하였다.

윤지순에 의하면 부친은 대범하면서도 다정다감한 성품으로 서울에 거주할 무렵에는 어린 자녀들을 데리고 창경궁 등 고궁과 자연 속을 많이 소풍하였는데 모친은 이런 일에 소극적이었다 한다. 그리고 부친은 『삼국지연의』 등 중국 소설을 원문으로 읽고, 또 『Life』지 등 영문 잡지를 읽고 번역하여 실감나게 자녀들에게 이야기해주었다 한다. 모친 서창남 시인은 이런 자상함은 없었지만 가정교육을 바르게 하여 자녀들에게 의지력을 길러주고 바른 가치관을 가지게 해주었다 한다.

그의 기억에 의하면 시조시인 조종현 씨와 친하게 지내고, 김동인, 조병화, 서정주 등의 시인들과 교류가 있었다 한다. 시집 6권[2] 외에 『자유문학』 등에 에세이 등도 가끔 쓴 것으로 아는데 현재 보관하는 것이 없고 기록을 찾을 수 없었다. 남아 있는 외아들의 사업 실패로 집안 기물을 건지지 못하고 시집 두 권 외에 모친의 다른 책이나 기록물도 보관하지 못하여 애석해하였다.

2) 서창남의 문학활동 및 문학세계

가) 문학활동

1957년경 예산지방에서 '丙石동인'을 결성한 김광회 시인에 의하면, 서창남 시인은 깔끔하고 고독한 성격이었으며, 문단활동을 삼가고 조용

---

2 徐昌男, 『네잎 크로바』, 文苑社, 檀紀4293(1960).
_____, 『悲情의 거리』, 新興出版社, 1961.
_____, 『山頂의 칡꽃』, 靑雲社, 1967.
_____, 『아시아의 미소』, 先進文化社, 1969.
_____, 『文身』, 불교사상사, 1975.
_____, 『구름의 散調』徐昌男第六詩集, 文佑社, 1984.
서창남의 5권의 시집에는 저자 소개도 없고 이미 출간한 저자의 시집 목록도 없어서 자료 찾기가 더 어려웠다. 마지막에 입수한 시집인, 저자의 마지막 시집 『구름의 散調』에 다섯 권의 시집 제목만(출판명도 없이) 겨우 열거되어 있었다.

히 작품활동을 했던 것으로 기억하고 있다.(김광회, 2011년 9월 4일 대화 내용)

그러한 성품과 지역에서 활동한 여건 때문인지 필자가 수집한 자료는 오직 1988년에 간행한 『한국시대사전』에 아래와 같은 기록과 함께 시 「不如歸」, 「아시아의 미소」, 「화사한 날개를」, 「꽃사슴」 네 편뿐이었다.

서창남(徐昌男, Seo Chang Nam)1906. 7. 1~?
호는 포랑(泡浪). 서울 종로(鐘路區 勸農洞) 출생. 진명여고보 졸업. 부군(夫君)은 사업가, 충남 예산에서 육석 동인으로 활동했으며, 제1시집 『네잎크로바: 文苑社, 1959. 12』를 내어 문단에 등단, 환갑을 지낸 노여류(老女流)였지만 항상 소박하고 천진스런 동심이 깃들어 있었다. 생활사상(事象)을 조용히 관조하여 소박하게 표현하는 서정 시인이다. 다양한 성격을 보여준다. 죽음, 자살, 공사장 같은 심각하고 현실적인 제재로 인생에 대한 온정이 묻어 있고, 인생에의 긍정을 보여준다. 시집으로는 제1시집 이후 『비정(非情)의 거리』(신흥출판사, 1961), 『산정(山頂)의 칡꽃』(청운사, 1967), 『아시아의 미소(微笑)』(선진출판사, 1969) 등이 있다. 노환으로 사망.

— 『한국시대사전』, 을지출판공사

경기대학교에서 퇴직하고 예산에서 '인장박물관' 을 운영하고 있는 이재인 소설가에게서 건네받은 예산군 『光時面誌』의 '문학, 민속' 편에 다음과 같이 『한국시대사전』에 수록된 내용과 비슷한 자료가 기록되어 있고 같은 시 네 편이 수록되어 있다.

광시면 양조장 윤병의 회장의 부인이다. 선생은 대구 달성 서씨로 일제 강점기에 자신이 골양반으로 창덕여고를 졸업하고 이화여전을 중퇴한 것을 긍지로 살며, 40대 나이에 『네잎 클로버』라는 시집을 상재하여 인근 촌동네 시인으로 불리었다. 이름이 자자한 현대식 여성으로 그는 아동문학가 윤석중 평론가와 김운학 스님과 평소 가까이하며, 당시 시집을 두 권이나 내었다. 아들을 높이뛰기 국가 대표 선수로 키웠고, 자녀 교육도 남달랐다.

광시면 출신인 이재인 소설가의 회고에 의하면 '광시면 양조장집 사모님인 서창남 시인은, 아동문학가 윤석중 선생의 주선으로 시집 『네잎 크로바』를 출간한 보기 드문 예산의 문인으로, 진명여고 출신에 달성 서씨로 선조 서거정을 운운하면서 대단한 긍지를 가진 여류시인이었으며 인근 동네에 시인으로 이름이 자자한 현대식 여성이었다 한다. 아동문학가 윤석중, 평론가 김운학 스님 등과 평소 가까이 지냈으며, 젊은 문학청년들을 아껴 늘 주변에서 이상한 소문이 나돌았다. 그러나 소문처럼 그러한 분이 아니었다. 부유한 집, 많은 학식, 높은 지위를 지닌 양조장댁 사모님은 때때로 면민들의 원성 산 일도 있다'고 기억하고 있다. 또한 '내가 대학을 진학할 때 삼만 원이라는 거금을 장학금으로 주셨다. 당시로서는 매우 큰돈이었다. 큰 작가가 되고 좋은 문학 선생이 되는 것이 그분의 바람이었다.' 라고 회고하고 있다.(「이재인 교수의 문단 회고록」, 「인터넷 독서신문」, 2011. 9. 4.)

필자가 '예산문학' 홈페이지에서 확인한 '예산지역 문인과 문학활동 자료'에 의하면, 『肉石동인』은 1957년에 발행된 동인지로 총 2회 발행된 것으로 기록되어 있다. 발간문학지별 참여문인 명단에는 유치환, 김광회, 박창식, 한경구, 이희철, 최영재, 홍성우, 이명숙, 서창남으로 나와 있다. ('예산문학' 인터넷 홈페이지)

서울에 거주하고 있는 김광회 시인(2012. 3. 7. 타계)의 증언에 의하면 '육석 동인'은 1957년에 6명이 시작하였으며, 1957년에 창간호를 출간했는데 본인이 후에 『현대문학』에 유치환 시인의 추천을 받은 제자여서 유치환 시인의 원고를 청탁해서 수록했으며 그 외는 예산지방에서 활동하던 문인들이었다 한다.(2011. 9. 4. 대화) 김광회 시인이 개인사정으로 전남 여수로 떠난 후에 서창남 시인이 참여했던 것으로 기억하고 있었다. 그 후 동인들도 흩어져서 흐지부지 되었는데 대부분 문단에 등단하기 이전의 동인들 사이에서 서창남 시인은 기성문인으로 대우를 받았던 것으로 보인다. 서울로 이사 온 후 병환이 나기 전에 '시집 출판기념회'인 듯한 모임으로 여성시인 약 10여 명이 모였는데 김광회 시인도 초청받아 갔던 적이 있었고 그곳에서 서창남 시인은 간단한 인사말을 하였는데 그 후로는 소식이 두절되었다 한다. 아마 그 후에 병환이 나서 출입이 불가능하여 문인과의 교류를 일체 끊고 지내다가 타계한 것으로 생각된다. 그때 육석 동인은 나중에 '예산문학회'로 맥이 이어지고 오늘날 한국문인협회 예산지부로 이어졌다고 한다.

서창남의 시집 6권 중 4권은 모두 1960년대에 출간된 것으로 보아 예산에 거주하던 당시에 활발한 시작활동을 한 것으로 보인다. 나머지 두 권은 1975년과 1984년에 출간되었는데 아마도 신병을 얻기 직전이거나 신병을 얻은 후였으며, 마지막 시집은 병이 깊은 후에 어렵게 출간한 것으로 보인다. 영애 윤지순의 증언에 따르면 제자들을 집으로 불러들여 시집 낸다고 애쓰는 것을 보며 자녀들은 어머니의 지나친 집념을 좋아하지 않고 이해하지 못했다 한다.

나) 한(恨)의 역설적 형상화와 자아 찾기의 방황

생활 주변의 사상(事象)을 관조하여 소박하게 표현하고, 네잎클로버, 모란, 꽃사슴 등의 자연과 사물의 다양한 성격을 묘사하며, 인생에 대해 온정적이고 긍정적인 인생관을 표출하는 서정시인으로 평가 되어 있는[3] 초기 시를 지나서, 본고에서는 시집 『아시아의 미소』와 『문신』에 나타난 시세계를 간단하게 살펴보겠다.

───────────

3 金永三 編著, 『한국시대사전』, 을지출판공사, 1988년, p.897.

① 어느 원혼의 꼭 맺힌 설움이냐
　밤새껏 피 되새겨 되새겨
　짜르르 목청 터지게 울어
　허허 天空에 날려 보내 보는
　아―저 불여귀.

　울어 울어 될 일이 된다면
　이 한밤 으스름 달밤
　비 개인 공산에 으스름 달밤
　너보다 몇 굽이 더 흐느낄 줄도 알건만
　아―울어 못당할 소망.
　무량 억겁에
　너 울어
　나 울어

—「不如歸」 부분

② 있어야 할 것은 없고
　없어야 할 것은 있는
　역겨운 생활의 램프에
　조그맣게 죄여드는 생애들

　불보고 광란하는
　고뇌의 벌레떼
　검은 하늘에서
　내려지는 빗발 속에
　내 그리운 꽃 얼굴이여

—「불벌레」 부분

③ 나무도 눈을 뜨고
　바위도 귀를 세우는데
　나는 눈멀었어야 했다

나는 귀먹었어야 했다

나는
애당초 벙어리여야 했다.
뼈 갈아 마시던,
피 섞어 마시던
그 숱한 곡절
얽히고설킨
밤낮의 心火
가슴에 꽉 막히는 날

눈멀었어야 했다.
귀먹었어야 했다.
애당초
벙어리여야 했다.

— 「나는」 전문[4]

④ 내창은 지금 어두어요.
   은실 달빛에
   퍼런 앞강물
   천년 금룡이 등뼈를 앓아요.

   밝고 시원한 남쪽 창문
   자주빛 커텐에 회색빛 우수여.
   퍼덕이는 어둠이여.
   산뜻한 바람과 햇빛이 퍼붓던
   날빛이 슬프디 슬프게 변한 건

---

4 徐昌男, 『文身』, 불교사상사, 1975, 76~77쪽. 『시문학』 1973년 5월호에 수록된 작품임.
   서창남 자료 중 국회도서관에서 시 「나는」 외에 「머언 時間의 獨白」(『풀과 별』, 1973년
   9월호), 「신화」(『시문학』, 1974년 8월호) 등을 발굴함.

아아 금룡이 등뼈를 앓는 탓이요.

시 ① 「不如歸」에는 '밤새껏 피 되새겨' 빈 공산을 울어 예는 불여귀의 한을 자아와 동일시하여 울어도 못 당할 '소망'을 찾아 헤매고 있다. 울어도 울어도 '될 일'이 아니기에 '무량억겁에/너 울어/나 울어' 지새워야 하는 한을 노래하고 있다. '아—울어 못당할 소망' '아— 저 不如歸' 등의 영탄법이 자주 사용되고, '불여귀'라는 객관상관물을 사용하고는 있으나 관념의 직접적 진술이 많이 보이는 작품이다.

②의 시 「불벌레」에서는 '역겨운 생활의 램프에' '죄여드는 생애들'로 불벌레를 묘사하면서 한편으로는 '검은 하늘에서/내려지는 빗발' 속에서도 '그리운 꽃얼굴'을 잊지 못하고 '끝내는 자신도 벌레처럼 불 속에 던져버렸'는 마지막 연에서 보듯이 한계상황 속에서 운명을 벗어나지 못하고 몸부림치는 자아의 상황을 형상화하고 있다. 그에 더하여 시③에서는 눈멀고 귀먹고 벙어리여야 했다고 한다. '心火'란 '마음속에 끓어오르는 울화' 또는 심화병의 준말로 쓰이는 말이다. 그 심화가 '가슴에 꽉 막히는 날' 애당초 벙어리여야 했다고 함으로써 시적 자아의 한과 함께, 몸부림쳐도 벗어나지 못하는 한계상황에서 차라리 모든 것을 던져 포기하는 심정을 표출하고 있다. 구체적 이미지보다는 '심화'라는 일종의 관념어를 사용하고 직접적 진술을 통한 표현법이어서 다소 문학성은 부족한 대로, 시인의 심리표출이라는 주제면에서는 선명성을 띄고 있어서 주목되는 작품이다.

시 ④에서는 '산뜻한 바람과 햇빛이 퍼붓던' '밝고 시원한 남쪽 창문'이 어둡고 슬프게 변한 것은 '금룡이 등뼈를 앓는 탓'이라고 한다. 원래의 시적 자아는 귀먹지도 않았고 눈멀지도 않았으며(지성과 예술성과 사리판단을 겸비했음을 암시한다), 그러므로 그의 창은 밝고 산뜻하고 시원한 햇살 밝은 곳이었을 것이다. 그런데 그 마음의, 영혼의 창이 지금 이렇게 어두운 것은 '금룡'이라는 객관상관물로 제시되는 자아가 등뼈를 앓고 있기 때문이다. 등뼈로 상징되는 삶의 지주를 앓고 있기 때문이다. 이 외에도 시집 『아시아의 미소』와 제5시집 『文身』의 곳곳에 용이 등장한다. 시 「꿈의 序曲(9)」는 '용의 등허리까지 물이 차지 않아' 안타까워 하다가 그 용이 '진흙 쌓인 곳으로' 가버리는 서술형 이야기인데, '용'이라는 상징을 통해 실현하고자 하는 시적 자아의 원망(願望)이 실현되지 않는 안타까움과 실망감을 표출하고 있다. 결국 위 시의 시적 자아는 자신이 처해 있는 한계상황에 대해 무척 고뇌하고 탈피하기 위해 노력하고 있지만 결국은 그것이 불가능함을 인지하고 있으며, 마지막에는 그 노력마저 포기하고, 보지 못하고 듣지 못하고 말하지 못하는 상태를 오히려 바라고 있는 역설적 심정을 표출하고 있다.

> 나에게 지금 나에게
> 다리가 아니라
> 바퀴가 달렸다면
> 두 눈을 크게 드고
> 미소를 머금고
> 세종로 큰길을 버젓이 달릴걸
> 비좁은 인도로
> 꼬불랑 샛길로
> 겁먹고 쫓겨나지도 않을걸
>
> ── 「다리가 있는 悲哀(廣場 3)」 부분

위의 시에서도 시적 자아는 '悲哀'라는 관념어를 직접 제목에 사용하여, 지금 나에게 '바퀴가' 달리지 않은 것을 한스럽게 노래하고 있다. 그것은 시적 자아가 현실의 갈망이든 영혼의 갈망이든, 원하는 갈망을 성취하지 못하는 상실감을 지니고 있다는 것을 의미한다. 그가 '바퀴'가 아닌

'다리'를 가진 인간이기 때문에 '누가 간다고 길을 막고/가지도 오지도 못하는' 제한적 현실을 살아갈 수밖에 없으며 그것은 곧 시적 자아의 갈망과 자유를 제한하는 한(恨)으로 응결될 수밖에 없는 것이다.

촛불을 켜고
나는 나를 찾고 있다.
어디쯤의 위치에
어디쯤에 꼬리가 있는가
흑, 흑 느껴워지는
칠흑같은
시꺼먼 밤에
촛불을 펄럭이며 찾고 있다.
검은 색안경이라도 끼운듯
무디어진 촉기를 밝혀
곳곳을 찾고 있다.
한밤중
촛불을 들고
나는 나를 찾고 있다.

— 「실종」 전문

어디서 시작인가.
떨어져가는 깊은 구렁
어디서 끝이 나나
깊은 나락의 밑바닥
굴러
흘러
뭉쳐 어디만큼에서 끝이 있을까
밤,
캄캄한 음산한 바람만 불어오는
밤,

찬 물방울
뚝, 뚝 떨어지는
깊은 밤의 어둠의 동굴과
무지한 고요.

—「지옥행」 부분

시 「실종」에서 우리는, 바람과 햇빛이 밝고 맑게 비치던 '남쪽 창'에 '검은 색안경이라도 끼운듯/무디어진 촉기를 밝혀' 실종된 자아를 한밤 중에 촛불을 밝히고 찾아나서는 퍼스나를 만난다. '칠흑같은/시꺼먼 밤에' 나는 나를 찾고 있지만 잃어버린 '나는' 어디쯤에 있는지 짐작조차 할 수 없다.

「지옥행」에서도 '깊은 나락의 밑바닥'으로 굴러 떨어지거나 '어둠보다 무거운 적멸'에 싸인 자신의 존재를 '한밤중/촛불을 켜고' 찾아 헤매는 자아찾기의 영혼의 방황을 읽을 수 있다. 퍼스나의 원망(願望)이 실현되지 않는 현실 속에서 잃어버린 자아찾기는, 심화로 뭉쳐진 한을 삭이지 못하고 결국 자포자기하는 역설적 표현의 전 단계로 볼 수 있어 아직은 희망을 버리지 않은 상태라 할 수 있다.

다) 사회의식과 불교적 세계관

이전에 출간된 시집에서는 별로 보이지 않던 시의 배경이 시 「아시아의 미소」에서는 '겐지스강, 인도, 황하, 쟈바, 밀림' 등의 시어들을 통해 아시아를 '무지와 예지의 숲'으로 비유하면서 시의 범위가 넓고 포괄적이며 약간의 사회의식을 제시하고 있다.

또한 「내 고단한 머리칼이」에서는 생태계가 파괴되고 지구의 이곳저곳에서 화산이 폭발하여 도시를 뒤덮고 태풍과 쓰나미가 지구를 덮치는 지구의 재앙과, 이상기후와 지구온난화로 각종 이변이 일어나는 21세기를

예언이라도 하는 시인의 예지력을 보이고 있다. '꼭 금방 폭발하려는/거
대한 핵무기 같은/지구덩이'를 '내 고단한 머리칼이' 물구나무 서서 수
없이 빗질해도 '아랑곳없이 흐트러진다'고 하여 한 개인, 일개 시인의 힘
으로는 치료 불가능한 한계성을 제시하면서 더불어 살아야 하는 사회임
을 암시하고 있다. 서창남의 시집에서 드물게 보이는, 사회성을 제시하는
시로 주목할 만하다.

내 고단한 머리칼이
肺腑를 뚫고 보는
눈동자가 있다.

물구나무서서
정치다 경제
사랑이다 사교다
아우성치는 소리,
소리,
소리.

내 머리칼이 더욱 고달프게 숨을 뿜으며 하늘거린다.

지구는
온통 검은 베일에 싸여
두더쥐가 땅을 뒤지듯
동쪽을 누르면 또 한 끝이
서쪽을 누르면 또 한 끝이
꿈틀이며 소란떠는 꼴.

꼭 금방 폭발하려는
거대한 핵무기 같은 지구덩이.

내 고단한 머리칼이

빗질은 수없이 해도
아랑곳없이 흐트러진다.

—「내 고단한 머리칼이」전문

시집 『아시아의 미소』에서는 그 외에도 「베꼬니아」「雲外 雲」 등 관념
을 배제하고 묘사로만 이미지를 제시한 시들도 있고, 「古調(1)」「분꽃」
「飛翔」 등에서는 정열적이고 긍정적이며 환희를 노래하는 시세계도 볼
수 있다. 「斷章」이라는 제목의 연작시 1~10은 3~4행의 에스프리를 표현
하는 형식으로 열거해놓아 표현의 변화를 꾀하기도 했다. 시집 『아시아
의 미소』에서 시 「아시아의 미소」「後光」 등에 보이기 시작하는 불교적
세계관이 시집 『文身』에서는 시 「돌에게」에서 인연의 소중함에 대해 노
래하며, 「千佛殿」「나유타의 꿈」 등에서 불교적 시어들이 보인다. 그 외
「꿈의 序曲」 연작시(1~9) 등에서는 시적 자아가 열망하는 세계를 꿈의 형
식을 빌어 서술형식으로 풀이하고 있다.

나는 그대에게 주지 못했네
받지도 못했네
태초부터 타고난 그대로의
기쁨과 슬픔밖에.
(중략)
모였다 흩어지는 뜬구름
그대가 旅裝을 챙기는
이 시간 아아
모두가 空手去였네
쏟아지다 멎은 소낙비
소낙비 밑의 무지개.

三十三天의 첫계단을
밟으려는 발걸음

흔들리지 않게 하여 주소서
자비로 맞이하여주소서.

―「告別辭」 부분

시집 『문신』의 마지막 쪽에 실린 시 「고별사」이다. 이 시집의 첫머리에
있는 '自序'에 "생명이 아프다. 내 살이 아프고 피가 떨리고 있다"라고
시작되는 문장과 연관 지어 볼 때, '그대'라고 지칭되는 누군가에게 하는
고별사이지만, 시인이 아는 모든 이들에게, 또는 세상에게 고하는 고별사
로 보인다. "그것은 허무"였다고 고백하고 있지만 한편으로는 "쏟아지다
멎은 소낙비/소낙비 밑의 무지개"라고 하여 시인이 지나온 삶을 온전한
허무로만 인식하지 않고 있음을 알 수 있다. 또한 "三十三天의 첫 계단을
/밟으려는 첫걸음"이라는 구절 속에서 시적 자아가 불교적 세계관 속에
서 위안 받고 있음도 감지할 수 있다. 영애 윤지순의 증언에 의하면 이 무
렵에 뇌졸중이 발병했다 하니 아마도 마지막 시집으로 예감하고 이러한
고별사를 수록한 것으로 보인다.(그 이후 병석에서 한 권의 시집을 더 상
재하였다.)

자료수집 등의 어려움으로 인해 본고에서는 서창남의 후기 시집인 『아
시아의 미소』와 『文身』 두 권의 시집을 대상으로 그 시세계를 살펴보았
다. 필자의 과문(寡聞) 탓인지 더 많은 자료를 조사할 수 없었으며, 그의
시집에는 간단한 후기 또는 '自序'가 있을 뿐 필자 약력이나 기 출간된
시집목록도, 시집해설문도 수록되어 있지 않았다. 나중에 수집한 저자의
마지막 시집 『구름의 散調』에 앞서 출간된 다섯 권의 시집 제목만(출판명
도 없이) 겨우 열거되어 있었다. 또한 서창남의 시에 대한 평문이나 연구
문은 한 편도 발견할 수 없었다. 필자가 알기로는, 본 논문이 처음 쓰는
'서창남론'이다. 간략하나마 본 논문이 앞으로 '서창남의 시에 대한 연

구'에 기초가 되어 더 많은 연구가 이루어지기를 바란다.[5]

3. 임화의 생애와 문학세계

1) 생애

가) 출생과 모색, 방황기

임화(林和, 본명 林仁植)는 1908년 10월 13일 서울 낙산 밑의 소시민 가정에서 태어났다.[6] 이 해에 안국선의 「금수회의록」과 이인직의 「치악산」과 「은세계」가 발표되었고, 일본의 조선 침략의도가 노골화되어 '동양척식회사'가 설립되었고, 나라를 염려하는 의병들의 활동이 전국 각지에서 일어났다.[7]

---

5 본 논문 집필을 위한 자료수집 과정에서, 당시에 교육받은 신여성으로서 원만한 가정생활과 창작활동의 양립이 얼마나 어려운 일이었던가를 다시금 인식하였다.(21세기인 지금은 생활환경과 인식이 많이 바뀌었지만 그래도 여성의 활동여건이 많이 열악한 것이 사실이다)

6 김윤식, 『임화 연구』, 문학사상사, 1989 참조, '임화연보'가 출생시부터 사망시까지 연도별로 정리되어 있는데, 각 연도에 발표된 한국 문학작품과 창간된 잡지, 그리고 국내 사회와 국제사회의 기록적인 일들과 발표된 작품들이 도표로 제시되어 있다.(631~682쪽). 이어서 임화의 '작품목록'과 발표지와 발표연월일이 모두 수록되어 있으며(685~696쪽). 1953년 북한에서 있었던 임화의 재판 기록이 A) 임화의 진술, B) 이승엽 일파 재판기록(발췌) 순으로 사형선고까지 모두 기록되어 있다.(참고로 임화는 1988년 7월에 해금되었으며, 723쪽에 달하는 이 책은 1989년 12월 15일자로 출판되어 있다.)

7 김윤식, 위의 책, 631쪽. 김윤식, 『그들의 문학과 생애, 임화』 한길사, 2008.
김용직, 『임화문학연구―이데올로기와 시의 길』, 세계사, 1991. 256쪽.
이형권, 『임화문학연구』, 충남대학교 박사학위논문, 1997. 이하에서 특별한 언급이 없는 한 생애부분은 위의 책들을 토대로 하고, 필자의 의견이나 다른 연구자의 이론(異論)이 있으면 그때마다 첨부하기로 한다.

나의 고향은 서울 낙산 밑입니다(…)

10세 전후의 소년시대: 열 살에 동대문 안에 있는 사립학교가 해산되는 바람에 보통학교 일년급으로 올라갔습니다. 아버지는 자상하시고 어머니 슬하에 나는 행복된 소년이었습니다.

20세 전후의 청년시대: 중학교를 5년급에 집어던지고 난지 2년 후 어머니도 돌아가시고 가산도파하고 나는 집에도 안 들어가고 경성거리를 정신 나간 사람처럼 헤메었습니다. 괴로운 때였습니다. 그러나 마음은 강한 행복에 불탔습니다.

— 임화, 「작가단편자서전」, 『삼천리문학』

임화가 자기 가정환경을 제시해놓은 것은 이것이 거의 전부이며, 1953년 북조선에서 있었던 재판기록의 기소문에서 '1921년부터 경성시에 있는 보성중학교에 재학하고 있었는데 그때부터 문학에 흥미를 느껴 시를 쓰기 시작했고'라고 한 것을 보면 가출하여 경성거리를 헤메던 괴로운 시절에도 '마음은 강한 행복에 불탔'던 것은 그에게 문학이 있었기 때문인 것으로 짐작된다. 임화가 평생을 신봉했던 사회주의와 관련시켜 볼 때도 그가 이른바 프롤레타리아 계급 출신은 아니며, 교육수준에 있어서도 당시로서는 상급학교인 중학교 5년까지 수학한 것으로 보아 상당한 지식수준을 지녔던 것으로 보인다.

그가 1921년 보성중학교에 입학했을 때 그는 그의 인생에 있어서 중요한 인물들을 만나게 된다. 훗날 중요한 문인이 된 이헌구, 이상, 이강국, 유진산 등과 동기로서 만났고, 김환태, 윤기정, 김기림 등도 선후배 사이로 만났다. 이 해(1921년)는 '조선어연구회'가 조직된 해이다. 보성중학교에서 공부하던 시기에 그는 문학소년으로서 문학에 대한 구체적인 눈을 뜨기 시작했다. "우연히 그는 그때 '꼬오르키'란 작가와 '톨스토이' '트르게네프' 등의 露西작가를 알았고", "그러다가 上田敏이란 이의 『海潮音』이란 譯詩集을 읽고 그 中에도 「베르레느」와 「칼 부세」를 좋아

해서 지금도 그 시를 오일 수 있다"[8]라고 회고하고 있다. 이 시기 그는 충실한 학교생활보다는 걷잡을 수 없는 것, 먼 것에의 그리움, 찬란한 무지개를 쫓던 소년으로서 "무모하게도 교과서를 팔어 그때 유행하던 조타모를 사 쓰고 본정에 가서 『개조』라는 잡지 일책과 크로포트킨의 저서를 사가지고 의기 헌앙히 집으로 돌아와 양친께 그 뜻을 말했습니다."라고 적었다.[9]

이처럼 모범적인 학생보다는 문제아 쪽에 가까웠던 임화는 1925년(17세)에 보성중학을 중퇴하고 자유로운 모색기로 들어가게 된다. '중학교를 5년급에 집어던지고' 어머니도 돌아가시고 가산도 파산하여 가출한 임화는 경성거리를 헤매고 다니면서 '허나 그는 학업의 폐지를 조금도 섭섭히 생각질 않'고 생활면과 정신면의 자유를 만끽하면서 사상적인 모색기에 들어가고 또 문학활동을 시작하게 된다.

1926년(18세)에 임화는 '星兒'라는 필명으로 『매일신보』에 「무엇 찾니」, 「서정소시」, 「향수」 등의 유치한 시와, 「근대문학상에 나타난 연애」, 「잡지문학의 해설」, 「문학사상의 2월 25일」, 「풀테스파의 선언」, 「근대문예잡감」, 「위기에 임한 조선 영화계」, 「환멸의 철인」 등을 발표하는 한편, 영화 연극에의 관심을 보이면서 후에 영화에 출연할 수 있는 기질을 보이고 있었다. 김윤식은 '이러한 글들은 아직도 그 나름의 중심점을 가진 것이 아니고, 다만 청소년 수준의 독서체험을 정리한 것에 지나지 않았다.'라고 평하고 있다.[10] 이어서 「정신분석학을 기초로 한 계급문학의 비판」을 『조선일보』에 발표하여 사춘기적 수준을 넘어서 시대적 의미로서의 모더니즘적인 측면, 즉 전위예술 및 사상으로 나아가는 단계가 되었다.

---

8 임화, 「어떤 靑年의 懺悔」, 『文章』, 1940년 2월호.

9 김윤식, 『임화 연구』, 문학사상사, 1989.

10 김윤식, 『그들의 문학과 생애-임화』, 한길사, 2008.

그 이전까지의 시와 평문은 주로 『매일신보』에 발표하였는데(3대 민간신
문인 『조선일보』, 『동아일보』, 『중외일보』에 비해 격이 떨어졌음) 그보다
더 공신력이 있고 격이 높은 『조선일보』에 발표하였다는 것은 그가 문사
의 반열에 올라 대접받는 것을 의미한다 하겠다. 이렇게 시와 평론을 통
해 동시에 문학활동을 시작하여 이후에 두 가지 활동 중 한 가지도 포기
하지 않고 균형을 잡아나가면서 창작방법론과 실제 창작 사이의 관계가
대체로 일치되는 활동을 하였다. 12월에는 윤기정(尹基鼎)의 추천으로 그
전 해(1925년)에 조직된 "카프(KAPF, 조선 프롤레타리아예술동맹)"에 가
입하였다.

1927년(19세)에 임화는 「曇－1927」을 카프의 기관지인 『예술운동』 창
간호에 발표하였고 그 외 평론문과 논설문을 통해서 계급문예운동의 필
요성을 역설하였다. 계급문예이론의 적극적 주장이 담긴 「分化와 展
開－목적의식문예론의 序論的 導入」을 『조선일보』 5월 16일자에서 21일
자까지 걸쳐 발표하여 명실공히 계급주의 문학론자가 되었다. 이 해에
그는 또 「赫土」, 「화가의 시」, 「지구와 박테리아」 등 다다이즘적인 것에
흥미를 가진 시를 발표하였는데, 당시의 무산계급사상이란 다다이즘의
일종으로 전위주의 운동이었음을 김윤식은 여러 연구에서 지적하고 있
다. 이 시기에 '신간회'가 발족되고 경성지부가 결성되어 한용운이 회장
이 되었다.

1928년(20세)에는 카프의 터줏대감격인 회월 박영희의 비호를 받아 약
관의 나이에 카프의 중앙위원이 된다. 그리하여 김기진, 이기영, 최서해
등 카프의 주요 인사들과 친교를 맺는 기회를 가진다. 임화는 박영희를
'좋은 스승'으로 평하고 있는데, 김윤식은 임화와 박영희의 만남을 '아비
찾기'로 표현하면서 둘 사이는 정신적인 스승, 제자 사이 또는 아비, 자
식 사이일 뿐만 아니라, 동가식서가숙하던 임화가 박영희의 집에 기숙까
지 하면서 지냈던 것으로 기록하고 있다. 이처럼 임화는 스승 회월을 통

해 커다란 조직체인 카프에 깊숙이 관여하게 되었는데 이 조직체야말로 단순한 다다이스트이던 임화가 평생토록 혁명에로 나아가게끔 채찍질한 통로이자 혁명의 방파제이기도 하였다. 이 시기에 그는 동창생 윤기정의 추천을 받아 프로 영화인 〈流浪〉에 출연하기도 하고, 「토월회 57회 공연을 보고」를 비롯하여 영화, 연극평을 썼고, 미술이론으로 논쟁을 걸기도 했으며, '星兒(별아이)'라는 유아적인 필명 대신 '林和(나무들이 화목하다)'라는 필명을 쓰고 임인식이라는 본명도 썼다.

이처럼 임화의 10대는 세계 유수의 수준 있는 작품을 읽고 시와 평론을 쓰며 한편으로는 끊임없이 방황하며 새로운 것을 모색하기 위한 방황의 시기였다. 활동사진, 다다이즘, 미래파 등으로 옮겨가면서 아비 찾기, 가정 찾기를 위해 방황하던 임화에게 일시적이나마(1927년부터 일본으로 유학갈 때까지 3년간) 그 방황을 멈추게 해준 것은 '카프와 박영희'였다. 카프라는 구체적 조직체와 박영희라는 이론가의 존재로 말미암아 가출아로 방황하던 임화는 발이 땅에 닿은 상태였으며 이 3년간 청소년기를 벗어나 어른의 수준으로 진입할 수 있는 자기동일성이 형성되어간 시기라고 할 수 있다.

나) 문학적 성숙과 카프(KAPF) 활동

1929년(21세)에 임화는 박영희의 도움으로 동경으로 가서 계급문학론자인 이북만(李北滿)의 누이 이귀례(李貴禮)를 만난다. 이러한 일본 유학체험은 그에게 사상적으로 중요한 것으로, 국내에서 막연히 가졌던 계급의식을 보다 투철히 하는 계기가 되었다. "동경시대에 그는 전혀 사회과학적 난독에 몰두하고 그 방면 잡지 편집과 실제적 생활에 퍽 접근하고" 이른바 제3전선파인 이북만, 김두용, 김남천, 안막 등을 만나 훗날 카프를 장악할 기틀을 마련한다. 프롤레타리아예술동맹 동경지부의 간판 아래

아내와 누이동생을 데려와 동경에서 가난한 살림을 하고 있는 이북만의 집 식객으로 있던 임화는 동경에서 조직훈련을 거치고 드디어 이북만의 누이동생 이귀례와 혼인(1931년)하게 되고 뒤에 6 · 25전쟁 때 서울 거리에서 「너 어디 있느냐」고 목이 메어 찾던 딸 혜란을 낳게 된다. 한편 도일을 전후하여 「우리 오빠와 火爐」, 「네거리의 順伊」, 「雨傘받은 요꼬하마의 埠頭」 등을 발표하여 카프계 단편서사시의 최고수준의 시인으로 부상하였다.[11] 또 한편 카프 지도자 중의 한 사람인 김팔봉을 공격하는 논전 「濁流에 抗하야」를 써서 박영희 노선을 지지하여 강경론자로 군림하고자 시도하였다.

프로시인으로서 계급문학이론가로서 굳건한 자리를 굳힌 임화는 1931년(23세)에 아내 이귀례와 함께 귀국하여 신혼살림을 하면서 카프의 서기가 되어 자신의 명의로 『集團』을 간행하였으나 전량 압수당하였다. 그는 이 시기에 볼셰비키이론의 핵심분자로 조직적인 두뇌를 발휘하여 실질적, 이론적으로 카프를 장악하였다. '공산주의자협의회사건'이라 불리는 제1차 카프 검거에서 박영희, 김기진, 이기영, 윤기정, 김남천 등과 함께 검거되어 약 3개월간 옥살이를 하였다. 이 해에 '신간회'가 해체되었으며 동아일보에서는 '브나로드운동'이 전개되었다. 1932년(24세)에 카프의 서기장이 되었으며 감옥살이의 후유증으로 결핵으로 고생하고 요양하면서, 시를 쓰는 일보다는 「1932년을 當하야 조선문학운동의 신단계」, 「전후자본주의의 제3기의 제 문제」 등 평론문을 발표해 프로예술운동의 제2차 방향전환을 꾀하였다.

---

11 김윤식은 『한국문학사』(민음사, 1973)에서 '식민지 지식인의 최대의 적이 일제라는 것이 의심의 여지가 없을 때, 식민지 지식인들이 진보적인 쪽을 택할 가능성은 상당히 많다. 그 선택은 김기진에게서부터 시작된 것이지만, 임화의 경우에는 보다 절박한 시대적 압력이 작용하고 있다.'라고 지적하고 있다.

1933년(25세)에는 김남천과 '물논쟁'을 벌여 소설비평가로 문단에 주도적 이론을 전개하였다. 1934년(26세)에는 박영희가 전향을 선언하고, '신건설사사건(新州事件)'으로 불리는 카프 제2차 검거선풍이 6월에 일어나서 이듬해 12월에야 완결되었다. 임화는 어떤 이유에선지 이 사건에 연루되지 않았으며 이 시기에 그가 쓴 평론으로는 「신춘창작재평」, 「집단과 개성의 문제」, 「언어와 문학」 등이 있다. 1935년(27세)은 그가 그토록 열정적으로 활동하던 카프가 공식적으로 해산된 해이다. 임화는 김남천 김기진 등과 함께 그 자신의 손으로 4월 28일 경기도 경찰부에 해산계를 제출하였다. 평양과 서울에서 요양을 하던 그는, 부인 이귀례와 이혼상태에 들어갔고, 마산으로 요양 가서 일본 소화여학교 출신 이현욱을 만나 재혼한다. 「다시 네거리에서」, 「버러지」 등을 쓰고 「조선신문학사론 서설」을 발표하였다.

1936년(28세)에 그는 그의 정신세계와 관련된 시 「玄海灘」을 발표한다. 당시에 발표된 「玄海灘」류의 작품에 대하여는 그 평가가 극명하게 이분화되고 있다. 김윤식은 이것을 '현해탄 콤플렉스'라고 하면서 '식민지시인의 정신구조를 살피는데 매우 상징적이라 할 수 있다. (…) 이 시는 "오로지 바다보다도 모지/대륙의 삭풍 가운데/한결같이 사내다웁던/모든 청년들의 명예와 더불어/이 바다를 노래하고 싶다"는 의도에서 밝혀진 바와 같이 당시 식민지 지식인의 일본을 통한 왜곡된 서구편향, 식민지 지식인이 당면했던 많은 林和型 지식인의 한 흐름을 대표하고 있다.'고 『玄海灘』의 정신적인 면을 지적하고 있다.

한편, 채수영은 「난파된 시의 표정」에서 임화 시의 형식에 대해 비판하고 있다. "임화는 '시의 언어를 몰랐던 데서 시라는 얼굴을 대면하려 했기 때문에 장광설을 늘어놓고, 그것들을 分段하면 시가 되는 걸로 착각했다.' 시는 상징과 비유라는 데서 산문의 묘사와는 같을 리가 없는데 임화는 이런 기초적인 詩作에 대해 정서의 균형감각을 知的으로 처리하지 못했기 때문에 눈물 많은 3류 배우가 되어버렸다. 그 감정과잉의 예로 시집 『玄海灘』에 !가 216개를 사용, ?는 무려 164개나 된다. 이런 경우는 감정의 절제가 없는 센티멘탈의 전형적인 결과가 될 것이다."[12]라고 하면서 '시인으로 탁월한 재능을 가졌다.'라는 김윤식의 지적을 정면으로 비판하고 있다.

이 해 8월에 제7대 총독 미나미 지로가 부임하여 국체명징(國體明徵), 내선일체 등의 모토를 내걸고 우리 민족 말살정책을 펴기 시작하였다. 신채호가 옥사하고 '조선사상범 보호관찰령'이 내려지는데, 사상범의 범주에는 임화를 비롯한 카프 맹원들이 포함되었다. 임화는 소설비평에 실천적으로 참여함으로써 전주사건에서 집행유예로 석방된 22명의 카프조직원에 대한 정신적 보상을 시도하였다. '오오 적이여 너는 나의 용기이다'라는 묘비명을 그는 공공연히 내걸었다. 1937년(29세)에는 마산에서의 요양생활을 끝내고 귀경하여 '학예사'라는 출판사를 주관한다. 「주체의 재건과 문학의 세계」등의 평론과 「바다의 찬가」를 발표하였다. 일제의 탄압이 가속화되는 가운데 이광수가 관련된 '同友會' 사건이 나고 '조선광복전선'이 조직되었다.

1938년(30세)은 일제의 자국 내 '국가 총동원령'에 의거하여 '국민정신총동원조선연맹'이 창립되고 민족주의자나 사회주의자들에 대한 감시와 규제가 극으로 달려가는 해였다. 또한 이 해는 지원병 제도가 공포되어 일제가 조선인 징병의 기틀을 마련한 해이다. 이때에 임화는 「작가 한설야론」을 쓰고 처녀시집 『현해탄』을 발간하여 문단의 화제가 되었다.

임화의 20대는 일제 강점기라는 비극적 시대 속에 격랑의 물결 속을 숨가쁘게 노저어가면서 식민지 지식인(진보적 시인)으로서 자기 나름의 시대인식과 현실대응의식으로 무장한 열정의 시기였다.

---

12 채수영, 「난파된 시의 표정」, 한국문학비평가협회 편, 『문학비평』 제15집, 빛나리, 2008.

다) 일제 말과 해방공간의 활약

　1939년(31세)은 창씨개명이 공포되고(시행은 1940.2.11.), 총독부가 학무국의 조종 아래 '조선문인협회'(회장 이광수)라는 어용단체를 만들어 내선일체에 봉사하게 하는 '국민문학운동'을 주도했다. 또한 '황군작가위문단'을 만들어 임화와 이광수, 박영희, 이태준, 김동환, 최재서 등을 참여시켰다. 대부분의 문인들과 같이 이때부터 임화도 그 문학활동의 침체기를 맞았다. 그는 실천적 문학활동보다는 문학사 기술 쪽으로 관심을 가지고 「개설 신문학사」를 『조선일보』에 연재하였다. 정리시기라고 생각하면서 다만 무사하기를 바랐다. 이태준의 『문장』 창간호에 「실제」, 「자고 새면」 등을 발표했는데 이 시는 그의 피로감을 대표하고 있다. '벗이여 나는 자꾸 이즈음 하나의 '운명'이란 것을 생각하고 있다'고 그는 읊었는데, 그의 친일문제는 이 운명의 얼굴(절망)과 깊은 관련이 있었다.

　1940년(32세)부터는 한국어 사용이 금지되면서 『조선일보』와 『동아일보』가 폐간되었다. 이 무렵은 우리 민족의 존립 자체도 위협받는 시기였다. 임화는 고려영화사 문예부 촉탁으로 근무하는 한편, 학예사도 계속 운영하고 그곳에서 일제 시대 최대의 제 살 파먹기와 곡비의 문학인 『文學의 論理』를 발간했다. 일문으로 된 글도 몇 편 발표했다. 1941년(33세)은 『문장』과 『인문평론』 등 한글문예지가 폐간되어 우리말을 통한 문예활동이 사실상 중단되는 시기이다. 임화는 총독부 소속 '국민총력조선연맹'의 문화부장인 야나베 에이사부로(矢鍋永三郎)와 신체제문화운동에 어떻게 협력해야 합당할지를 논의하는 대담을 하였다.

　1942년(34세)에는 일제의 전시체제가 몹시 강화되어 '특별지원병제'가 실시되고 1943년(35세)에는 징병제를 실시하여 이 땅의 젊은이들을 전쟁터로 내모는 한편, '조선문인협회'가 '조선문인보국회'로 개편되어 그 어용의 강도를 높여갔다. '조선어학회' 사건이 일어나 국어학자들이 수모를 겪었다. 임화는 「신춘시평」, 「소설의 인상」 등을 발표하면서 뚜렷한 문학적 활동 없이 1944년(36세)에는 조선영화문화연구소의 촉탁으로 들어가 『조선영화연감』, 『조선영화발달사』를 집필하였다.

1945년(37세) 임화는 특유의 기민성과 조직력을 발휘하여, 광복 이틀 후인 8월17일에 모임을 가지고 '문학건설본부(문건)'를 설립하고 그 서기장에 취임하였다. 다시 카프 비해소파들의 모임인 '프롤레타리아문학동맹'을 흡수하여 '문학가동맹'을 결성하여 해방기 문단을 주도해나갔다. 그는 이렇게 새로운 문학활동의 터전을 만들어나가면서 시 창작뿐 아니라 비평활동을 왕성하게 하는 한편으로 각종보고회에 참석하여 해방을 맞이한 자신의 감격을 발산했다. 그는 「9월 12일」이라는 감격적인 시를 썼는데 이 시의 부제가 「1945년, 또 다시 네거리에서」였다. 조선공산당 재건 서울시가행진이 있던 9월 12일에 그는 두 아이의 아비로서, 38살의 사나이로서, 다만 '원컨대 용기를 주소서'라고 흐느꼈는데, 그가 원했던 그 '용기'가 바로 그의 이후의 운명을 결정한 것으로 보인다.

9월 8일에는 미군이 서울에 입성하여 군정이 시작되었다.

1946년(38세)에는 위조지폐사건인 '정판사사건'이 터지면서 미군정의 남로당 탄압이 적극화되었다. 박헌영에 대한 체포영장이 발부되고 공산당에 대한 규제를 강화하자 그들은 총파업을 주도하고 10월항쟁을 일으킨다. 이 시기에 창작된 「우리들의 戰區」와 「높은 산봉우리마다」는 이들과 관련된 시이다. 문학론에서는 카프 비해소파인 한설야, 한효 중심의 당파성과 구분되는 '인민성' 개념을 내세웠다. 남로당 최첨단 외곽단체인 '民戰'의 기획차장을 맡아 당내 문화담당 최고 이론가로 등장하였으며, 「인민항쟁가」를 짓고 10월 폭동의 선봉에 서는 등 정치활동에 직접 뛰어들었다.

1947년(39세)에 임화는 제2시집 『찬가』와 『회상시집』을 간행했다. 미군정청이 남로당 관련자들을 대대적으로 검거하려 하자 김남천과 11월 20

일 월북하였다.

그는 해주에 있는 해주 제1인쇄소에 근무하면서 남로당 문화담당 잡지를 편집하여 남로당에 지령하였다. 이듬해인 1948년(40세)에는 박헌영이 있는 평양으로 거처를 옮겨 박헌영, 이승엽을 지지하는 문학노선을 견지하였는데, 남로당이 북로당에 흡수되어 '조선노동당'으로 개편된 뒤였다. 그는 노동당의 대의원으로 선출되고, 6·25 직전까지 조소문화협회 중앙위원회 부위원장을 맡았다.

임화의 30대는, 실험성과 열정을 바탕으로 새로운 문학성을 추구한 20대와는 달리 시대가 너무 어수선했으며, 그러한 험난한 시대를 외면하기에는 임화의 세계관과 열정이 용납하지 않았다. 이 시기 임화가 고민했던 역사 속에서의 행동과 서정의 조화 문제도 이 같은 맥락에서 이해할 수 있다. 더구나 30대 후반, 자신의 고향과 조국을 버리고 달아난 그가 도착한 곳은 이데올로기의 조국 북쪽이었다. 결국 낭만적 리얼리스트 임화는 스스로 찾아간 이념의 조국에서 비극적 종말을 맞이할 수밖에 없었다.

라) 북한에서의 활동과 종말

1949년(41세) 북한에서 활동하던 그는 1950년(42세) 6·25전쟁으로 인민군을 따라 서울로 돌아온다(6월 31일경으로 추측됨). 서울에 얼마간 머문 뒤 임화는 '종군작가단'과 함께 전선으로 파견되어 낙동강 전선까지 내려가면서 직접 전선체험을 하였다. 이때의 체험을 시화하여 1951년(43세)에 『너 어느 곳에 있느냐』라는 전선시집을 출간하였다. 그는 작품 「서울」에서 네 번째로 '네거리의 순이'를 읊고, 자강도로 쫓겨 가서 딸 혜란을 그리워하는 「너 어느 곳에 있느냐」를 쓰고 또한 「바람이여 전하라」, 「흰 눈을 붉게 물들인 나의 피 위에」를 썼는데, 후에 이 작품들이 투사를 모욕했다는 죄목으로 그를 숙청케 만들었다.

1952년(44세)은 임화의 정치적 삶이 비극적 종말을 향해 다가가는 해이다. 전쟁 책임의 희생양이 될 정치적 수순이 진행되어, 북한의 관제 비평가 엄호석 등은 출간 당시 호평을 받았던 임화의 전쟁시편들에 대해 공격을 시작했다. 6·25전쟁기 염전사상(厭戰思想)의 전파, 북조선 문화건설 사업에의 비협조, 북한 문학에 대한 매도[13] 등을 비판의 준거로 내세웠다. 임화는 북한 문학의 발전을 위해 그 도식주의에 대한 건전한 비판자로 바로 서 보지도 못한 채, 연말에 열린 '조선로동당 중앙위원회 제5차 전원회의' 다음에 박헌영, 이승엽 등과 체포 구금되었다. 1953년(45세) 7월 30일 '조선민주주의인민공화국 정권 전복 음모와 반국가적 간첩테러 및 선전행동행위에 대한 사건'[14]으로 기소되고, 그해 8월 6일 '조선민주주의인민공화국 최고재판소' 군사재판부에서 사형을 선고받았다.

6·25전쟁 실패의 책임을 김일성은 일제봉기를 조종하지 못한 남로당에 전가하였고 그 화살은 바로 임화로 대표되는 남로당 문화담당자들의 운명으로 직결되었다. 임화의 죄목을 사회과학원 문학연구소는 이렇게 단죄하였다.

임화는 그의 시 「너 어느 곳에 있는냐」, 「바람이여 전하라」 등에서 '종잇장처럼 얇아진' 가슴을 조이며 애처로이 전선에 간 자식을 생각하는 어머니와 아버지의 형상을 그림으로써 영웅적 투쟁에 궐기한 우리 후방 인민들을 모욕하고 그들에게 패배주의적 감정과 투항주의 사상을 설교하였으며, 또 「흰 눈을 붉게 물 드린 나의 피 우에」에서는 우리의 마쯔로쏘브인 한 전투영웅의 애국주의를 파렴치하게 왜곡하면서 영웅의 어머니를 아무도 돌보는 사람이 없는 외로운 존재로서 절망적으로 왜곡하여 형상하였다.

—『조선문학통사』, 1959년도판

---

13 한국비평문학회, 『혁명전통의 부산물』, 신원문화사, 1989, 303~304쪽 참조.
14 김남식, 『남로당 연구』 1, 돌베개, 1984, 593쪽 재인용.

김윤식은 이것이 임화 비극의 실마리였다고 논평하면서 '임화의 실수랄까 비극적 운명은 그가 시인으로 환원한 곳에 있었다'[15]고 하였다. 그는 「인민항쟁가」에서 균형 감각을 유지하는 선에서 멈추어야 했는데 6 · 25가 그를 다시 「네거리의 순이」 계열로 돌려놓으면서 프롤레타리아 혁명아에서 피가 도는 시인으로, 온전한 시인으로 돌아갔던 것이다. 임화는 혁명주의자이기는 해도 그 근본 바탕에 시인으로서의 낭만주의자 기질이 남아 있는 혁명적 낭만주의자였던 것이다.

그러나 그가 '온전한 시인'으로 돌아가지 않고 열렬한 혁명아로 남아 있었더라도 그는 '조선민주주의인민공화국'의 치밀한 각본에 의해 남로당 계열을 숙청하고자 한 계획에서 벗어날 수는 없었을 것이다. 이것이 임화를 포함한 우리 민족의 비극적 운명이라는 생각은 필자만의 생각이 아닐 것이다.

2) 임화의 문학세계

지금까지 임화의 생애를 연도별로 정리해보았다. 임화의 생애는 개인사가 별로 알려져 있지 않기 때문에 거의가 문학과 관련된 생애라고 할 수 있다. 그래서 앞의 장에서 생애 부분에 개인사와 더불어 그때마다 발표된 작품과 그 작품에 대한 대략적인 언급을 해 놓았기에 본 장에서는 임화의 문학세계에 대한 기존의 연구사를 정리하는 방법으로 논술하고자 한다. 본고는 집필의 목적이 기존의 자료를 정리하는 데에 있기 때문에 경우에 따라서는 다른 논문의 연구사를 전재한 부분도 있음을 미리 밝혀둔다.[16]

---

15 김윤식, 『임화 연구』, 문학사상사, 1989, 628쪽.
16 주로 허정의 『임화 시 연구』, 동아대학교 박사학위논문, 2008을 참고하고, 이형권, 『임화문학연구』, 충남대학교 박사학위논문, 1997. 김정훈, 『임화시연구』, 한양대학교 박사학위논문, 1996 등을 참고하였음.

임화 시에 대한 연구는 프로문학운동선상에서 그 공과를 논한 식민지 시기의 단평에서부터 출발한다. 해방기 들어 김동석, 임긍제 등에 의해 비판적으로 언급되던 임화 시에 대한 논의는 월·납북 문인들에 대한 남한정부의 금지 조치 이후 긴 휴식기에 들어가게 된다. 그러다가 1988년 해금 조치 이후 본격화되어 최근까지 지속되고 있다. 이 연구들은 다음과 같이 네 가지로 유형화할 수 있다.[17]

첫째, 전기적 사실을 바탕으로 작품세계를 개괄한 작가론적 연구다. 여기에는 시와 비평, 문학사 영역을 아우르면서 동시대 카프문인들과의 비교하에 방대한 분량의 작가론을 남긴 김윤식, 해방기 이후 임화의 이력을 이데올로기와의 관계 아래 집중적으로 조명한 김용직의 연구가 대표적이다. 이 연구들은 당대 현실적 조건 속에서 작가의 삶을 해명하는 데 주력하다 보니, 상대적으로 시 작품에 대한 폭넓고 정밀한 분석이 결여되어 있거나 평자의 주관적, 자의적 해석이 있다는 비판이 있다. 그러나 이 연구들은 실증적 자료를 바탕으로 임화의 작가론을 구축함으로 인해 다양한 후속 연구를 가능하게 해준 의의가 있다.

둘째, 임화 시의 전개과정을 고찰한 연구다. 여기에는 최두석, 유임하, 김재홍, 김정훈, 유종호, 박정선의 연구가 대표적이다. 이 연구들은 임화의 시를 몇 개의 시기로 구분한 뒤, 각 시기의 특징적인 현상을 파악하고

---

17 그동안 임화 문학텍스트가 산재되어 있어 연구자들의 애로가 있었다. 전기와 같이 1989년 刊 김윤식의 『임화연구』와 1991년 刊 김용직의 『임화문학연구』 등이 주 텍스트로 참고되었다. 이형권은 앞의 책에서 '초기 시, 중기 시, 후기 시'로 구분하여 그 작품명과 편수를 정리하고, 평론과 함께 발표연도별 분포도를 제시하고 있다. 임화문학에 대한 연구는 꾸준히 이어져 왔으며, 2008년 탄생100주년을 맞이하여 각종 연구 발표가 있었다. 2009년부터 2011년에 걸쳐 임화 탄생 100주년을 기념해 『임화문학예술전집』 각권 평균 500쪽이 넘는 전 5권이 '임화문학예술전집 편찬위원회 편, 소명출판사' 간행으로 출판되어 임화문학 텍스트가 총정리 되었다.

전후 시기와의 관계를 조명하는 방법으로 시의 변모양상을 추적하고 있다. 이러한 연구 성과에 힘입어 임화 시세계의 전개양상을 일관된 관점 속에서 파악하는 일이 어느 정도 가능해졌다.

셋째, 특정 시기의 작품을 집중적으로 분석하여 그 특성을 규명한 연구가 있다. 여기에는 초기 시 연구, 단편서사시 연구, 현해탄 연작 연구, 해방기 시 연구, 전쟁기 시 연구가 있다. 이 연구들은 연구범위가 협소한 한계는 있지만, 특정 시기 임화의 시를 정치하게 읽어내고 있으며, 연속성을 내세울 때 간과되기 쉬운 각 시기의 특이성을 세밀하게 살려 내고 있다.

넷째, 임화 시에 나타난 특정 주제나 경향에 천착한 연구가 있다. 낭만성 연구, 운명의 의미 연구, 영화적 요소 연구, 문학교육적 가치 연구 등 그 범위는 폭넓다. 이 연구는 특정 주제나 경향 아래 임화 시의 특질을 규명함으로 인해, 거기서 임화의 시가 차지하는 위치나 의의를 규명해주었다.

허정은 위의 책에서 이러한 다양한 연구를 통해 임화 시에 대한 연구는 상당한 수준에까지 올랐다고 보면서, 그러나 이러한 의의에도 불구하고 선행연구가 임화의 시력을 선명하게 해명해냈다고 보기는 어렵다고 지적한다. 특히 임화의 시는 비교적 초기작인 단편서사시 위주로 연구되어 왔기 때문에, 30여 년(1924~1952)에 이르는 긴 시력, 그 시기 동안 다양하게 변모해나간 시의 양상, 그 과정에 선보인 다양한 시 형식을 일일이 추적하기 어려운 사정 때문에 임화의 시력 전체를 정밀하게 분석한 연구가 드물고 이 방면의 연구로는 박정선의 글이 거의 유일한 실정이라고 지적한다.

그는 이 논문에서 단절적으로 보이는 각 시기의 변모 뒤에 깔린 임화 시의 연속성을 놓침으로 인해 발생한 문제들을 보완하여 임화 시의 연속성과 그 변모양상을 조명하고 있다. 그는 특히 이 논문에서는 김정훈과 박정선에 이어서 임화가 다양하게 활용하고 있는 형식문제에 집중하여 연구하였다. 임화는 기존의 프로시에 구속되지 않고 다양한 형식을 모색하였는바, 전위시 · 단편서사시 · 감정시 · 현해탄 연작 · 추모시 · 인물미화시 · 연작시 · 노래가사 등의 시 유형, 병렬 · 반복 · 병치 · 대등구문 · 짧은 시행(한 행의 길이) · 긴 시행(수직적인 길이) · 시행 들여쓰기와 같은 시행구성, 이미지, 비유, 요설, 문장부호의 남발 등 매우 다양하게 나타나는 점을 지적하고 있다. 특히 임화의 시에는 이념, 모순, 형식이 뗄 수 없이 유기적인 연관성을 이루고 있는데 이 세 가지를 결부시켜 임화 시를 고찰한 것이 특징이라 하겠다. 한편 임화 시의 형식에 대하여 문덕수는 사회주의 이념을 언어의 물리성에 실어 형상화하지 않고 직설적으로 시화하여 형식주의에 반하는 역사주의 시라고 평하면서 '역사주의자 임화(林和)는 역사주의에 의해 처형되었' 다고 지적하고 있다.[18]

임화의 문학은 문학 외적인 이유로 인해 그 문학세계를 일반 독자들이 향유하고 음미하기는 어려웠던 실정이다. 1988년 7월 19일 한설야, 이기영, 조영출, 백인준, 홍명희 등 5명을 제외한 월, 납북문인 및 재북문인에 대한 해금이 이루어진 후에도 그동안의 공백을 메꾸기는 어려웠고 또 한 가지 그의 작품에 나타나는 사회주의 혁명사상 등으로 인해 일반 독자들이 가까이 접근하기는 쉽지 않았다. 시인이나 평론가로서의 임화보다는 사회주의 정치가로서의 그를 바라보는 이데올로기적 편향성이 더 뚜렷하고, 그의 작품상에서도 그러한 세계가 표출되어 있기에 이 점은 당연하다고 생각된다. 그러한 이유 등으로 인해 임화의 문학은 분단의식의 고착화를 막고 남북을 아우르는 하나의 문학사를 정립하기 위한 노력으로 해금 이후 문학비평가와 연구자들에 의해 활발히 연구되고 재정립되어 왔다.
그러나 북한의 경우는, 최근까지도 임화의 문학 자체를 인정하지 않고 있는 실정이다. 그들의 문학사에서 임화라는 이름은 아예 지워지거나 반

---

18 문덕수, 「수퍼비니언스의 원리」, 『시문학』, 2005년 12월호.

동적 문학인의 대표적인 예로 언급될 뿐, 그의 문학에 대한 객관적 평가는 이루어지지 않고 있다. 최근의 방대한 문학사전류나 문학사류[19]에서 '림화'의 이름은 어느 한 구석에도 나타나지 않는다. 부득이 그에 관한 언급을 할 경우에는 반동문학의 원형으로 취급되고 있다.

> 작가, 예술인들은 당 중앙위원회 제5차 전원회의 문헌토의사업을 진행하면서 지방주의 및 종파주의적 경향을 폭로 분쇄하고 대렬의 사상의지적통일단결을 실현하기 위한 날카로운 사상투쟁을 벌리었다. 이 과정에서 교활하고 음흉한 방법으로 문학예술분야에 반동적부르죠아독소사상을 침습시키고 작가, 예술인 대렬을 와해하려고 일랄하게 책동한 반동혁명분자들의 책동이 낱낱이 드러났다.
> 위대한 수령 김일성동지께서는 림화도당의 종파주의적 책동을 폭로 분쇄한 다음에도 문학예술분야에서 놈들이 뿌린 사상 여독을 청산하기 위한 투쟁을 벌리도록 하시었다.
> 위대한 수령님의 현명한 령도 밑에 작가, 예술인들은 형식주의, 자연주의, 감상주의, 염전사상 등 창작에서 발로된 온갖 반동적부르죠아사상독소를 뿌리빼는 투쟁을 힘있게 벌리었다.
> — 김서려, 리근실, 『조선문학사』[20]

남한에서는 '사회주의 혁명아'로 규정되는 임화를 북한에서는 이처럼 '림화도당의 종파주의적 책동' '반동적부르죠아사상독소' 등으로 철저한 반동으로 평가하고 있다. 이러한 비극의 주인공인 임화의 문학은, 그의 이 같은 정치적 죽음으로 인해 오히려 문학적인 빛을 잃지 않았다는

---

19 과학백과사전종합출판사 편, 『문학예술사전』(상, 중, 하), 과학백과사전 종합출판사, 1988, 1991.
　사회과학원 문학연구소, 『조선문학사』, 과학백과사전출판사, 1977~1981.
20 김서려, 이근실, 『조선문학사』, 과학백과종합출판사, 1994, 21쪽.

역설이 성립된다 하겠다.

임화의 시와 평문들은 역사의 진보적 도정에 오르기 위해 끊임없이 분투했던 과정을 보여준다. 그것은 이념적 지향을 시 속에 투사하면서 숱한 굴절과 모순, 다양한 시형식의 모색이 점철된 복잡한 역정이었다. 임화는 특히나 변화와 고난이 심했던 20세기 전반기—일제 강점기와 해방기와 전쟁기로 이어지는— 한국 역사 속에서 역사와 정면 대결하여 자신의 이념을 관철시키려 했으며, 그 과정에서 그가 지향하는 바 이념에 반하는 다양한 모순들과 대면하며 좌절을 겪어야 했다. 그리고 그러한 모순을 다양한 시를 통해 해소하는 치열한 과정을 통해 다시 진보의 도정에 올랐다.

임화는 한 시대 우리 문학사를 이끌어간 평론가였고, 주관적 서정의 세계에 서사성을 도입하여 시의 새로운 세계를 개척한 최초의 '단편서사시'를 비롯하여, 다양한 시형식과 내용의 탐구를 통해 시대적 아픔과 현실대응의식을 문학적으로 형상화 해낸 시인이었다. 임화의 단편서사시의 출현은 우리나라 서정시의 새로운 장을 여는 계기가 되어 1920년대 이후 백석, 이용악 등 경향시인들의 시편들과 이후 1970년대 이후의 민중시계열에서 서술시가 관습화되고 자동화되는 계기[21]가 되었다. 임화는 이처럼 그의 '단편서사시' 등의 형태를 통해 독자대중과의 소통의 거리를 적절하게 활용하고자 하였는데 이의 특징은, 대부분 화자와 청자가 등장하는 극적 이야기가 제시되고 있다는 특징을 갖고 있다. 임화는 또한, 문학적 이론의 바탕 없이 인상비평이 횡행하던 1920년대, 약관의 나이 이전부터부터 다양한 독서를 바탕으로 그 나름의 이론적 논리 아래 작품분석과, 문학사를 기술해낸 이론가였다. 임화의 문학론에 대하여 이형권은 1) 문예비평의 전문가 시대를 열었다. 2) 문예비평의 논리성 제고

---

21 김준오, 「서술시의 서사학」, 『시와 사상』, 1996년 여름호, 33쪽.

에 크게 기여했다. 3) 정통사회주의 비평의 선구자였다. 등으로 평가하면
서[22] '모든 문학연구의 궁극적 지향이 결국 민족문학사 기술에 있다는
점을 감안한다면, 그의 문학사와 민족문학에 관한 논의는 중요한 가치를
지닌다. 우리나라에서 일정한 방법론에 의한 문학사 기술은 임화에 와서
선구적으로 이루어졌다는 사실만으로도 그의 작업은 충분한 가치를 지
닌다.' 라고 평가하고 있다.

이러한 임화가 정치적 이유 등으로 오랫동안 문학연구의 어둠 저편에
묻혀 있던 시기를 벗어나 비평가와 학자들에 의해 다양한 연구가 행해지
고 있으며, 특히 그 전 작품이 전집으로 출간되어 많은 문학연구자와 애
호가들에 의해 이용될 수 있게 된 데에 큰 의미가 있다 하겠다.

임화에 대한 많은 연구자들이 임화를 역사발전단계와 그의 시와 비평
등을 일치시키고자 했던 비극적 시인이라고 평하고 있다. 이처럼 잘못 인
식한 역사발전단계로 인해 임화의 비극적 생애가 전개되고 마침내는 사
형이라는 비인간적 처형으로 막을 내리게 되었던 것이다.

그러나 전술한 여러 가지 문학사적 의의와 이념의 조국 북한에서도 인
정받기는커녕 반동 부르주아 독소로 처단되는 비극적 생애로 인해, '카
프'의 맹원으로 활동하던 시기나, 해방공간, 또는 월북한 이후의 문학활
동 등에서 지속적으로 볼셰비키적 입장을 고수[23] 한 임화의 문학이 비판
받지 않고 온전하게 옹호되는 것은 옳지 않은 문학연구와 문학향유의 방
법임을 또한 지적할 필요가 있다.

---

22 이형권, 「현해탄 시편의 양가성 문제」, 『한국언어문학』 49집, 한국언어문학회, 2002.
23 김용직, 『韓國現代詩史』 1, 한국문연, 1996, 527쪽.

4. 피천득의 생애와 문학세계

1) 생애

피천득은 1910년 5월 29일(음력 4월 21일) 서울 종로구 청진동 191번지(지금 종로구청 건너편에 해당되는 곳)에서 부친 피원근(皮元根) 씨와 어머니 김수성(金守成) 씨 사이에서 외아들로 태어났다. 아버지는 자수성가한 중견 사업가였으며 어머니는 거문고에 탁월한 재능을 가진 분이셨다.[24] 1916년 일곱 살 때 아버지를 여의었으며 같은 해 집 근처에 있는 유치원에 입학하고 동시에 근처 서당에서 한문 공부도 함께 시작했다. 2년 동안 『통감절요』 3권까지 뗐는데, 양태부(梁太傅)의 상소문을 줄줄 외워서 주위에서 신동이라는 칭찬을 들었다 한다. 1919년 열 살 때는 그림과 음악에 능하고 그토록 아들을 사랑하던 어머니마저 여의었다. 건강이 좋지 않아 강서온천에서 요양하던 어머니가 위독하다는 전갈을 받고 아침에 서울역에서 출발하였으나 도착했을 때는 이미 운명하신 뒤라 아들을 알아보지 못했지만 그때까지 체온은 따뜻했다고 회고했다.[25] 같은 해 서울 제일고보 부속국민학교에 입학하여 1923년 4학년 때 검정고시에 합격하여 2년을 월반하여 서울 제일고보(현 경기중학)에 입학했다. 그때 평생지기가 된 수필가 윤오영(당시 양정고보 1학년)을 만나 함께 동인지 『첫걸음』을 냈다. 같은 해 춘원 이광수의 부인 허영숙 여사를 알게 되었

---

24 피천득 연보 참조 및 손광성, 「금아 피천득 선생의 생애」 탄생100주년 기념세미나, 2010. 6. 4. 참조.

25 손광성, 위의 글 참조. 위의 필자는 금아의 서울대 제자로, 2006년 모 출판사에서 금아가 전기출판 제의를 받고 위 글의 필자에게 전기집필을 부탁하여 두 차례 본격적인 대담을 하고 나서 금아가 중도에 뜻을 바꾸어 중단되었다 한다. 본고에서는 위 글의 연대기적인 기술을 대부분 참고하였음을 밝혀둔다.

고, 그로부터 춘원 댁에서 3년간 함께 생활했다. 문학소년이라는 것 외에 춘원도 어려서 호열자로 부모님을 여읜 터라 금아의 처지를 딱하게 여겨 보살펴준 것으로 생각된다고 회고하고 있다. 춘원으로부터 금아(琴兒)란 호를 받고 문학적으로나 인격적으로 많은 영향을 받았다. 수필 「춘원」에서 금아는 춘원의 집에 3년 이상 살았으며, "그는 나에게 워즈워스의 「수선화」로 시작하여 수많은 영시를 가르쳐주었고, 도연명의 「귀거래사」를 읽게 하였고, 나에게 인도주의 사상과 애국심도 불어넣었다."고 쓰고 있다. 그 외에도 춘원 댁에 자주 출입하는 유진오, 주요한 같은 문인들로부터 많은 것을 배울 수 있었다 지만, "학덕이 높은 스승을 많이 만났지만 함께 생활한 기간으로 보나 정으로 보나 춘원과 인연이 가장 깊다"고 회고하고 있다. 그러나 그냥 기식한 것이 아니고 한 달에 쌀 두 가마는 냈다고 하는데, 그때 쌀 한 가마가 5원, 무명 한 필이 5원, 금 한 돈이 5원이었다 한다.

1926년 4학년 때 춘원의 권유로 임시정부 요원이었던 도산 안창호 선생을 만나기 위해 상해로 갔다. 어머니가 사망하자 친척들이 금아의 재산을 처분하여 차지했는데, 그중 토지매매대금의 일부인 5천 원이 그의 손에 들어오게 되어 춘원이 그것을 가지고 상해로 가라고 권고한다. 그러지 않으면 그것마저 빼앗기고 말 것이라고 했다고 한다. 금아의 수필 「외삼촌 할아버지」에 보면, 아버지 별세 후 집 안팎일을 돌보아주던 외삼촌 할아버지가 어머니마저 별세하자 돈 90원을 가지고 시골로 가서 50원으로 오막살이를 장만하고 살림을 차렸다는 기록이 있는데, 이로 미루어 보아 당시에 오천 원은 아주 거금으로 생각된다. 피천득은 도산 안창호에 대해 수필을 두 편 썼다. 자신에게 지식을 가르쳐주신 분은 많지만, 그러나 높은 인격을 보여주신 분은 도산 선생이시라고 하면서 "혁명가요 민족적 지도자이기 이전에 인간으로서 높은 존재"라고 사모의 글을 남기고 있다. 또한 자신이 병이 나서 누웠을 때 선생이 상해요양원에 입원시키고 겨울 아침 일찍 문병을 오시고는 했는데, 자신은 일경의 감시가 무서워서 선생의 장례식에도 참석치 못했다고 "예수를 모른다고 한 베드로보다 부끄러운 일이다"라고 자책하고 있다.

피천득은 그 후 1926년 Thomas Hanbury Public School에서 수학하고, 1929년 상해 호강대학교(滬江大學校) 예과에 입학하였다. 다음 해인 1930년 『신동아』에 시 「서정소곡」, 「소곡」, 「파이프」 등을 발표했다. 1931년 호강대학교 영문학과에 진학하였으며, 1934년부터 1937년 졸업할 때까지 방학이면 귀국하여 건강 등의 이유로 금강산 장안사 등지에 숙소를 정하고 매일 전나무 숲 그늘에서 책을 읽기도 하고, 표충사를 지나 만폭동까지 올라가기도 했다. 이때가 출가를 생각하던 시기였다 한다. 그러나 결국 하산을 결심했는데 그 까닭은 '게서도 보고 싶지 않은 걸 보았지. 여기도 내가 있을 곳이 못되는구나 싶었던 거야'라고 회고하면서 불교와 불교계 인사에 대한 실망이 원인이었다는 실토를 하였다 한다.

1937년 호강대학 영문학과를 졸업하고 서울 중앙상업학원 교원으로 부임했다. 1929년 예과에 입학하여 졸업까지 8년이 걸린 것은 상해사변 등 전쟁이 잦은데다 건강이 좋지 않아 자주 금강산에 들어가 요양을 하였기 때문이다.

1938년 주요한 선생의 부인 중매로 임진호 여사와 결혼하고 1939년 장남 세영(世英)이 출생하고(연극인으로 현재 캐나다 거주, 의료기기업체 운영), 1943년 차남 수영(守英)이 출생했다.(의학박사로 현재 서울 아산병원에 근무)

1945년 광복과 함께 서울대학교 전신인 경성대학교 예과 교수로 임명되고, 1951년 서울대학교 사범대학 영문과 교수로 임명되어 1974년 퇴직할 때까지 많은 제자들을 길러내었다. 1947년 첫 시집인 『抒情詩集』을 상호출판사에서 출간하고 그토록 사랑하여 많은 작품에 등장하는 딸 서영(瑞英, 우주 물리학 분야의 저명한 학자이며, 외손자 스테판 재키는 하버

드대학 재학 중 바이올리니스트로 2006년 내한하여 예술의 전당에서 서울시향과 협연하였다. 외손자의 음악적 재능은 당신 어머니의 재능을 물려받은 것이라고 흐뭇해하였다 한다)이 태어났다.

1954년에는 하버드 대학에 1년간 교환교수를 지냈는데, 그때 미국시인 로버트 프로스트를 만나 시에 대한 이야기 나눈 것을 퍽 소중한 인연으로 간직했다. 1959년 『琴兒詩文選』을 경문사에서 출간하고(일부 연보에는 1960년으로 기록되어 있음) 1969년에 책명을 바꾸어서 『珊瑚와 眞珠』를 일조각에서 출간했다. 1973년 『수필문학』 11월호에 「인연」이 발표되었는데 이후에 「수필」, 「나의 사랑하는 생활」과 함께 고등학교 교과서에 수록되어 널리 읽히고 국민적 사랑을 받는 계기가 되었다. 1976년에는 수필집 『수필』(범우사)과 번역서 셰익스피어의 『소네트시집』을 정음문고에서 출간했다. 1980년에는 『금아시문선』 중에서 시와 산문을 분리하여 『금아시선』과 『금아문선』(일조각)을, 1993년에는 시집 『생명』과 『삶의 노래 – 내가 사랑한 시 내가 사랑한 시인』(동학사)을 출간했다. 1996년에 수필집 『인연』과 역서 『셰익스피어의 소네트시집』을 샘터사에서 출간하여 『인연』이 베스트셀러가 되었는데 금아는 "그런데 그게 좀 그래." 하면서 별로 기뻐하지 않았다 한다. "대중적 인기보다 몇몇 사람의 극진한 사랑을 더 소중하게 여기신 것 같다."고 제자 손광성은 쓰고 있다.

이어서 2005년에는 번역시집 『내가 사랑하는 시』(샘터)를 출간하였다. 국회도서관 논문 검색을 해보면 1991년 『피천득 시집』(범우사)과 1997년 『꽃씨와 도둑』 등의 시집이 있지만 1996년 판 『인연』이나 2005년 판 『내가 사랑하는 시』의 연보에는 빠져 있다. 아마도 그 전에 출간된 시집을 증보하여 이름을 바꾸어서 출간한 때문인 것으로 보인다.

이로 미루어 보아 피천득은 실제로 많은 작품을 창작했다기보다는 같은 작품집을 약간 증보하여 여러 번 재출간한 것으로 보인다. 아래의 인용문에서 금아는 직접 그것을 밝히고 있으며 그 이후에도 그러한 재출간이 이루어졌다.

> 『산호와 진주』 속에 들어 있던 시와 수필을 따로 떼어 『琴兒詩選』, 『琴兒文選』으로 엮은 것은 1980년 3월의 일이다.
>
> 그 후 써 온 시를 더해서 1993년에 시집 『생명』을, 그리고 올해에는 잃어버릴 뻔한 수필 몇 편을 찾아내어 『인연』이라는 이름으로 이 수필집을 내게 되었다.
>
> 그동안 나는 아름다움에서 오는 기쁨을 위하여 글을 써왔다. 이 기쁨을 나누는 복이 계속되고 있음에 감사한다.
>
> ― 피천득, 『인연』(샘터, 1996), 서문

이처럼 그는 '아름다움에서 오는 기쁨'을 위하여 글을 써왔다고 고백하고 있다. 이러한 아름다움은 스스로 찾아내고 느끼는 감성이 중요하지만, 또한 좋아하는 일을 즐길 수 있는 어느 정도 생활의 여유가 있어야 가능한 것으로 생각된다. 그에 더하여 '한국의 전통적인 문학에 대한 이해를 바탕으로 하여 일본과 중국의 문화와 생활을 경험적으로 터득'[26] 했기 때문이며, 치열한 독서와 사색과 통찰력을 지녔기에 삶을 긍정적으로 바라보고 아름다움을 느낄 수 있는 좋은 시와 수필을 창작할 수 있었던 것이다. 그는 또한 2002년 한일 월드컵 축구대회 때 붉은 악마 티셔츠를 입고 응원하면서 「지금 미치지 않은 사람은 정말 미친 사람이다」라는 시를 쓸 정도로 나이답지 않은 열정과 천진성을 보여주었다.

그가 2007년 5월 15일 97세를 일기로 타계하였을 때 "값진 인연 남기고 떠난 한국수필의 아버지" 등으로 도하 신문에서 그를 기렸으며(『동아일보』, 2007년 5월 26일자) 이해인 시인은 "존재 자체로 시와 수필이 되시고 산호가 되고 진주가 되신 선생님"이라는 추모사로 그를 기렸다.(『동아일보』, 2007년 5월 26일자). 그의 유택은 경기도 모란공원에 있으며, 그를

---

26 차주환, 「피천득의 수필세계」, 『산호와 진주와 금아』, 샘터, 2003, 168쪽.

기리는 '피천득 기념관'이 잠실 롯데월드 3층에 마련되어 있다.

2) 피천득의 문학세계

금아 피천득은 생활 주변에서 느끼는 작고 여리고 소박한 것에서 아름다움을 찾고 기쁨을 찾아 그것의 목록을 작성하듯이 시를 쓰고 수필을 쓰고, 그리하여 독자들에게도 기쁨과 아름다움을 느끼고 삶의 보람과 위안을 느끼게 해주었다.

한국 현대수필은 1920년대에 이르러 김진섭과 피천득 그리고 이양하와 같은 외국문학자들을 중심으로 현대적인 개념의 수필문학이 일어나면서 독자들의 관심을 모았다. 일본에서 독문학을 전공한 김진섭은 그 박학다식을 바탕으로 「생활인의 발견」과 같은 근대적인 개념의 수필로 한국 수필계에 새로운 지적(知的) 충격을 준 반면에, 피천득은 '작은 것이 아름답다'로 요약되는 일상적인 삶 속에서 느끼는 여유롭고 깨끗하고 우아한 정서의 세계를 수필로 발표하여 한국 수필의 새로운 경지를 개척한 공로와 함께, 이후의 한국 수필을 삶의 본질과 궁극적인 문제를 진지하게 천착하는 문학으로서보다는 신변의 작은 이야기와 감동에 머무는 경수필의 테두리에 머물게 한 한계를 지니고 있다.[27]

이러한 한계와 함께 '귀족주의, 제국주의, 완벽한 감각적 신변잡기'라는 비판을 받기도 하지만 금아는 쉽게 지나칠 수 있는 일상적인 평범하고 작은 소재를 섬세하고 서정적이고 시적 간결성을 지닌 문체로 담아내어 '국민수필'가라 불러도 무색하지 않을 만큼 온 국민들의 사랑을 받아왔다.' 그의 작은 것과 인연을 소중히 여기는 작품 태도는 고등학교 교과서

---

27 이혜선, 「절제된 언어, 순수한 시혼」, 『문학비평』 제17집, 2010, 47쪽.

에 오랫동안 수록되어 국민들의 사랑을 받아온 「인연」을 비롯하여, 그와 인연 있는 사람들과의 이야기를 쓴 여러 편의 실명수필을 낳았다.(엄마, 서영이, 외삼촌 할아버지, 유순이, 도산(두 편), 춘원, 로버트 프로스트(두 편), 치옹(痴翁, 윤오영), 여심(餘心, 주요섭) 등). 또한 그는 수필 「찰스 램」에서 찰스 램에게 바치는 사랑을 표현하고 있다. 그는 19세기 영국의 수 필가 찰스 램의 수필과 유사한 서정적인 수필, 철학적이고 도덕적인 내용을 배제하고 우아하고 아름다운 삶의 작은 편린을 담는 수필을 주로 썼으며, 이러한 그의 수필창작태도와 수필에 대한 개념은 그가 수필로 쓴 수필론 속에도 표현되어 있다.

　지금까지의 피천득 문학 연구사를 대략 살펴보면 다음과 같다. 『피천득 선생 화갑기념 논총』, 『산호와 진주와 금아; 피천득을 말하다』 등과 명계웅, 황필호, 차주환, 김우창, 윤삼하, 박연구, 정진권, 석경징, 윤재천, 하길남, 임헌영, 오양호, 송명희, 장경렬, 이태동, 손광성, 이혜선, 그리고 학위논문으로는 박향옥, 박혜정, 최영숙, 안경란 등이 있다. 대부분의 연구가 피천득의 수필에 관한 글이고, 시집 서평 두 편과 『시와 시학』에 수록된 장경렬의 글이 시에 대한 연구문이다. 지난 해(1910년) 탄생 100주년을 맞이하여 한국문학비평가협회에서 가진 세미나에서 이혜선(필자)은 피천득의 시세계와 수필세계를 아울러 고찰하고, 그의 수필이 그의 시작품보다 더 사랑받고 더 큰 평판을 받는, 시와 수필의 상관관계를 규명하였다.[28]

　피천득은 「시와 함께 한 나의 문학인생」에서 자신의 글쓰기에 대해 이

---

28 이혜선, 앞의 글, 피천득의 시와 수필의 상관관계 고찰의 글로서는 유일한 것으로 판단된다. 이하에서는 '앞의 글' 에서 많은 부분을 인용함.

렇게 밝혀놓고 있다.

　　1) 나는 영문학을 공부해서 많은 시들을 읽고 싶었습니다. 그리고 나 자신이 시인이 되고 싶었고, 직접 시를 쓰기도 했습니다. 그런데 독자들이 내가 쓴 수 필과 산문을 많이 사랑하게 되면서 내가 쓴 시들이 그것에 가려진 듯한 느낌이 듭니다.
　　2) 나에게 있어서 수필과 시는 같은 것입니다. (중략) 내가 시와 수필에서 가 장 중요하게 생각하는 것은 순수한 동심과 맑고 고매한 서정성, 그리고 위대한 정신세계입니다. 특히 서정성은 세월이 아무리 흘러도 변하지 않는 것입니다. 나는 시와 수필의 본령은 그런 서정성을 창조하는 데에 있다고 생각합니다. 그 래서 나는 수필도 시처럼 쓰고 싶었습니다. 맑은 서정성과 고매한 정신세계를 내 글 속에 담고 싶었습니다.(밑줄－필자)

　1)에서 피천득은 자신이 시인으로서보다 수필가로 더 알려지고 사랑 받는 것에 대해 다소 섭섭함을 느끼는 듯하다. 실제로 그는 수필보다 시 를 먼저 발표하여 문단에 나왔고 시집을 수필집보다 먼저 출간했는데, 시 인으로서보다 수필가로 더 알려지고 더 수필이 더 많이 사랑받는 이유는 어디에 있을까.

　2)에서 그는 수필을 쓰는 자신의 태도에 대해 말하고 있다. 수필도 시 처럼 쓰고 싶었다는 것은 시가 가지는 서정성을 중시하면서 시를 중심에 두고 수필도 그처럼 서정성을 살려서 쓰고 싶었다는 진술이다. 아울러 순 수한 동심과 맑고 고매한 서정성과 위대한 정신세계를 중시하였다는 창 작태도를 밝히고 있다.

　실제로 그의 수필을 평하는 평자들은 그의 수필에서 순수한 서정성과, 생활 주변에서 느끼는 작은 것, 사소한 것에 대한 아름다움의 발견과 그 것에 대한 사랑을 느끼는 섬세한 감수성에 대한 지적이 대부분이다. 그리 고 그의 시에서는 절제되고 간결한 언어사용과 순수한 시혼, 맑은 동심 등을 특징으로 들 수 있다.

가) 피천득의 시세계

피천득의 시에 나타나는 특징은 지나치리만치 절제된 언어 사용과 간결하고 짧은 문체, 그리고 그러한 형식 속에 담긴 동심같이 순수하고 맑고 밝은 시혼을 들 수 있다.

> 햇빛에 물살이
> 잉어같이 뛴다
> "날 들었다!" 부르는 소리
> 멀리 메아리친다
>
> ―「비 개고」 전문

> 걸음걸음 봄이요
> 파―란 파란 빛 치맛자락
> 쳐다보면 하늘엔
> 끊어낸 자욱은 없네
>
> ―「봄」 전문

「비 개고」는 피천득의 시를 이야기할 때 가장 많이 거론되는 대표작이다. 4행 단연, 10개의 어절로 이루어진 짧은 시로서 간결하기 이를 데 없는, 언어의 절제미가 돋보이는 시다. 그러나 이렇게 짧은 형식의 시이지만 이 시는 우리를 순식간에 어릴 적 어느 개울가의 천둥벌거숭이로 데려가 즐거움과 환희와 기대감에 차서, 부르는 소리를 듣고 멀리서 한 달음에 달려올 동무를 기다리는 동심에 젖게 하고 방금 그친 비에 불어난 냇물이 콸콸 흘러가며 만드는 기분 좋은 부딪힘과 간지러움과, 비가 개고난 뒤의 눈부시도록 맑은 햇빛에 펄펄 뛰는 잉어 같은 물결에 눈이 부신 어지러움까지 함께 느끼게 해준다. 별다른 수사법도 쓰지 않고 "잉어같이 뛴다"라는 직유 하나로 비가 개고 난 뒤의 어느 산촌 조그만 마을 앞의 개울과 그 위의 맑은 하늘과 그것을 기뻐하는 아이들의 천진스런 동심을 생동감 있게 표현하고 있다. ""날 들었다!" 부르는 소리"에서, 구질구질 비가 내리는 날 처마 밑에 모여서 그들이 얼마나 비가 개이기를 기다려왔는가 하는 그 기다림까지 그려내고 있다. 앞 두 줄의 정경 묘사에 이어서 뒤의 두 줄은 그러한 자연변화에 대응하는 인간 삶의 모습을 제시하여 전통적인 시작기법인 선경후정(先景後情)을 보여주며 단 네 줄로 쓰여 한시의 절구(絕句)와도 같은 절제된 형식을 보여준다.

「봄」도 역시 네 줄로 이루어진 단연의 시로서 11개의 어절로 이루어져 있지만 한 단어가 반복 사용되고 있어 10개의 어절로 되어 있는 작품이다. "파–란 파란 빛 치맛자락"은 봄에 돋아나는 새싹들의 치맛자락이며 봄을 맞아 환호하는 아이의 치맛자락이기도 하다. 파란 하늘 한 자락 끊어내어 눈에 보이는 모두의 파란 치마를 만들었는데 하늘을 쳐다보면 하늘은 끊어낸 자욱이 없이 그대로 눈부시게 푸를 뿐이다. 「비 개고」에서는 짧은 형식 속에 서경과 서정을 아울러 포함하며 사람살이의 빛나는 한 순간을 영롱하게 제시하여 동심과 순수에 젖게 하고 「봄」에서는 형식이 짧은 그대로 내용도 단순하게 봄을 맞은 동심의 감동과 경이를 아이다운 의문으로 표현하고 있다.

> 호수가 파랄 때는
> 아주 파랗다
>
> 어이 저리도
> 저리도 파랄 수가
>
> 하늘이, 저 하늘이
> 가을이어라
>
> ─「가을」전문

친구 만나고
울 밖에 나오니

가을이 맑다
코스모스

노란 포플러는
파란 하늘에

—「시월」 전문

　「가을」과 「시월」은 두 작품 모두 각각 두 줄을 한 연으로 배치한 3연시
로 모두 6행으로 되어 있다. 「가을」은 14어절로 되어 있지만 그중에 반복
되어 쓰여진 '파랄' '파랗다' '저리도' '하늘이'를 제외하면 역시 10개의
어절로 구성되어 있는 짧은 시이다. 「시월」은 12개의 어절로 되어 있다.
「가을」에는 반복법과 영탄법이 사용되고 「시월」에는 생략법이 사용되어
약간의 비약을 느끼게 하면서 선명한 시각적 인상을 심어주고 있다. 한국
의 시월은 그 어느 계절보다 대기와 하늘이 맑고 밝아 친구를 만나는 마
음을 더욱 반갑고 다정하고 흐뭇하게 해준다. 딱히 만나기로 한 친구가
없어도 누군가를 만나고 싶은 그러한 인정이 '울 밖에' 나오는 걸음걸이
에도 여운이 남게 해주고 아울러 그 마음에 비치는 사물은 모두가 아름답
고 맑은 느낌으로 여유롭게 안겨 드는 시적 화자의 마음을 순수한 서정으
로 표현해놓고 있다. 친구를 만나는 가을날의 동행과 울밖에 나서서 느끼
는 맑은 가을의 대기와 코스모스의 한들거림, 눈부신 파란 하늘에 물든
포플러를 다른 수식이나 설명 없이 보여주는 기법 등에서, 진(晉)나라 도
연명(365~427)의 시 「飮酒 其五」 중에 "採菊東籬下 悠然見南山 山氣日夕
佳 飛鳥相與還 此中有眞意 欲辨已忘言"에서 "동쪽 울타리 아래서 국화
꺾다가 한가로이 남산을 바라보는 모습"이나 "아침저녁으로 산기운이 아

제1부 미래를 예견하는 눈 | 79

름다워 날던 새들도 함께 돌아온다"는 그 여유로움과 동행의 의미를 함께 느낄 수 있다. 또한 어떤 진술도 없이 간결하게 끝마치고 있는 결말부분이 "이 가운데 참뜻이 있으려니 말하고자 하나 말을 잊었노라"라는 위의 도연명의 시와 흡사한 정서를 느끼게 해준다. 두 편 모두 선명한 한 폭의 그림으로 펼쳐지는 시각적 작품이다.

피천득의 시에서 이처럼 4행이나 6행시, 8행시처럼 짧은 형식과 한 행에 두 어절 내지 세 어절을 배치하는 간결한 언어 사용, 사족을 찾아볼 수 없는 언어의 절제미 등은 한시의 절구(4행)나 율시(8행)의 행 배치와 더불어 5언 절구, 7언 절구, 5언 율시, 7언 율시처럼 짧고 간결한 표현법의 영향으로 보인다. 피천득은 1916년 일곱 살 되던 해 집 근처에 있는 유치원에 입학함과 동시에 근처 서당에서 한문공부를 시작하여 2년 동안 『통감절요』 3권까지 떼었다고 한다. 이때 양태부(梁太傅)의 상소문을 줄줄 외워서 주위에서 신동이라는 칭찬을 받았다고 한다. 비록 영문학을 전공했지만 상해 호강대학에서 8년 동안 공부한 일도 그의 시작태도에 한시가 많은 영향을 주었으리라 짐작되는 부분이다. 실제로 그는 어떤 대담에서 한시를 아주 즐겨 읽는다고 했다 한다.[29]

　　뒤챈다
　　뒤챈다
　　뒤챈다

　　아이 숨차
　　아이 숨차
　　쌔근거린다

---

29 윤삼하, 「보석처럼 진귀한 시」, 『산호와 진주와 금아』, 샘터, 2003, 219쪽.

웃는 눈
웃는 눈
자랑스레 웃는 눈

—「백날 애기」전문

겨울날 아침에
입었던 꽈쓰(褂自)를 전당잡혀
따빙(大餠)을 사먹는 쿠리(苦力)가 있다

알라 뚱시(東西) 치롱 속에
넝마같이 팔려버릴
어린 아이가 둘
한 아이가
나를 보고 웃는다

—「1930년 上海」전문

「백날 애기」는 9행으로 되어 있지만 반복된 어절을 빼면 모두 7개의 어절로 이루어져 있으며 설명이 전혀 없이 묘사로만 이루어져 단순하다고 할 만큼 짧고 간결하지만 그만큼 더 실감나는 표현이다. 혼신의 힘을 다해 여러 번의 시도 끝에 몸을 뒤채는 데 성공하고 나서 자랑스레 웃는 아가의 얼굴을 바라보는 부모의 사랑과 기쁨을 여과 없이 보여주는 데 성공한 작품이다.

「1930년 上海」도 진술은 전혀 없이 묘사만으로 보여주기(showing)의 기법으로 실제 상황을 눈앞에 보는 것처럼 절실한 공감을 이끌어내고 있다. "넝마같이 팔려버릴/어린 아이가 둘//한 아이가/나를 보고 웃는다"라는, 곧 팔려 가야하는 슬픈 상황과는 대조된 표현 속에 비극성을 강조하는 담담한 기법이 사용되고 있다.

나무가 강가에 서 있는 것은
얼마나 복된 일일까요

나무가 되어 나란히 서 있는 것은
얼마나 복된 일일까요

새들이 하늘을 나는 것은
얼마나 기쁜 일일까요

새들이 되어 나란히 나는 것은
얼마나 기쁜 일일까요

—「축복」 전문

이 순간 내가
별들을 쳐다본다는 것은
그 얼마나 화려한 사실인가

오래지 않아
내 귀가 흙이 된다 하더라도
이 순간 내가
제 9 교향곡을 듣는다는 것은
그 얼마나 찬란한 사실인가

그들이 나를 잊고
내 기억 속에서 그들이 없어진다 하더라도
이 순간 내가
친구들과 웃고 이야기한다는 것은
그 얼마나 즐거운 사실인가

두뇌가 기능을 멈추고
내 손이 썩어가는 때가 오더라도
이 순간 내가

마음 내키는 대로 글을 쓰고 있다는 것은
허무도 어찌하지 못할 사실이다

— 「이 순간」 전문

피천득의 시 중에서는 비교적 긴 시를 골라보았다. 「축복」은 1947년에 간행된 『서정시집』에는 없고 1959년 간행된 『금아시문선』에 수록되어 있는 작품이고 「이 순간」은 『금아시문선』에도 없고 1969년 간행된 『산호와 진주』에 수록되어 있으니 비교적 후기 작품이라 할 수 있겠다. 그의 시 중에서 산문시로 쓰여진 「어린 벗에게」를 제외하면 비교적 긴 시에 속한다. 「축복」에는 1연과 2연의 둘째 줄의 반복, 3연과 4연 둘째 줄의 반복과, 1연과 2연 첫째 줄의 변화반복, 3연과 4연 첫째 줄에 변화반복 등이 사용되고 1연과 3연, 2연과 4연은 내용상 대칭을 이루고 있다.

「이 순간은」도 '화려한' '찬란한' '즐거운'으로 단어는 변화되었지만 문장은 반복되어 있고, 각 연의 내용전개방법도 반복법이 사용되었다. 이렇게 볼 때 시의 길이는 조금 길어졌지만 역시 언어의 절제미가 있어 단순 간결한 기법이 사용되었다.

나무와 새는 그들 나름으로 각자가 귀한 개체이다. 이들 개별 존재가 각각 독립적 존재로서의 삶을 살아가는 것만도 축복인데, 더 귀한 축복은 그들 사이에 만남이 있고 일치하는 마음이 있고 소통하는 기쁨이 있기 때문이다. 이러한 소통의 기쁨은 시 「이 순간」에도 표현되어 있다. 시적 자아가 별들을 쳐다보는 화려한 사실, 제9교향곡을 듣는 찬란한 사실, 친구들과 웃고 이야기하는 즐거운 사실 등은 모두 '별'로 대유되는 자연의 아름다움, 제9교향곡으로 대유되는 음악과 예술의 아름다움, 친구로 대유되는 모든 사람들과 생명과 대화하는 만남과 소통과 일치의 기쁨이다. 또한 시 「이 순간」에는 수필 「나의 사랑하는 생활」에서 느끼는 순간순간의 삶의 아름다움, 작은 것에서 느끼는 기쁨과 행복감이 그대로 오롯이 표현되어 있다. 이 모두가 김재홍이 지적한 '생명사상, 사랑의 정신, 자유사상과 평화주의' 등으로 요약될 수 있다.

나) 피천득의 수필세계

피천득은 "수필도 시처럼 쓰고 싶었다."고 한 바 있다. 그리고 '순수한 동심과 맑고 고매한 서정성, 위대한 정신세계'를 표현하고 싶다고 하였다.

그는 「산호와 진주」 첫머리에 "깊고 깊은 바다 속에/너의 아빠 누워 있네/그의 피는 산호 되고/그의 눈은 진주 되었네"라는 셰익스피어의 『태풍』 1막 2장 에어리엘의 노래를 수록하고 「서문」에서 "'산호와 진주'가 나의 소원이다. 그러나 그것은 될 수 없는 일이다. 그리 예쁘지 않은 애기에게 엄마가 예쁜 이름을 지어주듯이, 나는 나의 이 조약돌과 조가비들을 '산호와 진주'라 부르련다."라고 하여 그가 지향하는 바 이상을 직설적으로 표현하지 않고 산호와 진주, 조약돌과 조가비 등 비유와 상징성을 가진 언어로 나타내었다. 이렇게 시어처럼 비유적, 상징적, 함축적이고 간결한 언어사용의 표현기법과 시적인 서정성이 그의 수필이 많은 사람들에게 사랑받는 이유 중의 하나이다.

한 마디로 말해서 '시는 메타포(metaphor)다'라고 할 정도로 시에 사용되는 대표적 레토릭은 메타포이다. 비유 중에는 직유(simile)가 가장 많이 쓰인다. 그러나 직유는 웬만한 산문에서도 널리 사용되는 수사법이지만, 은유는 특히 시에서의 구체화, 형상화 방법으로 많이 사용되는데 피천득의 수필에서 특히 은유가 많이 사용되고 있어 그 표현의 간결성과 절제성과 더불어 독자에게 서정적 느낌을 많이 주고 실감나게 전달되는 효과를 얻고 있다. 『금아문선』의 77편 수필 중 제일 처음에 배치한 「수필」에서 그는 자신의 수필관을 피력하는데, 체계적이고 논리 정연한 학술적 방법(중수필)을 쓰지 않고, '수필'에 대한 정의를 직설적으로 하지 않고 다양한 비유법을 써서 함축적이고 서정적인 경수필로 제시하고 있다.

> 1) 수필은 청자(靑瓷) 연적이다. 수필은 난(蘭)이요, 학(鶴)이요, 청초하고 몸맵시 날렵한 여인이다. 수필은 그 여인이 걸어가는 숲속으로 난 평탄하고 고요한 길이다. 수필은 가로수 늘어진 페이브먼트가 될 수도 있다.
> 2) 수필은 마음의 산책이다.
> 3) 수필의 빛은 비둘기 빛이거나 진주 빛이다. 수필이 비단이라면 번쩍거리지 않는 바탕에 약간의 무늬가 있는 것이다.
> 4) '누에의 입에서 나오는 액(液)이 고치를 만들듯이' 수필은 씌어지는 것이다.
> 5) 차를 마시는 거와 같은 이 문학은 그 방향(芳香)을 갖지 아니할 때에는 수돗물같이 무미한 것이 되어버리는 것이다.
> 6) 수필은 독백(獨白)이다.
> 7) 이 균형 속에 있는 눈에 거슬리지 않는 파격(破格)이 수필인가 한다.
>
> —「수필」 부분

수필로 쓴 수필론인 「수필」에서 피천득은 '청자, 난, 학, 여인, 길, 마음의 산책, 차를 마시는 일, 파격' 등 다양한 보조관념을 사용하여 수필의 성격을 다의적이고 함축적으로 제시하고 있다. 이 글의 반 이상이 비교적 많은 이미지를 함유하고 있는 은유로 이루어져 있어 시적인 표현을 하고 있으며, 또한 간결한 문체를 사용하여 행간의 의미를 음미해야 하는 시적인 여백의 미를 지니고 있다. 김진섭의 수필 문체의 특징인 화려체, 만연체와는 달리 간결하고 절제된 언어 사용을 읽을 수 있다. 이것은 "수필도 시처럼 쓰고 싶었다."는 수필쓰기의 태도와 함께, 시인으로 먼저 출발하고 시집부터 먼저 출간한 금아의 시적인 문체와 표현기법에 능한 글쓰기 능력 덕분인 것으로 파악된다. 이 글은 고등학교 교과서에 실린 이유도 있겠지만 아름다운 문체로 인해서 많은 독자들에게 사랑 받으면서 수필쓰기의 한 전범이 되어오다시피 하였다. 그러나 "수필은 청춘의 글은 아니요, 서른여섯 살 중년 고개를 넘어선 사람의 글이며, 정열이나 심오한 지성을 내포한 문학이 아니요, 그저 수필가가 쓴 단순한 글이다" "수필은 독자에게 친밀감을 주며, 친구에게서 받은 편지와도 같은 것이다." 등에서 보듯이 수필의 성격에서 철학적 도덕적 인생론적인 사색의 깊이를 가진 중수필적 성격과, 몽테뉴적인 서구 수필적 성격을 배제하고, 작은 것, 아름다운 것, 소박하고 우아한 기쁨 등 생활주변의 이야기로 제한하여 이후의 우리나라 수필의 성격을 서정수필이나 개인수필로 축소 한정시켰다는 비판도 받고 있다.

> 1) 오월은 금방 찬 물로 세수를 한 스물한 살 청신한 얼굴이다.
> 하얀 손가락에 끼여 있는 비취가락지다.
> 오월은 앵두와 어린 딸기의 달이요, 오월은 모란의 달이다.
> 그러나 오월은 무엇보다도 신록의 달이다. 전나무의 비늘잎도 연한 살결같이 보드랍다.
> 2) 유월이 되면 '원숙한 여인' 같이 녹음이 우거지리라.
>
> ―「오월」 부분

> 3) 나는 반세기를 헛되이 보내었다. 그것도 호탕하게 낭비하지도 못하고 하루하루를, 일주일 일주일을, 한 해 한 해를 젖은 짚단을 태우듯 살았다.(중략) 가끔 한숨을 쉬면서 뒷골목을 걸어오면서 늙었다.
>
> ―「송년」 부분

이 작품에서도 「오월」은 여러 가지 보조관념에 의해 다양한 이미지로 그 상징성을 드러내고 있다. "스물한 살 청신한 얼굴" "비취가락지" "앵두" "어린 딸기" "모란" "신록" 등등 색채 감각과 시각 등의 은유법과 "연한 살결같이"의 직유 등으로 오월의 이미지를 독자에게 실감나게 환기시키고, "원숙한 여인"으로 유월을 불러오고 있다. 또한 반복법과 나열법도 많이 쓰이고 있다.

3)의 「송년」에서는 헛되이 보낸 시간을 "젖은 짚단을 태우듯 살았다"라

는 탁월한 비유를 사용하여 독자를 끌어당긴다. 마치도 T. S. 엘리엇이 「알프레드 프루프록의 연가」에서 용기 없는 삶의 태도, 식어버린 열정, 무게 없는 삶을 비유적으로 표현한 시적 자아의 독백, "나는 내 삶을 커피스푼으로 되질해왔다."라는 구절을 떠올리게 할 만큼 적절한 비유라 하겠다.

이처럼 피천득은 그의 수필 곳곳에서 탁월한 비유와 반복, 나열 등으로 시적이고 참신한 표현법을 사용하여 다른 수필가와 변별되는 독자적인 수필세계를 펼치고 있다.

그의 대표작으로 일컬어지는 「인연」에서 그는 대상으로 삼고 있는 아사코를 세 가지 꽃으로 비유하고 있다. 물론 뾰족지붕이나 신발장과 우산, 성심여학교, 영화 이야기 등 그녀를 상기시키는 객관적 상관물이 몇 가지 있기는 하지만 그 어느 것보다도 아사코를 독자들의 마음속에 강한 인상으로 떠오르게 해주는 것은 이 세 가지 꽃이다. 1)필자가 처음 미우라 선생 댁에 갔을 때 아사코가 꽃병에 꽂아준 '스위트피'로 인해 "아사코는 스위트피같이 어리고 귀여운 꽃"이라고 생각하게 된 것, 2) 두 번째 만났을 때 "그 집 마당에 피어있는 목련꽃과도 같이" 청순하고 세련되어 보이는 영양이 된 아사코, 3) 결혼을 하고 따로 나서 산다는 아사코의 살림집을 굳이 찾아가 만났을 때의 "백합같이 시들어가는 아사코의 얼굴" 등 시간이 흐르고 상황이 변화함에 따라 달라지는 느낌의 아사코에 대한 이 세 가지 꽃의 비유는 그 애틋한 느낌과 함께 시간이 흘러도 독자의 마음속에 지워지지 않는 강한 이미지를 만드는 데 성공한 수사법이다. 이 수필을 읽으면 "수필은 플롯이나 클라이맥스를 필요로 하지 않는"(「수필」) 글이 아니라 철저한 플롯으로 짜여진 글임을 느낄 수 있다.

여기 나의 한 여상이 있습니다. 그의 눈은 하늘같이 맑습니다. 때로는 흐리기도 하고 안개가 어리이기도 합니다. 그는 싱싱하면서도 애련합니다. 명랑하면서도 어딘가 애수가 깃들고 있습니다. 원숙하이면서도 앳된 데를 지니고, 지성과 함께 한편 어수룩한 데가 있습니다. 걸음걸이는 가벼우나 빨리 걷는 편은 아닙니다. 성급하면서도 기다릴 줄을 알고, 자존심이 강하면서도 수줍어할 때가 있고, 양보를 아니하다가도 밑질 줄을 압니다.

그는 아름다우나, 그 아름다움은 사람을 매혹하게 하지 아니하는 푸른 나무와도 같습니다.

옷을 늘 단정히 입고 외투를 어깨에 걸치는 버릇이 있습니다. 화려한 것을 좋아하나 가난한 것을 무서워하지 아니합니다.

— 「구원의 여상」 부분

이처럼 피천득의 수필에서는 나열과 더불어 묘사적 방법도 많이 사용하고 있다. 마음속에 생각하는 구원의 여인상을 형상화시켜 보여주기 위해 설명적이고 암시적인 묘사기법을 사용하여 그의 성격과 기품과 행동과 습관을 독자들 눈앞에 그려주고 있다.

일반적으로 수필가로만 알려져 있는 피천득에 대하여 본고에서는 그의 시와 수필을 함께 고찰하여 피천득의 시세계와 수필세계를 종합적으로 살펴보았다. 금아의 수필에 대하여는 이미 많은 연구가 이루어져 있기에 본고에서는 시 쪽에 더 비중을 두어 살펴보았다.

위에서 살펴본 바와 같이 피천득의 시는 절제된 언어사용과 간결하고 짧은 문체, 그리고 그러한 형식 속에 담긴 순수한 시혼과 동심같이 맑고 밝은 서정성을 특징으로 생명사상과 사랑의 정신, 자유사상과 평화주의를 표출하고 있다. 많은 작품을 창작하지도 않고 일생동안 한 권 분량의 작품을 발표하였는데 본인은 이를 가리켜 '순수주위나 결벽주의의 소산'이라고 말한 바 있다. 표현 면에서도 특별한 시적 기교나 수사법을 사용하지 않고 비교적 짧은 4행, 6행, 8행시, 한 행에 두 음절 내지 세 음절만 배치하는 간결한 언어 사용 등은 동양적 사고와 한시의 영향을 받은 것으로 보인다.

이러한 글쓰기 태도는 수필에서도 그대로 나타나는데 「수필」 「오월」 「송년」 등에서 대표적으로 나타나는 시적인 문체의 사용, 비유와 함축과 간결한 언어 사용, 나열과 반복의 기법, 그리고 비교적 짧은 수필의 형식 (수필집 『인연』에는 1면 반, 2면 분량의 작품이 많이 있다.) 등은 '시적 수 필' '서정수필'의 서정적 성격으로 독자와 평자에게 깊은 인상과 독특한 감동을 주고 비교적 강하게 전달되는 이점이 있다. 이러한 특징에서 드러 나듯이 피천득은 '서정수필'이라는 새 유형을 제시하고 그 유형의 대표 작품들을 여러 편 창작하여 우리 수필문학사에 뚜렷한 이정표를 제시한 공로를 인정받으며[30] 많은 독자의 공감을 얻고 있다. 한편으로는 철학적 이고 사색적인 깊이가 있으며 문제의식을 갖춘 중수필 쪽이 부족하고 서 정수필 위주의 경수필과 신변잡기류에 치우쳐 있다는 지적에서 자유롭 지 못하다.

반대로 그의 시에서 주로 사용되는 간결하고 단순한 문체, 지나치게 절 제된 언어와 형식으로 인한 이미지의 단순성 등은 순수한 시혼과 서정성 을 내포하고 있지만, 낯설게 하기와 형상화로 다의적이고 함축적인 행간 을 읽어내야 하며 삶의 본질을 천착하는 깊이 있는 시와는 다소 거리가 있다. 그러므로 그의 시가 독자에게 단순하고 명료한 기쁨은 주지만, 오 래 감동하게 되는 깊고 강한 울림을 주지는 못하는 것으로 사료된다. 또 한 수필의 그늘에 가리어 깊이 있는 시를 창작하지 못했고 그래서 그의 시가 제 빛을 다 발하지 못한 아쉬움이 있다.

그러나 수필도 시처럼 쓰고 싶었다는 본인의 바람대로 '시적 수필'에 서 순수한 시혼과 서정성을 내포한 성과를 거두었음을 인지할 수 있었다.

피천득은 이러한 시인으로서의 성과와 함께, 작고 사소한 생활 주변에 대한 아름다움을 발견하고 평범 속에서 비범을 발견하여 그것을 작품화 해서 한국 수필사에 '서정수필'의 한 전범을 제시했다는 데 가장 큰 의의

---

30 권오만, 「琴兒詩의 금빛 비늘」, 피천득 선생 탄생 100주년 기념 세미나(2010. 6. 4, 프 레스센터) 자료집, 23쪽.

가 있다 하겠다.

5. 나가며

1900년대 서울에서 출생한 문인 중, 서창남, 임화, 피천득 세 문인을 출생연도별로 그들의 생애와 문학세계를 고찰, 정리해 보았다.

그중 서창남 시인은 문단에 거의 알려져 있지 않은 시인으로 자료가 거의 없어서 자료조사에 애로가 있었다. 그리고 시세계에 대한 연구나 평문도 전무하고, 요즈음 출간하는 시집에 거의 수록되는 시해설도 없는 관계로 필자가 입수한 시집 두 권을 텍스트로 그 시세계를 간단히 고찰하였다. 아마 서창남 시세계 고찰로는 처음이 아닌가 생각된다. 두 권의 시집에서 공통적으로 나타나는 시세계의 특징은, 풀리지 않는 한(恨)에 대한 역설적 형상화이며, 잃어버린 자아찾기의 영혼의 방황이다. 또한 생태계 파괴와 지구의 재앙을 예언하는 사회의식과 예지력을 보이는 작품세계를 읽을 수 있으며 시집 『文身』에서는 불교적 세계관을 주로 읽을 수 있었다.

임화는 다양하고 격동적인 시대를 온몸으로 살아낸 삶에 걸맞은 시와 평론, 문학론 등 방대한 자료가 5권의 전집으로 최근에 정리되었으며, 그의 문학세계에 대한 많은 연구가 지속적으로 이루어지고 있다. 본고에서는 임화의 생애와 그 시기마다 발표된 작품을 정리하고, 임화 문학에 대한 기존의 문학연구사를 정리하고 문학사적 의의를 고찰하였다. 임화의 문학세계가 문학외적인 이유, 즉 이념적이고 정치적인 이유로 인해 그 문학세계를 독자들이 향유하고 음미하기 어려웠으며, 1988년 해금되기 이전까지는 그에 대한 연구도 어려웠던 실정이었다. 임화는 한 시대 우리 문학사를 이끌어간 평론가였고, 주관적 서정의 세계에 서사성을 도입하여 시의 새로운 세계를 개척한 최초의 '단편서사시'를 비롯하여, 다양한 시형식과 내용의 탐구를 통해 시대적 아픔과 현실대응의식을 문학적으로 형상화해낸 시인이었다.

　임화의 생애와 연관시킨 그의 문학세계를 처음으로 방대하게 정리한 김윤식의 지적처럼, 본 연구를 통해 필자도 임화가 '우리 현대문학 및 사상사에도 거멀못' 역할을 하고 있음을 확인 할 수 있었다.

　그러나 일제 강점기에 카프의 맹원으로 활동하던 시기나, 해방공간 또는 월북한 이후의 문학활동 등에서 지속적으로 볼셰비키적 입장을 고수한 임화의 문학이 비판받지 않고 온전하게 옹호되는 것은 옳지 않은 문학연구와 문학향유의 방법임을 또한 지적할 필요가 있다.

　피천득은 비록 조실부모했지만 세 문인 중에 가장 유복한 생애를 보낸 문인으로 그의 수필에서는, 작고 사소한 생활 주변에 대한 아름다움을 발견하고 평범 속에서 비범을 발견하여 그것을 작품화해서 한국 수필사에 '서정수필'의 한 전범을 제시했다는 데 큰 의의가 있다 하겠다. 본고에서는 처음에 시인으로 출발하였고 그 자신이 시인이 되고 싶어 했으며, 그래서 수필도 시처럼 쓰고 싶어 했던, 서정수필을 쓴 피천득의 시와 수필 세계를 함께 고찰해보았다.

　치욕과 격변과 혼란과 전쟁기의 한국 역사를 온몸으로 겪으면서 각각의 역사와 시대와 상황에 혹은 적응하고 혹은 대결하고 혹은 앞장선 예지력과 선구적 자세로 창작한 세 문인의 다양하고 극적인 생애와 작품세계를 고찰해보았다.

　각 문인마다 전혀 공통성을 찾을 수 없는 각각 다른 특색 있는 생애를 살고, 그 생애에 따른 문학세계를 전개하고 있지만, 긍정적이거나 부정적이거나 간에 어떤 의미에서건 그들의 문학활동은 우리나라 현대문학 초기의 초석이 되었다는 점에서 소중한 문학사가 되고 한국 문학과 세계 문학의 전통 속에 편입되며, 또한 후세인들과 후배문인들의 귀감이 되는 귀중한 자료로서의 가치가 있다 하겠다.

윤동주 시의 부끄러움의식과 부활의식

1. 들어가며

시인 윤동주는 일제하의 암흑기, 그중에서도 1942년경 일제의 파시즘이 아시아의 하늘을 뒤덮고 있던 암흑의 절정에서도 '등불을 밝혀 어둠을 조금 내몰고/時代처럼 올 아침을 기다리는 最後의 나'(「쉽게 씌어진 詩」)라고 예언적으로 노래했던 시인이다.

그는 두 개의 큰 여건 위에서 시를 썼다. 즉 민족의 수난을 일신에 짊어진 순교자적인 정열과 신념, 그리고 다른 하나는 자신이 시인인 것을 운명적으로 느꼈던 그의 타고난 영감과 기독교적인 원죄의식이었다.

그는 살아가는 어려움과 비교해서 너무 쉽게 시가 쓰여지는 것을 뉘우쳤지만 그만치 나면서부터 풍부한 시적 재능을 타고나서 어쩔 수 없이 시를 쓰게 된 시인이었다.[1] 그러므로 그를 두고 저항시인이다, 아니다 하는 논란은 부질없는 노릇인지도 모른다.

그의 사후(死後), 정확히 1948년 1월에 유고 시집이 출간된 후부터 현재까지 윤동주만큼 저항시인에 대한 논란이 많았던 시인도 드물 것이다.

---

1 백철, 「암흑기 하늘의 별」, 『하늘과 바람과 별과 시』, 정음사, 1987, 204쪽.

그 이유는, 한 시인에 대한 평가는 그 시인의 삶과 사상을 검토함을 전제로 삼아야 한다는 역사주의적 비평논리와, 한편 어디까지나 작품 자체에서 연역해 내어야 한다는 신비평주의(New criticisim)적 논리가 팽팽히 맞서고 있기 때문이기도 하지만, 일제 치하의 시인 중에서 이육사와 이상화는 삶의 측면과 작품의 측면에서 함께 저항성을 잘 드러낸 예가 되나, 윤동주는 삶에서는 적극적 행동성이, 작품에서는 저항성의 직접적 표출이 부족한 경우이기 때문에, 다른 어떤 시인보다 저항성의 논란을 많이 불러일으킬 수밖에 없었다고 본다.[2]

그러나 기왕의 여러 논란에도 불구하고 자명한 사실은 윤동주가 일제 말기의 암흑기를 비춰주는 찬란한 별과 같은 존재로서, 작품 자체가 우수하며 그의 생애 또한 기구하여 결국은 피압박민족의 표본으로 일제에 체포되어 옥사할 수밖에 없었다는 점이다.

일부에서 "독자에게 발표하지 않은 시가 저항시일 수 없음은 자명"[3]하다는 논리로 그의 시가 저항시일 수 없다고 주장하고 있지만, 그의 시는 높은 상징성을 가진 훌륭한 시로서 민족의 위기를 극복하려는 의지가 다분히 표출되어 있는 시라고 할 수 밖에 없다.

이 점에 대하여 김용직 교수는 윤동주의 시가 곧 저항시라는 등식은 부정하면서도 저항의식을 내포하였다는 점은 긍정하면서 윤동주 시의 저류를 형성하는 원천적 감정을 '수치심'으로 파악하고, 수치심을 지양, 극복하는 다음 단계에서 택한 것이 저항이라는 추리를 내세우고 있다.[4]

---

2 저항적 관점으로는 백철, 김윤식, 김용성, 홍기삼, 김우종, 염무웅, 김용직, 전규태 제씨의 논의가 있고, 저항시로 보지 않으려는 관점으로는 김열규, 정한모, 오세영 등의 논의가 있다.
3 오세영, 「윤동주의 시는 저항시인가」, 『문학사상』, 1976년 4월호.
4 김용직, 「비극적 상황과 시의 길」, 이건청 편, 『윤동주 평전』, 문학세계사, 1981.

본고에서는 윤동주 시의 저항성 논란을 시인의 삶이라는 외부사실도 참작하면서, 시인의 자아의식이 그의 시 속에 어떻게 표출되었으며 그 표출된 자아의식—부끄러움의식이 어떻게 저항성의 터전이 되어 민족부활의식과 맥이 닿게 되는가를 분석·검토해 보고자 한다. 본고에서의 부끄러움의식은 수치심과 자괴심 그리고 안타까움까지를 포함하는 의식으로 본다.

2. 생애와 사상

윤동주는 1917년 12월 30일 두만강 건너 북간도 명동촌에서 기독교 장로인 윤하현(尹夏鉉)을 조부로, 명동소학교 교원인 윤영석(尹永錫)을 부친으로, 독립운동가이자 교육가인 김약연(金躍淵)을 외숙으로 하여 태어났다.

윤동주는 민족주의 교육을 시행하던 명동소학교를 1931년 15세에 졸업하는데, 학교에서는 졸업생 14명에게 김동환의 시집 『국경의 밤』을 졸업 선물로 나누어 주었다.

그에 앞서 명동소학교 4학년 무렵 고종인 송몽규와 함께 서울에서 간행되는 『어린이』 『아이생활』 등의 아동잡지를 정기적으로 구독하고 5학년(13세) 무렵에는 벽보 비슷한 『새명동』이라는 등사판 문예지를 간행하여 이 무렵 썼던 동요, 동시 등의 작품을 발표하고, 김약연 선생의 사사를 받으며 한학을 배웠다. 윤동주는 아름다운 자연환경과 기독교적 분위기, 그리고 당시 한국의 어느 곳에서도 찾을 수 없을 만큼 개화된 집안 분위기 속에서 자유롭고 행복한 소년시절을 보내었다. 이러한 성장과정에서 또한 윤동주에게 커다란 영향을 준 것은 그곳의 사상적 환경이었다.

당시에 명동 출신이라 하면 열렬한 배일운동가로 인정되었으니, 심지어 개중에는 평생 동안 일본이라는 이름조차 부르기 싫어서 왈日본이라 불렀던 문재린, 윤영석(동주의 부친), 문석린, 김석관 등이 있었다.

— 윤영춘, 「황무지에 세운 기폭 – 김약연」 부분[5]

　　북간도에서도 동만(東滿)의 대통령이라고 불린 김약연 목사님이 자리 잡고
계시 던 명동이 바로 윤동주가 자란 고장이라, 나는 명동소학교에서 동주와 6
년을 한 반에서 공부했다. 그리고 명동에서 30리 떨어진 곳 용정에 있는 은진중
학교에서 3년을 같이 공부했다. 「초 한대」라는 시가 씌어진 중학 2학년까지 우
리는 교실 과 강당과 운동장에서 태극기를 펄럭이며 동해물과 백두산이…를 소
리 높여 불렀다.
　　일본 사람들에게 돈을 안 준다고 토요코오 제대 유학시절에 전차를 타지 않
고 꼭 걸어 다녔고, 기차를 안탄다고 용정에서 평양까지 자전거를 타고 갔다 온
백발이 성성한 명희조(明羲朝) 선생에게서 국사 강의를 들으며 우리는 민족애
를 불태웠던 것이다.
　　동주의 민족애가 움튼 것은 명동이었다. 국경일, 국치일마다 태극기를 걸어
놓고 고요히 민족애를 설파하시던 김약연 목사님(교장)의 넋이 어떻게 동주의
시에 살아나지 않고 말았겠는가? 어떤 작품이든 조선독립이라는 말로 결론을
내리지 않으면 점수를 안주던 이기창(李基昌) 선생의 얽은 모습이 어찌 잊으랴?

— 문익환, 「태초의 종말과 만남」 부분[6]

　　윤동주의 연보를 보면 소학교 입학 전의 7, 8년과 작고하기 전 2년을
제외하면 모두 학창시절로 이루어져 있다.
　　그러므로 이러한 인격형성기에 받은 애국적인 학교교육의 영향과는
대조적으로, 소년기를 벗어나 명동촌을 떠나 평양(19세)과 서울(22세)에
서 부딪쳐야 했던 가혹한 환경은, 특히 성품이 온화하고 내적 성찰이 강
한 그에게 얼마나 큰 구속과 충격을 주었을는지는 상상하기 어렵지 않다.

5　신구문화사 편, 『한국의 인간상』 제6권, 신구문화사, 1965.
6　『크리스찬문학』 제5집, 1973년 신춘호, 65쪽.

동주형의 근실하고 관유寬裕함은 할아버지에게서, 내성적이요 겸허함은 아버지 에게서, 온화하고 치밀함은 어머니에게서 각각 물려받은 성품이라고 생각됩니다. (중략) 신작로를 걷다가 부역하는 시골 아낙네들에게 따뜻한 말 한 마디 건네고 싶어 하고, 골목길에서 노는 아이들을 붙잡고 귀여워서 함께 씨름도 하며, 한 포 기의 들꽃도 차마 못 지나치겠다는 듯 따서 가슴에 꽂거나 책 짬에 꽂아 놓곤 하였습니다.

　　'별을 노래하는 마음으로
　　모든 죽어가는 것을 사랑해야지'
하는 연약한 것에 대한 애정의 표백은 그의 천품의 기록이었습니다.

　　　　　　　　　　　　　　　　— 윤일주, 「선백의 생애」 부분[7]

외유내강, 동주형은 아는 분이라면 누구나 그를 이렇게 표현하는 데 이의가 없을 것이다. 그는 대인관계에서 모가 나는 일이 없었고, 따라서 적이 없었다. 누구도 그를 지탄하고 싫어하는 사람은 없었다. 그러나 그는 자신에게는 엄격하였다. 나는 그가 자신을 변명하는 것을 본적이 없다. 남을 이해하고 용서하고 변명하는 일에는 너그러웠지만 스스로를 용서하는 일은 없었다.

　　　　　　　　　　　　　　　　— 정병욱, 「인간 윤동주의 편모」 부분[8]

그는 이처럼 조용하고 외유내강한 성품으로 자기 내면을 성찰하는 데 게을리 하지 않는 천성적인 시인의 기질을 타고난 데다가 기독교적인 성장배경까지 아울러 '남의 앞에 나서서 남을 이끌기보다는 조용하고 성실한 주일을 보내기를 좋아' 하는 순수한 신앙인이자 인간이었다.

　그러한 윤동주가 1943년 7월 귀향길에 오르기 직전 고향집에 귀향을 알리는 전보를 치고 차표를 사서 짐까지 부쳐 놓고 교토에서 일본 경찰에 체포되어, 일 년간 미결수생활을 한 끝에 2년형의 언도를 받고 후쿠오카

---

7 윤동주, 『하늘과 바람과 별과 시』, 정음사, 1983.
8 『크리스찬문학』 제5집, 1973년 신춘호, 58쪽.

(福岡) 형무소에서 복역하던 중 1945년 2월 16일 조국해방을 6개월 앞두고 옥사했던 것이다.

외면상으로 보아 조용한 그의 생애가 왜 일제의 경찰에 의해 옥중에서 마감되어야 했던가는 교활한 일제의 증거인멸작전에 의해 아직도 확실한 이유가 밝혀지지 않고 있지만, 구속된 죄목은 사상범이며, 그를 사상범으로 규정한 내용은 '사상이 불온하고 독립운동을 했으며, 비국민(일본신민이 아니라는 뜻)이며, 서구 사상이 농후하다는 것'으로 알려져 있다.

3. 부끄러움의식과 부활의식

'윤동주의 항일적 생애와 윤동주의 아름다운 서정세계는 이름만 다른 한 개의 어떤 원형질을 보유하고 있었으리란 짐작'을 홍기삼 교수는 제기하고 있다. 그러나 그의 시에 대한 지금까지의 여러 논의에도 불구하고 그 원형질의 구체적 실체를 충분히 정립하지 못한 경우가 많았음도 주지의 사실이다.

김흥규 씨의 「윤동주론」은 이러한 의미에서 윤동주의 시작품을 철저히 분석하여 윤동주 시세계의 내면적 구조를 체계화하면서 '윤동주는 환상적인 평화에의 안주함도, 어둠속에 방황함도 보람 없는 일임을 느꼈고 마침내 고통스런 현실과 맞서서 유혹과 억압으로부터 자기를 지켜야 할 것임을 깨달았으며 시대의 아픔을 자기화한 인간 고뇌의 형상화에 도달한' 시인으로 평가하였다.

실제로 윤동주 시에 나타나는 역사의식과 내면 성찰을 통한 자기응시, 그리고 그 결론으로 표출되는 부끄러움의식, 미래지향적 기다림의 자세 등은 그가 우리 민족에게는 최악의 시기인 일제 말기에 자기 한 몸에 가해지는 위험과 고난을 무릅쓰고 민족의식에 입각한 시를 썼다는 커다란 의미를 배제할 수 없게 만드는 요소이다.

앞에서 살펴보았듯이 윤동주는 외유내강한 성품과 온유, 치밀, 내성적인 성품으로서 일제 시대 우리 시문학사를 통하여 드물게 자기응시의 시를 써온 시인이다.

우선 『하늘과 바람과 별과 시』의 「서시」에서부터 그는 단순한 자연현상일 뿐인 잎새에 이는 바람에도 괴로워하는 윤리적 태도를 드러낸다.

> 우물속에는 달이 밝고 구름이 흐르고 하늘이 펼치고
> 파아란 바람이 불고 가을이 있읍니다.
> 그리고 한 사나이가 있읍니다.
> 어쩐지 그 사나이가 미워져 돌아갑니다.
>
> —「자화상」 부분

이처럼 「자화상」에서도 그는 달과 구름과 하늘과 바람과 자신을 동일선상에 놓아 객체화하고 있다.

그리고 객체화된 자신을 제3자가 되어 바라보면서 미워하고 가엾어 하고 그리워하기도 한다. 여기서의 미움은 부끄러움의 다른 표현이다.

그리고 「또 다른 고향」이나 「길」 같은 데서는 한 형이상의 모습을 띠면서 동시에 아주 특이한 내면공간을 이룬다.

> 돌담을 더듬어 눈물짓다
> 쳐다보면 하늘은 부끄럽게 푸릅니다.
>
> 풀 한 포기 없는 이 길을 걷는 것은
> 담 터쪽에 내가 남아 있는 까닭이고
>
> 내가 사는 것은, 다만,
> 잃은 것을 찾는 까닭입니다.
>
> —「길」 부분(1941. 9. 31)

志操높은 개는
밤을 새워 어둠을 짖는다

어둠을 짖는 개는
나를 쫓는 것일게다

가자 가자
쫓기우는 사람처럼 가자
白骨 몰래
아름다운 또 다른 故鄕에 가자

—「또 다른 고향」 부분(1941. 9)

　이처럼 윤동주의 시에서는 잃어버린 시대를 찾기 위해 돌과 돌과 돌이
끝없이 연달아 있는 돌담을 암흑 속에서 더듬어서라도 가야 하며, 이렇게
까지 가지 않으면 안되는 필연성은 "담 저쪽에 내가 남어 있는 까닭이고/
내가 사는 것은 다만/잃은 것을 찾는 까닭"이다.

　담 저쪽에 남아 있는 "나"는 우리가 되찾아야 할 순수한 민족정신이며
빼앗긴 주권이며 그것을 되찾지 못하고 암흑 속에서 더듬거리고 있는
"나"이기에 하늘을 쳐다보면 "부끄럽게 푸른" 것이다.

　그리고 또 다른 고향에서 밤을 새워 어둠을 짖는 "개"가 차라리 "지조
높은 분"이며 그 지조 높은 개 앞에서 부끄러운 나는 쫓기우는 사람처럼
몰래 떠나는 자괴의식에 젖는 것이다.

　이처럼 그의 시는 자아성찰과 부끄러움의 표출이며, 그 부끄러움의 잠
재의식을 이루고 있는 것은 나라 없는 슬픈 민족에 대한 민족의식이며 역
사의식과 시대의식인 것은 두말할 나위가 없다.

　이러한 연계관계에서 볼 때 그가 갖는 죄의식도 또한 같은 맥락에서 파
악될 수 있다.

파란 녹이 낀 구리거울 속에
내 얼굴이 남아있는 것은
어느 王朝의 遺物이기에
이다지도 욕될까

나는 나의 懺悔의 글을 한 줄에 줄이자
─滿 二十四年一個月을
무슨 기쁨을 바라 살아왔던가

내일이나 모레나 그 어느 즐거운 날에
나는 또 한줄의 懺悔錄을 써야한다.
─그때 그 젊은 나이에
왜 그런 부끄런 고백을 했던가

밤이면 밤마다 나의 거울을
손바닥으로 발바닥으로 닦아보자

─「참회록」 부분(1942. 1. 24)

　이 시에서 윤동주는 그의 전 생애를 참회의 자료로 삼고 있으며, 또한
그의 참회는 참회에서 끝나지 않고 '내일이나 모레나 그 어느 즐거운 날'
을 예비하고 있으며, 그 즐거운 날에는 지나간 날의 욕된 생애를 부끄러
움으로 참회하리라는 예언이다. 그리고 그의 이러한 예언은 그냥 언어로
서만 이루어지는 것이 아니고 '밤이면 밤마다 나의 거울을/손바닥으로
발바닥으로 닦아' 보는 꾸준한 자아성찰과 내면 성장의 피나는 노력의
결과로서 올 수 있음을 말한다. 이 시의 첫 연에서 자기 얼굴이 '어느 왕
조의 유물이기에/이다지도 욕될까' 라고 반문하여 이 시의 서정적 자아는
단순한 개인의 얼굴이 아니라 민족의 욕된 과거와 연관되어 분리할 수 없
는 역사의식을 제시한다.
　이 시에 나타나는 '구리거울' 은 이 시의 화자인 동시에 화자를 비춰 주

는 거울이며, 또한 그와 동일체인 민족이므로 파랗게 녹이 슨 구리거울이 흐려진 민족의식이라고 본다면 그것을 닦아서 맑혀야 하는 그의 혼신의 노력이 곧 자아인식이자 민족에 대한 인식이라고 보지 않을 수 없다.

그러므로 윤동주는 시대의 아픔을 자기화한 인간고뇌의 형상화에 도달한 시인으로 평가될 수 있는 것이다. 실제로 윤동주는 연희전문 졸업반인 1941년 11월에 19편의 시를 엮어 자선시집을 출판하려고 하다가 스승인 이양하 교수의 출판을 보류하라는 권고를 받고 시집 출판을 단념한 뒤, 11월 29일자로 작품 「간(肝)」을 쓰고 이듬해 1월 24일자로 「참회록」을 썼다.

그의 시가 일본 관헌의 검열에 통과될 수도 없으며 신변에 위험이 따를 것이니 때를 기다리라고 한 스승의 뜻에 따르면서도, 발표와 출판의 자유를 빼앗긴 지성인으로서의 역사의식과 현실인식이 민족에 대한 인식으로서 시대의 아픔을 자기화한 「참회록」이라는 시로 표출되었다고 본다.

窓 밖에 밤 비가 속살거려
六疊房은 남의 나라

(중략)

생각해보면 어린때 동무들
하나, 둘, 죄다 잃어버리고

나는 무얼 바라
나는 다만, 홀로 沈澱하는 것일까?

인생은 살기 어렵다는데
시가 이렇게 쉽게 씌어지는 것은
부끄러운 일이다.

─「쉽게 씌어진 詩」 부분(1942. 6. 3)

윤동주는 부모님의 도움으로 보내주신 학비봉투를 받아 대학노트를 끼고 늙은 교수의 강의를 들으러 다니면서 한편으로는 자신이 처한 사회, 민족, 이웃, 역사를 외면할 수가 없었으며, 거기에 생각이 미치면 편안히 공부하고 지식을 늘려가는 자신에 대한 혐오와 부끄러움을 떨쳐버릴 수 없었을 것이다.

그래서 식민지 상황하에서의 "나"도 결국은 내 민족과 이웃과 별개의 것일 수 없음을 깨닫고 그들과 피를 나눈 동포임을 느낄 때 결국은 자신에 대한 모순과 괴리감과 수치감, 거기서 오는 어쩌지 못하는 안타까움이 표출될 수밖에 없었던 것이다.

> 흰 수건이 검은 머리를 두르고
> 흰 고무신이 거친 발에 걸리우다
>
> 흰 저고리 치마가 슬픈 몸집을 가리고
> 흰 띠가 가는 허리를 질끈 동이다.
>
> —「슬픈 족속」 전문(1938. 9)

여기 나오는 슬픈 족속은 우리 민족의 상징임이 분명하다. 역사적으로 우리 민족은 항상 외세의 침략의 대상이 되어 피해를 입어온 슬픈 족속이다.

흰 고무신과, 흰 수건과 흰 저고리 치마가 제시하는 이미지는 여성적인 것이며, 이 여성적인 이미지가 우리 민족이 가진 식민지 체제하의 한을 나타내는 것이다.

이처럼 윤동주의 시는 나 개인을 넘어서서 민족의식과 공감대를 형성해 나가고 있다.

> 나도 모를 아픔을 오래 참다 처음으로 이곳에 찾아왔다.
> 그러나 나의 늙은 의사는 젊은이의 病을 모른다. 나한테는 病이
> 없다고 한다. 이 지나친 試鍊이 지나친 疲勞, 나는 성내서는 안된다.
>
> —「病院」 부분(1940. 12)

이처럼 젊은 나는 세상과 불일치를 이루고 있다.

아픔을 오래 참다가 병원에 찾아왔으나 세속적인 늙은 의사는 내 내부의 아픔을 알아줄 리 없다. 자신의 안일만을 위해 사는 것에 부끄러움과 괴로움이 쌓여 병이 된 나는, 타인인 이 늙은 의사에게 성내어서는 안 되는 것이다.

세상으로부터 돌아오듯이 이제 내 좁은 방에 돌아와 불을 끄옵니다. 불을 켜 두운 것은 너무나 피로롭은 일이옵니다. 그것은 낮의 연장이옵기에—

이제 窓을 열어 空氣를 바꾸어 들여야 할 텐데 밖을 가만히 내다보아야 房안과 같이 어두워 꼭 세상같은 데, 비를 맞고 오던 길이 그대로 비속에 젖어 있사옵니다.

하루의 울분을 씻을 바 없어 가만히 눈을 감으면 마음속으로 흐르는 소리, 이제, 思想이 능금처럼 절로 익어가옵니다.

— 「돌아와 보는 밤」 전문(1941. 6)

내 방으로 돌아오는 것은 "피로롭은" 세상으로부터 돌아오는 안식처이다. 세상과 내가 불일치를 이루고 세상은 나의 병을 모르는 늙은 의사처럼 공기를 바꾸어 들일수도 없도록 비를 맞으며 비 속에 젖어있다. 그리고 나는 그러한 암울한 세상과 식민지 치하의 현실과 조화롭게 살고 타협할 수가 없어서 하루하루 '울분'만이 쌓여 오래 아픔을 참다 병이 되는 것이다.

한 번도 손들어 보지 못한 나를
손들어 표할 하늘도 없는 나를

어디에 내 한 몸 둘 하늘이 있어
나를 부르는 것이요

일을 마치고 내 죽는날 아침에는
서럽지도 않은 가랑잎이 떨어질 텐데…

나를 부르지 마오

　　　　　　　　　　　　　— 「무서운 時間」 부분(1941. 2. 7)

이처럼 오래 참은 아픔 속에는 민족을, 겨레를 위해 한 번도 손들어 보지 못한, 행동하지 못한 괴로움과 부끄러움이 숨겨져 있고 또한 마음 약한 식민지의 인텔리로서는 손들어 표하려야 표할 하늘도 없고, 내 한 몸 둘 하늘도 없어 결국 마지막 자구책으로 쫓기우는 사람처럼 '또 다른 고향'을 찾기 위해 안간힘을 쓰는 것이다.

그러나 이 시의 화자에게 '아직은 호흡이 남아 있는 것'은 그가 해야 할 일이 남아 있기 때문이다. 그러므로 '일을 마치고' 내가 죽어야 하며 내가 죽는 날은 저녁이 아니고 해가 솟는 '아침'이며 서럽지도 않는 가랑잎이 떨어질 것이다. 그래서 내가 일을 마치는 그날에는 '이제 새벽이 오면/나팔소리 들려올 게외다'(「새벽이 올 때까지」)라고 노래하는 것이다.

이렇게 윤동주는 부끄러움과 죄의식, 갈등을 민족의식, 저항의식으로 연결시키고 또한 그 저항의식은 마침내 부활의식이 되어 민족의 부활을 예언해 내기에 이르는 것이다.

M. 셀러에 의하면 "부끄러움"이란 보다 높은 가치를 지향케 하는 동력적 요소로서 수치를 가진 사람은 그 지양, 극복을 시도하게 되며 그 결과 그에게는 새로운 차원이 열린다는 것이다.[9]

이 이론에 의하면 윤동주는 부끄러움을 지양 극복하는 단계로 택한 것이 참여와 저항의 길이었다. 그러나 1940년대 초반, 세계 최강국인 일본의 식민지인 조선인으로서 할 수 있는 저항은 과연 어떤 길이 있을 수 있었던가. 이때의 저항이란 인도의 간디가 외쳤던 무저항 · 비폭력과 마찬가지로 이념적 저항일 수밖에 없었던 것이다.

---

9 김용직, 「윤동주 시의 문학사적 의의」, 『나라사랑』 23집, 1976, 52쪽 재인용.

간디의 무저항을 진정한 의미에서의 무저항이라고 받아들이는 사람이 아무도 없듯이 지식인의, 그것도 인간정신의 꽃이며 응축된 예술의 정수인 시로서 표현된 저항에 행동이 따르지 않는다고 저항시가 아니라 '비저항 유희공간'이라고 평하는 것은 지나친 신비평(New criticism)의 오류(fallacy)라고 할 수밖에 없을 것이다.

그러므로 윤동주에게 있어서의 부끄러움의 지양, 극복은 결국 현실참여의식, 저항의식으로 나타나고 그 저항의식이 마침내 결론적으로 다다른 곳은 부활의 새아침이라고 볼 수 있다. 윤동주의 부활의식은 그 자신의 희생의 바탕 위에서 이루어지는 것이 특징이다. 기독교적 원죄의식이 그의 시의 밑바탕에 있다면, 또한 기독교적 구원의식도 그의 시에 함께 내재해 있음을 볼 수 있다. 이처럼 기독교적 구원의식의 내재로 말미암아 윤동주의 부활의식은 다른 누구도 아닌 자기 자신을 희생시키는 바탕 위에서 성립되는 것이다.

빨리
봄이 오면
罪를 짓고
눈이
밝아
(중략)
나는 이마에 땀을 흘려야겠다.

—「또 太初의 아침」부분(1941. 5. 31)

1938년에 일제는 그들의 교육령을 개정하여 각 급 학교에서 한국어 교육을 금지시켰다. 이는 우리 민족의 얼과 정신을 담은 말과 글을 못 쓰게 함으로써 우리 민족의 전통을 단절시키려는 획책이었다. 그리고 1940년 민족의 정신적 지주였던 『동아일보』와 『조선일보』가 폐간되고 이듬해

『문장』과 『인문평론』이 폐간되었다.

그리고 1940년대 벽두부터 일제는 우리 민족의 일상생활에서 일본의 언어를 쓰도록 강요하기 위해 소위 국어보급정신대(國語普及挺身隊)를 발족시켰다.

이러한 상황은 우리 민족을 문맹으로 만들고 우리 민족의 정신을 말살시키자는 계획에 다름 아니었다.

윤동주의 「또 태초의 아침」이 쓰여진 것은 1941년 5월 31일로 기록되어 있으니 "빨리/봄이 오면/죄를 짓고/눈이/밝아"라고 한 것은 이러한 가장 암흑의 상황에 대한 역설적 반어법이라고 할 수 있을 것이며, 그리하여 하나님의 계시대로 민족의 눈이 밝은 그날이 오면 우리는 부활하여 '이마에 땀을 흘리' 는 태초의 아침을 맞이하게 될 것을 예언하고 있다.

후반기에 쓰여진 그의 시 중에서 「새벽이 올 때까지」와 "三冬을 참어온 나는/풀포기처럼 피어난다"의 「봄」은 더불어 밝은 이미지로 아침을 기다리는 시이다. 어둠이 짙으면 밝음이 멀지 않다는 예언적인 시로 볼 수 있을 것이다.

> 괴로왔던 사나이
> 幸福한 예수 그리스도에게
> 처럼
> 十字架가 許諾된다면
>
> 모가지를 드리우고
> 꽃처럼 피어나는 피를
> 어두워가는 하늘 밑에
> 조용히 흘리겠습니다.
>
> —「十字架」 부분(1941.5.31)

그러나 겨울이 지나고 나의 별에도 봄이 오면
무덤위에 파란 잔디가 피어나듯이
내 이름자 묻힌 언덕위에도
자랑처럼 풀이 무성할 게외다.

— 「별 헤는 밤」 부분(1941.11.5)

그는 부끄럽고 욕된 왕조의 후예이기에 부끄럽지 않기 위하여 역사의
식의 거울을 밤이면 밤마다 손바닥으로 발바닥으로 닦고 마침내 '운석 밑
으로 홀로 걸어가는 슬픈 사람의 뒷모양' 을 예감하면서 자신의 희생을 예
측하였다. 그러므로 자신에게 십자가가 허락되기를 간구하였고, 십자가
가 허락된다면 일시적으로 괴롭기는 해도 영원히 행복한 예수그리스도가
되어 꽃처럼 피어나는 피를 조국의 제단에 바치고자 염원하였던 것이다.

그러므로 윤동주는 스스로의 죽음의 대가로 나라의 광복을 믿는 부활
의식을 갖고 어둠과 밤을 노래하면서도 그 어둠 저편에 봄과 아침, 새벽,
태양 등의 어휘로 조국의 광복과 부활을 예언하는 예언의 시인이었다.

그리하여 그의 이름자가 묻힌 언덕에는 파란 잔디가 피어나듯이 자랑
처럼 풀이 무성한 부활이 오리라는 것을 믿었던 것이다.

詩人이란 슬픈 天命인 줄 알면서도
한 줄 詩를 적어볼가,
(중략)
등불을 밝혀 어둠을 조금 내몰고
時代처럼 올 아침을 기다리는 最後의 나,

나는 나에게 작은 손을 내밀어
눈물과 慰安으로 잡는 最初의 握手.

— 「쉽게 씌어진 詩」 부분(1942.6.3)

이 시는 「흰 그림자」, 「사랑스런 추억」, 「흐르는 거리」, 「봄」 등과 함께 서울의 한 벗에게 편지와 함께 보낸 것인데, 이 이후의 작품은 일경에게 압수되었기 때문에 이 시들이 최후의 작품이며 그중에서도 「쉽게 씌어진 시」의 창작 일자가 가장 최후이다.

그는 어둡고, 괴롭고, 아픈 현실 속에서도 행동으로서보다는 시 속에서 살아야 하는 "슬픈 천명의 시인"으로 자신을 인식하고 있었으며 그래서 자신이 할 수 있는 일은 "등불을 밝혀 어둠을 조금 내몰고/시대처럼 올 아침을 기다리는 최후의 나"를 인식하고 마지막 희생의 제단 위에 자신을 눕히고서, 자신의 희생이 결코 헛되지 않을 것을 믿고, 예수의 부활처럼 자신을 포함한 민족의 부활을 믿으며 죽음의 길을 걸어갔던 것이다.

4. 연구의 의의

이제 본고에 인용된 시에 나타난 의식을 그 창작시기별로 정리해 보면 ① 민족에 대한 인식, 자기화, 동일시(「슬픈 족속」) ② 미움, 가엾음(「자화상」) ③ 세상과의 불일치, 아픔(「병원」) ④ 부끄러움, 괴로움(「무서운 시간」) ⑤ 자괴심, 이상향 갈구(「또 다른 고향」) ⑥ 부끄러움, 노력의 필연성(「길」) ⑦ 신생의 아침 소망(「또 태초의 아침」) ⑧ 자기희생정신(「십자가」) ⑨ 부활의식(「별 헤는 밤」) ⑩ 자아성찰, 역사를 위한 노력, 밝은 미래에 대한 예언(「참회록」) ⑪ 천명의식, 시대인식, 부활정신, 예언(「쉽게 씌어진 시」) 등으로 요약될 수 있다.

윤동주는 자기 자신 속에서 자신과 피를 나눈 동족의 분신을 보았고, 식민지 체제하에서 자유를 빼앗기고 짓눌리며, 억압받고 학대받으며 사는 동족과 자기를 동일시하는 일체감 속에서 한편으로는 그들과 완전히 동화될 수 없는, 편안과 안일에 파묻힌 자신의 특권의식을 느꼈기에 그는 자신을 미워하고 아파하고 부끄러워하지 않을 수 없었다.

그리하여 그는 민족의 밝은 아침을 소망하게 되고, 그것을 성취하기 위해 자신을 희생하고 천명에 따라 살겠노라 약속하기에 이른다. 자신의 이름자를 흙으로 덮어 무덤을 만들면서 자신의 희생으로 민족의 앞날에 부활이 올 것을 예언하였으며 민족의 부활은 곧 그 자신의 부활이었다.

백철 교수는 그의 『신문학사』 중 일제 말기의 한 대목, 즉 1941년 이후 5년간을 "암흑기"라 하였는데 시인 윤동주가 있기 때문에 차라리 레지스탕스의 시기라 바꾸어야 한다는 뜻을 피력한 바 있다.

그는 앙가주망의 시인이며 예언의 시인이었다. 일제 말기, 그 어렵고 어둡던 시기에, 대부분의 시인, 작가가 붓을 꺾거나 친일문학으로 기울지 않으면 안 되었던 시기에 그는 "시인이란 슬픈 천명"인 줄 알면서도, 아니 그것을 알기에 오히려 한 몸의 희생을 두려워 않고 시대의 아침을 예언한 용기 있는 예언의 시인이었다.

그로 인해서 일제 암흑기의 단절된 우리 문학사는 빛나는 별을 얻었으며, 그는 시로서 뿐만 아니라 삶에서도 민족의 제단에 희생당함으로써 지행합일의 경지를 보여주었다. 그의 저항정신에 대한 논란은 수차례 있어 왔으며, 희생정신에 대해서도 다소 논의가 있었으나 본고에서는 한 걸음 더 나아가 부활의식으로 연결시켜 고찰해 보았다.

그의 시정신이 민족적 시대적 부활의식으로 연결될 때, 그에 대한 저항성 논란은 무의미한 논의가 될 것이며 그의 시에 대한 평가와 그의 지조, 피 흘린 목숨의 희생은 더욱 값진 것으로 제 빛을 발하게 될 것이다.

5. 나가며

일제 말기, 일제가 우리의 말과 글을 말살시켜 우리 민족의 정신을 말살시키려던 암흑기에, 찬연히 빛나는 한 떨기 별처럼 어두워가는 조국의 하늘을 밝혔던 시인 윤동주에 대해 그의 자아의식, 내면 성찰에서 우러나는 부끄러움의식과, 그 부끄러움의 지양 극복의 단계로서의 민족의식, 저항의식 그리고 부활의식에 대하여 고찰해 보았다. 그의 시정신에 대하여는 지금까지 많은 논의가 있어 왔다. 혹은 그의 일제에 의한 피체, 옥사 등의 생애에 초점을 맞추어 역사주의 비평에 치우쳐 저항시인이라는 우상화작업에 치우쳤다는 평을 듣기도 하고 혹은 비저항, 유희공간이라는 등식을 내세우기도 하는 등 1948년 1월 유고시집 『하늘과 바람과 별과 시』가 간행된 이후 많은 연구가 있어 왔다.

본고에서는 윤동주의 생애와 그의 시작품을 분리시키지 않고 작품 속에서 분석되는 부끄러움의식과 죄의식이 어떻게 민족의식과 저항의식과 접맥되고, 또한 그 민족의식이 부활의식으로 연결되어 그의 이름자가 푸르른 잔디로 되살아나는가를 고찰하여 보았다.

부끄러움은 자아가 해야 할 일을 못하고 있다고 느낄 때 생겨나며 그것은 자아포기의 길을 가지 않으려는 의식의 마지막 움직임이다.

식민지 시대, 다시 말해서 민족이 우리의 말과 글마저 쓰기를 금지 당했을 때 우리 민족에게는 자아포기, 방기의 길 또는 해외 망명의 길밖에 없었다.

생활의 무게에 눌려 부끄러움조차 느끼기 힘든 그 시기에 시인으로서 마땅히 지녀야 할 시대적, 민족적 사명을 느끼면서도 손들어 행동하지 못하는 죄의식과 부끄러움의식을 가지고 잃어버린 시대를 찾기 위해, 신생의 아침을 위해 노력하고, 마침내는 자기희생으로 빛이 찾아오기를 기다리는 희생정신과 부활정신으로 자신을 민족부활의 제단에 바친 윤동주의 시정신은 고귀하고 자랑스러운 시정신으로서 국문학사의 암흑기에 빛을 주는 획기적 존재라 할 것이다.

서정주 시의 영생주의

1. 들어가며

미당 서정주 시인은 2000년 12월 24일 저녁 그의 시 「내리는 눈발 속에서」처럼 내리는 흰 눈발 속에 환한 미소로 이승을 하직하였다. 아이러니하게도 그의 시는 생전에 그가 가장 아낀 제자로부터 친일시라고 비판받은 후 오랫동안 친일시 논란에 휩싸여 왔다. 비록 미당 시인이 한때의 상황으로 인해 일부 친일시를 창작한 사실을 인정하였다고 하지만 미당이 여전히 우리나라 현대시의 정점이며 대표적 불교시인임에는 변함이 없다.

열다섯 권의 시집과, 산문집, 자서전, 세계 기행문 속에 많은 불교적 세계관을 펼쳐놓고 있는 미당은 우리 민족의 언어를 가장 아름답게 갈고 닦아 한민족의 정신을 최고의 격조로 올려놓은 그 공적만으로도 한국 문학사와 세계 문학사에 우뚝 솟은, 존경받고 사랑받는 시인이다.

'시의 정부' '모국어의 마술사' '시인부락의 족장' '모국의 언어가 도달할 수 있는 극점' 등 갖가지 평가와 찬사를 받는 미당은, '나는 마음속으로만은 내 나름대로의 정신의 永生이라는 것도 생각할 줄도 알고 사는 사람' 이라고 스스로 밝혀놓고 있는 것처럼 그의 시의 도처에 불교적 세계관이 산견된다.

미당은 1936년 동아일보에 시 「壁」이 당선되어 등단한 이래 펴낸 15권의 시집에서 각기 다른 심오한 시세계를 펼치고 있다.

첫 시집 『花蛇集』(1941)에서 미당은 19세기 프랑스의 상징주의 시인 샤를 보들레르의 영향과 니체와 그리스 신화의 영향으로[1] 인간의 원죄의식과 육체의 혼돈과 방황과 절망을 극복하고자 하는 원시적 생명력을 추구하고 있다. 그는 또 망국의 한과 절망을 안은 식민지 청년으로서의 막연한 불안과 출구 없는 '벽' 속에서의 단절감과 격리감 안에서 「문둥이」 같은 몸부림으로 '꽃처럼 붉은 울음'을 울고 있다.

해방 전후에 쓰여진 두 번째 시집 『歸蜀途』(1946)는 이러한 혼돈과 절망, 전율과 방황의 운명적인 인간의 업고와 원죄의 형벌 아래서 벗어난 재기와 재생의 노래이다. 시 「귀촉도」를 통해 한국적 한의 정서를 노래하는 한편으로 「석굴암 관세음의 노래」나 「밀어」 「문 열어라 鄭道令아」 「무슨 꽃으로 문지른 가슴이기에 나는 이리도 살고 싶은가」 등의 시를 통해, 그 자신 속에 내재해 있는 '붉은 꽃' '푸른 꽃'의 생명력으로 재생하여 동양정신 속에서 신생을 얻어 여유와 달관과 영생을 얻는 단초를 마련하게 된다.

제3시집 『서정주 시선』(1955)은 8·15해방과 6·25라는 민족사의 환희와 시련과 질곡을 겪으면서 간행되었다. 여기에서 이미 동양의 고전에 대한 탐구정신과 불교사상에 깊이 침잠한 시편들이 나타나거니와 『화사집』에서의 대지적, 동물적 상상력에 바탕을 둔 수평지향에서 대지로부터 일어서서 하늘로의 솟구침이라는 수직 지향적인 변모, 즉 육체적, 운명적, 구속적, 본능적 삶의 방식에서 정신적, 자유적, 이성적 삶의 양식으로의 전환을 얻게 되는 것이다.[2]

제4시집 『신라초』(1960)는 한국의 전통 속에서 신라인들의 정신을 발견하고 그것을 육화시킨 끝에 다다른 눈부신 성과라고 할 수 있다. 그 속

---

1 서정주, 「天地有情」, 『서정주 문학전집』 3권, 일지사, 1972.
2 김재홍, 「미당 서정주」, 박철희 편, 『서정주』, 서강대학교 출판부, 1995 참고.

에서 미당은 이승의 생명이 다하여도 사위지 않는 영원한 사랑과 불교적 윤회전생을 통해, 또는 그들과의 영통(靈通)을 통해 영원히 사는 영생주의에 도달해 있는 것이다.

제5시집 『冬天』에서는 고요히 가라앉은 동양정신의 정수를 노래하고 『질마재 신화』에서는 그의 고향 질마재의 평범한 서민들을 설화와 신화 속의 주인공으로 확장, 재생시켰으며 독특한 이야기체 산문시를 개척해 내었다. 또한 『떠돌이의 시』, 『서으로 가는 달처럼』에 이어서 1997년 15번째 시집 『80소년 떠돌이의 시』에 이르기까지 1,000여 편의 시를 창작하였다. 죽음에 이르기까지 미당은 한 문학청년으로, 현역시인으로 남기를 원했다.

2. 윤회설과 영생주의

연기는 인연하여 일어나는 것, 즉 어떤 원인(因)이 있고, 그것에 다른 조건이 연(緣)하여 새로운 하나의 어떤 현상이 일어나는 것을 이른다.

이 세계에 존재하는 존재와 존재 사이에는 어떤 관계가 있는가. 모든 존재는 단독으로 존재할 수 없으며 상호의존성 속에, 즉 관계 속에 존재하고 있다. 다시 말하면 존재와 존재 사이에는 상의상관성이 있다는 것이다. 인과 연의 화합에 의해 어떤 결과가 발생하게 되면 그 결과는 다시 그를 발생시킨 원인을 포함한 다른 모든 존재에 대해서 직접적으로 또는 간접적으로 영향을 미치는 것이다. 그것은 단순히 결과로서만 머무는 것이 아니라 새로운 원인이 되고 연이 되어 다른 존재에 관계하게 된다는 말이다.

즉 "이것이 있음으로써 저것이 있고, 이것이 생함으로써 저것이 생한다(此有故彼有 此生故彼生). 이것이 없음으로써 저것이 없고 이것이 멸함으로써 저것이 멸한다(此無故彼無 此滅故彼滅)."(『잡아함』 권15)에서 볼 수 있듯이 모든 존재는 서로 끝없이 연관되어 있으며, 인다라의 구슬그물 속의 구슬들처럼 서로 상즉상입(相卽相入)하여 두루 걸림이 없다는 것이다.

윤회는 연기설의 원인과 결과에 의한 순환, 유전(流轉), 생사, 흐름, 상속, 지속을 뜻한다. 다시 말하면 원인과 결과로 연기되는 현상들의 연속적 흐름을 윤회라고 할 수 있다.

중생이 죽으면 각기 그 업에 따라 과보를 받는데, 선업을 지으면 선과를 받고 악업을 지으면 악과를 받아 각기 그 과보대로 알맞은 다른 세계에 태어난다는 것이다. 즉 윤회설이란 생명이 있는 것은 여섯 가지의 세상에 번갈아 태어나고 번갈아 죽어간다는 사상으로 이를 육도윤회라 한다. 모든 생명 가진 것들은 지옥도, 아귀도, 축생도, 아수라, 인도(人道), 천도(天道) 등 여섯 가지 세상에 각기 현생에서 지은 선업과 악업에 따라 다시 태어나게 되어 그 몸은 죽으면 헌 옷처럼 벗어버릴 수 있지만 영혼은 죽지 않고 끝없이 다시 태어나 윤회전생한다는 것이다.

불교의 근본 가르침이 궁극적으로는 무명에서 벗어나 정각에 이르고 열반 적멸에 이르러 나고 죽는 윤회를 벗어나는 것이지만, 어리석은 중생을 교화시키는 방편으로서 윤회설은 가장 설득력이 강한 사상으로 일반화되어 있다.

그러므로 삼국유사에도 윤회에 대한 기록은 풍부하게 보인다.

『삼국유사』의 사복불언(蛇福不言)이나, 현생의 부모를 위해 불국사를 짓고 전생의 부모를 위해 석불사(석굴암)를 지은 김대성의 이야기, 죽어서 용이 되어 호국하겠다는 의지로 수중릉을 만들게 한 문무왕, 죽어서 삼십삼천의 신이 되어 신라를 돌보았다는 김유신의 이야기 등은 모두 윤회에 대한 기록으로 영혼의 불멸을 의미하고 있다.

이와 같이 신라 시대에는 전생과 내생이 현세와 밀접하게 연결되는 영생주의가 토착화되어 민중의 의식구조를 형성하고 있었으며 호국사상에까지 결부되어 있었다.

미당은 그의 자서전에 의하면 1951년 여름 6·25전쟁 중의 전주에서

'데라볼'이라는 학질약을 과용하여 자살을 하려다가 미수에 그친 뒤 사물과 사람에 대해 새로운 긍정적인 개안을 하고 모든 것을 간절하게 받아들이면서 『논어』와 『중용』, 『삼국유사』와 『삼국사기』 등의 고전을 애독하게 되었다고 토로하고 있다.

> 그야 어이하든 자살 미수자의 그 미수 직후의 한동안은 또 별다른 맛인 것이다. 내장이야 상했건 어쨌건 햇볕의 그리운 간절도가 한결 더해지는 것만은 사실이다.
> 그래, 나는 상당히 엉망이 되었을 내 내장이 나아가는 동안의 이 높아진 간절도 속에서 孔子의 『論語』와 『中庸』, 그리고 또 우리 『삼국유사』와 『삼국사기』 같은 책의 내용을 한 길 더 깊이 愛讀하게 되고, 다니는 길가의 풀포기, 그 곁의 어린애들의 눈을 좀더 유심히 바라다보게 되었다.
> ── 『서정주 문학전집』 3권

대자연과 우주적 질서에 대해, 또 인간에 대해 밝고 긍정적이고 기쁨이 넘쳐나는 현실불국토를 노래한 「상리과원」이 이때의 이 '햇볕의 간절도' 속에서 이루어진 작품이라고 지은이 스스로 말하고 있거니와, 미당은 앞의 『삼국유사』와 『삼국사기』를 애독하면서 제4시집 『신라초』의 기초가 되는 작업을 하고 있었던 것이다.

> 또, 나는 『삼국유사』와 『삼국사기』 속의 이야기들하고도 눈이 잘 맞아, 그것들을 漢文 再修 겸해서 예쁜 카아드들에 한 이야기씩 한 이야기씩 또박또박 정성을 다해 가는 글씨로 옮겨 베끼고는 특별히 마음에 드는 구절엔 붉은빛 貫珠를 쳐 갔다. 여기서 이렇게 시작하여 내가 만들어 지니고 다닌 이 카아드 다발이 뒤에 내가 하게 된 그 新羅의 기초가 된 것이다.
> ── 『서정주 문학전집』 3권

이처럼 미당은 『삼국사기』나 『삼국유사』를 애독하는 정도에 그치지 않고 그 속에 온전히 자신을 담궈 거기 나타나 있는 신라인들의 생활, 사상, 감정을 육화시켜 자기화하였던 것이다. 그러므로 우리는 시집 『신라초』 에 수록된 많은 작품들 속에서 미당이 육화시킨 신라인들의 영생주의를 만날 수 있는 것이다. 그리고 이러한 영생주의는 시집 『신라초』에서 그치지 않고 제15시집 『80소년 떠돌이의 시』에 이르도록 미당의 시세계를 관류하는 기본사상이 되고 있다. 물론 시집 『신라초』가 창작되기 이전의 『화사집』이나 『동천』에서도 이러한 영생주의가 곳곳에서 산견되고 있다.

본고에서는 미당의 시에 표출된 불교적 영생주의를 신라사상을 본격적으로 육화시킨 후에 쓰여진 시집 『신라초』를 중심으로 살펴보고자 한다.

3. 「新羅抄」의 윤회사상과 영생주의

미당의 영생주의는 불교적 윤회설에 바탕을 두고 있지만 그가 구하는 세계는 현실을 아주 여의고 아무 근심, 걱정, 번뇌가 없는 순 정신적인 세계인 열반이나 無色界가 아니고, 철저히 현실에 바탕을 두고 있는 세계이며 현실세계에서 일어나는 몸을 가진 인간의 '사랑'을 긍정하고 연민하는 세계이다.

흔히 불교의 근본정신을 제행무상(諸行無常)과 제법무아(諸法無我)에 두어 현실을 초월하고 달관하는 것으로 이해하지만, 진정한 불교의 가르침은 오히려 현실 속으로 들어가 근본 이치를 전하고 자비행을 실천해 현실 불국토를 이루는 데 있다. 즉 중국 송나라 곽암(廓庵)선사의 〈심우도(尋牛圖)〉의 1) 심우(尋牛, 소를 찾다), 2) 견적(見跡, 소발자국을 보다), 3) 견우(見牛, 소를 보다) 4) 득우(得牛, 소를 얻다), 5) 목우(牧牛, 소를 길들이다), 6) 기우귀가(騎牛歸家, 소를 타고 집으로 오다), 7) 망우존인(忘牛存人, 소는 없고 나만 있다), 8) 인우구망(人牛俱忘, 나도 소도 모두 없다), 9) 반본환원(返本還源, 본래의 자리로 되돌아 오다), 10) 입전수수(入廛垂手, 시정 속에서 중생을 교화하다)의 열 그림 가운데에서 아홉 번째와 열 번째를 위해서 앞선 여덟 가지 단계가 있는 것이다.

미당 시에 나타난 영생주의는 철저히 현실에 바탕을 두고 있는 세계이며 현실세계에서 일어나는 인간의 '사랑'을 긍정하고 연민하는 세계로서 그 의식은 9) 반본환원과 10) 입전수수에 해당된다고 볼 수 있다.

> 朕의 무덤은 푸른 嶺 위의 欲界 第二天.
> 피 예 있으니, 피 예 있으니, 어쩔 수 없이
> 구름 엉기고, 비 터잡는 데ㅡ그런 하늘 속.
>
> 피 예 있으니, 피 예 있으니,
> 너무들 인색치 말고
> 있는 사람은 病弱者한테 柴糧도 더러 노느고
> 홀어미 홀아비들도 더러 찾아 위로코,
> 瞻星臺 위엔 瞻星臺 위엔 그중 실한 사내를 놔라.
>
> (중략)
>
> 내 못 떠난다.
>
> ㅡ「善德女王의 말씀」 부분

이 시의 화자인 선덕여왕이 죽어서 묻히고 싶어 하는 곳은 도리천으로 불교에서 말하는 삼계인 욕계, 색계, 무색계 중에서 첫 번째인 욕계의 제2천이다. 욕계(欲界)는 지옥, 아귀, 축생, 아수라, 인간, 6욕천(사천왕천, 도리천, 야마천, 도솔천, 화락천, 타화자재천)의 총칭으로 식욕, 수면욕, 음욕 등 근본적 욕망을 벗어나지 못한 중생들이 가는 하늘이다. 육욕천(六欲天)은 육도로 보면 천도에 속하나 아직까지 욕심을 떠나지 못한 세계이므로 삼계로 나눌 때는 욕계에 넣게 된다. 이 하늘의 중생들이 음욕을 행할 때는 변하여 인간과 같이 되지만, 다만 풍기(風氣)를 누설하기만 하면 열뇌(熱惱)가 없어진다고 한다.[3]

이 시의 화자는 '피 예 있으니/피 예 있으니'라고 하여 현실세계를 떠나지 못하고, 죽은 후에 가는 세계도 '구름 엉기고, 비 터잡는 데―그런 하늘 속'인 욕망을 여의지 못한 욕계로 상정하고 있다. 이는 곧 『삼국사기』와 『삼국유사』의 내용을 배경으로 하는데, 인색하지 않게 '병약자에게 시량(柴糧)'도 노나 주어야 하고 '홀어미 홀아비도 더러 찾아 위로'해야 하고 '살[肉體]의 일로서 미친 사내에게' 황금 팔찌로 위로해야 하고 서라벌 천 년의 지혜가 가꾼 국법보다 더 '늘 항상' 타고 있는 사랑을 하늘 끝까지 닿는 노래로 다스려야 하니 '내 못 떠난다'는 것이다. 여기서 시적 화자가 못 떠난다는 것은 현실을 염려하고 잊지 못하는 애착심의 표현이지만, 그도 결국은 죽음을 벗어날 수 없는 유한한 인간인지라 떠나기는 떠나되 그가 가고자 하는 곳은 인간의 일을 아주 잊을 수 없는―결국은 욕망을 가진 중생의 세계인 '욕계 제2천'일 수밖에 없는 것이다. 잊지 못할 인간세상을 떠나지 않으면서도 '푸른 嶺 위'의 하늘이 표상하는 영원의 세계에 도달하는 영생을 얻었다고 할 수 있지만, 결국은 죽어서도 자비의 실천, 즉 입전수수의 경지를 실현하고자 하는 불교의 근본 가르침을 실현하고 있는 것이다. 선정을 베풀고 사랑의 참 가치를 아는 사랑지상주의자, '연인들의 연인'이었으며 병약자, 홀어미, 홀아비의 가까운 벗이었던 선덕여왕의 인간긍정과 인간존중정신을 잘 드러낸 작품이다.

흔히 미당을 가리켜 신라인의 정신세계나 정적인 동양정신으로 도피하여 현실을 외면한 시인이라거나, 그의 시에 영원성은 있되 현실성이 결여되었다고 하는 비난은 재고할 과제라고 생각된다. 오히려 미당은 '우

---

3 운허용하, 『불교사전』, 동국대학교 역경원, 1961, 170쪽 참고.

주와 역사에 대하여 거대한 스케일로 사색한 시인' 4)이며 영원의 세계와 교감하던 신라인의 정신과 전통과 역사를 현실에 재현시키고 고전의 현대적 변용을 통해 현실의 바탕 위에서 영생주의의 세계로 나아가고자 하는 시의 힘을 불교의식을 통해 보여주는 시인이라 하겠다.

그래서 미당의 시에서는 시간과 공간을 초월하여 어떠한 곳에도 머무르지 않는(無所住) 자유자재함을 얻어 '천삼백년'이 오히려 가까웁게 느껴지며 '선덕여왕같은 이가 이 나라에 살고 있었다고 생각하는 것'(「善德女王讚歌」)은 시인 자신은 물론이고 이 시를 읽는 독자 모두의 현재형의 '기쁨'인 것이다.

> 노래가 낫기는 그중 나아도
> 구름까지 갔다간 되돌아오고,
> 이 발굽을 쳐 달려간 말은
> 바닷가에 가 멎어버렸다.
> 활로 잡은 山돼지, 매[鷹]로 잡은 山새들에도
> 이제는 벌써 입맛을 잃었다.
> 꽃아. 아침마다 開闢하는 꽃아.
> 네가 좋기는 제일 좋아도,
> 물낯바닥에 얼굴이나 비취는
> 헤엄도 모르는 아이와 같이
> 나는 네 닫힌 門에 기대섰을 뿐이다.
> 門 열어라 꽃아, 門 열어라 꽃아.
> 벼락과 海溢만이 길일지라도
> 門 열어라 꽃아, 門 열어라 꽃아.

—「꽃밭의 獨白」 전문

---

4 김재홍, 앞의 글.

이 시는 '娑蘇斷章'이란 부제가 붙은 시로서 사소는 신라 시조 박혁거세의 어머니이다. 이 글은 사소가 산으로 신선수행을 떠나기 전 그의 집 꽃밭에서의 독백이라는 필자 주(注)가 있다. 이 시의 시적 화자인 사소는 처녀가 잉태하면 사회나 가정에서 쫓아내는 추방형을 받는 신라의 국법 아래, 그것에 굴복하기는커녕 오히려 적극적으로 꽃을 통한 영생에의 길을 찾아 나선다. 이 시에서 꽃은 시적 화자를 영생으로 안내하는 안내자이며 '지상으로부터 영원에 이르는 통로이자 영원 그 자체'를 의미한다. 그러므로 '문 열어라 꽃아, 문 열어라 꽃아'라는 절규 속에는 벼락과 해일, 그보다 더한 고난이 와도 수행으로 영생에 들려는 시적 화자의 상승의지와 간절한 열망이 담겨 있다. 위의 시에서 '노래'는 그중 낮지만 '구름까지 갔다간 되돌아' 온다고 하였다. 단순한 노래로서의 시 즉 예술은 그중 낫기는 해도 구름까지 갔다가 영생의 문을 열지 못하고 지상으로 되돌아오고 말지만, 시적 화자가 '아침마다 개벽하는' 그 자신 속에서 발견하는 꽃—불생불멸하고 부증불감하는 지혜(반야)의 힘이야말로 진정한 생명의 문을 열게 되는 것이다. 그리하여 그가 추구하는 영생은 피가 잉잉거리던 몸과 마음의 병을 다 낫게 하고 '비취의 별빛 불들을 켜고' '生金의 鑛脈'을 하늘에 펴게 되는 것이다.

피가 잉잉거리던 病은 이제는 다 나았습니다.

올 봄에
매[鷹]는,
진갈매의 香水의 강물과 같은
한섬지기 남직한 이내[嵐]의 밭을 찾아내서

대여섯 달 가꾸어 지낸 오늘엔,
홍싸리의 수풀마냥. 피는 서걱이다가
翡翠의 별빛 불들을 켜고,

요즈막엔 다시 生金의 鑛脈을 하늘에 폅니다.

아버지.
아버지에게로도,
내 어린 것 弗居內에게로도, 숨은 弗居內의 애비에게로도,
또 먼 먼 즈믄해 뒤에 올 젊은 女人들에게로도,
生金 鑛脈을 하늘에 폅니다.

— 「娑蘇 두 번째의 편지 斷片」 전문

더욱이 그 생금의 광맥은 시적 자아 자신을 실존케 해 준 '아버지에게로도' 그의 아들 '弗居內' 에게로도, 또한 그로 하여금 사랑에 눈뜨게 하여 영생에의 상승의지를 갖게 해 준 '숨은 불거내의 애비' 에게로도, 무엇보다 '먼 먼 즈믄해 뒤에 올 젊은 여인들' 에게로도 그들의 하늘 위에 영생으로 인도해 주는 길이 되어 펼쳐지게 되는 것이다.

시적 화자가 이처럼 영생의 경지에 들게 되기까지는 '한 섬지기 남짓한 이내[嵐]의 밭을 찾아내서' 대여섯 달 가꾸어 지내는, 말로 표현할 수 없는 수행의 기간을 거치게 되는데 그 결과 '잉잉거리' 는 피, '서걱이' 는 피가 '비취의 별빛 불들을' 켜고 영원의 하늘에 생금의 광맥을 펼치게 되는 것이다.

이로 미루어 보아 미당의 첫 시집 『화사집』에서 볼 수 있는 육신의 몸부림, 관능과 성을 상징하는 끓는 피의 달뜬 호흡 등도 '한 섬지기 남짓한 이내의 밭' 을 찾아내기 위한 젊은 날의 과정이며 통과의례로서 『귀촉도』와 『서정주 시선』을 거쳐 『신라초』에 이르러 꽃의 문을 열고 영생에 들게 되었다고 할 수 있다.

미당은 이 시의 해설에서 스스로 영생주의에 대해 밝혀놓고 있다. 사랑의 씨앗을 지키기 위해 제약과 구속이 많은 인간사회를 떠나 산으로 간 사소는 적지 않은 몸부림과 '홍싸리의 수풀마냥' 서걱이는 피를 잠재우

고 마침내 좌정하면서, 두 사람 이상이 땅 위에 살아 자손을 이어가려면 이 사이를 연결하는 한 이로(理路)의 광맥을 가져야 함을 자각한다. 그런데 '이 이로는, 인간 사회에서 단절된 이 새로운 삶의 체험자에 의해 체득된 것은 현 인간사회 표준만이 아니라 영원을 표준으로 하는 것이고 또 범자연으로 하는 것이다'[5]

그래서 이 시의 시적 화자가 펼치는 영생주의의 '생금의 광맥'은 '먼먼 즈믄해 뒤에 올 젊은 여인들에게'까지 시간과 공간을 초월하여 영원히 이어지게 되는 것이다.

이 이로의 광맥인 '이냇길'은 이승과 저승을 내왕하게 하고 현실과 영원을 내왕하게 하는 통로로서 시적 화자가 자아 속에서 발견하는 반야의 힘이다. 이러한 '이냇길'의 이미지는 시「구름다리」에도 나타나 있다. '어느날 언덕길을 상여로 나가신 이가/그래도 안 잊히어 마을로 돌아다니며' 구름으로 이루어진 별저(別邸)에 들르게 되는 길이 바로 '맑은 山 위의 이내(嵐)길'을 통한 영생의 길이다.

시「無題」에서 시적 화자는 '자네 속 몰라' 애타다가는 녹아서 사해중생을 일깨우는 종이 되는데, 종이 되어도 그냥 종이 아니라 '일천년 자네 집 문지방에' 울음 우는 영원의 종이 되는 것이다. 이처럼 순환, 반복, 변신하는 영생의 삶은「숙영이의 나비」의 나비와「두 좁나무 사이」의 '시퍼렇디 시퍼런 한마지기 이내!'에서도 나타나거니와 '천년'을 수유로 느끼는 미당의 시간의식, 공간의식은 일찍이 우리 문학사에서 드물게 보는 영원주의이며 불교의 연기적 세계관에 바탕을 둔 시의식의 소산이라고 하겠다.

　　뺨 비비듯 결국은 그게 그거다
　　하늬바람 마파람 소소리바람

---

5 서정주, 『서정주 문학전집』, 일지사, 1972, 193쪽.

바람의 떼 못 떠나고 보채쌓는 건
뺨 비비듯 결국은 그게 그거다

山아 푸른 山아 나보다는 덜 닳아진,
나보다는 젊고 키가 큰 山아

네가 살다 마침내 네 속에 들어가면
바람은 우릴 안고 돌고 돌아서,
우리는 드디어 차돌이라도 되렸다.
눈에도 잘 안 뜨일 나를 무늬해
山아 넌 마침내 차돌이라도 돼야 하렸다.

그러면 차돌은 또 아양같이 자리해서
자잘한 細砂, 細砂, 細砂라도 돼야 하렸다.
그 細砂의 細砂는 또 뻘건 흙이라도 돼야 하렸다.

그렇거든 山아
그 때 우린 또 같이 누워
출렁이는 벌판의 풀을 기르는
제일 오래고도 늙은 곳이 되리니

― 「無題」 부분

　인간뿐만 아니라 무정물까지도 미당에게 오면 열린 혼으로 교감하는
우주적 인식을 보여준다. 하늬바람, 마파람, 소소리바람, 언제나 젊어 있
는 산, 그리고 시적 자아, 즉 우주의 모든 존재는 하나의 개체이면서 전
우주와 연계되어 있어 주체와 타자의 구별 없이 순환 변용하며 공생하는
것이다. 그냥 공생하는 것이 아니라 깨어지고 부서져서 이 세계를 영원히
지속시키는 새로운 생명인 '벌판의 풀'을 기르는 또 하나의 에너지가 되
어 윤회하는 것이다. 이처럼 '못 떠나고 보채쌓는' 바람의 떼는, 죽어서

도 완전한 열반에 들어 무색계로 가지 못하고 욕계 제2천이나(「善德女王의 말씀」의 선덕여왕) 도리천(「춘향유문」의 춘향)에서까지 사랑과 자비의 마음을 보내어 '벌판의 풀'을 기르는 생명에너지가 된다.

시 「旅愁」에서도 '피어린 牧丹의 꽃밭'이 '흘러내리는 물줄기'가 되고 '바다'가 되어 해, 달이 되고 별이 되는 변신과 순환을 통해 표출된 윤회사상은 「因緣說話調」에 이어서 나타나고 있다.

언제든가 나는 한 송이의 모란꽃으로 피어 있었다.
한 예쁜 처녀가 옆에서 나와 마주 보고 살았다.

그 뒤 어느날
모란꽃잎은 떨어져 누워
메말라서 재가 되었다가
곧 흙하고 한 세상이 되었다.
그래 이내 처녀도 죽어서
그 언저리의 흙 속에 묻혔다.
그것이 또 억수의 비가 와서
모란꽃이 사위어 된 흙 위의 재들을
강물로 쓸고 내려가던 때,
땅 속에 괴어 있던 처녀의 피도 따라서
강으로 흘렀다.

그래 그 모란꽃 사윈 재가 강물에서
어느 물고기의 배로 들어가
그 血肉에 자리했을 때,
처녀의 피가 흘러가서 된 물살은
그 고기 가까이서 출렁이게 되고,
그 고기를, ─그 좋아서 뛰던 고기를
어느 하늘가의 물새가 와 채어 먹은 뒤엔
처녀도 이내 햇볕을 따라 하늘로 날아올라서

그 새의 날개 곁을 스쳐다니는 구름이 되었다.

그러나 그 새는 그 뒤 또 어느날
사냥꾼이 쏜 화살에 맞아서,
구름이 아무리 하늘에 머물게 할래야
머물지 못하고 땅에 떨어지기에
어쩔 수 없이 구름은 또 소나기 마음을 내 소나기로 쏟아져서
그 죽은 샐 사 간 집 뜰에 퍼부었다.
그랬더니 그 집 두 양주가 그 새고길 저녁상에서 먹어 消化하고
이어 한 嬰兒를 낳아 養育하고 있기에,
뜰에 내린 소나기도
거기 묻힌 모란씨를 불리어 움트게 하고
그 꽃대를 타고 올라오고 있었다.

그래 이 마당에
現生의 모란꽃이 제일 좋게 핀 날,
처녀와 모란꽃은 또 한 번 마주 보고 있다만,
허나 벌써 처녀는 모란꽃 속에 있고
前날의 모란꽃이 내가 되어 보고 있는 것이다.

— 「因緣說話調」 전문

　　한 송이의 모란꽃과 예쁜 처녀가, 흙과 물과 구름과, 윤회전생을 통해 새로운 생명으로 태어나고 마지막 부분에서는 다시 모란꽃과 처녀로 마주보고 서 있게 된다. 그런데 이때에는 처음의 모란꽃은 처녀가 되고 처음의 처녀는 모란꽃으로 마주보고 있어 윤회사상뿐만 아니라 자타일여(自他一如)사상까지 형상화하고 있다. 중생의 앞에 나타나는 부처나, 부처의 교화를 받는 중생이나, 내남없이 모두가 하나이며 남이 아나니 우리는 이 시에서 타인 속에서 자기를 볼 수 있고 자기 자신 속에서 타인을 볼 수 있는 자타불이(自他不二)사상을 확인할 수 있는 것이다.

시 「국화 옆에서」에도 한 송이 국화꽃이 피기 위해 봄부터 소쩍새가 울고, 여름날 천둥 속에 비가 내리고, 가을밤 무서리가 내리고, 시인인 내게는 잠 못 이루는 밤이 오고, 이 모든 것들이 둘이 아닌 하나로서 자연과 인간과 개체와 우주가 분리된 것이 아니라 유기적으로 통합된 전체로 보는 불이(不二)사상으로, 상호의존적인 관계성 속의 존재로 보는 연기설을 읽을 수 있다.

앞서 언급한 「無題」나 「旅愁」, 그 외 잘 알려진 「내가 돌이 되면」 등의 시에서 볼 수 있는 삼라만상과 교감하는 우주적 인식은 윤회설과 더불어 불교의 기본 세계관인 자타일여사상까지 낳게 되어 우주만유와의 동일시를 획득하게 된다.

4. 나가며

미당에게 있어서 시를 쓴다는 행위는 제한적인 인간조건 속에 투사된 인간이란 유한한 존재인 자기를 인식하면서 '벽' 속의 '벙어리' 같은 인간의 조건을 극복하는 자기탐구와, 영원한 생명을 희원하는 영생주의의 언어적 표출이라고 할 수 있다. 미당 자신이 '시란 한 시인의 자기형성과정에서 무시로 탈피해 던지는 낡은 허물과 같은 것'이며 '시인의 자격이란 그것이 모든 인간정서의 제일의 친우인 점'에 있다고 하였다. 미당은 85세에 영면하기까지 가장 간절하게 '그리워하는 사람'으로서 심장이 말라붙는 병을 앓으며 자신의 심장을 짜내어 타인의 심장을 감동시키는 시를 써온 시인이다. 한 시인이 일생을 통해 어느 한 분야의 시세계에서만이라도 성공한 시를 보여주면 우리는 그를 훌륭한 시인으로 평가하거니와, 미당처럼 만년에 이르기까지 간행한 15권의 시집마다 괄목할 만한 심오하고 다양한 시세계를 보여주고 시적인 것과 일상적인 것이 혼연일체를 이루는 시어를 자유자재로 구사한 시인은 시문학사를 통해 그 예를 찾기 어렵다.

본고에서는 미당의 초기 시부터 후기 시에 이르기까지 이러한 시인의 노력이 그의 시작품에 어떻게 형상화되어 표출되어 있는가를 개관하고, 미당이 지녀왔던 불교적 영생주의를 시집 『신라초』를 중심으로 천착해 보았다. 미당은 인간의 원죄의식의 업고와 고통을 신라정신과 불교정신에 귀의하여 극복하고 나아가 새로운 신화를 창조하고 있다.[6] 미당은 우주와 역사와 영원의 세계에 대해 거대한 스케일로 사색하고 포용한 시인이며 고전의 현대적 변용을 통해 신라의정신과 역사적 전통을 오늘에 재현시켜 현실의 바탕 위에서 윤회설에 입각한 영생주의의 열린 세계로 나아가고자 한 시인이다. 뿐만 아니라 미당은 자신 속에서 타자를 보고 타자 속에서 자신을 보는 우주만유와의 교감을 통해 자타일여사상을 획득하고 있다. 극단적 이기주의와 개인주의, 자기중심주의에 빠져 있는 현대 사회에서, 이러한 불교적 세계관이야말로 타인을 배려하고 지닌 것을 나누며 인간을 비롯하여 생명 가진 모든 중생, 나아가 무정물까지도 분별하지 않고 포용하고 자기화하는 가장 바람직한 세계관이라 할 수 있겠다.

또한 인간중심주의적, 합리주의적인 서구의 세계관에서 출발하는 도구주의적 자연관을 벗어나서 탈인간중심주의 속에 자아와 세계의 절대적 평등과 상생을 지향하는 범자연주의적 불교적 세계관은, 기후의 이상변화와 환경변화 등으로 과거 어느 때보다 지구의 위기가 고조되고 있는 현실에서 생태주의적 측면에서나 지구의 위기 극복 측면에서도 바람직한 가치관으로 시사하는 바가 크다고 하겠다.

---

6 서정주, 『徐廷柱』 한국문학총서 2권, 한국문학연구소, 1980. 173쪽. 미당은 '내 시와 정신에 영향을 주신 이들'에서 니체와 석가모니를 직접 언급하고 있다.

조병무 시의 순명의식과 사랑의 세계

1. 들어가며

조병무 시인은 1965년 『현대문학』에 평론이 추천되어 왕성한 평론활동을 해 오면서 한편으로 시작(詩作)에 심혈을 기울여 온 평론가 시인이다.

1978년에 첫 시집 『꿈 · 辭說』을 상재한 후 1993년 제2시집 『떠나가는 시간』, 1997년 제3시집 『머문 자리 그대로』를 상재하고, 세 권의 평론집을 비롯해 2002년에는 『한국 소설 묘사사전』 6권과 평론집 『존재와 소유의 문학』을 간행하고 이후로도 『문학작품의 사고와 표현』 『조운평전』 등을 간행하는 등 왕성한 활동으로 평단의 관심을 집중시키고 있다. 시인은 첫 시집 『꿈 · 辭說』에서 꿈 · 사설이라는 장치를 빌어 의식의 흐름 기법을 사용하고 있다. 내면의식의 흐름을 기술하면서 꿈과 현실의 이미지를 병치하기도 하고, 꿈꾸는 이상과 소망을 표출하기도 하고 간절히 바라는 바가 꿈속에서 이루어졌음을 이미지화하기도 한다. 「꿈사설 · 단풍나무 어린것」 「꿈사설 · 만남」 「꿈사설 · 童話」 「꿈사설 · 날개」 「꿈사설 · 無」 등에서 이러한 내면의식이 병치된 행간을 읽을 수 있다.

또한 「꿈사설 · 낚시와 사나이」에서는 아픔 속에 밀려가는 절망적 현실을, 「꿈사설 · 山行」에서는 산을 오르면서 신령이 보내주는 '황홀히 빛나는' 배를 타고 신비의 바다를 따라 흘러가는 구원을 노래하기도 한다.

본고에서는 첫 시집에서부터 일관되게 나타나는 시인의 내면의식이 生의 관조와 순명의식으로, 또한 사랑의 시세계로 표출되는 특질을 살펴보기로 한다.

2. 순명의식(順命意識)과 생의 관조

우주만물을 지배하는 하늘의 명령에 따라 땅 위의 성현이 나라를 통치한다는 정치사상을 '명(命)' 또는 '천명(天命)'이라 한다. 본래 천(天)은 초월적인 신성(神性)을 지니고 있었으나 춘추 시대 이후 인간사회를 지배하는 이법(理法)으로서 객관화됨에 따라 천명도 인간의 의지와는 관계없이 인간의 행위존재를 외적으로 결정짓는 힘, 즉 운명(運命)의 뜻으로 바뀌었다. 이것은 인생의 종국은 사람의 힘으로는 어찌할 수 없고 결국은 하늘의 명령에 따르게 되는 것을 깨닫는 도리밖에 없다는 뜻으로 풀이할 수 있다.

후기 도가(道家)들은 '명'을 생명으로 보고 태어나면서부터 개인에게 부여된 다양한 '성(생리적인 성질이나 도덕적 성품)'과 함께 인간을 구성하는 두 가지 요소라고 보고 있다.

후한(後漢) 이후에는 결정적인 운명론 즉 정명론(定命論)이 대두되어 '운명은 태어나면서부터 지니는 것으로 후천적으로 바꿀 수 없는 필연적인 것'으로 보았다.

우주는 하나의 도덕적 질서이며 인간사는 우주의 도덕적 본성과 조화를 이룰 때에만 번성할 수 있다. 우주가 도덕적 질서를 갖고 자연의 섭리에 의해 운행되므로 우리 인간도 이에 순응하고 관조와 초월의 정신으로 살아가는 태도, 즉 천명과 운명을 알고, 이해하고 순응하며 살아가는 태도를 순명(順命)이라 할 수 있다.

본고에서는 운명론, 숙명론보다는 천명 즉 하늘의 명(命)과 인간의 운

명, 자연을 움직이게 하는 우주 만유의 섭리, 도덕적 질서 등을 깨닫고 이
해하며 관조의 경지에서 직관하고 순응하는 시인의 순명의식에 대해 살
펴본다.

> 그 바늘은 한쪽으로
> 돌아가고, 나는 그
> 것을 보고 있다. 나
> 의 눈은 그 바늘의
> 돌아가는 방향을
> 응시하지만 같지 않다
> (중략)
> 그리고 반복한
> 다. 바늘이 한쪽으로
> 돌 듯 나는 자꾸 돌
> 아간다. 돌아간다 멈
> 추게 할 수 없다. 멈
> 추게 할 수도 없다.
>
> —「바늘은 한 쪽으로 돈다」 부분, 제1시집

　　시인의 시간에 대한 순명의식은 첫 시집인 『꿈·辭說』에서 시작하여
제2, 제3시집에서 고르게 나타나고 있다. 태초부터 영원까지 흐르는 듯
고여 있는 시간을 인위적으로 잘라서 구체적 형상으로 보여주는 것이
'시계'이다. 그 시계의 바늘은 한 쪽으로만 돌아가고 있으며 지금 시적
자아는 그 바늘을 보고 있다. 생각하기에 따라서 시간은 가기도 하고 오
기도 하지만 우리는 고정된 관념에 의해 무시무종(無始無終)의 시간, 그냥
존재하는 자체의 시간을 의식할 수는 없으며 오로지 흘러가는 시간, 돌아
가는 시간만을 바라보며 안타까움을 느낄 뿐이다. 즉 "멈/추게 할 수 없"
기 때문에 순응할 수밖에 없는 자아를 의식하고 있다. 그만큼 시인에게

'시간'은 극복해야 할 명제로 부각되고 있다.

  ① 나이 들면
     오는 사람보다
     가는 사람이 많다
     (중략)
     사랑하는 사람아
     당신도 어느날
     갑자기
     나 곁에서 떠나갈 것이다

     사랑하는 모든 이여
     나도 어느날
     갑자기
     모든 이의 곁에서 떠나갈 것이다

                       —「떠나가는 시간」 부분

  ② 지금 그 나뭇잎은
     나의 눈을 가린 채
     연한 초록의 물감을 뿌리면서
     더욱 가깝게 다가오는 소리로
     물들어가고 있었다.

     바람은 거칠고 눈비는 흩뿌리며 나렸건만
     그때 나무는 그림자에 불과했다.

     지금 그 나뭇잎은
     나의 눈을 덮은 채
     어디서 그처럼 애잔한 빛을
     세차게 뿜어내면서

혼돈의 이유를 덮어버리는

이 연습의

시간여행을 떠나고 있는가.

―「시간 여행」 부분

시간은 한 번 흘러가면 다시는 돌이킬 수 없는 불가역적(irreversible)인 본질을 가지고 있다. 인간은 시간의 불가역성을 피하려 해도 피할 수 없는 존재다. 헤라클레이토스(BC 576~450)는 "인간은 한 번 발을 담근 물에 두 번 다시 발을 담글 수 없다."고 했다. 모든 생명 있는 존재는 시간이 흐르면 죽을 수밖에 없으며 인간은 이러한 유한자(有限者)의 두려움에서 벗어나기 위해 신화나 종교에 의존하고자 한다.

종교는 시간의 비가역성을 부정하기 위해 죽음을 초월하는 영원한 생명을 제시하고, 시간을 순환하는 원과 같은 윤회로 인식하게 하였다. 순환은 다시 되돌아온다는 것을 의미하며 불교에서 말하는 윤회란 인과응보에 의해 사유(死有)와 중유(中有)를 거쳐 다시 태어남을 의미한다.

조병무 시인의 시세계에는 다분히 불교적 소재가 많으며 많은 불교적 사유가 표출되어 있지만 그의 시간관념에 있어 불교적 윤회사상은 찾아볼 수 없다. 단지 시간의 불가역성을 피할 수 없을 바에야 우주의 도덕적 질서, 자연의 섭리에 순응하고자 하는 순명의식이 나타날 뿐이다.

시 ①은 제2시집에 수록된 시로 '나이 들면'이라는 가정하에 시간의 흐름을 통한 이별을 예감한다. 인간은 특별한 예지가 없더라도 나이 들면 모든 것을 이별하고 종국에는 '나' 자신마저 '나'로부터 이별하게 되는 것을 알고 있다. 단지 그 이별을 어떤 관점에서 생각하고 어떤 태도로 수용하는가는 저마다의 감성과 이성과 예지에 따라 다를 뿐이다. 시인은 시간이 흐르면 모든 것은 떠나가고 나 또한 이 모든 이들로부터, 이 모든 사물로부터 떠나가게 되는 것을 의식하지만 그 생각의 밑바닥에는 생에 대한 관조와 순명의 태도가 자리하고 있다. 단정적인 어투로 수미상관의 반복법을 사용하여 주제를 강조하는 에피그램적 성격이 짙다. 시 ②는 제3시집 『머문 자리 그대로』에 수록된 시이다. 시 ①에서는 시인의 직관적 사유가 직접적 진술로 표현되고 있지만 시 ②에서는 '나뭇잎', '바람', '눈비' 등의 객관적 사물소재를 통해 한 생애를 통한 시간과 이별을 우의적으로 노래하고 있다. 이때 나뭇잎은 세찬 '바람'과 '눈비' 속에 살아가고 있는 화자 자신과 동일시되어 '시간여행'을 떠나고 있는데 우리 생에서 누구나 맞닥뜨리게 되며 초월하고자 애쓰는 '혼돈의 이유'를 덮어버리기 위해서는 '긴 연습'이 필요하다.

불로장수를 꿈꾸었던 진시황이 아니라도 인간은 누구나 유한한 시간과 당면하게 되는 죽음 앞에서 고통과 아픔을 느끼게 되는데 시인은 이 모든 구속과 고통을 벗어나기 위해 '긴 연습' 끝에 마침내 우주적 질서와 섭리에 순응하는 자세를 터득하는 것이다.

> 위에서 아래를 보았을 때
> 왜 모두가 한 눈에 보이는가
>
> 그렇게 넓은 공원
> 그렇게 길다란 다리
> 그렇게 많은 집들이
> 이 작은 눈동자 안에
> 들어와 박히는가.
>
> —「세상은」 부분

공자는 육십을 이순(耳順)이라고 하여 귀가 순해진다고 했다. 귀에 들리는 모든 것의 이치를 알고 하늘의 이치까지 깨닫는다는 뜻일 게다. 시인은 「세상은」에서 작은 눈동자 안에 들어와 박히는 사물들을 노래하면서 한편 '가까이 보는 세상'은 한눈에 보이지 않는다고 한다. 그리고는 "세상은/마음과 마음이 있는 자리에서/그대로/주눅든 하나의 찰나를 잡는다는 것을" 깨닫는다. 공자가 귀로 느낀 것을 시인은 그대로 눈으로 느끼면서 만물의 이치를 깨닫는 순명의식이 손에 잡힐 듯하다.

15세에 학문에 뜻을 세운 공자가 평생을 갈고 닦아 육십에 이르러 이순이라고 하였듯이 시인도 초기 시부터 시종여일하게 화두로 삼아 마음닦기에 "천년 세월/머금은/수도자"(「용문사 은행나무」)로 정진한 결과 '위에서 아래를' 심안(心眼)으로 볼 수 있는 경지에 다다르고 있다.

산을 오르다 보면
마음을 떠나 보내는 방법을 익힌다
(중략)
산을 오르다 보면
마음을 비우는 방법을 익힌다

세월을 가늠할 수 없는
이긴 시간 속에서
한잠 속에 머문 바위가 있고
산자락 움켜쥔 봉우리가
숨을 죽이고 있다는 것을 보고는
마음 비운 자리가
여기인 것을 알게 된다

— 「산을 오르다 보면」 부분

앞에서 순명에 이르기 위해서는 '긴 연습'이 필요하다고 했는데 위의 시에 이르면 긴 연습이 어떤 것인가를 알 수 있다. 시인의 시에서 '마음'은 언제나 풀어야 할 화두로 자리잡고 있는데 제3시집에서도 「마음」「마음 하나」라는 시의 제목을 비롯해서 「Ⅲ 話頭 이야기」편에 수록된 대부분의 시가 마음 찾기, 혹은 마음 다스리기와 관련되어 있다. 시인의 시집을 통틀어 '마음'이라는 시어를 분석해 보는 것도 흥미 있는 일이라 생각된다. 시인은 「시집을 내며」라는 제3시집 서문에서도 "수만 번 마음의 갈등과 변화의 속성에서 고뇌"해 왔음을 고백하면서 고심 끝에 진리를 발견하고 또다시 번뇌하고 그 후에 다시 '마음의 질서'를 알게 되는 깨달음의 과정을 보여주고 있다. 마음의 질서를 안다는 것은 큰 깨달음이 있은 연후에야 가능한 일이며 이러한 깨달음이 있어야 더 큰 우주의 마음, 즉 우주적 질서와 인간의 운명, 인간으로서 지켜야 할 윤리에 대한 순명의 자세가 가능해지는 것이리라. 이러한 순명의 자리에 도달하기 위해 끊임없이 "마음을 찾"고 "마음을 비우"고 "마음을 떠나보내는" 수행의 자세로 일생을 살아가고 있는 시인의 모습을 발견할 수 있다.

시인의 마음 다스리기가 늘 생각대로 다 이루어지는 것은 아니다. 때로는 체념과 때로는 절망의 나락을 거쳐 가고 있다.

① 그 어느 날
　세월이 지났을 무렵
　하고 싶은 꿈들이 무너지는 아픔을
　무엇에 빗대어 볼까

　손때 묻은 백자 항아리
　파릇파릇 물 머금고
　곱게 자란 솔잎이
　내려앉는 아픔과 함께
　조각조각 금이 가며 사금파리로 변해갈 때
　그것은 모두
　어느 허망으로 돌아간 것일까

　채색한 솔잎들의 흔적은

찰나의 느낌으로 하나 둘 떨어지는 것

그러나
그것은
이미 떠나가 버린 것

—「세월이 지나면」 부분

② 나를 떠나 보내고 나면
다음은 무엇이 남을 것인가.
(중략)
정말
모든 것 다 보내고 나면
흐트러진 그림자 모을 힘이 없다는
그 사실을
알고 있는가.

—「그 사실은」 부분

「떠나가는 시간」에서 이별을 노래하고 「산을 오르다 보면」에서 마음 다스리는 법을 노래하지만 하나 둘 떨어지는 '솔잎'에서 무너지는 꿈을 형상화하는 시인은 '그러나/그것은/이미 떠나가 버린 것'으로 인식하는 체념을 보이기도 하고, '모든 것 다 보내고 나면' 흐트러진 그림자마저 모아볼 힘이 없다는 사실 앞에 절망하기도 한다. 그만큼 시인이 찾는 '마음'이라는 화두가 지난(至難)한 것임을 암시하는 것이리라. 그렇기 때문에 시인의 시적 소재의 대다수를 차지하고 있는 불교적 소재, 사찰 이야기 등 어느 곳에도 종교적 해탈이나 번뇌의 초탈은 보이지 않는다.

시 「나옹화상 길 따라」에서도 고려 말의 큰 스님인 나옹화상 혜근(惠勤)의 여주 신륵사에서의 입적을 깨달음과 성불이 아니라 번뇌와 무명(無明)을 벗지 못하고 깊은 잠에 든 '아픔'과 '어둠' 속의 '인간의 모습' 그대로 그리고 있다. 그만큼 시인은 종교적 해탈에 안주하지 않는, 끝없이 정진하는 '수도자'임을 보여주고 있다.

조 시인은 초기 시부터 제3시집까지 일관된 순명의식을 보여주는데 이러한 순명의 자세로 사물을 바라볼 때 그의 고요한 의식에는 저절로 관조와 초월이 자리잡게 된다. 관조(觀照, enjoyment, contemplation)란 감상하고 완상하며 쾌감을 수반하는 미적 향수(美的 享受)를 의미한다. 또한 자연과 인간과 삶을 지혜로 비추어 맑은 물에 만유가 비치듯 있는 그대로를 직관하고 초월하는 향수의 태도이다.

> 봄 햇살 따뜻할 때
> 나무를 보아라
>
> 어린 잎새 사이로 비집고 나서는
> 눈부신 초록의 행렬이 지나고 있음을
> 그것은
> 아래서 보는 것보다
> 위에서 보는 것이 더 아름답다
>
> 잎은 위로 향해 치솟고
> 밀려서 가고 있듯이
>
> 창틀 사이 끼여드는
> 햇살을 잡아 뿌리는 손길과
> 잎새 사이 끼여드는
> 어린 초록의 소근거림을
> 엿듣는
>
> —「위에서 보는 아름다움」 부분

그의 귀는 봄 햇살과 창틀과 어린 초록 잎새의 눈부심을 보고, 그 소근거림까지 엿듣는 우주 귀를 갖기에 이른다. 또한 "햇빛 등지듯/보실한 피부 손길 닿고" "나뭇가지 그늘에 안주하듯 숨"(「쑥을 보며」)은 어린 쑥의 마음까지 헤아리며 '새초롬해지다' '보실한' '살포시' 등의 용언을 동원하는 섬세한 시어 감각을 보여준다.

시 「미시령」에서는 "미시령을 넘다가/가슴으로 적셔오는 향기는" 처럼 산의 향기를 가슴으로 느끼고 단풍잎을 보면서 시각을 촉각화하고 후각화하는 공감각을 통해 미시령 흐르는 계곡 물소리가 "살그머니 마음에 와" 머물고 있음을 본다.

시 「토란을 심었더니」에서 땅에 심겨진 토란이 자연의 섭리로 서리가 내린 뒤에도 저 혼자 자연의 벗인 '꿩소리'를 벗 삼아 자라나고 있음을 시인은 따뜻한 눈으로 읽어내며 「고추를 따며」, 「영랑 호반에서」도 자연을 심안(心眼)으로 관조하고 있다.

속력으로
무디어진 생각을 밀어갈 때
노고단 언덕
그 높은 자락에서
훨훨 하늘을
기분 좋게 날고 있는 것을

—「노고단에서」 부분

산을 찾아 나섰다
저만큼 웅크리고 있는 바위
문득 바람이 되고
바람이 구름이 된다

산세 따라
오르내리는 다람쥐 한 마리
이 꼬리 용이 되어

나뭇가지를 타고
하늘로 올라 버렸다

— 「찾아 나선 산」 부분

시인의 관조적 입장은 자연 중에서도 식물성을 통해 드러나고 있으며, 초월자의 직관적 태도는 이처럼 산을 소재로 한 시에서 엿볼 수 있다. 산이란 그 자체가 평지에서 올려다보아야 하는 위치에 있으며 그 위에 오르면 누구나 하늘이나 신령스런 무언가에 더 가까이 이른 듯 접신(接神)이라도 할 수 있을 듯한 생각을 가지게 된다. 시인도 이처럼 산에 올라 초월적 상승의지나 비상의 의지를 표출하고 있는데 인간 누구나의 보편적 감성에 의존하여 공감을 자아내고 있다.

3. 사랑 – 합일과 잉태

시인의 시에서 '사랑'은 절대적 의미를 함유하고 있다. 제2시집 『떠나가는 시간』에 「사랑 이야기」 연작시가 22편, 그 외에 「사랑하는 마음」 「片紙」 「꽃」 외에 "꽃"에 대한 연작시에서도 사랑의 이미지를 쉽게 발견할 수 있다.

인간이거나 동물이거나 식물까지도 사랑이 없으면 종족보존이 불가능하다. 사랑의 행위야말로 새 생명을 잉태하고 번식하여 영원무궁토록 발전하게 하는 원동력이라 할 수 있다. 그중에서도 마음이 몸을 움직이게 하는 인간에게 있어서 '사랑하는 마음'이 끼치는 영향은 인류 발전에 지대한 공헌을 해 왔다.

시인의 시에서 사랑은 먼저 '하나' 되기를 갈구하는 마음이 이미지화되어 나타난다.

① 너가 나를 따라온다
　나는 골목으로 접어든다
　너가 나를 부른다
　나는 하늘모서리에 숨는다
　너가 나를 잡는다
　나는 너 속으로 잠겨 버린다
　너가 너 속에서 나를 찾는다
　나는 너 속에서 너를 속인다
　너는 너 속에 든 나를 찾지 못한 채
　나는 너 속에 든 나를 잊은 채
　아무도 모르는
　그런 망각의 상태에 머물러 버린다.

— 「너와 나」 전문

② 알고 계시겠지요만
　병아리가 닭에서 나왔다는 사실을
　달걀은 병아리를 잉태하고 있을 때
　한 마리의 어미닭 뱃속에 있었다는 사실을.
　(중략)
　그대와 나는
　달걀 속에 든 병아리
　어미닭 속의 달걀

— 「하나라는 사실」 부분

　사랑은 서로에 대한 관심에서 시작된다. 그러기에 "너가 나를 따라온다"로 시작하여 "너는 너 속에 든 나를 찾지 못한 채" "나는 너 속에 든 나를 잊은 채" 망각의 상태에 머물러 버리는 완전한 합일에까지 이르게 되는 것이 사랑이다. 불교의 가르침에 '남에게 무언가를 베풀되 베푼 것 자체를 잊어버리는 것'을 최상의 보시인 무주상보시라 일컫는데 사랑도 마찬가지로 서로가 서로의 안에 들어가 하나가 된 채로 하나가 된 것 자체를 잊어버리는 망각의 상태―그것을 일러 최상의 사랑, 가장 이상적이고 완전한 사랑이라 할 수 있을 것이다. 시 ②에서는 첫머리에서 다소 설명적 진술로 시작되지만 뒷부분에 가서는 메타포를 사용해 분리될 수 없는 하나임을 강조한다. 이처럼 완전한 합일의 사랑은 상대에게 부담을 주거나 구속하는 사랑이 아니라 "그대의 사랑 속에서" "한 마리의 피라미처럼"(「사랑의 의미」) 유영하며 떠돌아다닐 수 있는, 상대를 배려하고 자유를 주는 사랑이다.

뿜어내는 열기가 휘몰아치더니
태양열과 같은 뜨거움이
온 몸을 사르더니
마주잡은 두 손은
벽면에 찰싹 그림자로 붙어 버린 채
움직이지 않는다

― 「두 손 그림자」 부분

목련과 목련이 마주하고 있다
꽃잎이 꽃잎을 따라가면
꽃은 꽃으로 변하고
그것은 생명이 된다.
한 마리의 벌이 날으다
꽃 속에 파묻히면
벌은 벌이 아니라
꽃 속의 새 생명체가 된다.
목련이여
날으는 벌을 품고
생명의 빛남이 사랑의 열기가 되면
떨림이 진동하여

목련이여 피는구나
꽃으로 피는구나

— 「목련이 피다」 전문

　사랑하는 대상이 합일되려면 대상과의 거리를 없애고 서로 상대의 속으로 들어가 용해되어야 하고 그 용해를 위해서는 빛과 열기가 필요하다. 하나의 눈동자가 또 하나의 눈동자와 닮아져 가듯이(「片紙」) 사랑은 서로 닮은 반쪽을 만나 하나가 되고 그 합일의 '열기'와 '떨림'이 진동하고 용해되어 새로운 생명체를 잉태하고 마침내 또 다른 목련을 피워낸다.

　이때 사랑의 '열기'는 '불'의 상징성으로 볼 때 정열, 저돌성, 성적 오르가즘 등으로 볼 수 있는데 "한 마리의 벌이 날으다/꽃속에 파묻"혀서 "꽃 속의 새 생명체"(「목련이 피다」)가 되는 것은 바로 이 저돌성과 성적 오르가즘을 거쳐 새 생명인 목련으로 잉태되는 것이다.

　시 「은행나무」에서도 암수가 서로 다른 나무, 각각 따로 떨어져 삶을 영위해야 하는 두 개체가 서로 상대방을 찾아서 '동서로/남북으로' 번쩍이는 예지로 사랑을 확인하고 있다. 그 결과 노란 은행알 알알이 쏟아놓는 '말씀의 언어'는 황홀한 사랑의 열매이며 새 생명의 잉태에 다름 아니다.

새벽 약수터 주변엔
많은 사랑의 바람이 일렁인다.
상수리 나무에 둥지를 튼
한 쌍의 까치는
한겨울 동안 사랑하는 마음으로 겨울을 녹이고
새벽바람을 움직이는 약수터 사람들과
이야기를 나눈다
약수터 물줄기를 바라보는 높은 가지에서
물소리를 지키듯 새순같은 마음이
움터오는 햇빛의 가느다란 줄기와 함께

새벽이면 찾아드는 그들을 위해
이곳 저곳 옮겨 앉으며 사랑을 이야기한다

—「까치부부」 전문

　시인의 사랑인식은 드디어 「까치부부」에 이르면 사랑하는 대상이 무한
으로 확대되기에 이른다. "상수리 나무에 둥지를 튼/한 쌍의 까치는" 겨
울의 혹독함과 추위를 사랑으로 녹이고 움터오는 "새순같은 마음"과 "햇
빛"의 다사로움을 담아 약수터를 찾는 모든 이들에게 사랑을 이야기하고
사랑을 나누는 기쁨으로 나날을 살아가는 것이다. 사랑하는 대상에 국한
되던 1:1의 사랑이 불특정 다수의 사람과 물소리와 새순에까지 미치는
햇빛처럼 퍼져 나가고 확장되어 "좋아라, 좋아라. 춤추는 神童"(「춤추는
神童」)이 되기도 하고 마침내 "종족의 역사를 일곱 가지 흩날리며" "새로
운 땅으로 뿌리를"(「뿌리」) 내려 새로운 민족의 역사를 창조하기에 이른
다. 이쯤 되면 시인이 표현하는 '사랑'은 무한히 확장되어 내남구별 없
이, 인간과 동물, 식물, 미물의 구별 없이, 생명 있는 것 즉 중생(衆生)이면
무엇이든 귀히 여겨 존중하고 사랑하는 불교의 자타일여(自他一如)의 사랑
에 닿아 있는 것이다.
　시인은 이처럼 사랑이란 "자연의 한 理法"(「理法」)이며 인간이 지녀야
할 최고의 가치로 인식하면서 관념을 탈피한 다양한 소재로 환치하여 형
상화시키는 뛰어난 예술적 기교를 보여주고 있다.

4. 나가며

　영국의 시인이며 평론가인 매슈 아놀드(Mathew Arnold, 1822~1888)는
"문학은 인간이다"라고 하였다. 시는 그 시인의 생활에서 우러나는 체험
의 낙수이며 시정신의 결정체이다.

조병무 시인의 시에서 그의 삶을 대하는 태도를 읽을 수 있으며 그의 정신이 무엇을 염원하고 무엇을 위해 정진하고 있는가를 확연히 알 수 있다.

시인은 초기 시부터 '마음 찾기, 마음 비우기, 마음 다스리기' 등 마음의 향방을 찾아 수도자의 자세로 일관된 시정신을 보여주는데 그것이 마침내 하늘의 명(命)과 인간의 운명, 우주 만유의 섭리, 도덕적 질서 등을 깨닫고 순응하는 순명의식으로 표출된다.

또한 그의 내면의식이 충만한 곳에 사랑의 꽃이 피고, 사랑의 이미지는 사랑 연작시와 꽃 연작시 등 다양한 객관적 상관물을 통해 형상화되고 있다.

그의 시에 표출된 사랑은 대상과의 합일을 통한 잉태를 거쳐 생명의 충만성으로, 마침내 무한히 확장되어 사랑의 가장 고귀한 정점인 자타일여의 사랑으로 뿌리내리고 있다.

그의 이러한 시정신이 앞으로 더욱 깊고 그윽하게 예술의 꽃으로 피어나 혼탁한 세상에 아름답고 밝은 빛이 되기를 기원한다.

형이상시(形而上詩)와 역사의식의 詩[1]

1. 역사의식 – 미래를 예견하는 눈

역사의식이란 역사적 존재로서의 인간임을 자각하고, 주체적으로 실천하고자 하는 실천의식을 바탕으로 한다. 시인이 시를 창작함에 있어서 역사의식을 가지고, 특정한 역사적 사실이나 사물을 선택하고 말을 걸고 그 속에서 의미를 찾아낼 때에 비로소 역사는 잠을 깨어 우리들 곁으로 다가와 새로운 의미를 부여하게 되고 현재와 미래와의 대화를 하게 되는 것이다. 그러므로 역사를 보는 눈과 의식은 과거로만 향해 있지 않고 현재를 보면서 동시에 미래를 내다보는 눈이어야 한다. 그 시의식에 미래가 없다면 과거를 돌이켜 보는 역사적 안목이 의미를 갖지 못하기 때문이다. 그런 의미에서 20세기 최고의 역사학자 E. H. 카(Edward. H. Carr, 1892~1982)는 "역사란 현재와 과거의 끊임없는 대화"라고 했다. 그는 또 역사적 사실은 "스스로 말하는 것이 아니라 역사가가 사실에 말을 걸 때에만 말을 한다."고 했다. 사실은 자루와 같아서 무엇이든 집어넣기 전에는 서 있지 못한다는 것이다.[2] 즉 역사란 과거의 사실과 역사가의 해석의

---

1 「시인이 쓴 자기 詩論」, 2005.11.25, '한국시문학 아카데미' 발표문.

2 E. H. 카 저,황문수 역, 『역사란 무엇인가』, 범우사, 1994.

결합으로 성립되는데 이때 역사가의 해석은 현재 자기의 입장과 가치관을 반영하듯이, 시인이 어떤 역사적 사실을 소재나 주제로 시를 쓸 때 그 선택이나 시적 형상화 방법에 있어서 시인의 역사의식이 지대한 영향을 미칠 수밖에 없다. 그러므로 유구한 겨레의 역사와 인류의 역사라는 통시적 세로축과 '이곳'이라는 공간성 즉 대한민국이라는 나라와 지구촌, 우주 등의 공시적 가로축에 대해 명확히 인식하고 그 인식의 바탕 위에서 현대문명을 해독하며 현대를 보는 안목과 미래에 대한 예지를 기르고 그에 대한 감동을 주는 시가 역사의식 있는 시라 할 것이다.

E. H. 카는 모든 역사가가 공통된 기초적 사실을 확정해야 할 때 '사실 자체의 어떤 성질에서 비롯되는 것이 아니라 역사가의 선천성(apriori)결정에서 비롯'된다고 하였다.

시에 있어서도 마찬가지이다. 시인이 '어떠한' 역사적 사실이나 사물에 직관을 가지고 관여하여 시화(詩化)하느냐에 따라 그 '선택된 역사'는 살아서 우리에게 감동을 주고 예지를 주어 현재를 자각하고 미래를 예견하게 해 줄 것이다.

그러므로 시인은 과거를 돌이켜보며 오늘 현재의 감동을 자아내어 미래의 비전을 제시하는, 예언과 신선한 충격을 함께 주어 독자로 하여금 스스로도 알지 못하는 사이에 감동 속에 깨달음을 갖게 하는 神과 인간의 중간자이다.

M. 하이데거(Martin Heidegger, 1889~1976)는 휠덜린(Johann. C. Friedrich Holderlin, 1770~1883)의 시를 논하면서 "예로부터/神들의 언어는 눈짓이다."라는 구절을 예를 들어 '시인이 말한다 함은 이 눈짓을 붙잡아서 이것을 다시 겨레에게 눈짓으로 전해준다는 뜻'이라고 했다.

> 허지만 우리에겐 제격이다. 그대 시인들이여!
> 神이 내리는 뇌우 속에 맨 머리로 서서
> 아버지가 내리는 번갯불을, 다름 아닌 번갯불 그것을 제 손으로 움켜잡아

이 하늘이 내리신 선물을 노래로 감싸
겨레에게 전해주면.

하이데거는 이 시를 인용하면서 시인의 언어란 동시에 '겨레의 소리
(Stimme des Volkes)라고 밖에는 달리 해석할 길이 없다…… 누군가 나와
서 이 소리를 해석해 주어야 한다.' 라고 하여 시인의 사명을 이야기하고
있다. 또한 시의 본질은 역사라는 시간을 앞질러가며 시의 본질 자체가
역사가 되며, 시인은 자기 자신의 겨레를 대표한다고 하였다.[3] 신이 내리
는 뇌우 속에 아무런 무장도, 준비도 없이 신이 내리는 번갯불을 오직 겨
레의 언어로 이루어진 노래로 감싸 제 겨레에게 전해 주어야 하는 행복하
고도 고통스러운 사명이 시인에게 있는 것이다. 물론 이 논문에서 하이데
거는 '시는 겨레가 지닌 근원이 되는 언어이다. 그러기에 언어의 본질은
거꾸로 시의 본질에서 찾아야 된다.' 고 하여 '시의 본질'에 있어서 언어
의 중요성을 강조하고 있지만 아울러 시의 본질을 이루는 시정신에 대해
서 더욱 강조하고 있다. 그러므로 시정신이 살아 있는 역사의식이란 필연
적으로 동족을 사랑하고 연민하며 예언하는 민족의식, 애국의식과 관련
될 수밖에 없다.

2. 형이상시 – 시정신과 표현방법

시에 있어서 시정신은 그 무엇보다 중요한 요소이다. 시가 의미적 요소
와 운율과 이미지의 조화로운 결합에 의해 이루어진다고 볼 때 의미적 요
소는 주제이고 시정신이며 운율과 이미지는 표현방법론에 속한다. 현대
에 와서 17세기의 형이상학파(metaphysical school)의 시를 부활시켜 그 특

---

3 M. 하이데거 저, 전광진 역, 『하이데거의 詩論과 詩文』, 탐구당, 1979.

징을 정확하게 지적하고 현대시가 나아갈 바를 천명한 비평가들 중에 큰 공로자인 T. S. 엘리엇(Thomas Sterns Eliot, 1888~1965)이 '시는 사상의 감각적 等價物'이라고 했을 때 사상을 주제로 보고 이를 전달하고 표현하는 방법으로 감각적, 구체적 이미지를 지닌 '객관적 상관물(objective Correlative)'의 발견을 중요시한 것이다.

그의 지적에 의하면 J. 단(John Danne, 1572~1631) 일파의 17세기 형이상학파 시인들은 그들의 감수(感受) 상태와 독서가 사색 등의 이지(理智)작용으로 말미암아 상당한 변화를 받아서 사상을 감각적으로 파악하는 힘, 달리 말하면 사상을 감정으로 개조할 수 있는 힘이 있다고 했다. 사상을 감정으로 파악한다는 말은 감정을 사색한다는 말이 되는데 이는 시인의 마음속에서 사상과 감정이 분리되지 않고 사물을 '총체적(as a whole)'으로 보는 힘 즉 '사상과 감정을 융합(fusion of thought and feeling)' 시켜 사상을 감각화하는 능력이다.[4] 이때의 사상(형이상적 인식)이 바로 시의 주제이며 그것의 표현이 감각적이어야 한다는 표현방법론으로 아이러니, 패러독스, 컨시트, 풍자 등이 중요시되는 것이다.

아무리 예술적으로 아름답고 이미지가 풍부하고 구체적인 감각이 살아 있는 시라 해도 주제의식, 즉 시정신이 살아 있지 않으면 '좋은 시'는 될 수 있어도 '위대한 시'는 될 수 없다. 엘리엇을 비롯한 신비평가들이 주장하는 형이상시의 방법론에 충실하더라도 형이상적 인식이나 사상이 없으면 형이상시가 아니듯이, 인생론적, 사회적, 역사적인 이념이나 사상을 모두 배제해 버리고 언어 자체의 진공과 같은 이미지의 순수성을 추구하는 시는 좋은 시는 될 수 있어도 위대한 시는 될 수 없다. 주제와 운율과 감각적, 구체적 이미지가 조화된 시야 말로 시인의 통합된 감수성이 낳은 훌륭한 창작품인 것이다.

---

4 이창배, 『二十世紀 英美詩의 形成』, 민음사, 1979.

모더니즘이 공격하는 편 내용주의도 곤란하지만 편 형식주의도 곤란하다. 사실 우리나라의 현대시는 지나치게 모더니즘에 경도된 나머지 시가 단순한 감각적 표현에 머물거나 무의미시가 되거나 심지어 언어유희에 그치고 마는 폐단이 있어왔다. 그것은 현대시가 20세기에 들어와서 동양의 전통적 시관을 버리고, 서구의 상징주의나 주지주의, 모더니즘과 포스트모더니즘, 20세기 영미비평의 주류를 이루는 신비평(new criticism) 등의 영향으로 표현론이나 형식에 지나치게 집착했기 때문이다. 다른 한편으로는 지나치게 역사주의에 경도되어 시가 목적적으로 흐르거나 형식론을 무시하고 내용중심으로만 흘러 구호나 웅변에 그치고 마는 폐단이 있어왔다.

테느(H. A. Taine)는 그의 환경결정론에서 문학의 의미를 결정하는 요소를 종족(race), 환경(milieu), 시대(moment)의 세 요소로 파악하였다. 모든 사물의 형성은 원인과 결과에 의해 이루어지며 문학작품은 그 작품을 창작한 민족적 성격, 작품이 산출된 역사적 시대, 그리고 사회적 환경에 의해 형성되었다는 것이다.[5)]

종족이란 한 개인이 이 세상에 태어날 때 가지고 오는 선천적 및 유전적 기질을 말하며, 종족결정론은 인체의 특질과 구조가 인종에 따라 다르므로, 민족성이나 종족성은 시간이나 공간의 격차에도 불구하고 근본에 있어서 동일성을 유지한다고 보는 견해이다. 또한 사람은 혼자 살 수는 없고 동류 인간에 둘러싸여 살아야 하는데 이때 우연 또는 후천적 성향이 그의 원초적 성향을 뒤엎고 사회적 성향이 한 인물을 움직이게 한다는 것이다. 시대는 내적 세력(종족)과 외적 세력(환경)이 이미 생산해낸 작품이 또 다시 다음 작품을 생산하게 하는 동력이 된다.

원래 동양의 시론은 재도적(載道的) 문학관으로 공자의 사무사(思無邪),

5 H. A. Taine, Preface, *History of English Literature*, Holt & Williams, New York, 1871.

시언지(詩言志) 정신이 계승된 문학관이다.

이러한 동양문학관의 영향 아래 형성된 우리나라 시의 특징을 들라면 시 정신면의 특질, 기교보다는 정신을 우위에 두고 시는 '氣節을 앞세우고 文藻는 뒤로 해야 한다.' 고 서거정(1420~1488)이 『동인시화(東人詩話)』에서 말한 것처럼 시인의 기개와 절조를 중시하는 효용론적 특질이라고 말할 수 있다.

우리 민족은 고조선의 건국이념인 홍익인간으로 시작하여 신라의 화랑도정신, 고려의 호국 불교정신과 조선조 유교의 선비정신, 지사정신 등 전통적으로 정신을 중시하는 종족적 특질을 지니고 있다. 일제 강점의 36년을 겪으면서 한 몸에 가해지는 위해도 아랑곳 않는 독립투사나 지사들의 애국애족정신 등이 중요한 민족적 특질을 형성하고 있다.

이러한 종족적 특질과 그 종족이 이루는 환경에서 전해져 오는 사상과 이념과 관습 속에 꽃피어난 문학의 정수인 우리나라의 시는 특히 정신을 우위에 두어 왔다.

> 시 짓기에서 특히 어려운 것은
> 말과 뜻이 함께 아름다움을 얻는 것이네
> 함축된 뜻이 진실로 깊어야
> 음미할수록 그 맛이 더욱 순수하나니
> 뜻만 서고 말이 원만하지 못하면
> 난삽하여 그 뜻을 전하기 어렵네
> 그중에 뒤로 미뤄도 될 것은
> 문장을 화려하게 꾸미는 것이라네
> 화려한 문장을 굳이 배척하랴마는
> 모름지기 정신을 쏟아야 하네
> 꽃만 붙잡고 그 열매를 버린다면
> 시의 본질을 잃어버리게 되네
>
> ― 이규보, 「論詩」 부분, 『백운소설』

고려조의 이규보(1168~1241)가 시로 쓴 시론 중의 일부이다. "시는 말과 뜻이 함께 아름다워야 하지만 그중에도 '함축된 뜻'이 중요하다. 즉 형식보다 내용이 우선한다. 문장을 화려하게 꾸미거나 난삽한 말은 피하는 것이 좋다. 화려한 기교의 시가 아니라 정신이 깃든 시를 써야 한다." 등의 의미를 시로 나타낸 글이다. 화려한 미사여구를 늘어놓은 시가 아니라 하늘의 '뜻을 설하는(設意)' 시가 좋은 시이며 수사(修辭)의 시가 아니라 천품(天稟)의 시를 써야 하는데 하늘의 뜻을 얻기 어려우니, 문장의 화려함만 일삼아 여러 사람을 현혹하고 뜻의 궁핍함을 가리려 한다는 주장이다. 이때 하늘의 뜻을 설한다 함은 하이데거가 '신들의 눈짓을 붙잡아서 겨레에게 전해주는 사람'이 시인이라고 말한 것과 같은 의미이다. 양의 동서를 막론하고 시인은 하늘(神)과 인간의 중간자로 하늘의 뜻을 겨레에게 전하는 신성한 사명을 띤 자로 본 것이다.

이규보는 또 「新意論」에서 '무릇 시란 뜻으로 주를 삼는 것이니 뜻을 베푸는 것이 가장 어렵고, 말을 꾸미는 것이 그 다음 어렵다.' '대개 문장을 다듬고 문구를 수식하면 그 글은 참으로 화려할 것이나 속에 함축된 심후한 뜻이 없으면 처음엔 꽤 볼만하지만, 재차 음미할 때에는 맛이 벌써 다한다.'라고 하였는데 7백여 년이 지난 오늘의 시인에게도 시사하는 바가 크다.

좋은 시, 위대한 시는 정신이 살아있는 시이며 이러한 주제를 물리적, 감각적 언어라는 이미지의 옷에 싸서 시인의 통합된 감수성에 의해 잘 결합시켜낸 형이상시가 독자를 감동 속에 깨닫게 하는 당의정과 같은 시이다.

3. 나의 시에 나타난 역사의식

J. C 랜섬(John Crowe Ransom, 1888~1974)은 '비평가 엘리엇은 지킬(Jekyll) 박사요, 시인 엘리엇은 하이드(Hyde) 씨'라는 극단적인 단정으로

엘리엇의 비평을 호평하고 그의 시를 악평했으며, 그 외에도 여러 비평가가 엘리엇의 비평과 시가 일치하지 않음을 지적하고 있다.

이와 마찬가지로 시인이 자기 시를 분석한다는 것은 어리석은 일이다. 그러나 주제를 중시하고 시정신을 중시하는 역사주의 비평에서는 시와 시인이 분리되지 않는 일치를 주장하는 경향이 있다. 그런 의미에서 지행 일치는 못되더라도 시정신에 있어서는 시작과 일치시키려 하는 노력의 일단이라도 보여야겠다는 생각에서 어리석음을 무릅쓰고 자신의 시를 분석하고 해설하는 논의를 해보고자 한다.

① 한 밤 내내 잠들지 않고
　너 그리움으로 잠들지 않고
　비가 되어 내린다 한 밤 내내

　검은 땅위의 나를 흔들어
　나 빗속에 나와 서면
　팔 벌린 네가 빗물 되어 온다

　마음 하늘에 꽃 한 점 없어도
　어둔 촉각소리 어디서 샘솟아
　그리움 되는 빛

　날 새 날갯죽지도
　잠 못 드는 마을마다
　짚단 베개 고이고 잠을 청하랴

　빈 뼈마디 속속들이 태우며
　그대 지금 가고 없는 고조선 사람아

　　　　　　　　　—「고조선 빗물」 전문, 『神 한 마리』

'지금은 가고 없는 고조선 사람'에 대한 상실감과 그리움을 사랑하는 사람으로 대치하여 표출한 시이다.

　'검은 땅', '날 새 날갯죽지도/잠 못 드는 마을' 등은 꿈과 사랑을 잃어 버리고 인간성은 소외된 채 물질만이 인간의 가치를 결정하는 시대, 조상 대대로 물려받은 아름다운 금수강산은 오염되고 생태는 파괴된 채 서로 가 서로를 신뢰하지 못하는 불신의 시대, 암흑의 시대를 상징한다. 그러 나 절망적이지만은 않다. 그 속에서도 잠들지 못하고 그리워하는 이 하나 있어 시적 화자는 빗속에 나와 서서 비를 맞으며 '빗물과 合一'을 이루는 자아동일시 현상을 보이고 있다. 그가 그리워하는 것은, '고조선 빗물'이 라는 제목이 암시하듯이 천제 환인(桓因)의 아들 환웅이 천부인을 가지고 신시(神市)에 내려와서 새 나라를 열고 단군왕검이 다스리던 평화롭고 화 해롭고 서로 사랑하던 이상적인 그 시절, 다른 무엇보다 홍익인간의 이념 아래 인간을 서로 존중하고 귀히 여기던 그 시절이다. '배달겨레'인 우리 는 그러한 조상들의 뼈와 살을 이어받아 살아가고 있지만 그들의 이념과 정신을 실천하지 못하는 '빈 뼈마디'일 뿐이다. 언제 어떤 상황 아래서도 굽히지 않는 선비처럼 꼿꼿한 정신을 상징하는 '뼈'가 아니라 겨레도, 나 라도, 심지어 자신조차 의식하지 않고 사랑하지 않는, 그저 쉽고 편한 것 만 좇아 의식 없이 살아가는 삭막한 현대인을 텅 비어 형태만 남아 있는 '빈 뼈마디'로 비유하였다. '고조선 빗물'은 '빈 뼈마디'를 태우는 '불' 의 대칭개념으로 오늘의 우리들을 바라보는 고조선 사람들의 恨, 조상들 의 한 내림의 눈물이기도 하고 원형비평에서 의미하는 창조의 신비, 生과 부활, 풍요한 성장 등의 의미를 함축하고 있다. 또한 '불'도 일체의 죄와 부정을 불태워 없애는 정화력과 생성력, 상승의지의 원형이다.

　그러므로 시 '고조선 빗물'은 '빈 뼈마디'를 태우는 불의 상승의지와 '검은 땅'을 적시는 비의 정화력으로 고조선의 정신력을 되살려 이상적 현실을 오늘에 구현하고자 하는 희망의지를 표출한 시라 할 수 있다.

② 산등성이로 언뜻언뜻
　아이들 옷자락이 보인다
　神 한 마리가 눈을 뜬다
　새는 밤 꽃으로 피어 있다
　밤 숲에선 늘 한 두 잎씩
　노래의 잎이 지고,
　내일은 장승 한 마리가
　돌문을 열것다.

　　　　　　　　　　　　　—「돌 문」 전문, 『神 한 마리』

　우리 민족의 영원성을 토속 신앙과 결부시켜 '기정사실화' 한 시이다.

　백두대간을 타고 내린 태백과 소백, 지리와 한라의 산등성이, 상승의
의지가 솟는 신비의 공간마다 우리의 영원한 희망인 아이들의 옷자락이
펄럭인다. 1908년에 육당 최남선이 일본 유학을 중도에 폐지하고 돌아와
잡지 『少年』을 창간하고 그 모두(冒頭)에 최초의 신체시 「海에게서 少年에
게」를 수록한 뜻은, 기울어 가는 조국의 운명을 구원할 희망은 오로지 신
세대 소년들에게 있다는 믿음에서였던 것처럼, 희망은 언제나 다음 세대
에 있다.

　신비의 공간에서 옷자락 날리는 그 아이들은 곧 신이 되고 그 신은 다
시 새로 밤꽃으로 변용된다. 노래의 잎은 지고 나면 열매를 맺고 밤이 지
나면 다시 아침이 온다. 삶과 죽음의 영원한 되풀이 속에 영속하는 역사
가 있고 민족이 있다. 그리하여 민족의 과거와 현재와 미래를 지켜주는
토속 신인 '장승 한 마리'가 남과 북, 열리지 않는 역사의 돌문을 열 것이
다. 그 역사의 신, 토속신인 '神 한 마리'는 바로 시인인 나 자신이며 이
시대를 살아가는 우리 겨레 모두이다.

　E. H. 카가 역사를 '움직이는 행렬'로 보고 '역사가'도 행렬의 한 부분
으로 보면서 '(역사가도 포함된) 행렬의 움직임에 따라 새로운 전망과 새

로운 시작이 끊임없이 나타난다'고 한 것처럼 시인을 포함한 우리 겨레, 또한 인류 전체가 '움직이는 행렬'이 되어 새로운 희망의 역사를 실현시켜 가는 것이다. 우리는 모두 전통의 계승자인 동시에 새로운 전통과 새로운 역사의 창조자이기 때문이다. 그런 의미에서 '신 한 마리'는 화자와 동일시되고 있으며 '아이들', '신 한 마리', '새', '밤꽃', '밤숲', '노래의 잎', '장승 한 마리' 등의 객관적 상관물을 통해 정서나 사상의 직접적 노출 없이 객관화시켜 표현하고 있다. '神'을 '한 마리'와 연결시킨 것은 형이상시에서 말하는 폭력적 결합, 전혀 이질적인 요소들 간의 결합인 컨시트(conceit)적 기법이며, 신 또는 장승이 환기하는 전지전능성과 형이상적 인식, '새'의 비상과 상승, 초월의지, '밤꽃'과 '밤숲'이 함축하는 다의성(구체적인 공간의식과, 민족의 어둡고 고난에 찼던 역사가 함께 숨쉰다.) '밤꽃'과 '노래의 잎'의 부활의식, 그리고 무엇보다 '열것다'라는 종결어미에서 오는 단정적 의미에 유의할 필요가 있다.

'―것다'는 ①인정된 동작이나 상태를 다지어 말할 때 쓰는 종결어미 ②원인이나 조건 등이 충분할 때 쓰는 종결어미 ③경험이나 이치로 미루어 보아 사실이 으레 그러한 것이거나 그러할 것임을 인정하는 종결어미 등의 의미를 갖고 있다.

1~6행의 의미가 중첩되어, 멀지 않은 미래에 '장승 한 마리'가 굳게 닫힌 역사의 돌문을 여는 것은 인정된 기정사실이며 지금까지의 역사적 경험이나 이치로 미루어 보아 원인이나 조건이 충분히 성숙해 있다는 의미의 종결어미로 쓰인 것이다. 그러므로 가장 깊은 함축성은 '돌 문'에 있다.

이 시는 8행의 짧은 시이지만 그 전체를 하나하나의 이미지, 즉 구체적 장면으로 제시하는 사상의 감각화기법을 사용하고 있으며 엘리엇이 말한 '서로 상이한 경험을 통합하는 통합 감수성(unification of sensibility)'의 결과물이라고 할 수 있다.

③ 몸뚱이는 까만
    레일 두 줄기로 놓는다
    달의 심장은 벌판 한 가운데를 간다
    새빨간 피의 능선
    부러진 궁예의 갈비뼈들이
    절룩이며 한탄강을 건너간다

    뒤집혀 출렁이는 물
    갈대밭머리

                                    ―「갈대 밭머리」전문,『神 한 마리』

　역사의식이란 언제 어떤 상황에서도 우리를 편안히 잠들지 못하게 하
는, 현실에 대한 투철한 의식이며 사명감이다. 태평성대는 태평성대대로
안일에 빠진 정신과, 방심하여 썩어가는 부정과 부패를 경계해야 하며,
지금처럼 남북분단의 역사적 상황에서는 무엇을 위해 어떻게 살아야 할
것인가를 고민하고, 따뜻하고 포근한 이불 속에서도 비무장지대 안에 아
직도 구르고 있는 형제들의 해골과, 눈 감지 못하고 죽어가는 이산가족
의 한(恨)과 그리움을 내 것으로 앓으며 잠 못 들어 불 밝히고 지새우는
것이 시인이다.

　철원 민간인 통제선 안의 월정리역에 가면 폭탄 맞아 두 동강이 난 기
차가, 한 조각은 풀이 무성한 비무장지대 안에, 한 조각은 비무장 지대 바
깥 민통선 안에 나뒹굴고 있다.

　'철마는 달리고 싶다'라고 쓰인 그 녹슨 기차의 잔해 앞에서 내 몸뚱이
로 '까만 레일 두 줄기'를 만들어 놓고 민족이 다 건너가지 못하면 그토
록 간절하게 원하는 겨레의 '심장'만이라도 벌판을 가로질러 산맥을 돌
아 신의주까지, 만주와 중국과 러시아를 횡단하여 유럽 대륙과 바다를 향
해 끝없이 달리게 한다. 그러나 화자의 이러한 꿈의 실현도 잠깐에 그치
고 말아 실제 현실은 '새빨간 피의 능선'이며 부러진 조국의 갈비뼈가 한

탄강을 건너지 못해 절룩이며, 아직 무수한 해골들이 제대로 묻히지도 못한 채 나뒹구는 지뢰밭, 갈대만이 그 정기를 빨아들여 키를 넘게 자라 손짓하는 갈대밭에 서 있다.

바로 서지 못하고 뒤집혀 신음하는 겨레의 역사, 출렁이는 그 물결을 바라보며 화자의 몸뚱이와 까만 레일, 그 레일 위를 달리는 달의 심장, 실패한 건국의 역사 속에서 불러낸 궁예의 갈비뼈는 분단을 의미하듯 부러져 있고, 절룩이며 갈비뼈가 건너가는 한탄강 물은 뒤집혀 출렁거리고 있다. ②의 시에서 '神+한 마리'의 결합이 이미지가 바로 사상의 바탕이 된 압축된 컨시트(condenced conceit)라면 ③의 시에서는 사상과 비유가 동일화된 확장된 컨시트(expended conceit)라고 할 수 있다.

둘째 연에서 담담하게 객관화시켜 '갈대밭머리'로 끝맺고 있지만 그 행간에서 간절한 민족의 염원과 희망을 읽을 수 있다.

④ 밤이면 나는
　산맥과 산맥
　등성이와 등성이를 단숨에 뛰어 넘는다

　산·들에 지천으로 널려 있는
　마늘과 쑥향내는
　저 산 큰골에까지 날아와
　아늑한 내 집에 들어앉는다

　한낮이 오면
　오뉴월 들녘마다 피어나는 다북쑥
　무궁무궁 뿌리 뻗는 조선의 후예들
　오대양 육대주에 큰 집을 짓는다

　우리 몸엔 단군의 초록피 흐르고
　양쯔강·낙동강이 흐른다.

백두산 · 고비사막 한길로 숨쉰다

세세 연년
꽃 진자리 새움 돋는 나,
오늘도 산맥과 산맥
등성이와 등성이 단숨에 넘는다.
—「웅녀」전문, 『진단시 동인지』 26집

시 ① ② ③은 1987년에 간행된 제1시집 『神 한 마리』에 수록된 작품이
고 ④는 2005년 9월에 간행된 『진단시 동인지』 26집에 수록된 작품이다.
즉 초기 시에 속하는 세 작품에서나 극히 최근에 쓰인 작품에서 똑같이
시적 화자와 시인 자신을 동일시하는 자기동일시(Self Identification) 현상
이 나타나 있다.

시 ① : 지금은 가고 없는 고조선 사람을 불러 정화력과 생성력, 부활과
상승의지를 지닌 '비'와 '불'로 환생시킨 '나'

시 ② : 무겁게 닫힌 겨레의 돌문을 여는 희망의 사자이며 내일을 예언
하는 역사적 예언자로 눈을 뜨는 '神 한 마리'

시 ③ : 새빨간 피의 능선임에도 불구하고 몸뚱이를 레일로 놓아 조국
강토의 북녘 끝까지 대륙과 바다를 향해 달리고 싶은 표면적으로 드러나
지 않은 화자

시 ④ : 5천 년 전 환웅과 혼인하여 우리나라 최초의 아버지 단군왕검
을 낳은 '웅녀'는 오늘도 '꽃 진자리 새움 돋는 나'로 태어나 새로운 어
머니가 되어 나날이 새로운 아들딸을 낳고, 그들로 하여금 '산맥과 산맥'
'등성이와 등성이를 단숨에 넘는' 역동적이고 힘찬 기상으로 '오대양 육
대주에 새 집'을 짓는, 우주의 중심에 우리 민족을 세우는 현재형의 어머
니와 동일시되는 화자이다.

네 편의 화자는 모두 시인 자신과 동일시를 이루면서 '움직이는 행렬'

로서 역사적인 자아를 인식하고 역사를 창조하고 예언하고 역사적 현실을 체현하는 화자라고 할 수 있다. 이것은 또 화자의 의지이자 소망이며 그 의지는 확산되어 겨레 전체의 의지이자 소망이 되어 내일이면 실현될 현실이 될 것이다.

> 봄이면 봄마다 아흔아홉구비 觀海嶺 두견화 피 토하는 속사연을 이제 알겠네 터만 남고 불 탄 자리 感恩寺址 잔디풀이 새파랗게 새파랗게 불붙는 속사연을 이제 알겠네 동해 바다 날아가는 돛배 한 척 부르다 소리마저 굳어 돌이 된 치술령 돌어미 속사연을 내 이제 알겠네 명자·아끼꼬·쏘냐, 방직공장 돈 벌러 정든 고향 떠났다가 자궁내막염 모진 병 얻어 목숨마저 만신창이 짓찢겨 돌아온 정신대 출신 울할머이, 죽을 수가 없어, 끝끝내 입 다물고 이대로는 죽을 수가 없어 부모 형제 저승가기 기다렸다, 이제야 머리 허연 할미새 되어 증언대에 선 죽지 부러진 울할머이, 할머이멍울진 가슴 저 동녘바다 섬나라 향해 저리도 붉게 타오르다 눈먼 돌이 된 사연을 이제 알겠네 천년 돌어미 눈뜨는 속사연을 내 이제야 다 알겠네.
>
> ——「치술령 돌어미」 전문, 『나보다 더 나를 잘 아시는 이』

이 시에는 세 가지 역사적 사실에서 차용한 이미지가 병치, 결합되어 있다. 부왕인 태종무열왕의 유업을 물려받아 통일대업을 완수한 문무왕은 승하할 때, 일본의 위협으로부터 나라를 지키겠노라고 동해바다에 묻어달라는 유언을 남겼다. 이러한 부왕의 유언에 따라 신문왕은 동해바다에 문무왕을 장사지내고 그 수중릉의 원찰(願刹)로, 대웅전 아래까지 바닷물이 들어오게 하여 용이 된 문무왕이 들어와서 노닐 수 있도록 지었다는 감은사는 지금 마주보는 두 탑과 잔디 풀만 파란 넓은 터로 남아 있다. 경주에서 감포로 가는 고개 이름도 왜적이 들어 올까봐 눈 부릅뜨고 지켜보는 가네고개(觀海嶺 혹은 觀外嶺)이다.

그보다 일찍 신라 눌지왕의 왕명을 받고 일본으로 가서 볼모로 잡혀있던 왕의 동생 미사흔(未斯欣)을 본국으로 탈출시킨 후 자신은 남아서 죽음을 당한 충신 박제상, 그 남편이 죽은 줄도 모르고 치술령 고개 위에서 남편을 기다리다 망부석이 된 박제상의 아내를 우리는 치술령신모(神母)로 기리고 있다.

일제 시대에 간교한 일본의 꼬임에 빠져, 혹은 강제로 붙잡혀서 먼 이역 땅으로 끌려가 일본군 위안부가 되어 그들의 성욕을 배출하는 인간 시궁창이 되었던 정신대 여성의 한은 지금도 계속되는 역사의 현장이다. 만신창이로 찢긴 몸에 병까지 얻어, 아무 죄도 없이 당한 억울함과 한을 한평생 가슴속에 묻고 겨우 목숨만 연명하다가, 부모 형제 모두 저승가고 난 뒤에야 행여 그들에게 누가 될까봐 닫고 살던 입을 열어 1991년에야 김학순 등 세 명의 할머니가 일본 정부에 보상을 요구하는 소송을 제기하였다. 지금도 힘없고 돈 없는 그들만의 외로운 싸움에 민간 차원의 작은 도움 외에 정부 차원의 보상이나 지원은 없는 채로 대답 없는 일본 정부를 원망하며 하나 둘 불귀의 객이 되고 있다.

문무왕의 원찰인 감은사지에서 불붙는 잔디 풀의 염원과, 신라적 치술령 돌어미의 한과, 최근세사의 정신대 여성 비극을 병치하여 일본으로부터 입은 역사적 피해와 비극을 점층적으로 강조하였다. 국가가 보호해 주지 못하는 망국민의 한으로 죄 없이 희생당하고, 더 많이는 죽음을 당하고, 남은 생애까지도 죄인처럼 숨어서 불행에 우는, 광복 70주년이 되어가는 지금도 현재 진행형인 역사의 비극을 표현하고자 '관해령 두견화', '감은사지 잔디 풀', '돛배 한 척', '치술령 돌어미', '명자 · 아끼꼬 · 쏘냐', '머리 허연 할미새', '눈 먼 돌' 등의 시각적 이미지를 차용하였다.

서사적 내용에 알맞게 산문시로 쓰되 내재율을 살리기 위해 반복법과 각운의 사용 등 다양한 시어의 구사로 시적 긴장을 잃지 않고 있다.

아직도 사회 일각에서만 관심 가질 뿐 국민의 대부분은 잘 모르고 있는, 알아도 무관심한 역사적 울분과 한에 대하여 '알아야 한다는, 알려야

겠다는, 감동시켜야겠다는' 주제의식과 사명감에서 쓴 시여서, 농축된
정신의 표현 때문에 주제가 생경하게 표면에 나서지 않도록 애썼지만 감
동이나 평가는 독자의 몫이다.

4. 나가며

20세기에 와서 17세기 형이상학파의 시를 부활시켜 그 특징을 정확히
지적하고 현대시가 나아갈 바를 천명한 형이상시에서 중시하는 아이러
니, 패러독스, 컨시트, 풍자 등의 표현방법도 중요하지만 그 주제에 형이
상적 인식이 없으면 형이상시라고 할 수 없듯이 아무리 예술적으로 아름
답고 완성된 시라고 하더라도 주제와 정신이 살아있지 않으면 좋은 시,
위대한 시라고 할 수 없다.

우리 민족은 고조선의 건국이념인 홍익인간으로 시작하여 정신을 중
시하는 민족적 특질을 지니고 있으며, 지정학적 특징으로 인해 수많은 침
략과 일제강점기를 겪어온 시대적, 환경적 특질 속에 시도 기교나 표현보
다 시정신을 우위에 두는 특질을 지녀왔다.

이러한 종족적 관습 속에서 창작된 필자의 역사의식의 시를 분석하여,
관념시적인 주제를 사물시적 방법으로 융합하고 통합하여 물리적, 감각
적 이미지에 실어 표현한 형이상시적인 특징을 살펴보았다.

전통적인 소설문법을 뿌리째 뒤흔드는 난해함으로, 동서양의 정신세
계를 아우르는 거대한 내면공간으로 뉴욕의 베스트셀러가 된 소설 『딕테
(DICTEE)』에서 작가 차학경(1951~1982)은 '역사' 항목에서 유관순과 일
제의 억압에 대해 쓰면서 이렇게 말하고 있다. '왜 지금 그 모든 것을 부
활시키는가. 과거로부터 역사를, 그 오랜 상처를, 지난 감정을 또다시. 그
것은 똑같은 어리석음을 다시 사는 것을 고백하기 위해서이다. 지금 그것
을 불러 일으켜 잊혀진 역사를 망각 속에서 되풀이하지 않기 위해서이다.

말과 영상 속에서 또 다른 말과 영상을 조각조각 끄집어내어, 잊혀진 역사를 되풀이하지 않겠다는 대답을 끄집어내기 위해서이다.' '한 입에서 다른 입으로 전해져, 한 사람이 읽고 다른 사람이 받아 읽으면서 그 말들의 온전한 의미를 실현하기 위해서다.'

역사의식의 시는 왜 쓰여져야 하는가. 필자는 위의 차학경의 의견에다 조금 더 덧붙인다. 잊혀진 역사를 되풀이하지 않기 위해서, 더 나아가 그것을 잊지 않고 마음속에 새겨 미래의 비전을 제시하기 위하여, 그리하여 민족의 빛나는 앞날을 예견하고 민족과 인류가 나아갈 방향을 제시하되 예술적 완성도 속에 감동을 주는 잊혀지지 않을 각인으로, 독자의 마음속에 화인으로 새겨지는 시를 써야 한다고. 이것이, 표현면의 부족함과 미완의 형식론을 감수하면서도 필자가 역사의식의 시를 쓰는 이유이다.

현대시는 너무 삭막하고 단단해지고 드라이해지고 있다. 이미지만 중시하고 관념을 배제하는 극단적 모더니즘시, 또는 지나치게 주제가 노출되어 구호나 웅변 혹은 설명에만 의존하는 시, 속어나 비어 등을 함부로 사용하여 눈살을 찌푸리게 하는 시 등, 시인들이 '덜 익은 시' 속에만 갇혀 있는 동안 독자는 문학 외의 여러 방향으로 감동과 위안을 찾아 떠나고 시는 시인들만의 잔치마당에 뼈만 앙상하게 남아 있다. 그러나 디지털 시대, 유비쿼터스 시대에도 문학은 살아남을 것이며, 그 고유한 영역을 지키며 완수해야 할 사명이 있다.

문학의 역사는 전 단계의 문예사조와 문학적 현실에 대한 반발과 반성에서 변화, 발전하여 새롭게 발생된다. 그런 의미에서 '광복 60년 맞이 한국문학인대회'의 특별강연에서 이어령 씨가 제기한 역사주의와 형식주의의 공존, 그리고 '2005 시의 날' 기념강연 '수퍼비니언스의 원리'에서 문덕수 교수가 '시에서 모든 관념은 어떤 형태든 물리적 존재에 실려 운반되어야 한다'는 명제를 제시하면서 '(이 명제는) 형식주의는 역사주의를 받아들이고 역사주의는 형식주의를 받아들일 것을 시사하며, 이것이 오늘의 한국 시의 위기를 처방할 방안이 되지 않을까' 라고 제시한 의견은 주목할 만하다.

어쨌든 20세기 시의 여러 방법론을 넘어서서 이제 새로운 21세기 시를 찾아서 주제와 표현이 잘 조화되고 역사주의와 형식주의가 융합되어 우리 민족의 특질을 잘 살린 형이상시 또는 그것을 능가할 수 있는 새로운 문예사조가 한국에서 발생되기를 기대해본다.

제2부
영혼의 길찾기

적막에 길들지 못해 매력적인 시인

— 김원길의 시

노벨문학상을 수상한 주제 사라마구의 소설 『눈먼 자들의 도시』에 이런 대화가 있다.

"나는 우리가 눈이 멀었다가 다시 보게 된 것이라고 생각하지 않아요. 나는 우리가 처음부터 눈이 멀었고, 지금도 눈이 멀었다고 생각해요."
"눈은 멀었지만 본다는 건가?"
"볼 수는 있지만 보지 않는 눈먼 사람들이라는 거죠."

고도로 팽창된 물질문명과 물신주의에 사로잡혀 진정으로 보아야 할 것을 보지 않고 눈 먼 채로 살아가는 현대인들 사이에서, 남들이 보지 않는 진실과 사랑과, 사물의 이면의 깊이, 그리고 천지자연의 조화와 섭리를 보아내고 들어내며 그것을 언어로 표현하고 더불어 함께 살아가는 사람이 시인이다.

김원길 시인은 '지례 예술 창작촌'이라는 경북 안동의 오지 중의 오지(필자의 느낌이 그렇다)에서 오로지 자연 속에 묻혀 자연과 더불어 살며, 남들이 보아내지 못하는, 보기를 포기한 자연의 모습과 소리와 그 속에서 살아가는 순수한 사람들의 삶을 언어로 담아내는 시인이다.

오래전에 한국자유시인협회에서 세미나차 들러서 1박 하던 그 예술촌의 뜨뜻한 구들장이며, 종가댁의 대청마루며 달빛에 드러나던 기와집의 추녀와 마을 앞을 흐르던 반짝이던 시냇물과 조약돌과 그 속에서의 대화를 잊을 수 없다.

지금은 흩어져서 각기 자기 세계를 열심히 가꾸고 있지만 한때 우리는 '南北詩'라는 동인활동을 함께 한 적이 있다. 동인들 대부분의 거주지가 서울이라서, 거리관계로 동인모임에 자주 참석하지는 못해도 동인지에 꼬박꼬박 보내서 수록했던 작품 속에서 김 시인의 맑고 정결한 식물성의 삶을 읽을 수 있어서 내 마음속에 지금까지 그때의 느낌이 간직되어 있다.

　　　달도 지고
　　　새도 잠든

　　　정적 속
　　　눈 감고

　　　귓전에
　　　스스스스

　　　지구가
　　　혼자서

　　　조용히
　　　자전하는

　　　소리
　　　듣는다.

　　　　　　　　　　　　　　　　　　　　　—「고요」 전문

누구나 정적 속에 혼자 앉아 있으면 지구가 자전하는 소리를 들을 수 있을까. '볼 수는 있지만 보지 않는 눈먼 자들' 처럼 들을 수는 있지만 들지 않는 귀먹은 사람들이기에 지금 이 시대에 지구가 자전하는 소리를 듣는 귀를 가진 사람은 거의 없을 것이다. 아마도 먼 원시 시대, 자연과 더불어 자연의 일부가 되어 살던 우리 조상들은 지구가 자전하는 소리, 공전하는 소리는 물론이고 나무의 소리, 새들의 소리, 물의 소리, 흙의 소리를 모두 들으며 그들과 함께 대화하며 살았는지도 모른다. 그러나 오늘날, 문명이 발달하면 할수록 자연과는 멀어져 스스로 자기 안에 갇혀 사는 현대인은 그 모든 소리와 모습을 보지도 듣지도 못하고 살아간다.

지구가 자전한다는 것은 자기 안에 지닌 자전축을 중심으로 하루에 한 바퀴씩 회전하는 운동을 말한다. 시적 화자가 "달도 지고/새도 잠든" 정적 속에 일어 앉아 지구가 자전하는 소리를 듣는다는 것은 천지 자연, 우주의 섭리를 알아듣는다는 의미이며, 스스로 자신을 다스려 확고한 중심축(세계관, 가치관과 판단력)을 지니고 자기 관리를 하며 살아간다는 의미가 될 것이다. 미당 시인의 시 「국화 옆에서」에서 '한 송이 국화꽃'을 피우기 위해 봄부터 소쩍새가 울고 여름 내 천둥이 먹구름 속에서 울어야 하듯이, 한밤중 '고요' 속에 지구가 자전하는 소리 듣는 귀를 갖기 위해서 봄 여름 가을 겨울동안 얼마나 수행하고 얼마나 마음을 닦아야 할까. 그들을 위해 얼마나 마음을 열어놓아야 천지자연이 마음을 열고 다가오게 되는 것일까. "허영의 거리에서/부나비같이 허둥대다 죽지가 부러진"(「시골의 달」) 현대인들, '매연에 그을린 도회의 달'만 보고 사는 도회인들은 정신의 눈이 얼마나 맑아져야만 그 일이 가능하게 될까.

굳이
어느 새벽꿈 속에서나마
나 만난 듯하다는
그대

내 열 번 전생의

어느 가을볕 잔잔한 한나절을
각간(角干) 유신(庾信)의 집 마당귀에
엎드려 여물 씹는 소였을 적에

등허리에
살짝
앉았다 떠난
까치였기나 하오

참
그날
쪽같이 푸르던
하늘빛이라니.

— 「취운정(翠雲亭) 마담에게」 전문

　필자는 김원길 시인과, 그가 사는 안동 지례 예술촌을 떠올릴 때면 그
가 아직도 조선의 도포자락 걸치고, 오염되지 않은 공기와 푸근한 인정
속에 살아가는 선비라는 느낌을 지니고 있었는데, 이 시를 읽고 나서 비
로소 그가 조선이 아니라 신라적 '쪽같이 푸른' 하늘빛 아래 살고 있는
화랑의 후예라는 걸 알았다. 하기야 경북 안동이란 신라 천 년 고도 경주
와도 가장 가까운 지역이어서 아직도 천오백 년 전의 신라의 향기를 가장
잘 간직하고 있는 지역 중의 한 곳이다. 그 곳 말을 잘 들어보면 아직도
신라적 말을 그대로 쓰고 있는 것을 느낄 때가 있다. 필자의 시댁이 경북
영주인데 시어른들의 말씨 속에 '이건 내 해다' 혹은 '우리 해다' 라는 말
을 듣고 신라 향가 「처용가」에 나오는 "둘은 내해엇고/둘은 뉘해인고"라
는 그 '해' 라는 말이 지금까지 명맥을 이어오고 있음에 감탄을 금치 못한
적이 있다.
　이런 신라적 하늘과 공기와 선조들 사유의 흐름이 면면이 이어져 김원

길 시인의 시 속에서 다시 살아나고 있는 것은 얼마나 귀하고 반가운 일인가. 아득한 민족혼을 느끼게 하는 이 시를 만나서 필자도 함께 유장한 역사 속으로 걸어 들어간다.

시인은 신라적 하늘 아래서 각간 유신이 될 수도 있고 어느 눈빛 맑은, 활 잘 쏘는, 혹은 말 잘 타는 화랑이 될 수도 있으련만, "각간 유신의 집 마당귀에/엎드려 여물 씹는 소"와 그 "등허리에/살짝/앉았다 떠난/까치"로 자신과 아름다운 취운정 마담과의 인연을 기억한다는 것은 얼마나 겸손하고 아름다운 이야기인가. 함께 기억할 쪽같이 푸르던 하늘빛과 짧았던 찰나의 추억을 돌이켜보는 전생의 인연도 아름답고 소중하지만, 필자는 이 시에서 '엎드려 여물 씹는 소'의 보살행을 생각한다.

『법화경』「상불경보살품(常不輕菩薩品)」에는 성불을 위해 보살행을 실천한 한 수행자의 아름다운 수행담이 있다. 그는 위음왕 여래 당시 보살행을 닦던 수행자인데 만나는 사람에게 다가가 '나는 당신을 가볍게 여기지 않고 깊이 공경합니다. 왜냐하면 당신은 보살의 수행을 하여 존경받는 부처님이 될 것이기 때문입니다.' 하고 예배하였다. 느닷없이 하는 말에 사람들이 화를 내고 흙덩이나 몽둥이를 휘둘러도 역시 '나는 당신을 깔보지 않고 깊이 존경합니다. 당신은 보살의 수행을 하여 부처님이 될 것이기 때문입니다.' 하고 예배하였다. 사람들은 이 수행자를 남을 가볍게 여기지 않는 수행자라 하여 상불경보살이라 불렀으며, 그 공덕으로 그는 나중에 성불하여 부처님이 되었다고 한다. 이 시의 화자는 남을 깔보지 않고 가볍게 여기지 않을 뿐만 아니라, 스스로 '소'라는 수행자가 되어 '열 번 전생'으로 표현된 수많은 전생을 수행해왔을 것이다. 농경시대의 소는 논밭을 갈고, 무거운 짐을 실어 나르고 온갖 힘든 일을 몸 바쳐 다한 연후에 죽어서도 자신의 살과 뼈를 사람들을 위해 바치는 희생과 헌신의 화신이다. 시적 화자는 왜 하필 '열 번 전생'의 자신을 '소'로, 취운정 마담을 '까치'로 설정하였을까. 스스로 자신을 바쳐 힘든 일, 어려운 일 다

치러내고 가을볕 잔잔한 한나절에 여물 씹으며 모처럼 누려보는 여유로운 시간, 그 등허리에 살짝 앉았다 떠난 까치마저 가볍게 여기지 않고 귀한 인연으로 간직하는 상불경보살이기에, 김원길 시인은 오늘날 고요와 적막 속에 남들이 누리지 못하는 자연의 혜택을 누리며, 수정처럼 맑고 밝게 자신을 다스리며 살아가는 시인의 홍복을 누릴 수 있는 것이리라.

미닫이에 푸른 달빛
날 놀라게 해

일어나 빈 방에
좌불처럼 앉다

내 아직 적막에
길들지 못해

버레소리 잦아지는
시오리 밤길

달 아래 그대 문 앞
다다름이여

그대 뜨락 꽃내음만
훔쳐 맡다가

달 흐르는 여울길
돌아오나니

내 아직 적막에
길들지 못해

— 「내 아직 적막에 길들지 못해」 전문

앞에서 말한 시들도 다 좋지만 김원길 시인의 시 중에서 내가 가장 좋아하는 시는 「내 아직 적막에 길들지 못해」이다.

지구가 자전하는 소리를 들을 만큼 고요로운 견자(見者)의 귀를 지녔다 해도, 스스로를 낮추고 남을 가볍게 여기지 않는 수행자의 자세를 지녔다 해도 인간 본연의 사랑과 그리움까지 지워버린다면 인간적인 매력 없는 시인이 아니겠는가.

10여 년 전 '남북시' 동인지에 수록되었던 이 시의 이미지가 지금도 내 가슴에 선명하게 각인되어 '김원길 시인' 하면 '미닫이에 푸른 달빛' 비치는 밤에 그리움에 애타는, 적막에 길들지 못한 그의 가슴에 피가 다가온다. "버레소리 잦아지는/시오리 밤길"을 고개 넘어 여울 건너가고 있는 나를 본다. 막상 그대 문 앞 다다라 불빛 아래 나뭇가지 그림자 얼비치는 그대 방문 바라보며 숨도 크게 못 쉬고 장승마냥 서 있다가 "울 너머 꽃내음만" 그대 향기인 양 가슴에 품고 돌아오는 화자는 얼마나 사랑스럽고 매력적인가. 그 가슴 에이는 그리움과 외로움이 내 가슴에 아직도 살아 있다. 달빛 아래 시오리 밤길 고개 넘어 찾아 왔다가 대밭가만 서성이며, 일렁이는 대나무 그림자 얼비치는 방문만 바라보다 돌아섰다는 첫사랑 그 소년이 생각나서 내가 이 시를 더 좋아하는지도 모른다.

내 비록 "허영의 거리에서/부나비같이 허둥"대며 살아가고 있지만 마음속에 어린 날, 젊은 날 고이 간직했던 사랑과 그리움을 되새기게 해주는 김 시인의 시가 있기에, 반짝이며 흘러가는 그 냇가로 달려가 바라볼 수 있는 '중천의 고운 달'을 마음속에 간직하는 여유를 느끼며 살아가고 있다.

구도의 시쓰기와 제 살 파먹기

— 송세희의 시세계

    시인은 정신의 꽃가루와 꿀을 모아 영혼의 즙을 짜서 언어로 표현하는 사람이다.

    송세희 시집 『시는 말라꼬 쓰노』[1]에는 자신의 영혼의 즙을 짜서 제 살과 혼을 파먹고 독자에게는 향기와 위안과 감동을 주는 시들로 가득 차 있다. 그것도 그냥 시만 수록해놓은 시집이 아니고 그 시들을 한 자 한 자 돌에다 새겨서 함께 실은 전각시집이다. 송 시인의 시를 쓰는 자세가 글자를 돌에 새기듯이 한 자 한 자 심장에 새겨나가는, 구도의 길을 가고 있는 수도자의 자세라는 것을 무언중에 보여주고 있다. 시 쓰는 자세에서뿐만 아니라 그의 시세계 도처에서 구도의 시를 만날 수 있다.

        죽비소리에
        깨진 어둠 말갛다

        큰스님 말씀이
        '시는 말라꼬 쓰노.' 하신다

        뒤 닦는 일인 줄

---

1 송세희, 『시는 말라꼬 쓰노』, 새김, 2007.

모르시나봐

명치끝이 발갛고 보니,
제 살 파먹는 일인 줄 이제사 알겠다

— 「시작론 · 2」 전문

죽비는 불교의 선원에서 수행자를 지도할 때 사용하는 대나무로 만든
법구이다.

좌선할 때 입선(入禪)과 방선(放禪)의 신호로 사용되며 예불 입정(入定)
참회 공양 청법에 이르기까지 죽비소리에 맞추어 대중이 행동을 통일하
게 되어 있다. 중국 선가에서는 죽비가 화두의 역할도 하였다 하며, 좌선
할 때는 경책사가 수행자의 어깨 부분을 내리쳐서 졸음이나 자세 등을 지
도하는 데 쓰이기도 한다.

송 시인은 「시작론 · 2」에서 "죽비소리에/깨진 어둠 말갛다."라고 하여
스스로의 무명(無明)을 긴 수행의 끝머리 죽비소리에 깨치고 말간 밝음,
환한 빛의 세계로 나아가고 있다. 큰스님은 선가(禪家)의 수도자이고 언어
가 필요 없는 불립문자(不立文字), 교외별전(敎外別傳)의 세계에 살고 있으
니 시라는 언어표현이 부질없는 것으로 보일 것이다. 그래서 '시는 말라
꼬 쓰노'라고 하지만, 범인인 시인은 '뒤 닦는' 일이 필요하다. 이 세상을
살아가는 데 보이지 않는, 아무에게도 시원하게 털어놓을 수 없는 가슴속
아픔과 응어리와 기쁨과 슬픔과 눈물을 누구와 더불어 나누며 누가 닦아
줄 수 있는가.

프랑스의 시인이며 극작가인 알프레드 뮈세(1810~1857)는 「슬픔」이라
는 명작을 남기면서 "시란 한 방울의 눈물로 진주를 만드는 것"이라고 하
였다. 이처럼 시인이란 스스로의 아픔과 응어리와 슬픔을 풀어서 진주를
만들어 많은 독자들의 보이지 않는 '뒤'를 닦아주는 비밀의 사자이다. 시
인에겐 시 쓰는 일 자체가 스스로의 응어리를 풀어내는 '뒤 닦는' 일이며

잡다한 일상사를 정화시키는 카타르시스이며 구원의 작업이다. 그래서 시인의 '명치끝' 은 발갛다. 명치는 명문(命門)이라고도 하는 우리 몸의 급소로, 한의학에서는 '몸을 지탱하는 물질을 다루는 기관' 이라 한다. 이처럼 생명과 직결되는 급소인 명치끝이 발갛게 되도록 시인은 '제 살' 을 파먹고 제 영혼을 파먹으며 본래 자신이 지니고 있는 밝은 자성을 찾아가는 시를 쓰고 있다.

> 단풍물든 수락산 갈바람이
> 귀 좀 빌리자 해놓곤
>
> '놓아라 놓아라
> 버려라 버려라.'
> 귀청을 때린다
>
> 귓불붉힌 수락산
> 물소리는 떨어지지 않고
> 귀청 때린 말씀만 떨어진다
>
> ―「수락산 · 1 ―환청」 전문

　　구도자의 자세로 살아가는 시인은 일상의 생활 곳곳에서도 본인이 가고자 하는 길을 가리켜주는 화두를 만난다. 그것은 시인이 종교의 화두처럼 늘 시의 화두를 놓지 않고 있기에 가능한 것이다. 불교의 가르침인 방하착(放下着)을 생활 속에서 실천하고 있기에 수락산 갈바람도 환청으로 귀청을 때린다. '放' 은 놓는다는 뜻이며 '着' 은 집착이나 걸림을 의미한다. 본래가 다 비어있음의 공(空)한 이치를 알지 못하고 온갖 것들에 꺼들려 집착하는 것을 다 놓아버리고, 걸림 없는 대자유인으로 살아가고자 하는 것이 불교의 가르침이며 우리 한민족의 핏줄 속에 오랜 전통으로 용해되어 흐르는 정신자세이다. 송 시인의 시집 전편을 관류하는 동양정신이다. 그러나 시인은 구도의 자세로 시를 쓰고 있지만 모든 것을 버리고 완전한 무소유, 완전한 공으로 돌아가 살 수 있는 수행자가 아니다. 그렇기에 "놓아라 놓아라/버려라 버려라" 하고 귀청 때린 말씀은 가슴속으로 들어가 용해되지 못하고 수락산 물소리처럼 시인에게서 유리되어 따로 떨어져 내릴 수밖에 없다. 아무래도 그 옛날 조주스님의 가르침처럼 '모든 것을 다 버렸다는 의식'조차 버리면서 살 수는 없는 것이 세속에서 먼지를 묻히며 살아가는 일상인들의 삶이다. 그래서 시인은 끊임없이 '놓아 버리는' 화두를 들고 스스로의 삶의 자세를 다그친다.

'스님,
허공에도 감옥 있어예.'
'복짓는 소리 하들랑 마라.'

'스님,
스스로를 가두면 그게 감옥이라예.'
'감옥 바깥도 감옥인게야.'

'아, 그렇구나.'

나를 건지려다,
'水鐘寺' 종소릴 놓아버렸다.

단청이 단풍으로 떠있었다.

——「물에 빠진 水鐘寺 · 2」 전문

우리는 모두 '허공감옥' 속에 스스로를 가두어놓고 산다. 스스로 자기를 가두었으니 그 감옥을 허물어줄 사람이 없다. 그 감옥은 스스로가 만든 보이지 않는, 존재하지도 않는 감옥이다. 사방 둘러봐도 허공 모두가 감옥이고 그 감옥 속에서 카프카의 『변신』 속의 그레고르 잠자처럼 벌레가 되어 실존적 고독에 몸부림치며 홀로 죽어가는 것이 현대인의 삶이다. 그러니 "감옥 바깥도 감옥"이다. 스스로 만든 감옥이기에 마음 벽을 스스로 허물지 못하면 우리는 그 감옥 속에서 벗어날 수가 없다. 그러나 "수종사 종소릴" 놓아버리듯이 스스로 자기를 놓아버리면 "단청이 단풍으로" 떠 있다. 이 세상 온갖 만유가 다 아름다움이며 향기이며 빛이며 대자유가 되어 다가온다. 그야말로 걸림 없는 선(禪)의 세계이며 삼매의 경지이다. 이처럼 송 시인은 "감옥 바깥도 감옥"인 경계가 없는, 구원이 없을 것 같은 삶을, 놓아버리는 즉 방하착의 자세를 통해 우리를 무심의 세계로 인도하고 걸림 없이 아름다운 본연의 모습으로 돌아가게 한다.

이러한 구도자의 자세는 「무심천·1」에서도 '가졌느냐, 가진 것도 버렸느냐' 하는 바람의 다그침을 듣게 되고, 「무심천·2」 「무심천·3」에서도, 「시작론」 연작시에서도 나타나고 있다. 송세희의 이러한 시작태도는 최소한의 어휘로 최대의 의미를 전달하는 언어의 조탁면에서나 그 정신면에서나 불가의 선승들의 게송과 많이 닮아 있다. 앞에서 예를 든 시들이 거의 10행 내외의 시행과 촌철살인하는, 죽비로 내려치는 듯한 깨달음을 주는 내용으로, 선승이 깨달음을 얻은 후에 읊는 오도송이나 법을 전하기 위해 읊는 전게송과 닮은 점이 많다. 시인의 이러한 구도의 자세는 첫 시집 『가을 진달래』에 수록했다가 이번 시집에 다시 수록한 초기시 「호접난」에서도 엿볼 수 있다.

> 날개바람 쐰 호접난 꽃잎
> 창호지소리로 단숨에 진다.
>
> 꽃맥만 드러낸 채
> 빛을 버리더니
> 그 향내마저 버리더니,

꽃꼭지만 남아 날 낚아채면서
내 눈 멀라하고
내 귀 막혀라 한다.

호접호접
날보고 날아라 한다.

—「호접난」 전문

불교의 초기 경전인 『반야심경』은 인간의 주관적인 인식작용인 육근과 그 육근의 객관적 인식대상이 되는 육경(六境)이 모두 공(空)한 것임을 설파하고 있다. 우리는 눈·코·귀·혀·몸·생각(眼耳鼻舌身意)의 육근을 통해서 물질·소리·냄새·맛·촉감(色聲香味觸)과 생각의 대상인 일체 법인 육경을 인식하고 받아들이게 된다. 이 모든 것이 불생불멸하는 빈 것임을 깨닫는다면 더 이상 현상계에 집착하지 않고 괴롭지도 않고 걸림이 없는 대자유인이 될 것이다.

시인은 '창호지' 새로 스며드는 '날개바람' 소리로 단숨에 지는 호접난을 인식하면서 이러한 화두를 듣는다. "내 눈 멀라 하고/내 귀 막혀라 한다."는 것은 곧 육근과 육경이 만나 이루어내는 십이처의 현상을 부정하고, 현상의 겉모습에 집착하지 않고 본질을 꿰뚫어보는 혜안을 지니고자 하는 시인의 열망과 구도의 표현이다. 현상이 만들어내는 현란한 겉모습에 속지 않고, '단숨에' 지는 호접난처럼 일체가 무상한 것을 깨닫는다면, 현상에 집착하여 살고 있는 생활이 모두 미망인 것을 깨달아 본래의 자기면목을 찾아 흔들림 없고 걸림 없는 삼매에 들 수 있는 것이다. 이러한 상태에서는 "호접 호접/날보고 날아라 한다"의 나비처럼 비상할 수도 있고 자유자재의 삶을 영위할 수 있는 것이다.

얼마나 실눈썹 여미었기
보름오르는 눈빛인가.

푸른 사리로
시리게 핀 건
쪽빛 탓일게다.

水佛아, 水佛아.
하늘입술 고운 건
백마흔 어린 탓일게다.

달빛 木쪽 켜는 절밤
'무량사' 좌불경소리에
산문이 열린다.

사람도 티끌도 꽃잎처럼 바람되고
처마끝 단청도 바람된다는.

'무량사' 무량 수불꽃아.

—「'무량사' 수국꽃은 무량하여」전문

　시인의 '제 살 파먹기'와 '제 영혼 파먹기'는 삶의 도처에서 이루어지는 구도행각이다. '무량사'의 수국꽃을 보면서도 새로운 부처를 만난다. 그에게 오면 '수국꽃'도 밤낮없이 스스로를 닦아 정진하기에 그대로 부처로 화하는 '水佛'이 된다. "오동꽃 푸르게 지던 달밤/쪽문 틈새로 들어온 바람이/가졌느냐, 가진 것도 버렸느냐./다그치는 말마디가 뚜룩뚜룩 흘렀다"(「무심천·1」)의 정진을 거쳐서 "무심심 살아라/물향기로 살아라/그리 살다보면/이승천 저승천/한통속이란 걸 알게 되지."(「무심천·2」)라든지, "이승도 꽃이다, 저승도 꽃이다,/그냥 그냥 살거라."(「연꽃 만나던 날」)라는 허공의 목소리 즉 내부의 목소리를 듣게 되고 드디어 한 송이 꽃에서도 부처를 보게 되는 것이다. 중생이 모두 부처의 성품을 가지고 있어 스스로를 닦아 정진하면 모두가 부처가 될 수 있다는 '일체중생

개유불성(一切衆生 皆有佛性)'의 터득이라 하겠다.

이상에서 공통적으로 나타나는 표현은 화자가 어딘가에서 들려오는 '소리'를 항상 듣고 있으며 그 소리는 거의가 명령형으로 전달된다는 점이다. 이 소리는 다름 아닌 화자의 '내면의 목소리'이며, 언제 어디서나 화자가 내면의 목소리와 대면하고 있다는 것은 시인이 언제나 구도와 정진의 자세로 살아가고 있는 삶의 표현에 다름 아니다.

이처럼 송세희의 시는 생활 속에서 언제나 화두를 놓지 않고 스스로 자신을 닦아가며 깨달음을 얻고 그 과정 과정을 간결한 언어의 율조로 읊어내는 구도의 흔적이며 영혼의 본향을 찾는 순례의 발자국이다. 시인에게 있어 그러한 구도의 길이란 제 영혼과 제 살을 깎아 아름다운 언어와 가락으로 엮어내는 '제 살 파먹는 짓'에 다름 아니다.

그의 정진과 영혼의 순례를 따라가며 독자도 또한 현대의 물질 위주의 삶이 주는 집착과 욕망에서 벗어나 마음의 평정을 얻고 위안과 평화를 얻을 것이다.

송세희 시집 『시는 말라꼬 쓰노』에는 이 밖에도 역사의식과 우리 것에 대한 애정을 표현한 시, 사랑의 정서나 육친에 대한 애정을 노래한 시 등이 있지만 이 시집의 주된 갈래는 '구도의 시쓰기'라 할 수 있겠다.

덧붙여 둘 것은 송 시인의 언어감각이 특히 예리한 점이다. 끝없이 갈고 닦는 노력의 결과이겠지만 타고난 언어감각의 천품 또한 한몫하는 듯하다. 위에서 10행 내외의 짧은 시형식 속에 함축과 생략의 묘미를 살린 언어감각에 대해 언급한 바 있지만 음수율면에서도 주목할 만하다.

특히 시 「어머니 어머니·1」에서 "여섯 알방 조롱조롱 매달은 채 넘으셨던 바람고개·눈물고개, 등 휘어져 그 등받이로 키우셨던 뼈살 아픔 누가 알까 알았을까. 속정은 감추시고 엄하게만 다스렸던 엄니 울엄니 하늘집 울타리에 달별꽃 심느라 이승살인 살강살강 잊으셨는지." 부분과 "엄니방 햇살방에 흙떼 입힌 봉토방에 따뜻한 혼방 꾸며 가림없는 꽃방에서 바람으로 구름으로 혼불로나 날아날아 오가소서." 등과 「아버지의 노래」
의 "'벼루박에 황칠을 하더라도 니에미 살아생전 있는 게 나았겠제.' 붉어
진 눈빛 산바라기 하시며 속정도 살짝기 덮으셨던 울아버지." 등 여러 부
분에서 3·4조(4·4조)의 시조가락과, 3·4조(4·4조) 연속체인 조선 시대
가사의 율조를 그대로 이어받은 전통적인 가락과 정서를 느낄 수 있다.

특히 우리 민족의 토속적이고 전통적인 정신과 소재를 다룰 때 우리말
의 감칠맛 나는 전통가락이 더 잘 살아난다. 송 시인은 이런 점에 유의하
여 앞으로 우리 민족의 전통적인 삶을 소재로 한 시에 관심을 기울여보는
것도 좋을 듯하다.

영혼의 길찾기와 내면 성찰

― 남민옥의 시세계

1. 들어가며

한 편의 시 속에서 우리는 그 시인의 감수성과 이해력, 그리고 세상과 사물을 바라보는 통찰력과 판단력, 삶에 대한 진정성 등을 읽을 수 있다. 즉 시작품 속에는 시인의 전 심혼과 전 인격이 투영되어 있는 것이다.

그리고 르네 웨렉과 오스틴 워렌이 "예술작품은 한 작가의 현실적인 삶보다는 오히려 '꿈'을 구체화하고 있는 것"이라 말했듯이 시인의 지향하는 방향까지 표출되어 있다.

우리의 삶이란 세계와 자아와의 관계 속에서 자아찾기―본질찾기와 영혼의 길찾기의 끊임없는 과정이라 할 수 있다. 우리의 현실적인 삶을 외연(extension)이라 한다면 그 외연 속에 숨어 있는 내포적 의미(intension), 즉 존재의 본질적 의미를 탐색하여, 현실이라는 한계상황에 구속되어 있는 유한자(有限者)를 초월하는 존재의 비밀과 영혼의 길을 찾아 끊임없이 탐색하고 자문자답하면서 삶이 지향하고자 하는 방향을 찾아 그 과정을 언어예술로 표출하는 사람이 시인이다.

남민옥 시인은 성실한 생활인으로서의 자기 삶에 만족하지 않고 끝없이 자아와 대화하면서 내면의 소리에 귀 기울이고 자아의 본질찾기에 충실하여 삶의 진정성을 획득해가는 시인이다. 그는 아픔과 상처를 끌어안고 바람에 길을 묻기도 하고 사랑에 목말라하면서 스스로의 삶의 터에 정체성과 여유를 찾고 자기완성을 위한 성찰과 사랑으로 충만해지는 과정을 아름답게 시화하고 있다.

그러므로 남 시인에게 있어서 1차적 관심은 자신의 내면 성찰을 통한 자아완성이며 독자는 그러한 시인의 나직나직 속삭이는 내면의 소리에 감화되고 감동받게 되는 것이다.

2. 영혼의 길찾기

시집[1] 제1부와 2부에서 시인은 자신의 내면으로 눈을 돌려 아픔과 상처를 끌어안고 자아의 본질을 찾기 위해 몸부림치는 '길찾기'의 과정을 표출하고 있다.

이 저녁 어느 곳에서 날아왔는지
쓸쓸한 소리로
저문 강변을 헤맨다
가까이 귀대면 얼핏 스쳐 지나가며
지친 마음만 헤집어놓는다
좀 더 크게 좀 더 가까이
그러나 물결 위에 나붓이 앉아
망설이는 듯한 고요, 그 적막함이
생채기처럼 가슴을 파고 든다
이 몸부림에 대해서 나는
늘 냉정했다 그러나 네 앞에선
기쁨에 대해서 슬픔에 대해서
아주 큰 소리로 이야기해도 좋을 듯해

---

1 남민옥, 『바람에게 길을 묻다』, 월간문학 출판부, 2005.

우리들의 생이 잠시 앉아 쉬는 곳에서

때로 강물 흐르는 소리보다

더 큰 소리로 흐르다가

흐르다가 부서지면

들꽃처럼 낮아지는 두 어깨

이내 돌아서서 물결 어루만지며 떠나지만

그 아득한 표정 보이지 않으려한다

　　　　　　　　　　　　　　　　　—「강바람」전문

　삶이란 끝없는 방황이며 끝없는 회의이며 또한 한없는 아픔과 고통을 끌어안고 앓으며 삭이며 묵묵히 걸어가는 나그네길이다.

　"상처 없는 영혼이 어디 있으랴" 아르튀르 랭보의 말을 구태여 빌리지 않더라도 인간은 저마다의 상처와 슬픔을 끌어안고 기쁨과 행복을 소망하며 희구한다. 그러나 지금까지 시인은 그러한 아픔과 몸부림에 대해 '냉정했다' 할 수만 있다면 외면하고 모른 체하고 살고 싶었다.

　그러나 이제 시인은 저문 강변의 강바람 소릴 들으며 "우리들의 생이 잠시 앉았다 쉬는 곳에서" 앞만 보며 달려온 자신의 삶을 뒤돌아볼 여유를 가지려 한다. 생채기처럼 가슴을 파고드는 고요와 적막함과 몸부림에 비로소 가슴을 열고 강물 흐르는 소리보다 더 큰 소리로 흘러보기도 하고 "흐르다가 부서지면/들꽃처럼" 두 어깨를 낮추기도 하면서, 그러나 집착하지 않고 이내 돌아서서 물결 어루만지며 훌훌 떠나는 강바람이 된다.

　"봄 하늘이 너무 깊어" 여린 가슴이 "울음 울 때"(「경춘 가도」)도 있었지만, "잊고 있던 강물/풀꽃들이 모두 일어나" 마음이 앞서가는 날도 있었지만, 이러한 아픔의 내면을 깊이 들여다보면 "삶의 동굴 휘젓고 다니는/시인"(「분신」)이기에 사랑으로도 달래지 못하는 외로움을 안고 있다. 다소곳하게 자신 앞에 놓인 길만 걸어가는 것이 아니라 동굴 같은 삶의 구석구석을 종횡무진 휘젓는 시인이기에 여러 종류의 삶을 함께 체험해야 하고 그 '삶'들의 아픔과 기쁨과 슬픔을 가슴으로 함께 나누고 달래주며 살아야 하는 숙명과 사명을 남 시인은 일찍이 깨닫고 있다. 그러므로 남 시인에게 있어서의 아픔은 평범한 범인의 아픔인 동시에 시인이기에 겪어야 하는 숙명적 아픔인 것이다. "시는 곧 고통의 내연을 함께 나누어 갖는 분배"(안수환, 「나무거울」)이기 때문에 타인의 아픔을 함께 아파하면서 삶의 생채기를 보듬고 숙명적인 길을 걸어가는 것이다.

나무 위에 앉아
햇빛만 마시고 있었지
나무는 꿈이었어
나무는 쉴 새 없이 흔들렸어
나무는 흔들릴 때마다
푸른 잎들을 날려 보냈어
나무를 흔드는 바람은
세상이 아니었어
바람은 나였어
내가 나를 흔들고
나무가 나무를 흔들고
날지 못하는 새처럼
나무 위에 앉아

— 「날지 못하는 새」 전문

우리는 흔히 자신을 구속하는 것이 '세상'이며 타자이며 강력한 그물이라 생각한다. 그러나 엄밀히 들여다보면 우리는 타의에 의해 구속당하는 것이 아니라 자아의 내면의식이 스스로를 가두는 그물이 되는 일이 많다. 남 시인도 역시 스스로 자신이 바람이 되어 자기를 흔들고 그 '바람' 때문에 '푸른 잎들(꿈)'은 시나브로 떨어져 내리고 그리하여 시인은 꿈꾸어도 노래하지 못하는, 꿈을 실현시키지 못하고, 확신이 없어 흔들리며 '날지 못하는 새'가 되어 나무 위에, 세계 안에, 상황 안에 구속되어 있다.

> 그 봄날 강물을 떠나면서
> 바람은 나를 들판에 세웠다
> 나침판도 없는 들판이었다
> 바람 따라 그냥 흘러서 가면
> 목적지가 보일 줄 알았다
> 삶이 흰 유리성인 줄 알았다
> 누구에게나 삶이 무제였더라면
> 바람은 그냥 나를 지나쳤을까
> 외로운 시인의 문신 지상에 새기고도
> 알 수 없는 부름에
> 날마다 새벽을 뒤척인다
> 높새바람에 공중으로 날아오른
> 하늘빛 풍선, 그리고 바람에게
> 오늘도 묻는다
> 허공에 길이 있더냐고
> 나는 지금 어느 허공에서
> 헤매고 있는 거냐고
>
> ― 「바람에게 길을 묻다」 전문

이러한 한계상황에서, 스스로 만드는 구속에서 벗어나고자 하는 소망이 시인으로 하여금 바람에게 '길'을 묻는 적극적 '길찾기'에 나서게 한다. '그 봄날 강물을 떠나면서'의 출발은 얼마나 희망과 꿈에 부풀었던가. 하지만 삶이란 나침반도 없는 들판이며 가도 가도 뒤척이는 외로움이며 아픔이며, 높새바람이 불면 자신의 의지와 상관없이 공중으로 날아오를 수밖에 없는 위태롭고 안타깝기 그지없는 풍선이 되어 자신의 정체성을 찾아 헤매어야 하는 '길찾기'의 험난한 과정이다. 더욱이 시인이 길을 묻는 대상인 '바람'은 '나'를 들판에 세우기도 하고 높새바람에 공중으로 불어 올리기도 하는 힘센 존재이기도 하고 '알 수 없는 부름에' 날마다 삶을 뒤척이게 하는 운명적 존재, 미지의 존재이지만 엄밀히 말하면 바로 자신 속에 거하는 분리될 수 없는 내면의 존재이다.

그러므로 시인이 '바람에게 길을 묻'는 것은 결국은 자신에게 길을 묻는 것에 다름 아니다. 이렇게 보면 시인은 자의식 속에서 자신의 존재가치를 찾으려 몸부림치며 삶의 의미를 추구하고 있다. 더욱이 시인이 남들처럼 평범하게 그냥 바람 따라 흘러갈 수 없는 이유는 '외로운 시인의 문신'을 지상에 새겼기 때문이며, 그러하기에 더욱 '알 수 없는 부름'을 듣고 밤마다 날마다 '새벽을 뒤척'일 수밖에 없는 지상(至上)의 부름과 사명을 지울 수 없는 것이다.

그러면 무엇이 문제인가. 그것은 그 '부름'이 부름이되 확연히 길을 가리켜 주지 않는 막연하고 알 수 없는 부름이며, 그가 가야 할 길이 목적지가 보이는 지상(地上)의 길이 아니라 보이지 않는 허공의 길이며, 평범한 삶의 길이 아니라 본질을 찾아야 하는 영혼의 길이기 때문이다.

시인은 이러한 '영혼의 길찾기'를 위해 '묵상'(「가을은」)하기도 하고 '꿈'(「나비의 꿈」)을 꾸기도 하면서 "아주 긴 터널을 돌아온/나비의 꿈"을 통해 한때 그가 가졌던 날개와 비상의 꿈과 단단한 희망을 되찾아 흐리고 모호한 '안개 속'을 통과하여 새로운 꿈을 꾸고, 그 끝에 다다른 「하루」에서는 '잠시 머물다 가는 무욕의 시간'을 만난다. "과거로 돌아가는 빗장에/시간의 사슬 수없이 걸어놓고/미명의 숲에서 또다시 탄생을 꿈꾸는"(「하루」)에서 볼 수 있듯이 시인은 이제 과거의 아픔과 방황에서 벗어나 서툴지만 새로운 발돋움으로 미명의 숲에서 또다시 탄생하는 새로운 길 떠나기에 나서고 있다.

3. 사랑, 영원한 명제

제2부에서 읽을 수 있는 또 하나의 주제는 '사랑'이다. 시인으로서의 삶과 생활인으로서의 삶을 모두 아우르는 인간의 피할 수 없는 명제를 '사랑'이라고 본다면 남민옥 시인도 그리움과 사랑과 그것이 주는 행복과 환희에서 자유로울 수는 없다.

① 봄 눈 위로
　　푸른 발자국 남기고 가실 때
　　길이 아닌 것을 밟고
　　낯설고 외로우셨으리

　　올망졸망 정 많은 눈망울들 못 잊어
　　이제나 저제나
　　눈 못 감으셨으리

　　눈물 한 줌 거름 삼아
　　들국화, 패랭이꽃 앞뜰에 가꾸며
　　멀리 서울하늘 바라보며
　　그리움 삭이고 계시리

　　　　　　　　　　　　　　　　　　— 「아버지」 전문

② 오십여 해 드나들어
　　눈 감고도 넘어설
　　문설주에 저녁놀이 머물면
　　쓸쓸한 마루에
　　어머니의 그림자만 서성이겠지

　　　　　　　　　　　　　　　　— 「어머니의 집」 부분

③ 부대 앞에 너를 두고 돌아설 때
　　마음이 돌아서질 못해

(중략)

부대 앞 풀 한 포기에게까지 일일이
안녕을 고하고서도 돌아서지 못해
더 큰 사랑 들려 보내지 못해
가슴에 무거운 비가 내렸다
바람이 되리라
해가 되고 별이 되어 너를 지켜보리라

            —「너를 두고 돌아설 때」 부분

④ 귀 기울여보니
 나보다 더 나를 닮아
 눈시울 아픈 날
 나 장대비 되어
 너를 씻어주고 싶어
 비 개이면
 푸른 숲 열고
 높이높이 날아 가렴

               —「분신」 부분

⑤ 아무도 흐르는 내 몸을 잡지 못하고
 거친 강기슭 만날 때면
 온 몸에 멍이 들어 소리쳤지

 갈대는 변함없이 그 자리에 서서
 바람 불면 눕고
 따뜻한 뿌리로 사랑을 전하는데

 헤어지면
 다시 손 잡을 길 없는
 살붙이들이여

 날마다 낯선 풍경에

두려운 가슴이 울고
조각난 물방울들이 바람에 밀려가며
우리 이제 어디서 만날까

—「강물」부분

예를 든 시들은 모두 살붙이, 피붙이에 대한 사랑을 읊고 있다. ①과 ②
는 아버지와 어머니에 대한 그리움과 사랑을 노래하고, ③과 ④는 자식에
대한 사랑을 노래하고 있다. 그런데 아버지와 어머니에 대한 사랑은, 자
신의 감정보다 자식을 멀리 떠나보내고 홀로 고향집에, 혹은 저승에서조
차 외로움 삭이며 자식들을 그리워할 아버지와 어머니, 즉 시적 대상의
심정을 헤아리는 표현기법을 사용한 데 비해 ③과 ④는 시적 대상에 대해
무엇이나 다 주고 싶은, 주어도 주어도 모자라는, 그래서 가슴 아픈 시적
자아의 심정을 노래하고 있다. ⑤에서는 어떤 살붙이이거나 영원히 함께
할 수 없는, 쉬지 않고 흘러갈 수밖에 없는 헤어짐의 안타까움을 '변함없
이 그 자리에' 서서 사랑을 전하는 갈대에 비교하여 '우리 이제 어디서
만날까' 라고 묻고 있다.

남 시인 자신도 부모의 '분신' 이지만 부모에 대해서보다는 자신의 '분
신' 에 대해 '바람' 이 되고 '해가 되고' '별이' 되어 지켜보고자, '비' 가
되어 씻어주고자, 무소불위의 신이 되어 필요한 건 무엇이나 다 되어주고
자 하는 한없는 사랑을 보여준다.

이러한 부모의 사랑은 비단 남 시인뿐만 아니라 이 세상의 모든 부모가
자식에게 품는 사랑의 마음이리라. 그래서 예로부터 '내리사랑' 이라는
섭리가 있어 왔고, 그러한 생명의 섭리에 의해 이 세상의 모든 생물들이
종족을 보존하고, 인간들은 보다 발전된 문화를 계승하고 향유하며 살아
갈 수 있는 것이다.

① 내게 향기가 있다면
　그것은 모두 그대 것이지요

　내게 사랑이 있다면
　그것은 모두 내 기쁨보다 소중한
　그대 것이지요
　(중략)
　그대와의 만남은 나의 행복이어서
　내 마음 강물의 시원에
　그대에게 보내는 사랑이라는 이름의
　종이배를 띄웠습니다

　　　　　　　　　　　　　　　　　　—「그대에게」 부분

② 당신은 나의 바다처럼
　나를 그립게 하고 기쁘게 하고
　둘이 아닌 하나로 깊이깊이 머물게 합니다
　나의 사랑이여
　당신은 또 하나의 내 영혼으로
　내 마음에 꽃을 피게 합니다.

　　　　　　　　　　　　　　　　　　—「나의 사랑은」 부분

③ 그 해 여름

　땅 끝에서
　피기 시작한
　노란 꽃잎

　촘촘히 여물어 가는
　그대 사랑하는 무수한 기쁨

　오늘도,

먼 훗날에도

— 「해바라기」 전문

④ 여기는 지금 낙원이다
　벌써 육십여 일
　이 물관부 타고
　기쁨의 세례 중이다
　(중략)
　마디마디 아프게 여물어
　불꽃으로 태어나
　온몸으로 사랑을 하고 있다

— 「호접란」 부분

　이제 시인에게 있어서 사랑은 그대, 당신으로 호명되는 연인 또는 절대적 존재에게 바치는 엄숙한 제의적(祭儀的) 의미가 되고 있다. '당신'이 내 안에 있기 때문에 나는 푸르게 살고 싶고, 당신으로 인하여 나는 향기가 되고 사랑이 되고 꽃이 되는 영원한 생명을 누리게 된다. '또 하나의 내 영혼'인 사랑은 ③과 ④에 와서는 '해바라기'나 '호접란'으로 변용되면서 '무수한 기쁨'을 주는 '기쁨의 세례 중'인 낙원을 시적 자아에게 허여하고 있다. 그것은 그의 사랑이 절대적이고 무조건적이고 계산하지 않는 오로지 사랑만을 위한 사랑이기 때문이다.

　이렇게 사랑의 극치인 환희와 기쁨을 주는 사랑은 남 시인 뿐만 아니라 모든 인간이 꿈꾸는 이상향이 아닐까. 이러한 이상향을 언어로 실현시키는 것은 시인만이 지닌 능력이리라. 그러나 이렇게 '사랑'에서 느낄 수 있는 기쁨과 행복은 그저 주어지는 것이 아니라 고통과 희생과 끊임없는 노력 끝에 비로소 얻어지는 '마디마디 아프게 여물어'야만 가능한 사랑이다.

　한편 시인은 삶에 대한 사랑, 지나온 세월에 대한 사랑, '수많은 잡목들의 바램'을 다 끌어안고 "바람이 할퀴고 간 자국에도/푸른 꿈을 돋게"(「산」) 하는 보다 넓은 가슴과 넉넉하고 따뜻한 불씨를 간직한 '큰 사랑'도 함께 간직하고 있다.

4. 내면 들여다보기

제1부와 2부가 삶의 내면을 들여다보며 아픔과 방황과 사랑의 과정을 거쳐 온 남 시인의 '길찾기'였다면, 3부와 4부는 '세월의 무게'를 신고 삶을 관조하고 집착에서 벗어나 수용하고 휴식하는 여유로움과 함께 자신의 존재의미를 찾아가는 길이다. 이러한 수용과 여유는 '영혼의 길찾기', 방황과 아픔 이후에 얻을 수 있는 삶의 길이며 삶을 대하는 태도이다.

남 시인은 "내 몸에 첫꽃이 필 무렵"(「소나무꽃 필 무렵」) "물비늘 살아나며 봄이 소생하는"(「북한강」) 눈부신 봄날을 지나서 수시로 다른 삶의 빛깔을 지니고 한 생을 살아오며 "강물이 실어나른 세월의 무게가" 삶의 빛으로 동화되는, 인생을 바라보는 여유로움이 「낡음의 의미」를 '편 · 안 · 하 · 다'로 받아들일 만큼 수용의 미학을 보여준다.

> 그곳에 집을 짓기 시작했다
> 아주 가볍고 작은 집이다
>
> 마른 풀잎처럼 가벼운
> 나비를 부르고 있다
> 바람을 부르고 있다.
>
> 그들은 알까
> 나의 푸른 집에 그들을
> 문득 문득 초대한다는 것을
>
> — 「기억은 또 기억을 남기고」 부분

시인은 '때 묻은 기억'을 돌아보며 나비와 바람과 세상 모든 사물을 초대할 수 있는 삶의 여유와 관조, 세상과 자신의 동일시는 「소래포구」에서 꿈과 희망을 발견한다. '먼 바다의 물길', '지난 밤 건져 올린 달빛 같은 꿈' 등을 통해, 생활에 충실한 다른 사람들의 달빛 같은 얼굴을 바라보고 그 내면을 읽으며 함께 꿈꿀 수 있는 마음의 눈이 열리면 희망의 하루가 함께 열리고 그 '희망'이 '갯벌에 난무'하다는 것은 바로 세계를 바라보는 시인의 눈이 그만큼 열려 있으며 여유롭고 희망에 차 있기 때문이다.

> 나무 한 그루가
> 가을을 기다리고 서 있다.
>
> 구름 밖에서 만나는 하늘은
> 어린 마음처럼 푸르다.
> (중략)
> 길마다
> 이 터널을 지나온
> 사람들이 모여
> 어제를 이야기한다
>
> 사라진 것은 모두
> 그리움으로
> 내 앞에 있다
>
> ─「9월」 부분

이제 시적 자아는 첫꽃이 피는 봄, 폭풍우 치는 여름, 질풍노도의 시간을 지나서 '사라진 것'에 의미를 부여하며 지나온 '긴 터널'을 이야기할 수 있는 '가을을 기다리는' 나무이다.
봄을 기다리고 여름을 기다림도 희망적이고 역동적이고 정열에 차 있지만, 김현승 시인이 「가을의 기도」에서 "나의 영혼/굽이치는 바다와/백합의 골짜기를 지나/마른 나뭇가지 위에 다다른 까마귀같이"라고 노래하듯이 삶을 관조하고 음미하는 성숙한 경지를 보여준다. 이러한 성숙과 여유로움은 "네 옆에 서면/슬픈 기억조차/꽃이 되어"지는 경지(「철쭉제」)에 이르고, "만남처럼 이별처럼/천지가 붉다"고 노래한다. '만남' 만을 소망했던 그 봄날의 안타까운 붉음이 아니라 '이별' 조차도 붉음을 간직한 내포적 의미를 읽게 되는 것이다.

이제 시인은 "꽃의 목숨 빚던 기쁨이나/삭이지 못해 몸살이 된 기억들"(「또, 가을이」)까지도 간밤 서늘한 바람에 떠나보내고 그에 더하여 '낙엽'의 삶을 통해 이승의 삶뿐만 아니라 저승의 보이지 않는 나날까지도 함께 껴안는 포용적 시각을 갖게 된다. 그리하여 침묵 속에서, 사람들이 버리고 간 '이끼'(「지금도 탑골에는」)로 자란 생각들도 읽어내고, "목 쉰 대지의 소리"도, "갈증 난 숲"의 마음도, 여린 풀잎에 "버석이는 바람"과 대지의 "연두빛 눈매"(「봄 가뭄」)도 다 들을 수 있는, 자연의 소리, 생명의 소리를 들을 수 있는 내면의 눈을 갖기에 이른다.

> 무성하던 가로수 길
> 나무들의 단죄가 시작되었다
> 푸르던 나무 어깨 툭툭 잘려
> 이 위로 떨어지고 있다
> 크고 작은 나뭇잎
> 한낮의 바람에도 날리는데
> 햇빛 내려앉던 가지 끝
> 나무들의 눈물이 새어 나온다
> 나지막이 날던 새들은
> 더 높이 날아오르고 있다
> 움츠린 나무들은
> 지치지도 않는 젊은 인부의

얼굴을 볼 수도 없다
나무야, 이 밤 지나면
더 힘껏 뿌리 내려라
바람의 침묵과 나무들의 쓸쓸함이
가득 찬 하루.

— 「가지치기」 전문

시 「산정호수」에서는 자연이라는 객관적 상관물을 통해 자기 삶을 비춰보고 자아를 재인식하지만 거기에 그치지 않고 「가지치기」에 와서는 자연을 통해 인간세상을 알레고리(allegory) 기법으로 나타내고 있다. 억압받고, 소외당하고 '어깨 툭툭 잘려' 빼앗기는 구속자―저항도 못한 채 눈물만 흘리는 나무, 무성한 가로수의 목숨까지도 빼앗을 수 있는 가해자인 '젊은 인부', 그 모두를 바라보면서도 침묵하는 방관자인 '바람' 등을 통해 약육강식의 인간세상을 풍유로 나타낸다.

이쯤 와서 시인은 대학로를 지나다가 "길가 큰 나무 아래/주소 없는 긴 의자마다/신문 한 장 덮고 누운/사람, 사람들"(「無心」)이 마음 안에 보이게 되고 그들을 무심히 지나치는 '내 빠른 발걸음'에 자책하기도 하면서 자신이 어떤 사람이어야 하는가의 존재의미를 생각하기 시작한다.

"뿌리 깊은 곳에 나날을 묻고/침묵하는 소나무", "영원을 노래할 줄" 아는 소나무, "솔향기 그대로 간직하고 서 있는/소나무같은 사람"(「소나무」)이 되고 싶고 "나보다 더 쓸쓸한 마음을 가진/사람의 친구가 되어/슬픔 마를 때까지/함께 서서/흔들리고 싶"(「가을 억새밭에서」)은, 또는 "하늘 아래 모든 아픔/따뜻하게 감싸 안는" 노을이 되고 싶은 소망을 갖기에 이른다. 비록 "지상의 모든 것은/한 순간의 꿈"(「비가 되고 싶다」)처럼 허망하다 해도 시인은 "비가 되어 세상과/하나가 되고" 싶어 하며 "맨발로 지상의 끝까지/걸어보고 싶"은 세상과의 동일시, 하나됨을 소망한다.

지상의 모든 존재들과 육화되어 혼연일체가 되고자 하는 시적 자아의 욕망이 맨발로 지상의 끝까지 걸어보고, 스스로는 가장 낮고 메마른 곳에 떨어져 한 송이 꽃을 피워내는 사랑의 완성을 이루게 되는 것이다.

5. 나가며

모든 시는 자아와의 대화이며 내면 성찰을 통해 자아완성의 길, 지향하고자 하는 영혼의 길을 찾아가는 과정의 노래이다. 남민옥 시인도 자아의 내면 성찰을 통해 방황, 아픔, 사랑, 영혼의 길찾기, 본질찾기 등의 과정을 충실히 거치면서 넓어지고 깊어지고, 동화되고 확장되어 상처받고 쓸쓸한 타인의 가슴까지 감싸 안을 수 있는 큰 가슴이 되기에 이른다.

남 시인이 자신의 존재 탐구를 거쳐서 나 아닌 타인에 대해서도 인식하게 되고, 그들과 함께하고 동화되어 생명꽃을 피워내고자 소망하는 사랑의 완성은 끝없는 '영혼의 길찾기'에서 시작되었다.

그동안의 방황과 아픔과 모색을 통해 이제 시인은 귀를 열고, 가슴을 열고, 눈을 열고, 영혼을 다 열어 자기 아닌 타인, 흔들리는 생명 가진 모든 것들의 가슴에 귀를 대고 대화할 수 있는 동일시의 경지까지 자신을 끌어올려 놓고 있다. 이러한 경지는 시인이 그동안 살아오면서 "빛나는 것들은/쉽게 얻어지는 것이 아니"(「물총새」)란 걸 알면서도 신발이 닳아 해지도록 찾아 헤맨 결과 얻을 수 있는 경지인 셈이다.

아직은 시작에 불과하지만, 이제 막 보이기 시작하는 이러한 대승적(大乘的) 경지에서 진정한 '부름'을 들으며 더 좋은 시, 위대한 시를 보여줄 것을 기대한다. 시는 언어라는 옷을 통해 정신을 보여주지만 위대한 시정신만이 위대한 시를 낳을 수 있기 때문이다.

삶의 결을 읽어내는 극세밀화

— 이춘하의 시세계

1. 들어가며

이춘하 시인의 제4시집 『결』[1]에서 만나는 시는, 현대시의 기법에 충실한 감각적 표현으로 체험이나 사물을 구체적이고 다양한 이미지로 형상화시키고 감정을 극도로 절제하는 주지적 시이면서 그 속에 우주적 인식과 삶의 내면을 포착해내는 선명한 주제의식까지 갖추고 있다. 관념시나 사물시의 차원을 넘어서서, 주관적 감정이나 주제의식을 직접 드러내지 않고 다양한 레토릭(rhetoric)으로 형상화시켜 관념의 사물화를 통해 지적이고 사유적인 깊이를 표출하는 형이상시(meta–physical poetry)를 보여준다.

첫 시집과 두 번째, 세 번째 시집에서 이미 '시각의 다각 · 다양화와 변용의 미학' '원초적 생명성과 Greenopia' '잘 숙성된 포도주 같은 시들' 이라는 평을 들은 바 있거니와, 이번에 펴내는 네 번째 시집에서는 앞선 시집들의 이러한 형식상, 내용상 특성을 더욱 발전시키고 숙성시켜 아우르고 있다. 거기 더하여 아름다운 삶의 결을 들여다보며 그 비의를 캐내는 심안을 획득하고 자연과 인간과 사물의 내면의식, 심층의식을 극세밀화 기법으로 포착해내어 자신과 동일시를 이루는 더욱 원숙한 시세계를 펼

---

1 이춘하, 『결(潔)』, 글나무, 2008.

치고 있다.

2. 삶의 결 들여다보기

앞의 세 권의 시집에서 시인은 감정을 지나치게 절제한 나머지 인간에 대해서, 삶에 대해서보다는 여행과 떠남과 자연에 대해 더 많이 노래하였다. 내면의 자유를 희구하면서 자연의 소리에 귀 기울이고 자연과 동화되는 삶을 노래하였다.

제 4시집 『결』에 와서 시인은 비로소 어머니, 아우, 팔남매 등 가장 가까운 가족의 이름을 부르면서 그들과 조우하고 그들의 삶의 결 속으로 들어가 그것들을 읽어내며 '삶'에 대해, '사람'에 대해 노래한다. 이것은 '감정을 최소한으로 절제'하려는 그의 시작 태도를 견지하면서도 가족이나 가까운 이들의 삶의 결을 표현할 수 있는 원숙한 기법과 더불어 심안과 여유를 얻고 있다는 의미이기도 하다.

어머니 시집 오실 때 가져왔다는 오동나무 이층농짝의 결 고운 무늬,
넉넉한 잎사귀마냥 둥글고 순하다
어머니 손때가 묻은 무늬의 결을 따라가면 동글동글한 모란꽃잎 같은 길 하나 열려있다

소목장 박씨의 열 손가락 사이에는 울퉁불퉁한 옹이가 박혀있다 그 손끝에서, 여름 느티나무 이파리에 떨어지는 빗소리 걸려있고 저녁 채석강에 내려앉는 물결무늬 노을 또한 겹쳐진다

이제 어머니, 민들레 홀씨되어 동그랗게 몸 모으고 가벼워져 먼 길
떠날 날 머지 않았는데

나무의 생을 만나러 그 潔을 따라가 본다

나무 중에서도 귀공자라는 소나무, 단단한 그 恒心이 좋아 작은 궤짝 한 점 가까이 두고 본다

옹이 또한 결이 되어 환생하는 생.

인사동 화랑가에서 먹감나무 사방탁자와 마주앉았다 조심스레 양쪽 문을 닫으니 검은 산 하나 우뚝 솟는다
먹감나무는, 깊은 강 몸속에 감추고서 三伏에 머리 풀고 수묵화 한 폭 그려 제 마음을 열어 보이고 싶었나 보다

—「潔」 전문

한자 ‘潔’은 맑고 깨끗하고 조촐하고 정결하다는 의미를 함축하고 있다. 그리고 우리말 ‘결’이란 나무나 돌, 살갗 등에서 조직의 굳고 무른 부분이 모여 켜를 이루면서 짜인 바탕의 상태나 바탕에 나타나 보이는 켜가 이루는 무늬를 의미한다.

그러므로 나무나 비단이나 사람이나 현재 눈앞에 나타나 있는 결을 따라 거꾸로 걸어 들어가면 그가 지나온 길이 보이고, 그가 걸어온 삶의 모습이 보인다. 시인은 어머니의 정결한 삶과 그 삶에서 읽을 수 있는 내면의 무늬 결을 중의법으로 표현하고 있다.

시적 화자는 어머니가 시집오실 때 가져왔다는 오동나무 이층농짝을 통해 그 결을 따라가며 어머니의 모란꽃잎 같았으나 옹이 많았던 삶을 읽어낸다.

여기서 어머니의 생은 오동나무 이층농짝의 생이며 소목장 박씨의 생이며 소나무의 생이기도 하고 먹감나무의 한 살이이기도 하다. 그런가 하면 여름 느티나무의 생이기도 하고 저녁 채석강의 생이기도 하고 민들레 홀씨의 생이기도 하다. 그들의 삶은 하나같이 아름답고도 웅숭깊어 옹이마저 결이 되어 환생하도록 하는 깊이가 있다. 깊은 이야기를 품고 산이 되어 앉아 있거나 강이 되어 흘러가고 있다. 그러면서 이제 “먼 길 떠날

날 머지 않"았기에 "제 마음을 열어 보이고 싶"어한다.

가장 감정적으로 다가가기 쉬운 '어머니의 삶' 이라는 소재를 감정을 최대한 절제하여 오동나무 이층농짝으로, 소목장 박씨의 삶으로, 소나무나 먹감나무의 한 생으로 변용, 치환시켜 가며 다양한 이미지를 병치하여 삶의 아름다운 결을 객관화시켜 보여준다.

> 초여름 아침햇살이 부챗살처럼 퍼져 초록숲을 뒤흔든다
>
> (황금꼬리를 낚아야겠다)
>
> 산수유 골진 잎사귀와 산벚나무 팔랑팔랑 까불어대는 숨구멍 사이에다 초록그물을 친다 그물코에, 하루살이의 작은 몸뚱이가 걸렸다
>
> ─작다고 얕보지마!
> 이래뵈두 천일동안 물속에 잠겼다가 스물다섯번이나 허물을 벗은 후에 태어난 생이야
> 어디, 하찮고 떫은 생 있으면 나와보라고 해!
>
> ──「초록그물을 치다」 부분

거대하고 거창한 '황금꼬리' 대신에 초록그물코에 '하루살이' 의 작은 몸뚱이가 걸렸다. 우리는 흔히 생명의 짧고 덧없음을 비유하여 '부유인생(蜉蝣人生)' '하루살이 같은 삶' 이라 이른다. 그런가 하면 앞일을 헤아리지 않고 그날그날 닥치는 대로 살아가는 삶을 비유하여 '하루살이' 라고 한다. 그러나 시인은 이처럼 사람들이 일반적으로 하찮게 여기는 하루살이의 삶에도 줌 렌즈를 들이대어 세밀화 기법으로 그 삶의 결을 읽어내어 사실적으로 묘사한다. 그 미시적 묘사와 의미부여 속에는 "천일동안 물속에 잠겼다가 스물다섯번이나 허물을 벗은 후에 태어난 생"이라는, 하루살이의 삶에 대한 눈물겨운 이해와 동화가 밑받침되어 있다.

아무리 작고 하찮아도 그것이 생명이기에, 생명의 한 순간을 향유하고 또 새로운 생명을 잉태하기 위해 치러낸 대가와 인내는 다른 어떤 생명과도 바꿀 수 없는, 무한히 크고도 가치로운 것이다.

모든 생명 가진 것을 '중생'이라는 하나의 카테고리에 포함시켜 그 생명성을 귀히 여겨 존중하는 불교적 사고를 빌리지 않더라도, 우주에 깃들어 있는 모든 생명체는 그것이 크든 작든, 그가 향유하는 삶의 시간이 길든 짧든 모두가 절대적으로 귀하고 소중하여 그 속에 온 우주가 깃들어 있음을 시인의 눈은 직관적으로 읽어내고 있다. 여기서 주목할 것은 "스물다섯번이나 허물을 벗"었다는 변태(變態) 즉 탈바꿈의 과정이다. 하루살이가 실제로 스물다섯 번 허물을 벗는지의 생물학적 사실은 중요하지 않다.

이미 시인은 세 번째 시집 『세석 능선에 걸린 달』의 첫 페이지에 실린 「단오무렵의 지리산」에서 "넉잠 자고 자고 나서 나도/나비 될래!"라고 하여 스스로 나비가 되기를 소망하고 있다. 애벌레 상태에서 나비가 된다는 것은(하루살이 애벌레를 포함하여) 죽음과도 같은 가사(假死) 상태를 거쳐서 번데기 속에서의 어둠과 아픔과 두려움과 절망을 참고 견디는 용기와 인내 후에 비로소 눈부신 날개를 달고 푸른 하늘을 날아오른다는 의미이다. 그리고 나비가 된 후에야 비로소 참된 의미의 자유로운 삶을 향유할 수 있으며 참된 의미의 사랑을 통해 새로운 생명을 낳을 수 있는 것이다.

이러한 변태의 과정을 스물다섯 번이나 거친 후에 태어나는 생을 어찌 '하찮고 떫은 생'이라고 얕볼 수 있겠는가. 주어진 삶의 조건과 상황에 적응해 가며 나름대로의 삶을 직조해 가는 모든 생명체에 대한 생명존중 사상과, 작은 것에 오히려 더 큰 의미를 부여하는 연민과 측은지심, 그에 더하여 거미의 초록그물과 거기 걸리는 하루살이까지 그려내는 세밀화 기법 속의 우주적 시각을 만날 수 있다.

이춘하는 이처럼 생명 지닌 것은 물론이고 생명을 지니지 않은 사물에 대해서도 생명과 의미를 불어넣는 물활론적(物活論的) 기법으로 「섬진강 물안개」의 무늬결도 들여다본다.

'순식간에 사라질 저것들이 무슨, 간절한 素望이라고 시를 지을까. 탑을 세울까' 에서 보듯이 시인은 순간에 사라질 물안개의 짧은 삶에서도 소망을 읽고 그 내면의 떨리는 현의 소리를 듣는 귀를 지녔다. 그것이 다름 아닌 시인 자신의 소리이며 소망이며 마음속에 세우는 간절한 탑이며 기원의 표출이기 때문이다.

지금까지 삶의 결을 들여다보는 시인의 표현기법은, 감정을 억제하고 줌 렌즈의 앵글을 들이대어 세밀하게 묘사하여 대상과의 객관적 거리를 유지하고 있지만 시 「신두리 砂丘에서」는 다소 직설적인 어법을 사용하고 있다.

농게들과 해당화의 입을 통해 말하기는 해도 "생은 어차피 짠물이라고" "생은 버석거리는 모래바람이라고" "흔들리며 지나가는 세월에도 상처의 무늬 남는다는 것" 등의 구절에서 불쑥불쑥 드러나는 생에 대한 정의가 보인다. 그리고 마침내 "그래도 생은 아름답다는 것을!" 하고 가장 내면 깊숙이 있는 마음을 드러낸다.

결국 표현의 차이는 있지만 시인이 그의 시 속에서 표현하고자 하는 삶의 결은 '생은 아름답다' 는 것이며 이 아름다운 생의 현현태(顯現態)를 찾아 시인은 언제나 줌 렌즈를 들이대며 자연 속에서, 사물 속에서, 그리고 사람 속에서 그들 내면과 끊임없는 대화를 시도하는 것이다. 그리고 그러한 아름다움의 완성은 결국 '사랑' 에서 찾을 수밖에 없다는 고백을 「불꽃놀이」에서 토로한다. "아, 누가/내 왼쪽 가슴에다 불멸의 꽃 한 송이 꽂아줄 사람 없을까/저문 하늘에 섬광처럼 펼쳐질 별자리 하나 띄워줄 사람 없을까/마른 하늘에 날벼락 같은 그런 사랑 없을까" 결국 삶은 사랑이 있어서 아름다운 것이며, 사랑이 있어야 완성되는 것이며, 우리가 한 생을 다하여 찾아 헤매고 기다리는 것도 결국은 사랑—그 불멸의 꽃 한 송이 얻기 위한 방황과 모색이 아닐까.

그러나 시인은 '섬광 같은' '날벼락 같은' 사랑의 세례에만 머물러 있는 것이 아니고 영혼에 휴식을 주는 여유로움과 편안한 사랑을 「하늘공원」에서 발견한다. "밤에는 별들이 내려와 노숙을 하고 지친 영혼들 쉬어 갈 수 있는, 하늘과 땅 사이, 이승과 저승 사이, 너와 나 사이"에 하늘공원이 있다. 그곳에 가면, 길을 잃고 미아가 되어도 걱정 없이, 손 흔드는 억새풀과 노닐고 "번지 수나 문패가 없는데도 여유롭기만"한 멧새들과 친구가 되어 영혼의 안식을 누릴 수 있는 여유로운 삶의 결을 그려나갈 수 있다.

3. 내면과의 조우와 합일

이춘하의 자신의 내면과의 조우는 먼저 자기성찰에서 이루어진다.

(자기야! 내 빳데리 다됐어, 알아서 해)

그 소리, 순식간에 전염병처럼 퍼져 음지식물의 덩굴손처럼 성큼성큼 자라더니 내 치맛자락을 잡고 지하철을 함께 탄다
마을버스를 갈아타고, 엘리베이터를 타고 올라 현관문을 밀치더니 막무가내로 기어든다

(자기야! 내 빳데리 다됐어, 알아서 해)

체감온도 섭씨 40도의 폭염속에서
내 배터리는 안전할까
이네 배터리는 무사한가
우리 모두의 배터리는?

— 「폭염」 부분

체감온도 섭씨 40도의 한낮 아스팔트 위에서 느닷없이 질러대는 젊은 여자의 비명소리를 듣는 시인은 그 비명소리에 공명하는 자기 내면의 소리를 함께 듣는다. 그것은 '나' 자신에 대한 자기성찰이며 '우리 모두'가 함께 해야 하는 내면 성찰의 의무이기도 하다. 내가 나일 수 있도록 존재의 본질을 지켜 주는 배터리, 나를 살게 하고 존재할 수 있게 힘을 주는 배터리, 자신을 돌아보며 다짐 두게 하는 배터리, 보이지 않는 미래의 길을 흔들리지 않고 걸어갈 수 있게 하는 배터리……

삶에는 누구나 내 존재의 배터리를 점검해 보고 충전시켜야 할 의무가 있는 것이다.

내 몸은 처음에
물결무늬의 한 덩이
얼음이었어라

중심에서부터 완강한 몸짓으로
결빙의 집 지었어라

깃털 푸른 새들
내 등 밟고 떠나갔어라

二月 어느날 어깨너머로
햇살 한줌 찬란한
오후 두세시쯤

쩌엉, 쩡, 쨍그랑
스스로 울었어라
몸 흘러 내렸어라

—「흘러내리는 몸」 전문

「흘러내리는 몸」에 이르면 시인은 스스로 자신의 내면과 만나서 자신을 들여다보고, 나아가 대상과의 합일을 이루어낸다.

처음에 내 몸은 "완강한 몸짓으로/결빙의 집"을 짓고 그 누구의 접근도 허용치 않던 한 덩이 얼음이었다. 그래서 "깃털 푸른 새들"도 함께 마음 나누지 못하고 모두 떠나가 버렸다. 그러나 '햇살 한줌' 찬란하게, 따뜻하게 내 몸을 비춰주는 '오후 두세 시쯤' 내 몸은 스스로 깨어져서 스스로 울며 흘러내렸다. 오후 두세 시쯤이란 인생의 간난신고를 웬만큼 겪어내고 넓어지고 깊어져서 나 자신은 물론이고 나 바깥의 모든 타자를 받아들여 다독이며 껴안을 수 있는 나이를 의미할 것이다. 그래서 배타적이고 오만하고 자부심 강하던 젊은 날의 아상(我相)을 지워버리고 스스로 자기를 비워내어 그 빈자리에 타인을 비롯해 모든 자연과 사물까지도 받아 안을 수 있는 물이 될 수 있는 것이다.

얼음에서 물로 몸이 바뀐다는 것은 본질이 변함없는 상태에서 삶의 태도가 유연해지고 삶에 대한 포용력이 넓어졌다는 의미이다. 그래서 스스로 몸을 낮춰 낮은 데로 흐르며 세상의 모든 아픔과 측은함을 다 포용해 함께 하나로 흐를 수 있게 되는 것이다. 그래서 「二月 주전골」에 이르면 어린 수달과 산천어와 곤줄박이와 오색 딱따구리와, 보이는 것, 존재하는 것 모두와 어울려 하나가 되는 동화와 합일을 이루어 물아일체, 자타불이가 되는 것이다. 이러한 어울림의 경지는 이 시인 첫 시집의 「어우러기의 노래」에 이미 나타나고 있다. '봄의 울림'이라는 천지 자연의 기척을 촉각, 시각, 청각 등 모든 감각을 동원하여 어울려 하나 되는 합일의 경지를 노래한다.

그런가 하면 「후지르 마을에서」에 오면 "알타이 산맥을 맨발로 넘어 온 사람, 태평양을 단숨에 건너 뛴 사람, 지중해 푸른 물빛을 등에 지고 온 사람"들이 모두 시인의 자화상이 된다. 그들 모두 하나가 되어 '생의 남루'를 자작나무 불꽃 속에 태우며 함께 '한여름 밤의 꿈'을 꾼다. 또한

'아티스트 白氏'의 진혼제를 노래하는 「진혼제」에서 시인은 '이승과 저승'이 하나로 만남을 노래한다.

　시인은 이처럼 자기성찰을 통해 자신의 내면과 조우하고 스스로가 물이 되어 자연과의 합일, 사람과의 합일, 이승과 저승과의 합일을 통해 자연과 우주 속에 확장된 자아를 노래하는 우주적 사고를 보여주고 있다.

4. 시로 쓴 시론

　　이월 초순쯤, 몇 번 집터를 둘러보고 가더니 긴 긴 봄날 까치가 집을 짓는다
　　3층 베란다 높이까지 닿아있는 은행나무 중심가지에다 수십번 방향을 틀고 주변경관을 살피더니
　　입으로 나뭇가지를 물어다 요리조리 얹어보고 모양새를 갖추더니
　　사월 중순쯤 드디어 전원풍의 단층집이 윤곽을 드러낸다

　　아버지는 노르스름하게 잘 마른 대나무를 반으로 쪼개어 주춧돌 위 튼튼한 기둥에다 얼기설기 엮어놓고서
　　붉은 황토에다 듬성듬성 볏집을 썰어넣어 찰진 반죽을 만들어서 벽을 세우고 안방, 건너방, 부엌을 만드셨다
　　대나무 뼈가 자라고 황토흙에 살이붙어 일어서던 집 한채….

　　오동나무 햇가지에서 수직으로 떨어지는 비단거미 한마리, 허공에다 아슬아슬 집을 짓는이다
　　그 집에, 하루살이도 걸리고 아침이슬도 매달려서 반짝인다

　　감정의 무게를 최대한 줄여 거미줄에도 걸리지않을 질박한 은유의 집 한 채 짓고싶은 봄날
　　고비사막 저쪽에서 짙은황사 몰려온다는 소식!

—「집짓기」 전문

이춘하는 '시쓰기'를 집짓기에 비유하고 있다. 시인이 원하는 시쓰기는 거미줄에도 걸리지 않게 감정의 무게를 최대한 줄일 것, 은유의 집일 것 등이다. 이러한 자신의 시작 의도를 그냥 드러내지 않고 까치의 집짓기, 아버지의 집짓기, 비단거미의 집짓기를 교직(交織)으로 엮어나가다가 마지막에 슬며시 내보이는 이미지 병치 기법을 사용해 전달력을 높이고 있다. 시인의 이러한 '시로 쓴 시론'은 첫 시집에서도 읽을 수 있다.

> 줌렌즈의 부피를 줄이기 위해서는 키를
> 늘리고, 조리개의 단순성 위에다 노획물을
> 포착시킬 것이며
> 빛의 굴절각을 최대한 차단하면서
> 순수함을 끌어들일 것,
> 오차를 줄이기 위해 흰 색을 준비하고
> 뇌세포의 숨통을 차단하면서 긴장,
> 긴장하라
>
> 빈 하늘에서 눈이라도 내리도록.
>
> ─「순수함을 위하여」 전문

사진 찍기의 과정을 소재로 한 시이지만 시로 쓴 시론이라 할 수 있다. "빈 하늘에서 눈이라도 내리도록" 흰색을 준비하고 최대한 순수함을 끌어들이고 조리개의 단순성 위에다 노획물을 포착시키는 시쓰기의 기법을 제시한다. 지성에 의해 감정을 절제하고 감각적이고 다양한 이미지들을 병치하며, 선입관을 없애고, 주관을 지우고 텅 빈 화면에 보여지는 대로 받아들이는 객관 중심주의와 주지주의 이미지즘 계열의 현대시 기법에 충실한 표현법을 제시하고 있다. 앞에서도 지적했지만 이춘하 시인의 시작품 곳곳에서 이러한 대상과의 객관적 거리 두기와 감정의 절제, 다양한 이미지의 병치와 변용의 기법을 발견할 수 있다.

줌렌즈의 앵글을 채 잠에서 깨어나지도 않은 연잎 위에다 들이댄다
또르르르, 놀란 물방울들이 달아난다
약간은 미안한 마음도 들지만 뒤좇아 다가가 본다
노란 햇살을 받은 연두빛 줄기사이로 숨었는데 불쑥, 갓난아기의 주먹만한
꽃대가 솟아오른다
흔들리는 뿌리까지도 담고 싶었는데 잎사귀가 가리고 있다

저건 바람 부는 날의 연밭이에요, 삭막한 여인의 가슴 같아서 좀 그렇죠?
이 봉오리는 초례청에 선 새색시 같아 그냥 웃음이 나요
연꽃의 일생 중 사리부분이라 할 수 있는 이 작품은 「완성」이란 제목을 붙일
까 해요

하얀 꽃잎이 소복소복 초록 잎사귀에 눈같이 쌓여있다

인도의 선승들은 중심을 먼 곳에다 두지요, 먼 곳에다 앵글을 맞추면 가까운
곳은 저절로 따라오게 되어있어요

우연히 들른 D갤러리서 막 나오려는데
유월의 해질녘에 우포늪에 한 번 가요, 물풀들이 극세밀화를 그리고 있대
요…, 한다
— 「극세밀화 기법으로」 전문

세밀화는 대상을 사진처럼 자세히 그려놓은 그림이다. 그러나 현실을
그대로 담는 사진과는 달리 세밀화는 의도하는 구도나 위치, 구성을 마음
대로 할 수 있는 장점이 있다. 사진은 초점이 있어 시선을 한 곳에 묶어
두지만 세밀화는 한 화면에 여러 개의 중심을 설정할 수 있다. 시인은 이
처럼 의도하는 바 이미지와 생각을 여러 개의 중심에다 분산 배치하여 극
세밀화를 그리면서도 '중심을 먼 곳' 에다 두어 '가까운 곳은 저절로 따라
오' 도록 객관적 상관물(Objective Correlative)을 제시하여 여러 개의 그림을

그려나간다. 갤러리에서 그림 한 점을 감상하면서 자유자재로 상상력을 펼치는 기법이, 인터넷에서 링크된 하이퍼텍스트를 따라가듯 다양한 이미지를 펼치는 하이퍼텍스트시라고도 할 수 있겠다.

시 「겨울 나그네」에서도 이러한 기법을 볼 수 있다. TV 화면을 통해 광고 하나가 지나가고, 광고 둘이 지나가고, 그리고는 가수 '비'의 뉴욕공연이 한창이다. 시인은 아무런 설명 없이 이 세 가지 화면을 보여주고 있다. TV 화면에 비치는 세 가지의 객관적 상관물을 통해 대상과 거리를 두면서, '말하기' 기법이 아니라 '보여주기'의 기법으로 독자가 나름대로 이해하도록 한다. 시인은 시치미를 떼고 있지만 이 모두를 아우르는 열쇠 하나를 숨겨두고 있다. 그것은 바로 제목으로 제시된 「겨울 나그네」 미사곡이다.

시인은 이처럼 자신의 시론을 시로 제시하면서 그 시론에 충실한 시를 창작하고 있다. 그는 많은 작품에서 '감정'을 극도로 절제하고 다양한 객관적 상관물을 제시하여 은유(metaphor)와 우유(allegory)를 사용하고 여러 개의 그림을 '보여주기' 방법으로 제시하면서 이미지들을 병치하여 교직으로 짜고 있다.

5. 나가며

이춘하 시인은 네 번째 시집인 『결』에 와서 형식면은 물론이고 내용과 주제의식면에서 더욱 원숙하고 깊이 있는 시세계를 보여주고 있다. 앞의 시집들에서 선명하고 감각적인 이미지의 회화적 성격이 강한 사물시를 많이 볼 수 있는 데 비해 제4시집 『결』에서는 이러한 사물시에 주제가 녹아들어 관념의 사물화, 형상화가 이루어진 형이상시에 성공하고 있다. 그것은 시인이 언어와 형식면의 절차탁마에 더하여 삶의 결, 삶의 비의를 읽어낼 수 있는 심안과 여유를 얻고 있기에 가능한 것이다.

시인은 이러한 웅숭깊은 심안으로 아름다운 삶의 결을 읽어내고, 자신의 내면과 조우하며, 자연과 사물과 사람과의 합일, 이승과 저승과의 합일을 통해 자연과 우주 속에 확장된 자아를 노래하는 우주적 사고를 보여주고 있다.

또한 스스로 '시로 쓴 시론'을 제시하면서 그 시론에 충실한 표현법과 주제의식으로 끊임없이 자신의 시세계를 확장시켜 가고 있다.

자기 초월의 세계·체험의 시학

— 정정남의 시세계

1. 들어가며

시쓰기가 결국은 '시인의 자기 삶에 대한 성찰이며 본질적 자아와의 만남'이라고 할 때 체험에서 우러나온 시는 가장 정직한 자기 고백이며 자기 삶의 증언이라 할 수 있다. 시인의 자아와의 만남, 그 과정에서 하는 자아와의 대화—나직한 목소리의 그 대화를 엿듣는 것이 우리 독자의 시 읽기라고 한다면 우리는 이 한 권의 시집에서 자신에게 주어진 삶을 성실하고 겸허하게, 불평하거나 비교하지 않고 전력을 다해 살아내고자 하는 정정남 시인의 우직하기까지 한 삶의 자세와, 체험이 시화된 결정을 만나게 된다.

정정남은 시작에 있어서 현학적인 어휘를 나열하거나 말을 비비 꼬거나 엉뚱한 수사에 얽매이는 등의 기교를 부리지 않고 진솔하고 직정적인 언어로 정직한 자기 감정을 토로하고 있다. 이순이 넘는 한평생을 옆길 한 번 돌아보지 않고 비가 오나 눈이 오나 오로지 운전대를 잡고 외길만을 달려온 시인의 삶 자체에서 우러나는 체험의 시학이기 때문이다.

2. 실존의 자각과 정면대결

시인의 업은 운전기사이다. 그가 운전하는 차는 시내버스가 되기도 하고 택시가 되기도 하지만 많이는 고개를 넘고 들녘을 달리며 아슬아슬한 곡예까지 겪어야 하는 서울~강릉 간, 또는 서울~속초 간 고속버스이다.

바람에 눈길이 다 녹았어도
저 고개는 아직도 빙판이다.

저 고개를 섣불리 대하다간
가고 싶은 대로 가지 못하고
서고 싶을 때 서지 못한다.
빙판길 눈에 나면
낭떠러지로 밀려난다.

나는 저 고개를
엉금엉금 기어서 넘어왔다.
승객을 가득 태우고
멀리 식솔들을 매달고
눈 한 번 치드지 못하고
무릎 꿇고 기듯이 넘어왔다.

얼어붙은 고개 아래서
이기는 것이 싫은 차들이
기어갈 줄 모르는 차들이
되돌아간다.
한 줌의 모래를 부리는 일이
귀찮은 차들은 되돌아간다.
모두 돌아서 버린

저 고개는 길이 아니구나.

—「저 고개는 길이 아니구나」[1] 전문

흔히들 삶을 고개 넘기에 비유한다. 그러나 삶의 고개를 넘는 데에도 나름대로 취하는 방법이 다 다를 것이다. 어떤 이는 넘기도 전에 아예 포기해 버리고 어떤 이는 약삭빠르게 쉽게 넘는 길을 택하고 또 어떤 이는 남의 길을 가로채서 제 것인 양 버티기도 하고……. 그러나 이 시의 화자는 고개와 정면 대결한다. 특히 그의 앞에 놓인 고개는 '봄바람에 눈길이 다 녹았어도' 즉 다른 사람들에겐 부드럽고 따뜻한 봄빛이 가득한 삶의 길이어도, 그에겐 아직도 빙판길인 험준한 시련의 길이다. 섣불리 대하다간 낭떠러지로 밀려나는 극한과 대치하는 길이다.

화자는 이러한 고개를 대하면서 자신의 등 뒤에 매달린 승객들과, 식솔들을 생각하며 '무릎 꿇고 기듯이' 고개를 넘는 것이다.

자신에게 주어진 삶을 겸허히 받아들이고 신 앞에, 우주의 섭리 앞에 겸손히 고개 숙이며 비록 고통과 고뇌에 가득 찬 삶이지만 온몸으로 맞대결하는 강인함과 의지가 표출된 시이다. 그의 삶에 대한 진지성에는 등 뒤에 매달린 많은 사람들에 대한 사명감도 포함되어 있다. 또한 '기는 것이 싫은 차들' '기어갈 줄 모르는 차들' '한 줌의 모래를 뿌리는 일이 귀찮은 차들'을 제시하여 삶에 대한 진지성과 성실성을 상실하고 삶을 한낱 유희로 알고 허비하는 현대인들을 고발하고 질책한다.

그러나 이처럼 긴장 속에서 삶과 정면대결하고 성실히 노력하는 시인일지라도 때로는 한계상황 속에서의 탈출과 일탈을 꿈꾸고 자유를 갈망하는 영혼의 소리를 외면할 수가 없다.

---

1 정정남, 『백미러 속의 무지개』, 도서출판 다층, 2002. 이하에서 인용시는 모두 같은 시집에서 인용함.

가야 한다 그곳까지
내가 몰고 가는 고속버스
바람을 밀치고 나아간다.
이마는 사납다 속력은 붙고
하루살이떼를 사정없이 들이 받는다.
(중략)
아스팔트에 피를 뭉개며
내가 가는 이 길을
벗어날까
벗어날까
야광말뚝이 가둔다
가드레일이 가둔다
중앙선이 가둔다
차선이 가둔다
승객은 차 안에 갇히고
나는 운전대에 갇히고

                                        ─「강릉 가는 길」부분

한 송이 흰 구름으로
미끄러지듯 춤을 추듯
훨훨 산을 넘고 들을 지나면
칡넝쿨처럼 얽힌 삶의 마디마디가
차창밖에 서성이다 사라진다.
(중략)
혈색 좋은 대관령 소나무 걸터앉아
손짓하는 흰 구름에 눈짓을 주고
강릉 지나 속초 가는 길
거침없이 넓고 푸른 바다
지정속도, 지정차선이 없는 바다
저 앞에서 빛나고 있다.

                                        ─「영동고속도로」부분

인간 존재는 지금 여기에 던져진—피투(被投)된— 존재이다. 그 존재가 가지는 상황과의 조우는 자기 의지나 자기 선택에 의한 것이 아니라 필연적으로 주어지는 것일 뿐이다. 자아존재인 실존은 단지 그 주어진 상황에 적응하면서 주체적으로 자기를 형성시켜 나가야 한다. 실존철학자 K. 야스퍼스(Karl Jaspers)에 의하면 실존으로서의 인간은 항상 한계상황 속에 놓여 있다. 한계상황은 아무래도 면할 수 없는, 또는 변화시킬 수 없는 상황이다. 그것은 이율배반의 성격을 가지며 유한자가 절대자에 관여하는 모습으로 나타나고 고통으로 나타나는 절대적인 극한으로서의 상황이다. 실존은 이러한 상황에서 벗어날 수 없음을 깨닫고 이 속으로 뛰어 들어감으로써 깊이 해명된다. 이 '한계상황'에서 모든 존재는 어떤 상황 속에 필연적으로 놓여져 있다는 사실을 절실히 깨닫게 된다.

　시적 화자는 시 「강릉 가는 길」에서 객관적 존재인 '세계' 즉 상황 속에 놓여 있는 자기실존을 고통스럽게 인식한다. 야광말뚝이 가두고, 가드레일이 가두고, 중앙선이 가두고, 차선이 가두는 갇힌 울타리, 벗어날 수 없는 한계상황 속에서 화자는 어떤 일이 있어도 "가야 한다, 그곳까지"라고 자신에게 다짐하여 상황과 정면대결의 결의를 다진다. 그가 느끼는 상황에의 구속감, 소외감은 벗어날 수 없는 운명적인 것이며 그가 만약 그 상황에서 조금이라도 벗어나고자 하거나 실수하여 한눈이라도 팔게 되면 "낭떠러지로 밀려"나는(「저 고개는 길이 아니구나」) 피할 수 없는 운명인 것이다. 화자의 실존이 느끼는 이러한 극한상황의 구속감은 화자 혼자만의 것이 아니고 차 안에 갇힌 '승객'으로 대표되는 현대인의 구속감과 소외감, 인간소외를 함께 제시하고 있다. 그러나 화자는 이처럼 구속감 속에서 고통스럽게만 삶을 인식하는 것이 아니라 실존의 한계상황을 자각함과 동시에 자신의 존재의식을 변혁함으로써 자기실존을 각성하는 계기로 삼고 있다.

　시 「강릉 가는 길」에서 "벗어날까/벗어날까"는 애매성(ambiguity)을 가진 시어로서 다의성을 지니고 있다.

즉 시적 화자가 처한 상황 자체가 그를 '행여나 벗어날까봐' 염려하여 가두고, 가두고, 가둔다는 의미가 그 하나이고 다른 하나는 시적 화자의 마음속에서 일어나는 '벗어날까, 벗어나 볼까' 하는 약한 의도와 변혁에의 모반이 그 두 번째 의미이다. 이 의도된 의미는 시 「영동고속도로」에 와서는 "칡넝쿨처럼 얽힌 삶이/차창밖에 서성이다" 순간에 사라져서 더 이상 그를 구속할 수 없도록 만든다. 그리하여 화자는 저 앞에서 빛나고 있는 "거침없이 넓고 푸른/지정속도, 지정차선이 없는 바다"를 향해 "한 송이 흰 구름으로/미끄러지듯 춤을 추듯" 산과 들을 훨훨 넘어 다니는 구속으로부터의 탈출과 해방을 누리게 되는 것이다. 시인이 처한 현실적인 상황은 구속과 억압과 소외로 가득 찬 한계를 벗어날 수 없는 극한상황이지만, 시인은 그러한 상황에 굴복하지 않고 한계상황을 인식함과 동시에 자기 자신을 초월하여 자기 영혼이 갈망하는 자유롭고 넓은 세계를 스스로에게 허여하고 세계와의 화해를 꾀하게 된다. 즉 시인은 실존의 한계상황이 주는 고통을 통해 실존을 자각하고 각성하게 되며 초월에의 지반을 얻게 되는 것이다. 그리하여 세계와의 화해와 조화를 누리는 시인의 눈에 비친 사계의 모습은 환희와 희망에 가득 차 있다.

산맥을 다 넘어온
5월은
골짜기
산봉우리
가득가득 퍼부어 지는
초록빛 햇살

온종일을
숨 가쁘게 뻗어나는 잎새들
저희들도 모르게

입김 자욱히 피어오른 계곡

바위 벼랑 등나무꽃
어느 빈 가슴을
기다리나
마른 벼랑 넘치는
보랏빛 송이송이

오늘을 지우랴
차마 지우랴
서산 지평선에
저 혼자서
속 태우는 붉은 햇덩이

—「소사고개」 전문

대관령의 봄은
가막골서부터 밀어 올린다

무릎 푹푹 빠지는 눈더미 속
작은 짐승들은 꼼짝 못하는
골짜기마다 위엄이 가득 찬 대관령
제 가슴 활짝 열어
봄을 맞아들이는 게 아니라
가막골
얼음장 밑을 흐르는 물소리가
후미진 개울가 버들강아지
산기슭 무너진 터 양지바른 곳
난쟁이 대나무 풋색깔이
조금씩 봄을 밀어 올린다
마침내 대관령을 밀어 올린다

—「대관령」 전문

시 「소사고개」에 묘사되는 세계는 "초록빛 햇살" "숨이 가쁘게 뻗어나는 잎새들" "마른 벼랑 넘치는/보라빛 송이송이" "붉은 햇덩이" 등의 시어를 통해 숨 가쁜 환희와 희망과 생명성으로 가득 차 있다.

시 「대관령」에서도 화자는 어김없이 순환하는, 거역 못할 자연의 섭리 앞에서 봄맞이를 하고 있다. 화자가 인식하는 대관령의 봄은 초월자의 보이지 않는 손길을 느끼게 하는 봄이다. 그것은 신이라 해도 좋고 조물주라 해도 좋고, 우주의, 자연의 섭리라 해도 좋은 거대한 초월자의 힘이다.

가막골서부터 조금씩 조금씩 봄을 밀어 올려 마침내 "골짜기마다 위엄이 가득 찬 대관령"까지 봄을 밀어 올리는 보이지 않는 섭리를 화자는 감지한다. 시 「소사고개」의 "골짜기/산봉우리/가득가득 퍼부어지는/초록빛 햇살" "저희들도 모르게/입김 자욱히 피어오른 계곡" "저 혼자서/속 태우는/붉은 햇덩이" 등에서 이미 예감되었던 초월자와의 만남이 「대관령」에 와서는 본격적으로 세계와 화해하고 조화를 꾀하는 시인의 긍정과 수용의 미학으로 표출되는 것이다.

3. 사회고발과 알레고리

정정남의 사회고발과 현실비판의식은 「쥐」 「개구리」 「분재」 등의 시에서 알레고리의 기법을 취하고 있다.

> 너는 층계로 다니지 않는다
> 내가 한 발 한 발 힘 들여 올라가는 동안
> 담벼락을 넘어서
> 단숨에 천장까지 올라가
> 내 꿈을 갉아먹는다
> (중략)
> 고속도로에서도 너는

내 앞길을 휘젓는다
비상등을 껌뻑이며
황색 차선을 넘나드는 쥐
안테나를 한두 개씩 달고
꽁무니에 번쩍이는 이름표를 붙였다
〈BENCH〉 〈MERCURY〉 〈B.M.W〉
제한 속도에 갇혀 안간힘 쓰는 나를 비웃으며
살찐 쥐들이 유유히 달려가는 뒤에서
내 꿈은 자꾸 야위어 간다.

—「쥐」 부분

한 발 한 발 힘들여 층계를 올라가는 화자의 앞에서 '쥐'로 비유되는 타자는 "담벼락을 넘어서/단숨에 천장까지 올라가"기도 하고 고속도로 에서도 "황색 차선을 넘나"들며 제한속도에 갇힌 내 꿈을 비웃으며 유유 히 달려가기도 한다. 즉 '쥐'라는 구체적 심상 뒤에 물질만능주의, 물신 주의에 젖어 타인에 대한 배려나 예의는 물론이고 가치관과 인생관조차 상실한 채 오로지 자신의 욕망만을 향해 과속으로 달려가는 가진 자들의 횡포와 무절제에 대한 고발과 비판의 추상적 의미, 확장된 비유가 함축되 어 있는 것이다. "화려한 궁전 어느 방" "수수께끼 같은 발자국을/조간신 문에 찍어 놓는다" 등에서 특수계층의 행태에 대한 비판의식과 더불어 그것을 묵인하고 정당화시키는 사회적 관용, 강자에게는 규범이나 법까 지도 무용지물이 되는 현대 한국 사회를 비판하는 알레고리기법의 시라 고 할 수 있다.

뛰어들지 마
요 개구리들아
내 앞에서 기를 쓰고 뛰어 봤자
고속버스를 업을 뿐이야

이 몸에 적당한 수놈을 업어야지

무거운 바퀴를 업어서

뒷다리를 죽 뻗은 채 엎어진 놈 자빠진 놈

살아온 흔적도 없이 박살난 놈들이

즐비하게 널렸어

아슬아슬 바켜가기도 힘들어

빗길에 차가 휘청거려

너희가 바퀴 밑에 깔릴 때면

온몸의 마디마디가 시큰거려

짝을 찾으려면 논배미로 가야지

봄비 스며드는 흙에서 살아야지

흙의 세상은 부드럽잖아

삶의 새싹이 끊임없이 솟아오르잖아

풀 한 포기 꽃 한 송이 살 수 없는 길바닥에

어쩌자고 자꾸 기어 나와

약삭빠르지도

남을 깔아뭉개지도 못하면서

아스팔트 맛도 모르는 요놈들아

—「개구리」 전문

시 「개구리」는 고속버스를 운전하는 화자가 빗길 아스팔트로 뛰어드는 개구리들에게 하는 이야기로 구성되어 있다.

"풀 한 포기 꽃 한 송이 살 수 없는 길바닥에" "뛰어들지 마/요 개구리들아" 하고 가벼운 어투로 시작하고 있지만 "너희가 바퀴 밑에 깔릴 때면/온 몸의 마디마디가 시큰"거리고 빗길에 차가 휘청거릴 정도로 아슬아슬 비켜가려고 애쓰는 생명에 대한 외경심과 자연에 대한 사랑이 깔려 있다. 또한 "네 몸에 적당한 수놈을 업어야지" "내 앞에서 기를 쓰고 뛰어봤자/고속버스를 업을 뿐이야" "짝을 찾으려면 논배미로 가야지" 등의 시구를 통해 방향감각을 잃고 더듬이를 상실한 채 안일에 젖은 삶, 헛된 욕망과 과장된 제스처로 표류하는 현대인에게 경종을 울리면서 소극적이지만 방향을 제시하기도 한다. "봄비 스며드는 흙에서 살아야지/흙의 세상은 부드럽잖아/삶의 새싹이 끊임없이 솟아오르잖아" 등의 시구로 자연을 떠난 도시인, 생명의 원천이며 뿌리이며 영원한 고향인 흙을 떠나 방황하고 부유하는 현대인에게 모성회귀의 심상을 제시하고 있다.

시 「여름운행일지」의 "마을의 집들은/헐벗은 백성처럼 엎드려 있고/폐광을 버려두고 물길은 제 갈 길만 간다" 등에서 역시 시인의 사회의식, 현실인식을 읽을 수 있다. 「내 작은 풀밭은」에서는 "살아있는 곰의 쓸개물을 빼내려고/유인하는 먹이"인 달의 유혹에 빠져 "나도 모르게 도둑맞은/나의 쓸개물"의 이미지로 현실에 적응하여 적당히 안주하고 살아가는 의식 없는 현대인의 비애를 표출하고 있다. 또한 「분재」에서도 '가위를 쥔 사나이'로 표상되는 타자에 의해 '뿌리 잘린 분재', '새로 돋는 나의 생각마저' 잘려지는 분재의 삶을 제시하여 지정된 화분, 지정차선, 지정속도 속에 갇혀 "숨막히게 쏟아지는/벽시계소리"로 사유의 능력마저 잃어버린 '뜨거운 돌멩이'로 굳어가는 현대인의 비애와 고통을 대변하고 있다. 이러한 현실인식의 시는 비단 화자에게만 국한된 것이 아니라 현대를 살아가는 인류 전체의 보편적 문제로 인식되는 것이다. N. 프라이(Northrop Frye)에 의하면 '시는 한없는 사회행위와 한없는 인간사고의 모방으로서, 개별적인 존재이면서도 동시에 인간 전체가 되는 한 사람의 정신의 모방'이기 때문이다. 이처럼 개인의 의식이 사회의식과 민족의식으로 확산되는 시로 「반쪽 달」이 있다.

> 금강산까지 달려가지 못하는 영동고속도로
> 누런 금테의 중앙선이 갈라놓은
> 반쪽 길을
> 나는 또 반을 가르며 달린다

누가 떼어 갔는지
반쪽만 남은 달

전선주 옆을 지날 때마다
번쩍이는 전깃줄이
바람을 쇠톱질 하고 있다.

— 「반쪽 달」 전문

화자는 영동고속도로를 달리면서 금강산까지 달려가지 못함을 아프게 인식한다. 그와 더불어 완전하고 충만하지 못한 자기 삶을 '반쪽 달'로 인식하면서 또한 반쪽 시대, 반쪽 민족의 이미지를 제시한다. '반쪽 달'의 그 반쪽은 "누가 떼어 갔는지" 전혀 본인의 의지가 아닌 타자의 의도대로 삶을 살고 있는 민족의 슬픈 현실을 함께 제시한다. 아울러 타자, 즉 강자로 표상되는 "번쩍이는 전깃줄"의 쇠톱질로 '바람'도 반쪽으로 살아가는―지금도 진행 중인 반쪽의 현실을 통해 사회의식과 민족의식을 표출하고 있다.

4. 상실성과 회복 열망

정정남의 시에는 또한 고향 상실의 아픔이 형상화되어 있다.

시는 대상에 대한 지극한 사랑에서 출발한다. 똑같은 대상을 바라보아도 사랑이 없는 눈으로 보면 그냥 무심히 지나칠 뿐이고 사랑의 눈으로 바라보면 대상을 이해하게 되고 서로 대화하게 되고 교감을 나누게 되며 드디어는 대상과 합일의 경지에 이르게 되어 내밀한 목소리까지 듣게 되는 것이다. 그리하여 대상의 핏줄 속에 흐르는 진한 감동의 목소리를 대신 말해야 하는 사명감으로 시인은 입 다물고 있을 수 없게 된다.

정정남의 시에서는 이러한 대상과의 사랑 나눔, 교합, 다시 말하면 동일시 현상을 읽을 수 있다. 즉 상실된 것에 대한 고통을 넘어서서 상실성을 회복하고자 하는 시인의 열망과 고통이 표출되어 있다.

> 아버지는 고향에 뿌리 깊이 내리려고
> 강남구 압구정동이 되기 전부터
> 성동구 압구정동이 되기 전부터
> 온 동네 농사일로
> 밭고랑 논배미 마다
> 손길 안 닿은 곳 있었더냐
> 새로 생기는 묘지마다
> 다독이지 않은 잔디 어디 있더냐
> (중략)
> 밀어대고 밀어내는 현대아파트에
> 아버지의 뿌리는 송두리째 뽑히었고
> 사라진 고향은
> 아버지 주름살에 뿌리를 박았다
>
> 무지개 개울에 살던 물고기들
> 압구정 앞구녕 뒤구녕
> 뱉어 내는 구정물에 밀려 고향을 떠났어도
> 한강 가에 앉아 나는
> 쫓겨난 고향을 향해
> 힘껏 낚시줄을 던진다.

— 「성수대교 2」 부분

시인은 광주군 언주면 압구정리 시절부터 그곳에 뿌리내리고 살아온 토박이 농부의 아들이다.

화자의 아버지는 '말만 들어도 등뼈 시큰대는 왜정 때부터' 길 닦기, 야경돌기, 나무심기, 온 동네 농사일은 물론이고 새로 생기는 이웃의 묘지까지 사랑으로 잔디를 가꾸고 다독이며 고향에 뿌리내리고 살아온 선량한 이 땅의 농부이다. 그런데 어느 해부터인가 개발이라는 미명 아래 현대화, 도시화의 폭력 아래 농지는 밀려서 거대한 아파트촌이 되고, 고추, 상추, 쑥갓이 자라고 비온 뒤의 오이가 싱싱한 생기를 뿜어내던 텃밭은 아스팔트 아래 깔려 신음하는 죽은 땅이 되었다.

고향은 뿌리째 뽑히고 대대로 살아오던 농부들은 농사지을 땅을 잃고 유랑하는 실향민이 되었다. 그러나 아버지에게 있어 고향은 사라져 버린 것이 아니라 "주름살에 뿌리"를 박아 아버지와 나눌 수 없는 하나가 되었다. 아버지의 아들인 시적 화자 또한 상실된 고향을 회복하고자, 회복하여 동일성을 획득하고자 한강 가에 앉아 낚싯줄을 힘껏 던진다. 이것은 "앞구녕 뒤구녕/뱉어내는 구정물에 밀려" 떠난 고향이지만 한강 가에 앉아 오염된 고향, 즉 현대 사회를 향해 낚시를 던져서라도, 혼자의 미약한 힘으로라도 정화시키고자, 되찾고자 하는 열망의 행위이다.

<blockquote>

내 고향에 살던 나무들이
다시는
발붙이지 못하는 시멘트 강둑
강물은 지느러미 잘린 늙은 고래처럼 누워있다

압구정 샛강일적엔
구릿빛 팔뚝을 휘저으며 뗏목들 흘러내리고
강가에 오이 꼬챙이랑 장작이랑 다 부려놓고
눈부신 돛폭이 부풀어
맑은 물 차르르 가르며 차오르던 돛단배

강 건너 금호동 철길에
검은 연기 흰 연기 힘차게 내뿜는 기차
이 그림자 강물에 거꾸로 잠겨서 달릴 때

</blockquote>

우리도 따라서 달리던 모래섬 백사장
그것들은 모두 멸종되고

쓸쓸한 가을 빗방울같이
이제 내가 흙 속으로 스며들면
발버둥도 못치고 아파트 밑에 묻혀버린
추억 속에만 살아있던 고향도 멸종되려나……

— 「성수대교 5」 전문

녹슨 닻 하나 교각에 박혀있다

한여름 밤 바람 살랑거리는 모래사장
또래 또래 앉아서 날 새는 줄 모르고
고향을 키워가는 얘기꽃들이
새벽녘 참게 발자국으로 이어지고
낮이면 모래사장에 무수히
물새 귀여운 발자국으로 찍혀 나가며
풀섶에 새끼물새 솜털 자라듯
뿌리에 또 뿌리가 내리던 고향은
어디를 휘돌아 다녀도
중심을 잡아주던 내 닻이었다

— 「성수대교 4」 부분

　「성수대교 5」에서 시인은 현대화, 도시화의 거대한 위력 앞에 밀려나고 멸종되는 생명성의 상실에 대해 우려하고 있다. 화자에게 고향의 상실은 곧 현대인의 생명성의 상실이다. 시멘트로 차단된 강둑은 나무가 살지 못하는, 즉 생명이 깃들여 자라지 못하는 불모의 땅이며, "발버둥도 못치고 아파트 밑에 묻혀버린" 고향흙도 불모의 땅이다. 시인에게 아파트는 "앞구녕 뒷구녕"으로 구정물이나 쏟아내는 소비의 상징이며 농촌과 흙 즉 옛날의 고향은 생명을 길러내는 생산의 상징이다. 생명을 기르지 못하는 시멘트 강둑 아래 "강물은 지느러미 잘린 늙은 고래처럼" 누워서 죽음의 강이 되어 있으며 모래섬 백사장을 달리던 아이들도 멸종된 고향에서, 이제 추억을 간직한 화자마저 "흙 속으로 스며들면" 차세대는 완전한 상실과 단절의 세대가 되는 것이다. 2연과 3연의 동화적인 아름다움, 순박한 아이들의 생동감 있는 이미지와 대비되어 1연과 4연의 생명성 상실이 더욱 강조되고 있는 작품이다.

시 「성수대교 4」도 고향 상실과 떠돌이의 삶, 부유하는 삶을 주제로 하고 있다. 고향에 뿌리 내리고 살던 무렵의 화자는 비록 몸은 "어디를 휘돌아 다녀도" 닻으로서의 고향이 중심을 잡아 주었다. 그러나 고향을 상실하고 고향에서 추방당한 화자는 닻줄이 끊어진 채 "한없이 떠내려"가며 "물 위에 기름처럼" 부유하는 삶을 살고 있다. 이때의 화자는 고향 상실의 아픔으로 새로운 땅에 뿌리내리지 못하는 현대인의 아픔을 대변하고 있다.

시 「성수대교 1」에서는 상실된 유년시절의 추억과 함께 시대의 아픔이 묘사되어 있다. 6·25 전쟁 이후 궁핍이 극에 달했던 시절, 아이들은 딱꿍 총, 엠원 총 탄피를 주워 굶주린 강아지처럼 엿장수에게 내달리기도 하고 '씨레이션 빈 깡통' 뒤지는 혀끝에 "물새알 개구리 뒷다리 맛이/초코렛 부스러기에" 밀려나 서양의 쓰레기 문화에 오염돼 가고 있었다. 또한 털북숭이 미군의 굵은 팔에 끌려 "트럭에 기어오르는" 양공주를 제시하여 성의 매매를 통해 문란하고 타락해가는 사회를 고발하면서 연민의 시선을 던지고 있다.

시 「골목길」에서는 '흙의 숨소리 멈춘 길'에서 생명성의 상실을 노래하는 한편 복잡하고 바쁘게 살아가면서 방향감각을 상실한 현대인의 삶을 알레고리화하고 있다.

「고향의 4월」 「모시적삼」 「어머니와 굿마당」 등의 시에서도 역시 잃어

버린 유년을 그리워하면서 '어머니의 한→조선 여인의 한→대대로 살다
가 가신 님들의 한'으로 확장되는 민족의 한을 '진달래' 꽃에서 감지하는
감동을 얻고 있다. 시인의 이러한 생명 상실, 고향 상실의 시정신은 한 시
대의 아픔을 그대로 대변하고 있다.

시인이 살아온 60~70년대 개발붐을 타고 상실한 고향, 고유의 근원적
인 것, 실체적인 것의 상실은 그대로 우리 민족의 아픔이며 나아가 인류
전체의 아픔이며 상실에 다름 아니다. 그러므로 시인은 개인적인 언어이
면서 동시에 보편적인 창조적 언어를 통해 시대를 고발하고 나아가 상실
된 것의 회복을 지향하고자 하는 것이다.

5. 비애와 그리움

제3부는 아내에 대한 회상으로 채워져 있다.

시인은 암이라는 불치의 병으로 아내를 먼저 떠나보내는 아픈 체험을
한 것으로 보인다.

"당신의 쓸쓸한 발자국 위로/무겁게 막은 내려지고"(「뽕나무 버섯」) 또
는 "한 세상 단 한 번/쾅쾅 다져진 당신의 무덤/새봄이 와도/다시 열릴 줄
모르고"(「금잉어」) 등의 시구를 통해 세상 떠난 아내를 아프게 그리워하
면서 "빛 고운 한복/눈물겹도록 어울리던 옷맵시"(「금잉어」), "큰 맨발이
/더 사랑스러운/짧은 봄날 같았던/아내"(「자목련 지는 날」) 등의 이미지를
통해 아내의 고운 자태, 사랑스러운 모습을 회상하고 있다. 아내의 병 앞
에서 화자는 "넘어갈 듯 넘어갈 듯/빌딩 위에 기대선 반달의 흰 옷자락을"
(「아내가 입원하던 날」) 한없이 잡아당겨 보고 매달려도 보지만, 결국 아내
는 죽어서 '새'가 되어 화자를 불러본다.(「새가 된 아내」) 그러나 그 소리
알아듣지 못하고 이승에 남아 인간의 한계에 갇혀 있는 화자에게 회상되
는 아내와의 한 생애는 비애와 그리움으로 찢어질 듯한 날들일 뿐이다.

가막골 노란 개동백 위에
종일토록 함박눈 쌓이는 자리
당신과 살았던 날들이 자꾸 피어난다

잔디 덜 어우러진 무덤에도
하얗게 눈이 덮였으리
봄꽃 한 송이 놓아주지 못하고

고속버스 쉽게 넘던 고갯길
빙판을 기다가 섰다가 해는 지고
지는 해는 소나무 초록빛을 다 데려가고
남은 것은 당신의 흑백사진뿐

우리의 보금자리 짊어지고
휘어지던 당신의 어깨처럼
대관령 늙은 소나무가지
찢어질 듯 찢어질 듯

—「봄눈」 전문

    시인의 아내도 여느 한국 서민의 아내들처럼, 가난한 살림살이 알뜰히
꾸려가며 아이들 건사하랴 남편 내조하랴 자신을 돌아보지 못하는 세월
속에 잔주름 곱게 지는 중년을 맞았으리라. 시인도 또한 여느 한국의 남
편들처럼, 애정표시 한 번 제대로 못하고, 그저 묵묵히 마음속에서 고마
워하면서 허리 펴고 옛말 하며 다정히 지내는 날 있으리라 먼 훗날을 기
약하며 살았으리라. 그러나 그날까지 기다려주지 못한 야속한 아내 앞에
화자는 오늘도 고속버스 핸들을 잡고 "봄꽃 한 송이 놓아주지 못"한 아내
의 새 무덤을 생각한다. 대관령 늙은 소나무 흰 눈을 이고 찢어질 듯 휘어
진 가지를 보며 "휘어지던 당신의 어깨"를 회상하며 속울음 울고 있다.
때로는 "내게서 점점 멀리/강물로/바다로"(「얼굴」) 아내를 떠나보내 보기

도 하지만 그것도 잠시이고 "당신의 아침바다/나도 홀랑 뛰어든다"(「아침해변」)에서는 몸은 비록 떠나도 언제나 함께 하는 영혼의 이미지를 제시하고 있다. 겪어보지 않고는 이해하기 힘든 아픈 체험을 격한 감정을 노출시키지 않고 금잉어, 자목련, 짧은 봄날, 대관령 소나무 가지 등의 객관상관물을 통해 비유적 이미지를 제시하여 감동적인 시적 성취를 획득하고 있다.

시집의 4, 5부에서는 자연과 사물과의 조화, 화해를 통해 자아의 본질을 탐구하고 있다.

시 「봉은사 1」 「봉은사 2」에서는 진달래, 참새, 소쩍새 등의 자연상관물을 통해 잃어버린 자아의 소리를 들으며 자아의 본질에 대해 자각하고 본질을 추구한다. 또한 「신안 앞바다 1」 「신안 앞바다 2」에서는 스스로 자기를 구속하고 억압했던 자아의 구속으로부터 자유를 획득하고 세상과 화해하는 방법을 터득하고 실천하고자 하는 의지가 용해되어 있다.

"흘러가버린 반평생"(「허리 아픈 날」)에 대한 회한과 자각을 통해 새로운 삶에의 의지와 실존적 결단을 촉구하는 「안면신경마비」, 의성어 사용이 빼어난 시 「통방아」에서는 "채우면 비우고/비우면 채우고" 조상 대대로 이어 오는 경건한 삶의 섭리를 익힌다.

자기 삶의 성찰을 통해 성숙과 충일을 희구하는 「산골」 등의 작품에는 삶을 대하는 시인의 겸허와 실천의지가 잘 용해되어 있다. 「달개비꽃」 「목화꽃」 「철쭉」 「속사고개 아카시아」 등에서도 자연과 합일하는 휴머니즘 정신을 읽을 수 있다.

6. 나가며

이상에서 살펴본 정정남 시인의 작품세계는 대체로 삶의 체험을 시화한 것들이 많다.

지정차선과 제한속도에 항상 구속당하는 한계상황 속에 놓여 있는 직업인, 생활인으로서의 시인의 삶, 또한 현대화, 기계화, 도시화에 땅은 남아 있되 본질이 변해 버리고 생명성을 상실한, 그래서 볼 때마다 더 가슴 아픈 고향 상실의 체험, 가족과의 사별을 겪은 특수한 아픔 등을 정 시인은 격한 감정을 노출하지 않고 담담하게 형상화하고 있다. 시인은 '오늘, 여기'라는 한계상황 속에 던져진 존재로서 상황 속의 구속감과 소외감을 고통스럽게 인식하여 현대인의 인간소외문제를 제기한다. 또한 시인은 한계상황과 정면 대결하여 자아실존의 본질과 조우하고 본질을 자각함과 동시에 자신의 존재의식을 변혁하여 영혼이 갈망하는 자유롭고 초월적인 만남으로 이어지는 새로운 삶의 단계를 절제된 시편들 속에 표출해 놓고 있다.

시인이 제시하는 생명 상실, 고향 상실의 시정신은 시인이 살아온 한 시대의 아픔을 보편화시켜 표현하고 있다. 60~70년대 개발붐을 타고 현대화라는 미명 아래 자행된 고향 상실, 생명성의 상실, 고유의 근원적인 것, 실체적인 것의 상실은 그대로 우리 민족의 아픔이며 나아가 인류 전체의 아픔이며 상실에 다름 아니다. 그러므로 시인은 개인적인 언어이며 동시에 보편적인 창조적 언어를 통해 시대를 고발하고 나아가 상실된 것의 회복을 지향하고자 하는 것이다.

생명 존중, 생태계의 보존이 문학의 중요 과제로서 인간이 자연의 일부가 되고 자연과 합일하는 진정한 휴머니즘 정신이 필요한 21세기 벽두에 상실된 흙의 생명성을 회복하고 조화로운 세계와의 화해를 노래하는 정 시인의 시세계는 많은 이들의 가슴을 울리게 될 것이다.

사회의식과 미래지향적 시세계
― 권희자의 시세계

1. 들어가며

모든 예술은 가치 있는 체험을 각각 나름의 매재를 변용하여 표현하는 결과물이다. 문학, 그중에서도 시는 가치 있는 체험을 언어라는 매재로 변용하여 이미지와 운율을 통해 표현하는 창작물이다.

체험에도 여러 가지가 있어 직접 체험, 간접 체험뿐만 아니라 추체험, 선험(先驗) 등이 모두 시의 오브제(objet)가 될 수 있다. 권희자 시인의 시세계는 다양한 체험이 각각 다른 언어의 옷을 입고 형상화되어 있다. 물론 시인이 시의 오브제로 삼는 것은 경험한 것을 그대로 지식이나 감동의 재료로 삼는 경험주의에 입각한 것이 아니고, 인간이 본래부터 지닌 선험적 이성을 중시하는 합리주의, 선험주의적인 것으로서 임마누엘 칸트(Immanuel Kant, 1724~1804)가 『순수이성비판』에서 도입한 '코페르니쿠스적 전환(Kopernikanische Wendung)' 처럼, 대상을 있는 그대로 인식하는 것이 아니라 시인의 인식이 대상의 관념을 만들어내는 것이다. 다시 말하면 시인은 대상이 있는 그대로 받아들이는 것이 아니라, 시인이 의식 속에서 생각하고 인식하고 느끼는 대로의 대상에 대해서 형상화하는 것이다. 권희자, 『별빛으로 오시는 어머니』[1]에 표출되는 권희자 시인의 시세계에는 다양한 체험이 시인의 의식에 따라 인식되면서 미래지향적으로 꿈꾸며 자유를 향해 갈망하는 변주로 나타나고 있다.

2. 미래지향적 날갯짓

권 시인의 시에서 꿈꾸는 삶의 날갯짓 속에 미래지향적 시의식을 엿볼
수 있으며, 자연과 자아를 동일화하는 우주적 사고가 깃들어있음을 읽을
수 있다.

>   눈부신 햇살을 받으며
>   가벼운 몸을 보도에 밀착시키면서
>   매미날개를 등에 짊어진 채
>   모래성을 돌아
>   힘겹게 기어가는
>   언덕 넘어 먼 풀밭
>
>   언덕길 오르다 넘어지고
>   다시 오르다 물이랑 만나 허우적거리며
>   허기진 기력으로
>   젖은 언덕길 풀밭 지나
>   개미집에 매미날개를 내려놓고
>   햇살 받은 가슴
>   다리에 힘을 모으며
>   내일을 꿈꾸는 개미

— 「개미」 전문

인간은 누구나 자신이 선택할 수 없는 시간과 공간이라는 한계상황 속
에 던져진 존재로서 나름대로의 삶의 의미를 찾아서 그것을 실현하려 애

---

1 권희자, 『별빛으로 오시는 어머니』, 天山, 2011.

쓰며 한 생애를 살아간다.

　시적 화자는 '허기진 기력'으로 땅바닥을 기어가는 개미를 묘사하고 있다. 그의 앞에는 개미의 몸으로는 가도 가도 끝이 없는 모래성과 언덕과 먼 풀밭이 있다. 그리고 등에는 무거운 짐이 얹혀 있다. 그러나 그는 낙망하지 않는다. "언덕길 오르다 넘어지고/다시 오르다 물이랑 만나 허우적"거려도 마침내 젖은 언덕길 풀밭을 지나 목적지에 다다른다. 그리하여 "개미집에 매미 날개를 내려놓고"야 만다. 그는 가슴에 눈부신 햇살을 받은 기억이 있다. 그 기억으로, 햇빛 비치지 않는 어둡고 좁은 땅속 개미집에서도 다시 다리에 힘을 모으며 내일을 꿈꾼다. 이때 화자인 개미가 그 먼 길을 힘겹게 지고 나르는 것은 다름 아닌 매미날개이다. 개미집에 매미날개를 지고 와서 내려놓는다는 데에는, 땅바닥이건 보도블록이건 물웅덩이건 엎드려 기어갈 수밖에 없는 '개미'로서의 한계상황과 제한적인 삶의 조건을 어떻게 해서든 벗어나서 눈부신 날개로 날아오르고야 말겠다는 굳은 의지가 있다.

　이처럼 권 시인의 시에는 주어진 삶의 한계와 구속을 눈물겨운 노력으로 이겨내고 넘어서서 다시 내일의 희망을 향해 날갯짓하는, 미래를 향한 꿈이 있다.

　　　봄바람 부는 산자락 밑엔
　　　씨앗 품은 들녘이 한가롭다
　　　황소 한 마리
　　　밭둑에서 몸을 풀듯 누워 있다
　　　지푸라기 흩어져 날리는 묵정밭엔
　　　파릇파릇 냉이가
　　　3동을 견디고 나서
　　　푸른 하늘 한 점 이고 있다

　　　아이들 눈알도 초롱초롱하다

여인들은
비닐주머니에
향긋한 봄을 캐담는다
맑은 하늘 속에 숨어 있는
별포기도 캐담을지 모른다

—「별의 향기」 전문

유명산 기슭
애솔밭에 이는
솔바람 타고
달빛을 낚는다

숲들의 잔치
황홀한 물결
반짝이는 나뭇잎들
달빛비늘 낚으며 낚으며
초록별이 되는 꿈을 꾼다

—「달빛을 낚는다」 부분

나팔꽃아침
햇빛소리로 우는 새야
무더위에 젖는 옥피리소리
내 그리운 인기척이다

열면 피어오르는 소리
환한 하늘빛이다

별빛소리는
죽은 풀뿌리를 살린다
마을 옥피리 피는 소리에
나팔꽃 아침은 햇빛소리로 열린다

—「새소리」 전문

시 「별의 향기」에서는 "씨앗 품은 들녘"과 "밭둑에서 몸을" 푸는 황소를 등장시켜 봄바람 부는 산자락을 한가롭게 이완시킨 다음, 삼동 추위를 견디고 새봄을 맞이하는 파릇파릇한 "냉이"와 눈알 "초롱초롱"한 아이들을 등장시켜 희망적이고 미래지향적인 시의식을 나타내고 있다. 또한 "향긋한 봄"을 캐어 담고 별의 향기를 노래하며 "별포기"를 캐어 담는 우주적인 사고와 교감, 자연과의 동일화의식을 읽을 수 있다.

이러한 동화의식은 시 「달빛을 낚는다」에서 더 심화되어 나타난다. 화자는 애솔밭에 이는 솔바람을 타고 숲들의 잔치에 초대되어 반짝이는 나뭇잎들 사이에서 황홀한 물결을 감지한다. 그리하여 달빛비늘을 낚고 화자 스스로 초록별이 되는 꿈을 꾸기도 한다. 그것은 곧 자연 속에 들어가 자연과 자아를 동일화하고 스스로 자연이 되는 물아일체의 경지이다.

시 「새소리」에서도 화자는 시에서 환한 하늘빛을 열고 죽은 풀뿌리로 대유되는 생명을 살려내고, 햇빛소리로 나팔꽃아침을 열어 밝은 희망을 열고 조화로운 자연을 노래한다. 이 시는 하늘빛, 별빛, 햇빛 등 시각적 이미지를 청각적 이미지와 결합시켜 공감각적 이미지로 표현하여 독자로 하여금 생생한 감각을 느끼게 하는 효과를 주고 있다. 또한 시 「희망봉」에서 화자는 기울어가는 해를 바라기 하며 "떠날 채비를 하는 은행잎"으로 묘사되고 있다. 비록 "흰머리 숲"이 된 그들이지만 마음속에서 희망을 버리지 않고 "오늘도 가슴속엔 뜨거운 불"을 지피고 "밝은 햇덩이 하나씩" 길어올리고 "서로 손잡고 삶 하나 일으켜세운다" 그리고도 모자라서 "벅찬 꿈덩이를 하나씩 차올려야 한다" 그리하여 '우리들 희망봉'엔 영원히 꺼지지 않는 횃불 하나 타오르게 된다. 또한 "그의 마음 속엔 항시 진달래향을 줍던 햇살이/그늘 속을 뛰어다니며 놀고 있었다"(「노처녀에 대한 瞑想」)에서 보듯이 그의 상황이 그늘 속에서 '낙오' 되어 있을 때에도 마음속에 햇살이 뛰놀고 있을 정도로 권 시인은 어떤 상황에서도 희망과 미래에 대한 꿈을 잃지 않는 미래지향적 의지를 노래하고 있다.

3. 자유를 꿈꾸며

주인 아주머닌 날 큰 돌에다 비끄러맸다. '점순아, 집 잘 봐라.' 하고 밖으로 나갔다 난 목사리를 물어뜯었다. 수돗가에서 빨래하던 가정부는 현관으로 들어가 숨는다. 사닥다리를 타고 넘어온 주인 아주머닌 풀린 나에게 돌을 던지며 모과나무옆으로 가라고 쫓는다.

난 생기가 나서 장독대 사이로 뺑뺑이를 돌았다. 헐떡이며 마른 잔디를 짓밟고는 어린 동백·매화나무를 부러뜨렸다. 아주머닌 날 개 패듯 싸리빗자루로 마구 팼다. 난 빗자루를 물어뜯었다. 아주머닌 날 '미친 개'라며, '과수원으로 보내겠다.'고 했다.

며칠 후 아주머닌 웬일인지 내게 생선 한 마리를 주었다. 우유도 평소보다 많이 주고는 날 큰 돌에다 다시 묶었다. 난 종일 굶었다. 배가 고파 짖었다. 모과나무 마른 가지 사이로 하늘은 푸르렀다. 난 차가운 시멘트바닥에 젖가슴을 깔고 엎드려 배를 비볐다. 큰 돌에 묶인 채 내 처지를 생각해봤다. 난 무엇인가. 이집 머슴인가. 몸종인가. 밤마다 혹한의 삭자리에 엎드려 달뜨는 하늘을 쳐다보며, 자유를 꿈꾸며 짖는다.

― 「자유를 꿈꾸며」 부분

「자유를 꿈꾸며」는 시인의 제1시집 『잠시 머물다 떠나야 하리』에 수록된 시이다. 개를 1인칭 화자로 내세우고 있는 이야기시―단편서사시라 할 수 있는데 이때 개의 삶이란 현실에 구속당하여 자유를 갈망하는 모든 인간사에 대입될 수 있을 것이다. 아니 고삐에 묶여 꼼짝 못하는 '개'를 통해 현실적 삶과 상황에 구속당하여 진정한 자신의 삶을 잃어버린 현대인을 비유하고 풍자하고 있는 시이다. "난 무엇인가. 이집 머슴인가. 몸종인가"라는 물음은, 산업사회 정보화사회라는 거대한 구조 속에서 작은 톱니바퀴 하나로 돌아가는 모든 현대인들의 자신의 존재에 대한 궁극적 물음이다.

중국 당나라 때의 선승 임제선사는 그의 어록에서 "머무르는 곳마다 주인이 되라. 지금 있는 그곳이 바로 진리(깨달음)의 세계이니라!(隨處作主 立處皆眞)"라고 하여 언제 어떤 상황에 처하더라도 주체적이며 창의적인 삶으로 주인의식을 가지라고 하였다. 그러나 현대인들은 자기가 자기 삶의 주인이 되지 못하고 거대하게 흘러가는 물결에 밀려서 함께 쓸려가면서 진리를 깨닫기는커녕 자신의 존재감이나 자존의식조차 없이 살아가고 있다. 이 시의 화자는 "목사리"를 물어뜯고 뺑뺑이를 도는 등의 행동으로 인해 주인에게 "미친 개"라고 "개 패듯" 마구 얻어맞으면서도 자유를 향한 갈망을 버리지 못한다. 큰 돌에 묶여서 배가 고픈 채로 하루 종일 굶으면서도 자신의 존재에 대한 물음을 게을리 하지 않고, 혹한의 삭자리에 엎드려서도 달 뜨는 하늘을 쳐다볼 줄 안다. 밤마다 자유를 꿈꾸며 짖을 줄 안다.

동물을 등장시키는 우유법(寓喩法)을 사용하여 직접 말하지 않으면서도, 자존감을 잃어버리고 자신의 목숨조차 하찮게 버리는 현대인들에게 시사하는 바가 크다. 작품 전반부에서는 다소 산만하여 주제가 선명치 않으나 후반부에 와서 음미할 바가 있는 작품이다.

검은 망에 묶여
푸른 바다가 그리우면
망구멍을 뚫고 나와
갈매기 울음 젖은
물이랑을 찾았습니다

시장사람들은 요것보라며 웃었습니다
주인 아주머니는 번쩍이는 눈동자로
나를 잡아서 붉은 함지박에 던졌습니다

남편이 게를 좋아한다는 어떤 여인

발버둥치는 나를 살아서 싱싱하다며
집게로 다리를 똑똑 잘라 팬에 볶았습니다
(중략)
내 사지를 뜯어서 아드득 씹어먹습니다

— 「바닷게」 부분

나의 고향은 남해다
요즘 중국산이 국산으로 둔갑한다지만
운명은 시장을 찾는 여인들 입맛에
결정이 되었다
여인은 은빛 피부를
만지작거리며 찔러보고
빤히 뜨고 있는 붉은 눈과
빳빳하게 굳은 내 주검을 좋아하였다

단돈 4천원에 떨이로 팔렸다
비닐봉지에 묶여 마을버스에 실려가면서
꽃섬에서 갈매기들이 물 위에 앉아
먹이를 찾는 것이 눈에 어렸다

— 「은갈치」 부분

　권 시인은 바닷게, 은갈치 등의 바다생물을 즐겨 1인칭 화자로 등장시킨다. 그들이 사람에 의해 자유를 구속당하고 사지가 갈갈이 뜯기고 '아드득' 씹어 먹히는 상황을 통해 자유의 귀중함을 간접적으로 제시한다. 또한 그들에 대한 인간의 행동을 묘사하여 인간의 잔인성과 이기심을 적나라하게 보여주면서 더불어 살아가는 상생의 세계를 지향한다.
　"단돈 4천원에 떨이로 팔렸다/비닐봉지에 묶여 마을버스에 실려가면서/꽃섬에서 갈매기들이 물 위에 앉아/먹이를 찾는 것이 눈에 어렸다" (「은갈치」) 등에서 자유의 소중함을 노래하며, 자연이 제가 있을 자리에 있어야 가장 자연스럽고 행복하다는 메시지를 보낸다. 「아기가 '지지야!' 하며」에서는 낙지라는 생명체를 통해 생명에의 연민과 작은 것에도 지나치지 않는 관심을 보여준다.

4. 사회의식과 문명비판 – 남을 위해 고이 죽고 싶은 詩

권 시인은 이 시집의 권말에 실린 「시인의 말」에서 이렇게 적고 있다.

> 나의 시는
> 소금물에 절여져 있어요
>
> 고춧가루로 마늘로 젓갈로
> 버무려진 인고의 세월
> 김치같은 詩
> 눈보라에 살이 터지는 詩
> 맛들 때까지
> 울음을 쏟아요
>
> 매운 삶
> 눈물 혼곤한 창가
> 장독대에서
> 번뇌로 인내로 삭혀진 김치
> 심장의 피 졸여서
> 남을 위해 고이 죽고 싶은 詩
> 혼으로 인생길 날아다니며
> 순수한 아름다움으로 물들게 해요

시인은 장독대에서 번뇌와 인내로 고이 삭혀진 김치가 되어 심장의 피를 졸여서 "남을 위해 고이 죽고 싶은 시"를 쓰고 싶다고 한다. 눈보라에 살이 터지더라도, 아무리 매운 삶이더라도, 고춧가루로 마늘로 젓갈로 버무려서 푹 익어 맛이 든 시를 쓰겠다고 한다. 이러한 시인의 눈에 현대인들의 살아가는 모습이 예사로 보일 리가 없다.

> 서울은 씨끄럽다
> 웅웅거리는 자동차소리에
> 고막이 터질듯하다
>
> 동대문기와지붕에 금이 가는 소리
> 아스팔트가 갈라지는 소리
> 지워도자워도 불똥이 튀는 소리
>
> 안개 내리는 동대문 거리에
> 꿈이 깨지는 소리
> 행인들 얼굴이 묽게 물들고,
>
> 따스한 따스한 가슴에도
> 금이 가는 소리
>
> — 「서울의 차소리」 전문

　　이 시에는 문명비판의 사회의식이 나타나 있다. 문명의 발전과 급속한 산업화로 인해 서울은 만원이 된지 오래다. 농업 중심사회에서 산업화사회로 바뀌는 과정에서 사람들은 농촌을 떠나서 서울로 모여들어 포화상태를 이루었다. 그 결과 가난해도 서로 따스한 정을 나누며 살던 가슴에 금이 가고 사람들은 이웃집에 누가 사는지도 모르는 냉랭한 익명의 시대에 살게 되고 꿈조차 꾸지 못한 채 "꿈이 깨지는" 현실을 살아가고 있다. 1960년대 김광섭 시인이 「성북동 비둘기」에서 노래한, 사람들에게 밀려서 살 곳을 잃어버린 비둘기들이 채석장 돌 깨는 소리에 가슴에 금이 가고, 아침 구공탄 굴뚝 연기에서 향수를 느끼는, "산도 잃고 사람도 잃고 사랑과 평화의 사상"도 낳지 못하는 비둘기들을 연상케 하는 문명비판의 시이다. 권 시인은 또 「동대문 비둘기」에서 고유의 터전인 자연을 잃고 사람들 사이에서도 생존하기 힘든 비둘기를 객관상관물로 삼아 현 세태를 빗대어 보여주고 있다.

> 토건중기가 공원 속살을 파헤치자
> 소나무가 그냥 쓰러졌다
> 숲 속엔 새들이 깃을 치고
> 초록물방울이 번져갔지만
> 은행나무 잎들은 하르르 흘러내렸다
>
> 짐승들은 발톱으로 웅덩이를 파헤치며
> 어파트 터를 닦는데
> 마을엔 생존권을 보상하라는
> 현수막이 펄럭이고 있다
>
> 공원은 거대한 어파트를 이고
> 자꾸만 까만 물을 토해내고 있다
>
> ─「산의 精氣」 부분

> 숨바꼭질하던 흙마당
> 봉숭아꽃 핀 앞뜰의 적막함
> 앞마당의 살구나무
> 뒷산의 복숭아꽃
> 아궁이에 청솔가지로 군불 지피던
> 달빛 속살 환히 보이던 밤
> 어머니는 호롱불 밝히시며
> 씨아에 목화를 넣어 씨를 앗아내시던
> 그 고향 앞개울여울목은 복개공사로 흔적을 찾을 수 없다

빠르게 지어진 우리마을 어파트는
하늘궁전처럼 우뚝 솟았다

—「향수」부분

토건중기가 속살을 파헤친 그곳은 화자가 어린 시절 숨바꼭질 하던 바로 그 추억의 장소이다. 각종 꽃들이 피어나던 앞마당과 뒤뜰, 초록물방울 번져가던 그 아름다운 자연이 개발이라는 미명하에 훼손되어 흔적을 찾을 수 없다. 달빛 속살까지 환히 보여 자연과 교감하고 하나 되어 누리던 그 아름다운 삶을 모두 파괴하는 사람들을 아예 '짐승'으로 명명하여 비판의 칼날을 들이대고 있다. 하늘궁전같이 우뚝 솟은 아파트는 생활에 편리함을 줄지 모르지만, '자꾸만 까만 물'을 토해내어 자연과 사람들을 오염시키고, 사람들의 따스한 가슴에 금이 가게 하고 고향을 잃은 가슴에 휑한 바람만 불어가게 한다.

이러한 문명비판 외에도 시인의 관심은 가난한 이웃에게 머물고 노인에게도 노숙자에게도 머물러 사회의식과 측은지심을 보여준다.

큰 아들은 방이 없다 못 오게 하고
막내아들은
빗길에 옷보퉁이 내던지며 나가라고 소리친다

딸은 아들만 공부시켜 밭에 흙 안 밟고 살게 하고
자기는 파출부 일하는 것이 엄마 탓이라 원망한다
쫓겨난 노모는 담 밑에서 꼬부라진다
할미꽃같이

작달비는 할머니 등이 찢어지도록 때리는데
아들방 불빛이 그리워도
저 혼자서 물이랑 건널 수 없어
젖은 옷 사이로 비집고 나오는 슬픔

빗물 뚝뚝 듣는 옷보퉁이 머리에 이고
절룩절룩 걸어가며 꼬부라진다
할미꽃같이

—「할미꽃같이」 전문

사연을 리얼하게 풀어서 보여주기를 하는 시여서 읽으면 그대로 공감
이 간다. 동방예의지국, 효도의 나라인 우리나라가 산업화와 도시화, 핵
가족화와 개인주의의 물결에 휩쓸려가며 변화하는 현실을 아프게 보여
주고 있다. 출산율이 급격하게 떨어지고 급속한 노령화사회로 가는 우리
나라와 세계적인 상황에 심각한 노인문제를 잘 꼬집어놓은 문제의식이
있는 작품이다.

골목을 날아다니는
차가운 바람이
몸으로 스며든다

정신을 잃은 채
누더기를 감고 떨며
길바닥에 잠이 들었다

빈 소주병 하나
함께 뒹굴며
밤을 새운다

오가는 차들은
돈냄새만 풍기는데

—「노숙자 · 1」 부분

차가운 바람과 빈 소주병만이 함께 하는 거리의 노숙자를 등장시키면서

오가는 차들이 돈냄새만 풍기는 풍자를 통해 사회문제를 진단하고 있다.

그러나 권 시인은 "숯검댕이 모습이/밤빛에 밀려 추락하는 밤"(「노숙자·2」)에도 "희미한 빛 한 줄기 그를 어루만진다"고 하여 특유의 희망적 메시지를 제시하고 있다. 이 외에도 시 「코스모스집」에서는 개발로 인한 부작용을, 「시장에서」에서는 가난한 이웃에 대한 사회의식을 표출해내고 있다.

5. 나가며

권희자 시인의 시에는 이 외에도 「어머니」 연작시와 「세루 치마」 등에서 어머니에 대한 절절한 그리움과 「산길에서」에서 아버지 생각, 「이사」 등에서 가족과 생활과 사랑에 대한 사유를 풀어내고 있다. 이러한 사연은 모든 시인들이 가지고 있는 보편적 감정이기에 이 번 해설에서는 좀 더 특징 있는 권 시인만의 시세계를 살펴보았다.

권 시인은 수필집도 출간한 수필가로서, 거기에 머무르지 않고 나이보다도 젊은 시세계를 가꾸면서 미래지향적인 날갯짓을 멈추지 않고 있으며, 주어진 현실과 타협하지 않고 자유를 갈망하며 또한 개인의 삶에 국한되지 않는 사회의식을 지니고 이웃에게도 측은지심과 문제의식을 표현하는 등 다양한 시세계를 펼치고 있다.

시는 수필과 달라서 함축성과 다의성을 생명으로 한다. 거기에 상징성과 상상력의 옷을 입으면 금상첨화일 것이다.

처음의 발상이 나중까지 그대로 남아서 맨 얼굴을 드러내고 있지 않도록 하는 노력이 중요하다. 권 시인이 이러한 표현의 방법에 명심하여 좀 더 노력한다면 그의 다양한 시의식이 더 훌륭한 옷을 입을 수 있을 것이다.

자유주의자의 사랑과 그리움

— 백준호의 시세계

1. 들어가며

백준호 시인의 시를 한 마디로 말하자면 그가 걸어온 삶의 기록이며 생활 속에서 자연스럽게 흘러넘친 삶의 진국이라 하겠다.

시인은 보통 사람들보다 체온이 1도 더 높아야 된다고 한다. 같은 사물을 보고 들어도 남보다 다른 감동과 뜨거운 가슴의 열정이 있어야 시로 표현할 수 있기 때문이다. 그런가 하면 시인은 보통 사람들보다 체온이 1도 더 낮아야 된다고 한다. 감동과 열정만 있어서 되는 것이 아니라, 냉정하게 분석하고 구성하고 형상화시켜 언어로 표현할 수 있는 이성적 노력이 있어야 시인이 될 수 있다는 말이다.

문학 장르 중에서도 시라는 장르는 감정이나 사상을 직설적으로 진술하거나 설명하는 것이 아니라 이미지와 운율을 가진 언어를 통해 구체화, 형상화시켜 인간과 자연과 사물의 내면적 진실을 표현하는 장르이다. 그러므로 시인은 비유와 상징과 알레고리 등 지성적인 언어감각과 레토릭을 동원하는 언어의 조련사, 연금술사가 되어야 한다. 특히 자연이 분리해놓은 이질적인 사물이나 현상을 폭력적인 결합으로 통일시켜 표현의 효과를 극대화시키는 컨시트(Conceit, 奇想)와 역설(paradox)과 아이러니(Irony) 등 여러 가지 수사법을 사용한다면 더 효과적인 표현이 될 것이다. 그러기 위해서 시인은 누구보다 꾸준히 언어에 대한 조탁에 노력을 기울여야 할 것이다.

　인간의 삶이란 결국 만나고 사랑하고 헤어지고 그리워하고 아파하는 과정이다. 백 시인은 이러한 삶의 과정 과정마다 느끼는 사랑과 그리움을 표현하는 데 충실한 시인이다. 어쩌면 그가 시집 『슬픔이 꿈을 꾼다』[1] 제5부의 '병상일기' 연작시에서 볼 수 있듯이 병마를 이겨내고 새 삶을 시작하는 심정으로 시고들을 정리하였기에 더욱 감정에 충실할 수밖에 없었는지도 모른다.

2. 자기애(自己愛)의 표출

① 사랑이 이별하자고 한다
　(중략)
　大寒, 小寒같은 추운 지난날의 아픔도
　모두 치유될 수 있도록
　그대 마음 밭에
　나의 생명 바칠 사랑을
　눈물로 심으며

　그대 처음 만나던 날
　눈부심으로 떨던
　그 떨림의 전율로
　그대 있음으로 해서
　나의 사랑이 있었음을
　세상 태어나
　처음으로 그대에게

---

1 백준호, 『슬픔이 꿈을 꾼다』, 계간문예, 2008.

고백한다오

―「그대 이별을 하자고 해도」 부분

② 왼쪽 심장을 열어놓고
　가을하늘과 바람을 안으며
　빛고을 쌍암동 거리를 걸어봐도
　반가운 얼굴로 맞이하는 그가 있다

　지난날 갈증의 시간도
　모두가 내 얼굴인 것을
　詩 속에 각인한다

―「그리운 사람은」 부분

　시 ①은 이별을 노래하는 것 같으나 기실은 사랑을 노래하고 있다. "사랑이 이별하자고 해도" 나는 사랑을 보낼 수 없을 뿐만 아니라 이제야 비로소 처음으로 그대에게 사랑을 고백하기에 이른다. 여기서의 '사랑'은 무엇에 대한 사랑일까. 이때 사랑의 대상은 시적 화자 자신의 생명일수도 있고 시일 수도 있고 혹은 연인이나 가족이 될 수도 있다. 혹은 이 모든 것을 포함하는 다의적 표현일 수도 있다. "그대 마음 밭에/나의 생명 바칠 사랑을" 눈물로 심는다는 것은 사랑의 대상이 따로 있는 것이 아니라 바로 자신의 삶에 대한 사랑이며 자신을 지탱해주는 모든 것에 대한 사랑이라고 볼 수 있기 때문이다.

　시 ②에서 "지난날 갈증의 시간도/모두가 내 얼굴인 것을"이라 노래함을 보아도 그가 그리워하는 대상, 사랑하는 대상은 외부에 있는 것이 아니라 자신의 내부에 있는 자기 자신이며 詩며 "나를 부르는/힘이 되어야 할" 사랑하는 이름들인 것이다.

　물안개 피어오르듯
　늘 아련하기만 하고

호수 밑바닥에 내려와 있는 하늘처럼
그대 내 마음속에
꽉 채워놓아도
그대는 늘 사랑 앞에서
안개로 피어오르고

미지의 길에서
사랑의 나침반으로
방향을 잡았다 하면
삶의 늪을 헤치며
저멀리 날아가는 당신

일탈하려해도 일탈하지 못하는
나의 삶 속에서

— 「나에게 쓰는 편지」 부분

    시적 화자에게 이처럼 사랑은 형체가 있는 구체적 대상이라기보다는
언제나 뒷걸음 치고, 안개로 피어오르고, 저 멀리 날아가 버리는, 잡지 못
할 존재이며 아련한 미지의 대상이다. 시 제목에서 암시하듯이 자신도 어
쩌지 못하는 마음속에서 일탈을 꿈꾸는 삶의 동반자이며 가 닿지 못할 이
상향이다. 그러므로 백준호 시인은 일탈을 꿈꾸면서, 일탈을 사랑하면서
일탈하지 못하는 생활 속의 자유주의자라 할 수 있다.

    사랑 T/F팀이 구성됐다
    이천 삼년 실적 고독
    이천 사년 목표 사랑
    누적된 고독 분석을 통하여
    실현가능한 목표인가 고민한다
    바람이 불고 꽃잎이 떨어지는
    소용돌이 속에

고독의 꽃잎이 다 떨어지고
잠시 침묵이 흐른다
이 프로젝트 보류 판정을 받았다

— 「사랑」 부분

독특한 발상이 돋보이는 작품이다.

고독을 실적으로 하고 사랑을 목표로 하는 기업체가 있다면 그곳에서 일해 볼 만하지 않겠는가? 이런 기업체가 몇 개만 되어도 우리 사회는 사랑이 꽃피는 살 만한 사회가 되지 않을까?

위의 시에서 '사랑'은 이천 삼년 실적인 '고독'에서 탈피하기 위한 새로운 프로젝트로 제시되고 있다. 그러나 우유부단하게 고민하고 있는 사이에 고독의 꽃잎이 다 떨어지고 프로젝트는 보류 판정을 받고 말았다. 고독에서의 탈피를 위해 새롭게 제시된 목표인데, 고독의 꽃잎이 다 떨어졌으니 프로젝트 수행의 필요성이 없어진 것이다. 다시 말하면 이 시의 시적 화자는 '사랑'을 애타게 갈구하지만 적극적으로 사랑을 찾아 나서거나 쟁취하지 못하고 고민에 싸여 있다. 시인에게 사랑은 고독에서 탈피하기 위한 방편이며 영원불변의 대상이어서 한 마디로 규정지을 수 없는 것이다. 그것은 연인이기도 하고 신앙의 대상이기도 하고 첫사랑과 동격이기도 하고 삶의 동반자이며 그가 살아가는 이유이기도 하다. "좋아한다는 것은/그대가 내 한쪽 가슴에/작은 집을 준비할 수 있는 것입니다"에서 볼 수 있듯이 사랑 안에서 사는 삶, 생활 속에서 느끼는 모든 사랑이 그의 시세계에 바탕이 되어 있다.

3. 일탈과 자유, 사랑

제2부의 시는 '사랑'이라는 제목이 거의 전부를 차지하고 있으며 제1부에서도 '그리움'이라는 표제어가 전부를 차지하고 있어 지나치게 '사

랑'과 '그리움'이라는 수표를 남발하고 있지만 그래서 더욱 백 시인을 가히 사랑과 그리움의 시인이라 부를 만하다.(사랑의 대상이 그리움의 대상이라고 볼 때 1부와 2부는 같은 의미망으로 묶을 수 있다.)

시집 1부와 3부에는 가족과 유년, 고향에 대한 그리움이 담겨 있다. 또한 시인의 그리움에는 사랑의 대상과 마찬가지로 삶에서의 일탈과 자유를 꿈꾸는 이상향이 담겨 있다.

> 누군가를 그리워하는
> 가슴의 꼭지를 틀면
> 꼭꼭 숨겨놓았던 마음의 색깔들이 쏟아져서
> 풍경을 울리며 단청을 곱게 물들이고
> 하늘은 깊은 그리움으로
> 내 마음 곁에서 푸른 강물로 흐르는데
>
> ─「가을하늘」 부분

시인이 그리워하는 것은 구체적 대상이 있는 것이 아니라 푸른 강물로 흐르고 싶은 마음이며 구속되었던 지난 생활들을 빨래하고 싶은 마음이다. 코스모스처럼 흔들리고 연시처럼 빨갛게 익어서 감나무 꼭대기에 매달리고 싶은 '나의 마음'이다. 가을하늘처럼 말갛게 개인 마음이며, 모든 구속으로부터 탈피하여 대자연 속에서 익어가고자 하는 '자유'와 '일탈'에 대한 소망이다. 대부분이 직설적이고 관념적, 설명적인 작품들 사이에서 수도꼭지처럼 가슴의 꼭지를 튼다거나 생활들과 나의 마음을 '빨래'한다는 표현 등 객관적 상관물과 비유를 통한 형상화기법이 돋보이는 작품이다.

시인은 또 「그리움·4」에서 "참 그립다/백사장 모래알같이/시냇물 잔잔한 울림처럼/철벅철벅 걸어가는 내 발자국" 또는 "숲속의 자유로운/숨소리 물소리 바람소리"라는 표현 속에 그리워하고 동경하는 세계와 이상적 생활상을 펼쳐놓고 있다. 「그리움·2」에서는 "추운 겨울날 따뜻한 불씨를 좇는/빈민가의 어린 소년의 그 소망"처럼 온갖 곳에서, 어떤 상황에서도 불씨를 소망하는 그리움의 모닥불을 피우고 있다. 시적 화자에게 그리움 이미지는 그를 살아가게 하는 힘이며 희망이며 지주이다. 이처럼 화자는 늘 가슴속에 살아서 지켜보고 있는 가물거리는 얼굴 하나 맑은 눈빛, 넉넉한 가슴(「그리움·1」)이 있기에 절망 속에서 희망의 손길을 부여잡고 일어날 수 있다. 이처럼 모호하고 가물거리는, 자신의 내부에서 찾아야 하는 그리움의 대상이 제3부에서는 외부적인 대상으로서 구체성을 띄고 나타난다. 어머니, 아버지, 누나 형수, 큰형 등 가족에 대한 사랑과, 유년시절, 고향집, 친구 등에 대한 그리움이 구체적으로 표현되고 있다.

① 하얀 눈이 孝思의 거리마다
　소복이 쌓여 융단이 되면
　그 길을 걸으며 想念에 잠기어
　세찬 바람 맞으며 생선을 팔아서
　생계를 꾸려오신 어머니를
　생각한다

　　　　　　　　　　　　　　　　—「눈이 내리면 어머니가」 부분

② 어머니의 재봉틀을 기억하면
　산처럼 높이 쌓인 옷감들이
　주름진 손길 기다리는 마음 되어
　다투듯 고개 내밀다 지쳐
　곤히 잠든 모습이 생각난다
　(중략)
　어머니의 손길에
　푸른 나뭇잎처럼 초록초록 피어나는
　싱싱한 손질과 발질에
　한 끼 두 끼 끼니가 되었던 일감들이

　　　　　　　　　　　　　　　　—「어머니의 재봉틀」 부분

가족 중에서도 가장 그립고 마음 아프고 희생적인 어머니, 모정에 대한 그리움을 그 무엇과도 비교할 수 없으리라. 가난했던 시절 대부분의 어머니들이 그러하듯이 특히 시인의 어머니도 어려운 생활고 속에서 오로지 자식과 가족을 위한 희생과 사랑으로 점철된 삶을 말없이 이끌어 오신 분이다. "멍들고 깨어진 난파선에 옹기종기 모여" 배고프다 하는 자식들 배곯릴세라 산처럼 높이 쌓인 옷감을 손질과 발질로 밤새워 재봉틀 돌려 끼니를 만들고, 그도 모자라 세찬 바람 맞으며 생선을 팔아 철부지 자식들 품어 키우셨다. 어머니가 이처럼 애끓는, 닳고 닳은 사랑으로 자식과 가족의 생계를 걱정할 때 아버지는 어떻게 지내셨을까.

바닷가 앞마당에서 약주만 드시면
흡사 갈매기처럼 나래 치던 아버지
온가족 바닷가 자갈밭 앞에 앉아
숨죽이고 그런 아버지를 바라보는 그 때면
어김없이 바다는 속 깊은 푸른 울음을
한없이 쏟으며 우리 가족들을
섬으로 만들곤 하였다
뭍으로 가고 싶은 무언의 약속이
가족들 사이에 너나 할 것 없이
가슴에 차오르고 있을 때
항상 길목을 잡던
끼니를 걱정해야만 하던
그 때의 삶

어머니가 어린 자식 끼니 걱정에
손끝 핏방울로 눈물을 태우고 있을 때
아버지는 늘상 갈매기처럼
왜 나래만 치고 계셨을까

—「고향」 부분

어린 시인에게 아버지는 푸른 바다를 향해 나래 치는 갈매기로 비쳤다. 가족들을 '섬'으로 만들고 섬이 된 가족들은 바다를 홀로 두고 뭍으로 가고 싶어 하지만, 날마다 걱정해야 하는 가족의 끼니를 아는지 모르는지 푸른 바다를 향해 날아오르고자 나래만 치고 있는 아버지. 성장해서 어른이 된 시인은 그런 아버지 속에서 자기 자신을 보고 있다. 자신도 역시 "숲 속의 자유로운/숨소리 물소리 바람소리"(「그리움 · 4」)를 참 그리워하고 삶의 구속에서 '일탈'하고 싶어 하는 내면의 욕구를 숨길 수 없는 자유주의자이기 때문이다. 그래서 어린 시절에 대한 회상에서 어머니에 대한 고마움과 그리움, 그리고 아버지에 대한 안타까움과 사랑(「바닷가 우리집」)의 노래 속에 원망이나 비난의 표현은 없다. 뿐만 아니라 그런 아버지와 어머니의 삶을 그대로 옮겨놓은 듯한 형과 형수의 삶에서도 그리움과 사랑을 느낀다. "생전의 아버지처럼/똑같은 인생철학 이야기를/하루 종일 막걸리를 마시며"(「형네 집에서」) 지쳐서 잠들 때까지 노래 부르는 큰형에 비해, "술기운 퍼진/월곡동 언덕 위를/삶의 날개 달고/힘차게 날아다니는 형수"(「월곡동 언덕을 오를 때」)는 남편에 대한 원망이 없는 힘찬 생활인과 사랑의 이미지로 그려져 있다. 그런가 하면 아버지(큰형)의 막걸리 음주와 인생철학 이야기에 습관처럼 길들여진 조카는 "빨리 어른이 되고 싶다고/가여운 부모 소원성취 해준다고" 아르바이트 나가는 효성스러운 아들이다. 이처럼 가족 사랑으로 가득 찬 '형네 집'은 고추나무 푸른 잎이 유달리 무성해서 희망과 보람을 암시해준다.

이처럼 백 시인의 시세계에서 가족과 고향은 고마움과 사랑과 안타까움과 그리움의 대상이며, 시인은 그러한 가족의 사랑 안에서 새로운 미래를 열어가는 새 희망을 펼쳐 보여준다.

4. 긍정의 백성으로 거듭나기

제4부 '명품을 꿈꾸며'에서는 생활인으로서의 일과 희망과 보람과 각오가 새겨져 있다. 그리고 제품을 만들 때 명품을 만들어야 하듯이 '나의 삶'도 '명품'이 되고 싶다는 소망을 표현하고 있다. 그러기 위해서는 끊임없는 노력이 필요한데 시인은 스스로의 삶에 "불합격의 철퇴"를 가하고 "제3의 탄생을 위한"(「불합격」) 정신력의 재무장을 다짐한다.

제5부는 「병상일기」 연작시가 주를 이루고 있다. "세상의 양념을 온 몸에 바르고/구수한 냄새를 풍기며 조리되어가는 육신"(「병상일기·1」)이 가끔씩 통증을 느끼게 되고, "반란을 일으킨" 몸에 진단을 받게 된 후, 수술과 치료과정에서 느끼는 절망과 고통을 넘어서 새 희망으로 향하는 "긍정의 백성"(「병상일기·4」)과 "긍정의 왕"으로 일어서는 과정을 세밀하게 묘사해놓고 있다. 「병상일기·6」에서 읽을 수 있는 "병마를 이겨낸/승리의 얼굴"에 박수를 보내며 "사랑의 위대한 힘으로 만들어낸/행복의 결실"을 축하드리며, "새벽을 깨우는" "행복의 함성"과 행복의 아침이 언제까지나 백시인과 함께 하기를 기원한다.

시인 자신도 「시와 친해지기」 「약속 그 뒤」 등에서 "원고지 칸칸 失語들만" 들락거린다고 하여 시작(詩作)에 대한 고민을 털어놓고 있는데, 시는 설명이 아니고 이미지로 표현해야 한다. 친절하게 설명해 주는 긴 시보다, 직관과 이미지로 행간에 많은 의미를 함축해 놓은 시가 더 감동과 공감을 준다.

영국의 시인이자 평론가인 필립 시드니는 "시란 언어로 쓴 그림"이라 했다. 시란 관념적 진술보다는 구체적이고 감각적인 이미지로 형상화시켜 표현해야 하는 특성을 지니고 있다. 백 시인이 특히 이 문제에 좀 더 관심을 기울인다면 앞으로 더 좋은 작품을 보여줄 수 있으리라 믿는다.

제3부

카이로스와 신화 창조

이름 불러주기와 꿈의 변용

1. 화두를 던지는 시

3년 전에 소천하신 김수환 추기경은 "사랑이 머리에서 가슴까지 오는 데 70년이 걸렸다"라고 했지만, 시인은 그 반대로 생각해야 할 것이다. 물론 머리에서 가슴까지 간다는 것은 생각(관념)에서 몸으로 육화(肉化)된다는 의미이니까 한 생애가 다 걸린다는 의미이지만, 그 반대로 시인은 감성(感性, pathos)으로 느낀 것을 이성(理性, logos)과 지성으로 정리하여 표현해야 하기 때문에 그만큼 더 어려운 작업이라고 할 수 있다. 그래서 함동선 시인은 "시는 가슴에서 머리로 가는 긴 여행이다"라고도 하였다. 시는 생각, 사상, 관념 등을 '언어'라는 매체를 통해 '시의 구조'라는 형식의 옷을 입혀 내보내야 하기 때문에 파토스와 로고스가 동시에 작용해야 하는 작업이다. 구조(構造, structure)는 사전적으로 '각 부분이나 요소를 모아 어떤 전체를 만듦'의 뜻으로 이때의 부분이나 요소는 전체와 유기적 관계를 이루는, 떼려야 뗄 수 없는 유기체가 되어서 기능하게 된다. 일반적으로 시는 진실만을 써야 한다고 생각하지만 시도 소설과 마찬가지로 허구(fiction)이다. 좀 더 감동적이고 좀 더 깊이 있고 혹은 화자가 말하고자 하는 느낌이나 의미나 운율을 더 잘 전달하기 위해 시인도 잘 짜여진 허구(유기체)를 독자 앞에 선보이는 것이다. 진실보다 더 진실 같은 허구를 시는 요구한다. 『시문학』 2012년 6월호에서 가슴에서 머리로 가는 과정이 잘 조화되어 있는 아름답고 깊이 있는 시들을 만날 수 있었다. 특히 삶의 근본적 물음인 화두를 던지며 수행의 자세를 표출한 작품과, 자기성찰에 더하여 타자(他者)에 대한 측은지심을 환기하는 작품들이 눈에 띄었다.

>   푸른 바위벽에 겨울이 깊어
>   암자를 내려와 눈 속을 떠돌던 새가
>   얼어붙은 산수유 가지로 돌아온다
>
>   붉은 열매 한 알씩 쪼아 삼킬 때마다
>   벽암록의 경전 한 구절씩 삼키듯
>   이 뭐꼬?
>   목을 구부려 물음표를 세우며 천천히 삼킨다
>
>   열매를 쪼아 삼킬수록
>   새는 질문으로 가슴이 먹먹해
>   가지 위에 쌓인 눈을 연거푸 쪼아먹는다
>   눈 맛은 차고 시린 백지의 맛
>   이 또한 뭐꼬?
>   다시 붉은 열매를 쪼아 삼키는 새
>
>   푸른 바위벽에 앉아
>   산수유나무의 새를 바라보니
>   내 목에도 자꾸 화두가 걸린다
>   이 뭐꼬?
>
>   — 김숙희, 「벽암의 새」 전문

벽암록(碧巖錄)은 선(禪)의 전통적 사상에 의거하여 달마선(達摩禪)의 근

본이 되는 큰 요점을 불교도들의 수행에 중요한 지침이 되는 100칙을 골라서 만든 선어록(禪語錄)의 백미이다. 화두(話頭)란 수행자가 선수행하는 과정에서 한 마디를 염두에 두고 참선을 하다 보면 결국 깨달음을 얻을 수 있다는 수행의 방법으로 불교의 수행자에게 뿐만 아니라 우리의 삶에서 다양한 의미로 사용되고 있다. 우리가 살아가는 데 일생을 붙잡고 궁구(窮究)할 수 있는 회두가 있다는 것은 삶에 기본 철학이 있다는 것이고 흔들림 없는 철학이야말로 우리 삶을 참답게 만들어주는 지지대라 할 것이다.

시인은 이 시에서 푸른 바위벽–벽암(碧巖)과 벽암록(碧巖錄)의 연상에 의해 불교에서 궁구하는 화두인 "이 뭐꼬?"라는 화두를 우리 모두에게 던지고 있다. 마치도 목에 걸린 가시처럼, 그것을 풀지 않고는 물 한 모금도 삼키지 못하는, 그래서 모든 것을 삼킬 때는 "목을 구부려 물음표를 세우며" 삼켜야 하는 근본적 질문을 던지고 있다. 이때 질문을 던지는 새는 "암자를 내려와 눈 속을 떠돌던" 즉 본래 수행자였으면서 잠시 방황의 길에 들어 만행(萬行)을 하던 새이다. 그러기에 그가 떠돌던 세상은 "눈 속"이며 돌아오는 곳도 역시 "얼어붙은 산수유 가지"로 수행자가 수행의 끈을 놓지 않고 계속 정진하도록, 열매 한 알 쪼아 먹는 것까지 수행의 한 과정이 되도록 장치해놓은 시의 구조는 견고하다. (본래 불가에서는 음식을 먹는 공양까지도, '이 음식을 먹고 수행에 힘쓰도록' 하는 기원을 담은 수행의 과정이다.) 그처럼 이 시의 구조는 유기적으로 잘 짜여져 있다. 이어서 3연에서는 수행의 진행과정을 그리고 있다. 수행의 깊이가 조금씩 더해질수록–우리 범인들도 나이가 들고 삶에 대해 조금씩 느껴갈수록– 삶이 무엇인가에 대한 더 큰 의문에 쌓이게 된다. 여기서 '새'로 환유되는 수행자는 더 큰 의문을 갖게 되고 그래서 산수유 열매 아닌 얼어붙은 '눈'을 쪼아 먹어본다. 그러나 그 눈 맛은 "차고 시린 백지의 맛"으로 아직도 진리가 '새' 앞에 문을 열기는 묘연한 것 같다. 4연에서는 드디어 시적 자아가 등장한다. 절벽같이 열리지 않는 푸른 바위벽(벽암)과 벽암록을 연상하여 '새'의 행위를 바라보고 있는 것은 실은 시적 자아의 목에 화두가 걸려 있기 때문이다. 시인은 '푸른 바위, 벽암록, 새, 산수유 열매, 눈' 등의 객관적 상관물을 통해 실은 자신의 화두를 우리 모두에게 던지고 있는 것이다.

> 산 하나 오만하게
> 가부좌 틀고 앉아
>
> 시린 물 발목 잠그고
> 귀씻이(洗耳)를 하고 있다
>
> — 김춘랑, 「여위는 가을산」 부분

김춘랑 시인은 '산'을 수행자로 삼아 세상에 큰 물음을 던진다. 가부좌 틀고 앉았다는 것은 수행자의 참선 자세로, 역시 화두를 들고 삶의 진리와 궁극적 의미를 묻는 수행의 자세이다. "귀씻이(洗耳)를 하고 있다"는 구절에서 굳이 소부 허유의 고사를 상기하지 않더라도, 세상에 초연하여 비방의 말, 부정적인 말도 듣지 않고 칭찬의 말은 더욱이 듣지 않으려하는, 들었더라도 "시린 물 발목 잠그고" 귀를 씻는 맑은 수행의 자세를 엿볼 수 있다. 그래서 "실눈을 지긋이 뜨고/더 큰 산에" 물음을 던지며 "황홀한 화답의 날"을 기다려 산은 애가 타서 여위어가고 있다는, 자연현상에 삶의 이치를 환치시키는 메타포를 사용하고 있다. 신라 말기 고운 최치원은 「제 가야산 독서당(題伽倻山讀書堂)」에서 '상공시비성도이(常恐是非聲到耳), 고교유수진농산(故教流水盡籠山)'이라고 노래했다. 저 세간의 시비하는 목소리 여기까지 들릴세라 일부러 흐르는 물소리로 산을 둘러서 스스로를 귀 먹게 한다는 그 의연한 자세가 이 시의 '귀씻이'와 함께 삶의 화두를 던진다.

'고천(高天)/만추(晩秋)' 등의 한자어와 고어투 사용이나, 간간이 보이는 직설어법 등이 시의 형상화에 걸림돌로 작용하는 것은 아쉬운 점이다.

> 지난 겨울 부산에 눈이 오지 않았다
> 사흘들이로 쏟아지는 한파주의보
> 독거노인은 며칠이 지나서야 주검으로 알려지고
> 칼바람만 들랑거리는 냉돌방
> 기아와 질병과 고독이 먼지로 날아다녔다
> 사람들은 아무도 내다보지 않았다
> 벼슬아치들은 검은 돈을 뿌렸다는 소문만 무성하고
> 사십대 가장의 목숨은 끝내 노끈에 묶여 대롱거렸다
>
> — 김석규, 「겨울 백서」 전문

김석규 시인의 시는 읽는 이로 하여금 측은지심과 자기성찰을 유도하는 힘이 있다. 시원시원한 직설법으로 "기아와 질병과 고독이 먼지로 날아다"니는 사회를 제시하며, 그들에게 무관심한 사회를 고발한다. 벼슬아치들이 아무 양심의 거리낌 없이 뿌렸다는 "검은 돈"은, 검은 마음이 아닌 맑은 정신으로 사회에서 바르게 유통된다면 그 몇백 분의 일만 가져도 독거노인의 '냉돌방'을 따뜻하게 데우고 그들을 죽음에서 막을 수 있으며, "사십대 가장의 목숨"을 노끈에 묶이지 않도록, 그들 모두의 최소한의 행복을 지켜주는 역할을 할 수 있을 것이다. 자타불이(自他不二), 나와 이 세계의 모든 타자가 둘이 아닌 하나라는 생각을 늘 하면서 나는 어떤 행동으로 그것을 실천하였는가? 이 시는 생각과 관념에만 머물러 있는 우리 모두에게 날카로운 송곳을 들이대는 아픔을 준다. 시 「까마귀」에서는 '까마귀'라는 오브제(objet)를 사용하여 "다리 오그리고 어깨 시린 잠"을 자야 하는 이웃들, 집 없는 가장들에게 '봄'과 새파란 하늘을 제시하여 희망의 메시지를 전하고 있다.

처녀치마꽃은

향적봉의 봄을 옆구리에 끼고

중봉을 오른다

노랑나비꽃 족두리꽃 흰달팽이꽃을 만나

덕유평전 입구에서 내린다 그 때

털진달래꽃 봉우리 터지며

꽃불을 지른다

오르막과 내리막 번갈아 나타나는 능선에선

나무 수만큼 하늘로 올라가는 강물 따라

애채가 잎이 되어

불을 끄기 시작한다

빼재 떠난 구름이

백두대간을 찍어누르면

무룡산은 무릎 끊고 앉는다

순간 삼각 파도가 출렁이고

서봉 남덕유산 봉우리가 치솟는다

— 함동선 「덕유산 · 2」 전문

　　함동선 시인은 '신작시집'에 5편을 발표하여 더욱 원숙한 시세계를 보
여주고 있다. 위의 시에서는 평생을 산악인으로 살아온 경력을 과시하는
듯, "향적봉의 봄을 옆구리에 끼고" "중봉"을 오르다가 만나는 자연의 아
름다운 향연을 섬세하게 묘사해내면서 그 속에 시인의 삶의 철학을 뼈대
로 세워놓고 있다. 산을 오르면서 "노랑나비꽃 족두리꽃 흰달팽이꽃"을
만나고 꽃불 지르는 "털진달래꽃"을 향유할 수 있다는 것은 "오르막과 내
리막 번갈아 나타나는 능선", 즉 삶의 가지가지 구비를 무수히 넘는 체험
과 깨달음이 있은 후에라야 가능할 것이다. 그러므로 '삶'으로 치환되는
등산에서 "무룡산"을 무릎 꿇게 하고 "서봉 남덕유산 봉우리"를 치솟게
하는 것은 노년의 쇠약과 어려운 상황에도 꺾이지 않는 시인의 의지와 노

력의 표출이라 할 수 있다.

　표현면에서도 "애채"가 잎이 되어 피어나는 것을 "나무 수만큼 하늘로 올라가는 강물"로, 솟아오르는 무수한 산봉우리들을 "삼각파도가 출렁이"는 것으로 표현하여 신선한 감각을 돋우고 있다.

> 낡은 벽에 청동거울이 걸려 있다
> 눈썹이 없는 여자가
> 얼굴을 굴리며 걸어나온다
> 여자는 손가락을 잘라
> 돌 위에 기지런히 올려놓는다
> 손마디마다 동백나무가 돋아나고
> 비석에서 눈썹이 자란다
>
> 여자가 거울을 향해 돌팔매질을 하자
> 바닷물이 쏟아진다
> 유리파편에서 초승달이 떠오른다
> 여자는 파도를 끌어내어
> 거울 안으로 사라진다
>
> 깨어진 문 안으로
> 푸른 길이 열리고
> 물결 위에 붉은 핏물이 일어선다
>
> ― 김금아, 「소록도 겨울」 전문

　김금아는 하이퍼시를 쓰는 시인으로 이번 호에도 활달한 상상력과 다양한 이미지의 시를 5편 선보이고 있다. 이미지 사이의 의미적 연관이 없이 미끄러지며 비약하는 이미지, 또는 충돌하는 이미지의 시가 대부분으로 다양한 상상력의 세계로 독자를 안내한다. 위의 시는 소록도에 있는 한 여인의 내면세계를 묘사하고 있어서 공감을 느끼게 한다. "눈썹이 없는 여자가/얼굴을 굴리며 걸어나온다" 또는 "여자는 손가락을 잘라 돌 위에 가지런히 놓는다" 등에서 비록 능동으로 표현하기는 했지만 "신을 벗으면/버드나무 밑에서 지까다비를 벗으면/발가락이 또 한 개 없다"라고 노래한 한하운의 「전라도길」을 떠올리게 된다. 낡은 벽에 걸린 청동 거울은 여자의 현재를 비추고 있다. 여자가 거울을 깨뜨리는 행위는 현재를 부정하고 현재를 깨뜨리고자 하는 원망(願望)의 행동이다. 즉 여자가 현재에서 탈피하고 자기 속의 새로운 길을 끌어내어 "초승달"처럼 아름다운 과거 속으로 돌아가고자 하는 무의식의 표출이다. 돌 위에 올려놓은 "손마디마다" 동백나무가 자라고 비석에서 "눈썹이 자란다"는 표현도 따라서 여자의 원망이 불러오는 무의식의 행위가 현실화되어 나타나는 표출이다. 그러나 여자의 현실은 그를 영원히 꿈꾸도록 꿈속에 두지는 않는다. 그래서 무의식 속에서는 "푸른 길이 열리"지만 결국 "물결 위에 붉은 핏물이 일어"설 수밖에 없는 것이다. 김금아 시에 자주 나타나는 달, 거울, 바다, 파도, 붉은 핏물 등은 무의식의 세계를 나타내지만 그 속에 내재되 심리를 천착해보는 것도 의미 있지 않을까 하는 생각을 이번 수록시 5편을 읽으면서 해보았다.

> 마룻바닥을 온 몸으로 쓰다듬는다
> 오면 가면 낯익은 저 모습
> 언제 그녀와 결별했을까
> 폐가로 방치된 누런 옷
> 한 때는 문전성시를 이루던 하얀 집
> 문패도 물걸레로 개명하고
> 더부살이하던 온기는 또 어디로 이거하고
> 호주머니 다락방에 품고 부화를 기다리던 꿈들은 어느 집으로 입양하고
> 흉가로 전락했을까
> 수돗가에 버려진 걸레 한 채
>
> — 조재형, 「폐가」 전문

조재형은 주관적인 상황을 전혀 흥분하지 않고 지극히 객관화시켜서 시치미 뚝 떼고 하고 싶은 말 다하는 독특한 표현의 재주를 지니고 있다. 수록된 5편 모두 읽는 재미를 주는 시들인데 그중에도 「재회」는 아릿한 아픔을 느끼며 고개를 주억거리게 한다. 위의 시 「폐가」는 읽는 재미와 놀라움을 주는 가운데 뒤통수를 치면서 무언가 우리 삶에 대해 또는 우리가 일상 맺어오는 타인과 사물과의 관계에 대해 깊이 생각하게 한다. 우리 삶의 한 살이도 저러하려니, 하는 깨달음 속에 자신을 뒤돌아보게 한다. 결연에서 콩트의 결말처럼 반전의 묘미를 살리면서 독자에게 깨우침을 주는 시다.

> 결 고운 햇살가락들이 자꾸 종아리에 들러붙네 그래 이놈들 살짝 걷어 얇은 손가락에 걸고 슬금슬금 댕겨보는디 가느다란 빛살에 걸려선 발버둥치는 척 능청을 떨면서도 딸려와주는 저 눈부신 사금파리들 어쩔 것이요 먼먼 옛날의 신화를 가슴에 보듬어 안고는 작년에도 올해도 내년에도 달착지근하게 봄노래 불러주겠다고 소곤거리는디, 아흐, 참말로 빛깔도 곱소 막걸리 맛 입술들
>   ― 배선옥, 「매화 폈다, 기별이 왔다」 부분

배선옥은 느낌은 있지만 형체는 없는 '햇살'을 이미지화해서 한바탕 봄노래를 부르고 있다. 봄 햇살을 "치자 물 든 봄 햇살"로 손가락에 걸고 당기면 딸려오는 "햇살가락"으로 "눈부신 사금파리"로 형상화하는 한편, 이 햇살들에 시간의식을 부여하여 먼먼 옛날의 시간에서 시작해서 해마다 찾아와 봄노래 불러줄 "막걸리 맛 입술들"의 소곤거림으로 유혹적인 표현을 살려놓았다. 시에서 제목은 내용이나 주제를 암시하거나 혹은 이렇게 읽어달라는 방향지시등이거나, 전체를 포괄하는 암유로 매우 중요한 역할을 한다. 위의 시에서는 아득한 태초부터 시공을 넘나들며 봄 햇살이 해내는 역할을 한 눈에 보여주도록 제목이 기능하고 있다. '매화'라는 대유법 속에는 온갖 꽃, 온갖 식물, 생명 있는 모든 것들이 함의된다.

해바라기 하는 '고양이'와 더불어 식물뿐만 아니라 동물까지, "덜 마른 화선지마냥 늘어져 있는 시간" 즉 신화 시대부터 먼 미래의 시간까지, 식물과 동물, 생명과 시간 공간 모두를 포괄하는 '봄 햇살'에 대한 경건한 헌사로 작용하도록 제목에 먼저 장치되어 있다.

시쓰기를 포함한 모든 예술행위는 결국 풀리지 않는 화두 하나를 인생에 던지는 것이며, 그래서 살아간다는 것은 결국 이 화두를 풀기 위해 애쓰는 수행과정에 다름 아니라고 한다면 생이 너무 진지하기만 한 것일까.

2. 이름 불러주기와 에둘러 말하기

김춘수 시인은 시 「꽃」에서 존재의 본질에 다가가는 방편으로 이름 불러주기를 노래하고 있다. '내가 그의 이름을 불러주기 전'에 그는 다만 하나의 '몸짓'으로 존재하였을 뿐이다. 그런데 시인이 이름 불러주기 즉 '명명(命名)'을 하자 '존재'는 비로소 본질을 드러내고 그가 가진 본질에 알맞게 지명되고 자아와 세계 즉 타자와의 관계 맺기가 이루어지는 것이다.

하이데거(Martin Heidegger, 1889~1976)는 "시인은 신들의 이름을 부르고 또 만물을 그 본질에 따라 이름 짓는다. 시인이 본질적인 언어를 말하는 한에서, 이러한 이름 짓는 것을 통해 존재자는 그가 무엇인지에 걸맞게 지명되는 것이다."라고 했다. 그러므로 그에 의하면 '시작(詩作, Dichtung)이란 존재의 언어적인 건립(Stiftung)'이다.

전통적인 서정시이거나 모더니즘과 쉬르리얼리즘 이후의 회화성과 표현을 중시하는 현대시이거나 또는 근년에 『시문학』을 중심으로 펼쳐지고 있는 하이퍼시이거나 모든 시작은 '존재의 언어적인 건립', 즉 언어라는 기표를 통한 기의의 표현, 또는 기의를 초월하는 새로운 이미지의 표현이라 할 수 있다.

이때 '존재의 언어적인 건립'에서 모든 시작행위는 에둘러 말하기이다. 에둘러서 비판하고 풍자하며, 에둘러서 고백하고, 에둘러서 이름을 짓고, 에둘러서 드러내기이다. 영국의 시인 사무엘 존슨(Samuel Johnson, 1709~1784)은 '시의 본질은 발견'이라고 했다. 이때의 '발견'은 시의 내용과 형식에 모두 해당되는 것이지만, 말하고자 하는 주제 혹은 이미지를 어떤 오브제를 통해 표현할 것인가 그 오브제를 발견하면 그 다음 시쓰기는 펜이 저절로 이끌어줄 것이다. 다르게 말하면 '시의 본질은 에둘러 말하기'라고 할 수 있다. 『시문학』 2012년 7월호에서는 존재의 이름 불러주기와 에둘러 비판하고 고백하는, 시의 본질에 충실한 작품들을 만날 수 있었다. 간혹 시의 본령인 형상화와는 거리가 먼 직설화법의 글이나 자기 넋두리 같은 글이 보이는데, 시의 본질에 충실한 알찬 작품을 만날 때 평자는 시 읽는 즐거움을 누린다.

> 보름달을 삼킨, 앞가슴이 부풀어 오른다
> 별들의 왕녀인 안드로메다가 가장 사랑한,
> 라임나무 열매를 훔쳐먹은 죄로, 나는 노새사슴이 되었다
> 목자자리, 아르크투르스 별을 영원히 짝사랑하라는 벌을 받았다,
> (중략)
> "내몸에 박힌 화살을 빼지 마세요..제발"
> −상처는 내 영혼을 일으켜세우는, 붓
> −고통은 잘 섞은, 물감
> 배경처럼 서 있는 멕시코만, 푸른 바다
> 남색꽃 만발한, 클리토리아 초원
>
> 다시 봄이 오면,
> 굳어버린 뿔은 마피미 분지에 내던지고
> 말랑말랑한 새 뿔을 왕관으로 쓰고
> 초원을 힘껏 내달릴 터,

─귀를 쫑긋 세우고

　　　　　　　　　　　─ 이선 「프리다 칼로 · 2」 부분

　　하이퍼시쓰기의 선두에 서서 다양한 이미지를 비약적으로 결합하는 하이퍼시를 왕성하게 쓰고 있는 이선 시인이 「권말연재 하이퍼시」에 「프리다 칼로」 연작시를 게재하였다.

　　하이퍼시는 사이버세계의 하이퍼텍스트를 링크하여, 하나의 이미지에서 확장되어나가는 이미지와 이미지의 충돌, 초월, 확장, 비약을 그 특징으로 한다. 활달하고 경쾌한 상상력, 연관성 없이 초월적으로 미끄러지는 이미지, 때로는 언어와 언어의 연상작용 또는 충돌작용으로 언어유희(pun)의 장도 펼쳐지는, 상상과 공상의 세계에서 유영하기도 하는, 시의 내용이나 의미를 가능하면 배제하려고 하는 표현중심주의 시작, 그래서 하이퍼시는 시인의 시작 의도와는 별개로 서로 독립적이면서 동시에 의존성을 갖는다.

　　이선은 「프리다 칼로 · 2」에서 프리다 칼로의 그림과 삶을 텍스트로 하여 다양한 상상력을 펼쳐놓고 있다. 프리다 칼로(Frida Kahlo, 1907~1954)는 멕시코의 여성화가로서 멕시코의 대표적 민중화가인 디에고 리베라와의 결혼과 예술가로서의 교감, 그리고 남편의 여성편력으로 인한 이혼과 재혼, 전차사고 후 척추 장애 등으로 평생을 정신과 육체의 고통에 시달리며 약 50점의 자화상을 남긴 것으로 유명하다.

　　위의 시에서 시인은 여타의 하이퍼시에서 배제하는 사유와 의미를 포함하는 시쓰기를 하고 있다. 자화상에 나타나는 '다친 사슴'의 목과 몸통에 꽂힌 다수의 화살에서 유추되는 '죄와 벌'을, 우주적인 상상력을 통해 별자리와 보름달까지 오브제로 사용하는 대담한 비유와 비약을 통해 형상화시킨다. 전반부에서는 '디에고 리베라'라고 하는 증오하면서도 사랑하고, 그녀의 자화상 속에서 일체화되기를 간절히 원하는, 그녀의 세 가지 소원 속에 '디에고와 함께 있는 것'이라고 할 정도로 떠나기 싫어하던 남편에 대한 짝사랑의 애착을, 손닿을 수 없는 창공의 별을 사랑해야 하는 피할 수 없는 원죄의식으로 표현하고 있다. 후반부에서는 "―상처는 내 영혼을 일으켜 세우는, 붓/―고통은 잘 섞은, 물감"이라는 표현과 함께 멕시코만 푸른 바다와 꽃이 만발한 클리토리아 초원 등 희망의 자연배경을 제시하여 "초원을 힘껏 내달릴 터,"라는 강한 의지를 보여준다. 시어로 시를 쓰기 전에 칼로의 그림 〈다친 사슴〉을 제시하여 회화시(phanopoeia)로서의 특성을 살리고 독자의 감각과 이해에 이바지한다.

그림 속의 그녀의 모습은 비록 여러 개의 화살 때문에 피를 흘리는 사슴의 몸을 하고 있음에도 불구하고, 정면을 뚫어보는 시선은 매우 투명하고 강한 빛을 발하고 있어서, 삶에 대한 강한 의지와 승화를 나타내는 시의 결구와 잘 조응하고 있다. 이 시의 또 하나 표현상의 특징은 "목자자리, 아르크투르스 별을"에서처럼 한 행의 중간 또는 끝에 ',(쉼표)'를 적절히 배치하여 스타카토의 역할을 해주고 강조하는 동시에 시어들이 독립성을 지니도록 장치하고 있다. 전체 24행 중에 17개의 쉼표가 사용되고 있어 시인이 쉼표를 통한 표현에 특히 유의하고 있음을 알 수 있다. 쉼표뿐만 아니라 '―'나 " " 등 문장부호를 통한 표현에 유의해서 읽다 보면 언어가 가지는 기표를 따라 시를 감각적으로 즐기게 된다. 「프리다 칼로 · 3」에서는 아스텍문명으로 제유되는 멕시코의 역사와 화가의 출생사연을 배경에 깔고, 멕시코의 산맥, 고원, 강과 평원 등으로 환유되는 프리다 칼로의 내면 풍경과, 육체의 고통이 정신을 지배하고, 꿈까지도 지배하는 그림을 언어로 그려놓고 있다. 프리다 칼로가 멕시코를 대표하는 초현실주의 화가이고 그의 그림들이 1970년대 페미니즘운동이 대두되면서 재평가되었다고는 하지만, 21세기 대한민국의 시인에 의해 '시'로 표현됨으로 해서, 즉 시인이 그의 이름을 새롭게 불러줌으로 인해서 그의 그림과 생애가 하이데거가 말한 '존재의 언어적인 건립'을 이루게 되고 새로운 생명을 얻게 되는 것이다.

너는 글루 가거라

나는 일루 가련다

애푸티애(FTA) 애태태 침 뱉고

재주도 해죽끼지(해군기지) 안된다

주딩이 벌떡거리며

너는 글루 가거라

나는 일루 가련다

어쩌다 또 만나면

종북(從北)일까 탈북(脫北)일까

따지면 또 뭐할거냐

— 김용재, 「엿듣기 · 1」 부분

    우리 사회의 남남갈등과 분열은 지각 있는 사람이라면 더 이상 두고 보기 힘들 정도가 되었다. 김용재 시인은 이러한 사회적 분열양상을 "너는 글루 가거라/나는 일루 가련다"라고 하여 반어법으로 풍자하여 비판하고 있다. 이념갈등과 반대를 위한 반대논리는 더 이상 같은 방향을 바라보고 같은 생각을 하도록 화합하는 분위기를 조성할 수 없을 정도로 심각하다. 그러므로 차라리 "너는 글루 가거라"라고 마이웨이를 외칠 수밖에 별 도리가 없도록 갈 데까지 간 것으로 보인다. "주딩이 벌떡거리며" 입만 열었다 하면 반대를 위한 반대를 하고, 전국의 어느 곳에서건, 제주도 섬의 끝까지도 달려가서 반대시위에 목숨 거는 사람들, 그들에게서 감지되는 (말을 하면 바로 낡은 색깔론으로 비판 받는) 이념의 색깔을 "종북(從北)일까 탈북(脫北)일까"로, 정반대의 이념을 대구로 장치하여 얼버무리는 시적 표현이 돋보인다. 한때 무단 월북하여 북한에서 '통일의 꽃'이라 불리며 조국에서는 감옥에서 죄값을 치른 임수경이 떡하니 국회의원 배지를 달고, 주점에서 만난 탈북자에게 입에 담지 못할 욕과 함께 "배신자"라고, "어디 국회의원에게 개기느냐"고 했다는 신문기사를 읽으면서 나라의 앞길을 걱정하는 마음은 같을 것이다. 시인은 또, 국토와 해양방위를 위해 건설하는 '해군기지'를 '해죽기지'라고 하는 어처구니없는 현상을 "재주도 해죽끼지"라고 조롱하여 풍자한다. 사회적 부조리를 조소(嘲笑)하고 별것 아닌 것처럼 왜소화(矮小化)시켜서 반어법으로 대상을 조롱하고, 멸시하는 에둘러 말하기의 방법이다.

> 서울 가장자리 아파트 숲에도
> 이른 아침에 창을 여니
> 몇 마리 새가 와서 지저귄다
> 새의 울음이 내 울음같이 정겨워
> 고향이 어디냐고 물으니
> 사무치게 지저귀며
> 아파트 숲을 휘젓어 날아다닌다.
>
> — 정순영, 「아파트 숲」 부분

정순영 시인은 서울의 가장자리 아파트 숲도 숲이라고 날아오는 '몇 마리 새'를 통해 고향을 잃어버린 현대인의 실향의식을 제시한다. '몇 마리 새'는 자연의 숲과 고향을 떠나서 아파트가 숲을 이루는 낯선 곳에서 "사무치게 지저귀며" 울어볼 밖에 아무런 방법을 알지 못하는 시적 화자로 환치된다. 또한 '구름 · 새 · 사람'도 동격으로 환치되는 실향민이다. 시인은 산업화, 도시화 이후의 현대인들이 별 의식 없이 일상으로 발화하는 '아파트 숲'이라는 단어에 특별한 의미를 부여하여 잃어버린 고향, 잃어버린 자연을 환기시키는 생태시를 제시한다. 그리하여 메마른 도시민들을 이제는 아주 잊고 사는 고향과 자연 속으로 이끌어주고 있다. 같이 수록된 「봄이여」에서도 "낯설지 않은 거리인데 어눌한 말들이 흩어지고/살얼음처럼 깨어져 눈물이 쏟아질 것 같은/여리게 걸어 나오는 봄의 여운"이라 하여 도시인의 봄을 맞이하는 마음이 대자연 속에서처럼 가볍지 않음을 표현하고 있다.

> 투자자를 찾습니다
> 투자금은 없습니다
> 다만 당신의 절약 정신과 절약 습관만을 받겠습니다
> 이익금은 매달 현금으로 통장에 입금됩니다
> (중략)
> 대야 위에 서서 샤워를 하면 물이 많이 받칩니다
> 몽골 사막의 나무에 물을 주고
> 목마른 아프리카 어린이에게
> 물을 나누어 줄 수 있습니다
>
> — 이신강 「댐 하나를 만들지 않겠습니까」 부분

위의 시는, 나 외의 다수와 인류를 사랑하는 마음만 있으면 생활 속에서 누구나 생각할 수 있는 절약정신을 테마로 하고 있다. 그런데 꼭 필요하긴 하지만 극히 평범한 테마를 가진 이 작품을 '시'로 성립시키는 것은, 그것을 직설화법으로 말하지 않고 '댐 하나' 만들기를 권유하는 에둘러 말하기방법의 '발견'이다. 물 절약이 단순히 절약에 그치는 것이 아니라 댐 하나 만들 수 있다는 믿음, 우물도 아니고 연못도 아니고 거대한 댐을 만들 수 있다는 것, 그 절약정신으로 세계 모든 인류가 동참한다면 댐 아니라 바다라도 만들 수 있다는 믿음, 그러므로 생활 속의 단순한 절약 습관 하나가 세계 인류를 위한 구원이 될 수 있다는 믿음이 이 시를 시답게 해주고 있다. "당신의 절약 정신과 절약 습관"에 의해 "몽골 사막의 나무에 물을 주고/목 마른 아프리카 어린이"를 살릴 수 있는 거대한 기적이 일어날 수 있다. 그래서 시인은 마지막으로 권유한다 "우리 다 함께 댐 하나를 만들지 않겠습니까"라고. 이신강 시인은 신작시집에 5편을 발표하고 있는데 「70억 개의 詩」에서는 인류 70억 번째로 태어나는 여자아기를 기리면서 "세상에는 70억 개의 詩가 있구나"라고 하여 인류사랑과 시

사랑의 큰 스케일을 보여주고 있다.

> 띠포리가 납작하게 누워 있다
> 은빛 비늘을 윤슬처럼 반짝이며
> 날렵하게 잔바다를 누비던 띠포리가
> 바닥없는 나락으로 잦아드는 것인지
> 모로 누워 혼미하게 가라앉고 있다
> 발라먹을 살도 없어 생선 축에도 들지 못하고
> 만만하다고 으레 가짓수에도 끼지 못하던
> 그래도 국물맛 내는 데는 띠포리만 한 게 없다며
> 끓는 물에 집어넣고 우려먹던 그 띠포리가.
> (중략)
> 무른 등에 새끼에 새끼까지 태우고
> 지느러미 짓이 그리 힘든 줄 나만 몰랐다
>
> ― 이상규, 「띠포리」 부분

　이상규 시인은 '띠포리'라는 오브제를 병을 앓고 있는 아내와 병치하
는 치환은유를 사용하여 아내에게 에둘러 고백하고, 더하여 평소에 일찍
살피지 못한 자신을 반성하며 자기성찰하고 있다. 행갈이 없이 전체를 한
연으로 하는 전연시로, "발라먹을 살도 없어 생선 축에도 들지 못하고/만
만하다고 으레 가짓수에도 끼지 못하던/그래도 국물맛 내는 데는 띠포리
만한 게 없다며" 우려먹던 띠포리의 묘사에서 띠포리의 속성을 아내의
속성과 일치시키고, 대화체도 사용하면서 실감나게 표현하고 있다. "무
른 등에 새끼에 새끼까지 태우고/지느러미 짓이 그리 힘든 줄 나만 몰랐
다"에서는 제법 반성하는 빛을 보인다. 그런데 꼼짝 못하고 누워서도 "띠
포리 한 줌 넣고 된장 한 숟가락 풀어서" 찌개 끓여 먹으라고 남편에 대
해 걱정하는 아내 앞에서 "밴댕이 소갈머리처럼 연득없는 나는/연하디
연한 띠포리 등뼈까지 우려내어/혼자 살겠다고 후룩이며 밥 말아먹고 있

다"에 오면, 걱정은 잠시 잠깐뿐이고 다시 자기본위로 돌아가는 인간의 속성(남편의 속성?)을 아프게 꼬집고 있다. 같이 수록된 「첨탑(尖塔)이 없다」에서는 종교에 대하여, 「짬에 대한 새로운 해석」에서는 사회현상에 대하여, 「목욕탕에서」는 정치현상에 대하여 비판의식을 드러내고 있다.

시인의 이름 불러주기에 의하여 모든 존재는 언어적으로 건립되어 현존하고, 에둘러 말하기에 의해 시작품은 아픈 곳을 찌르거나 부조리를 비판하고 자기성찰을 통해 고백하기도 한다. 이번호에서는 이러한 시의 본질에 충실한 작품들을 살펴보았다.

3. 현실 초월과 꿈의 변용

우리는 시를 통해서 꿈을 꾼다. 모든 인간은 현실에 발이 묶여 있는, 한계상황에 기투(企投)되어 있는 제한적인 삶의 조건 속에서 유한자(有限者)의 여러 가지 결핍을 견디며 살아가야 하는 존재이다. 그렇기 때문에 더욱 꿈꾸기를 멈출 수 없다. 모든 인류 중에서도 특이한 종족인 시인은 꿈꾸기를 통해 자아와 세계와의 합일을 꾀하며 불가능한 현실을 초월하고, 상상의 세계를 현실에 실현시킨다. 그들은 결핍의 상황을 넘어 이상적인 세계를 자아화(自我化)하여 갈등을 해소하고 화해와 승화의 초월적 세계를 제시한다. 그리하여 시인의 세계에서 불가능이란 없다. 시인은 언어로 세계를 창조하는 신(神)이다. 단지 그가 창조하여 건립하는 세계는 언어라는 매체를 통해야 하기 때문에, 시인의 꿈꾸기가 언어의 옷을 입고 어떤 방법으로 변용되어 제시되느냐에 따라 시의 성패가 가름된다. 언어를 통한 시적 변용이 성공적으로 이루어질 때 시는 비로소 독자에게 감동과 동화(identipication)의 기쁨을 주게 된다. 그러기에 하이데거((Martin Heidegger, 1889~1976)도 '시작(Dichtung)은 예술의 가장 탁월한 양식'이라고 하였다. '이곳' 아닌 '저곳'을 꿈꾸고, '지금'에 발붙이고 서서 그것을 초월하는 '내일'을 꿈꾸며 그것을 독자 앞에 가능태로 보여주는 것이 시인에게 허용된 가장 큰 특권이자 의무이다.

『시문학』2012년 8월호에는 시문학문인회의 낭송시 특집이 수록되어 저마다의 시인들이 꿈꾸는 세계를 펼쳐놓고 있다. 모든 작품들이 다 수작(秀作)이지만, 그중에서 '꿈'과 '꿈꾸기'의 변용에 포커스를 맞추고 몇 작품을 살펴본다.

아프리카 가나의 12세 소년광부의 이름은 임마누엘이다
금광으로 내려가는 허술한 발판이 아슬아슬한
소년은 맨발이다
학교에 가고 싶어도 꾹 참아내는 12살 사내아이 임마누엘

볼리비아의 13세 소녀 마리아
광산에서 광석가루를 빻거나 무거운 자루를 나르며
아픈 엄마를 위해 종일 일해야 한다
놀 줄도 모르는 마리아

마취주사를 맞아 굳어진 살덩이
삭은니를 갈아내는 금속성이 잇몸을 파고든다
착암기가 콘크리트를 뚫고 있다
아이의 짝꿍은 아버지가 착암기기능공이다
착암기에 온몸을 두두두 떨며 가족을 먹여 살린다
－임마누엘은 오늘도 맨발이다－
신경치료를 마치고 새 치아를 세운다
할머니는 잇몸만으로 고기를 달게 씹어드시고

하마는 이가 훌륭해도 씹지 못하고 삼켜 버리는
아름다운 저작(詛嚼)으로 산다

막 쪄낸 옥수수가 소쿠리에 가득해
할머니는 아이들을 길게 부르고
코흘리개 손자가 벌써 옥수수를 뜯고 있다
매미는 임마누엘과 마리아의 등 떠밀며
덩달아 목청 늘이고 좋아라 동구 밖이 들썩인다

— 이솔, 「이렇게 산다」 전문

1연과 2연에서는 아프리카와 볼리비아의 비극적인 현실이 제시된다. 12살과 13살은 노동현장에 투입되거나 가족의 생계를 책임지기에는 너무 어린 나이이며, 부모의 보호와 양육 아래서 미래를 위해, 삶의 질 향상을 위해 학교에서 공부를 해야 할 나이이다. 시인은 아무런 제시나 설명 없이 단도직입적으로 그 아이들이 처해 있는 현실을 묘사하여 보여주기 하고 있다. 3연에서는 공간적으로 서로 떨어져 있지만 이곳과 저곳이, 화자의 현실과 임마누엘의 현실, 아이의 짝꿍(아버지)의 현실이 교직으로 짜여져 제시되고 있다. 시적 화자가 치과에서 삭은니를 갈아내는 금속성에서 연상되는 착암기기능공의 현실은 여기, 이곳의 현실이지만 임마누엘과 마리아의 현실과 큰 차이 없어 보인다.

최근 일간신문 기사에서 '한국 아동청소년 종합실태조사' 결과 9세~11세의 농어촌 지역 아이들의 저녁 결식 비율이 무려 2.9%에 달하는 것으로 보도되었다. 아침과 점심 식사의 결식 비율은 13.6%로 나타났다고 한다. 세계 10위의 경제대국이라는 우리나라도 제대로 살펴보면 소외계층과 빈곤계층의 상황이 그다지 낙관적이지 않다. 그래서 시인은 4연에서 '하마'를 등장시켜 누구의 몫도 남겨놓지 않고 한 입에 삼켜버리는 독식을, 자본주의와 사회적 모순을, '아름다운 저작'으로 역설 속에 비판을 숨겨놓고 있다. 5연에서는 비로소 사랑 속에 갈등이 해소되는 화해와 승화의 순간이 온다. 여기서의 '할머니'는 모든 이의 할머니 즉, '사랑'의 대유이다. '할머니'와 '옥수수'로 환유되는 사랑을 먹고 아이들은—지구의 미래는 '좋아라' 자라난다. 그래서 지구의 내일, 인류의 내일은 밝다. 현실을 고발하고, 결핍의 해소에 대해, 더불어 살기와 나눔에 대해 고요히 물러앉아 생각하게 하는 울림이 큰 작품이다. 아무 곳에서도 직설적으로 꿈꾸기를 말하지 않고도 결핍과 갈등을 사랑을 통한 화해로 이끌고 가서 승화시키는 결말을 통해 많은 것을 시사하고 있다.

차도르 하얗게 두르고 뭉게뭉게 솟아올랐어 남들이 그러대 "멋진 하늘이야"

사흘 밤낮을 추락했어 한없이 눈물이 나대 왜 떨어지는 줄 모르고 떨어지고 왜 눈물이 나는 줄 모르고 울었어 남들이 그러대 "너무 높이 오른 거야 몸집을 너무 부풀린 거야"
(중략)
손끝으로 일으켜 세운 바리케이드를 버렸어 소리를 내려놓고 가만히, 가만히 핏물을 걸러내었지 축축이 젖은 몸에 하얗게 길이 났어 남들이 그러대 "해발 0m. 다 이룬 거야"

그러나 나는 알아
다시 햇살을 잡고 꿈꾸어야 한다는 것을
다시 추락하여 피투성이로 흘러야 한다는 것을
중심이 지워지고 자주 길이 보이지 않을 거라는 것을
— 김예태, 「한 알갱이 물이 되어」 부분

김예태 시인은 자연현상의 변화를 시화(詩化)하고 있다. 앞의 시와는 달리 꿈꾸기에 대해서 직접 언술하면서 '물' 을 화자(주체)로 내세워 새로운 각오를 다지고 있다. '한 알갱이 물' 의 변화과정을 따라가면서 기화하여 구름이 되고 비가 되어 쏟아지고, 폭우로 내려 만물을 쓸어가고, 하얗게 길이 되어 흘러가는 과정을 시적으로 변용시켜 보여준다. 그러면서 '너무 높이' 올라 '너무 몸집을 부풀린' 과욕을 경계하고 '해발 0m.' 로

다 이룬 것 같은 자만을 경계한다. 그리하여 마지막 5연에서는 이상을 향해 끝나지 않은 '꿈꾸기'와 정진하기에 대한 각오를 다진다. 그 길이 비록 '추락하여 피투성이로 흘러야' 하는 고난을 겪어나가는 과정일지라도, 새롭게 꿈꾸는 자연현상의 순환 속에 인간 삶의 자세를 대입시키는 교시적 기법을 보여준다.

눈에도 눈이 있다
온 몸이 눈이어서 눈이라 부른다

눈에 눈이 없다면 구름에서 뛰어내린 무수한 눈발들
길을 잃지 않고 어찌 지상까지 내려올 수 있으랴
(중략)
비 내리던 길을 기억하고
계곡의 악보를 읽는다
눈의 눈이 구름으로 흐르다 마음의 어깨 위에 비로소
안착한다, 아무 일도 없었던 것처럼 덮는다

거슴츠레 눈이 눈을 뜰 때쯤 맺힌 고드름은
눈의 눈물의 결정체다
낙숫물소리는 봄의 악보를 미리 탄주하는 것

눈의 눈물이 마침내
봄꽃을 피워낸다
꽃망울 눈빛이 다시 눈의 눈을 기다린다
— 김필영, 「눈의 눈」 부분

이 시는 동음이의어를 사용하여 "온 몸이 눈이어서 눈이라 부른다"라는 기발한 발상으로 씌어졌다. 김예태의 「한 알갱이 물이 되어」에서는 처음부터 끝까지 '물'을 화자이며 주체로 내세워 독백체로 이끌어가는 반면에 김필영의 「눈의 눈」에서는 화자의 시선과 '눈'이 교대로 주체가 되는 변화의 과정을 보여준다. 1, 2, 3연은 시적 화자의 시선, 4연은 시의 오브제(objet)인 '눈'이 주체가 되고, 5연과 6연은 다시 화자의 시선으로 바뀌어 가며 진술과 묘사가 섞여서 나타난다. 앞의 시에서 '햇살을 잡고 꿈' 꾸기와 이 시에서 "눈의 눈물이 마침내/봄꽃을 피워낸다"는 같은 꿈 꾸기이다. 현상학적으로 생각할 때 "눈"은 한겨울에 내려 모든 생명체를 얼게 하는 것 같지만, 시인의 꿈꾸기를 통해 "눈의 눈물"은 "고드름"이 되고 고드름이 녹아내리는 "낙숫물소리"는 '봄의 악보를 미리 탄주' 하여 새봄을 앞당기는 전주곡이 된다. "꽃망울 눈빛이 다시 눈의 눈을 기다린다"에 오면 생명의 순환과 연기(緣起)의 법칙을 함의한다. 자연현상에서 변화하는 "눈"이라는 오브제를 통해 대자연의 섭리와 순환을 노래하며 "눈의 눈"이라는 생명의 눈, 지혜의 눈, 제3의 눈을 제시하여 독자를 꿈 꾸는 새로운 세계로 이끌어주고 있다.

> 계곡 아랜 꽃마리 처녀치마 꿩의바람
> 홀아비꽃대 노루귀 노루오줌 현호색 작은 부채
> 은방울 금낭화 괭이눈 까마귀오줌통 쥐오줌풀
> 형형색색의 코와 귀와 눈으로
> 꽃비 펄펄 날리는 천고의 한소식 들으러 몰려들고 있으니
> 나도 뒤질세라 동고비 곤줄박이 개똥지빠귀 흰배지빠귀 뻐꾸기 무리에 끼어
> 손발 씻고 오체투지 넙죽 엎디어
> 더께 낀 눈과 귀 이슬빛 향기로 헹구어내고 있으니
>
> 어디선가 울려퍼지는
> 물북소리 달과 별의 심장소리 개구리 울음소리
> 하늘과 땅과 온갖 새와 짐승들이 밤새도록 함께 어울려 상운하며
> 어화둥둥 얼씨구 닐리리맘보 춤을 추나니
>
> — 나병춘 「감응」 부분

'집중 이 시인' 란에 수록된 나병춘의 시 5편 중에 「감응」이라는 작품에 눈길이 머물렀다. 감응(感應)이란 마음에 느낀 바가 있어 말없이 서로 통하고 반응한다는 의미이다. 이 시는 마치도 19세기 프랑스 상징주의의 시조로 불리는 샤를 보들레르의 시 「교감(correspondances)」을 상기시키는 듯하다. 시적 화자는 자아와 사물, 사물과 사물, 자아와 자연현상, 자연과 자연, 유위와 무위 등, 인간세상의 모든 일들과 우주의 모든 현상과 가슴으로 대화하는 내적 울림을 서로 교감하고 조응하는 시세계를 펼치고 있다. 우리는 자아를 둘러싸고 있는 세계−상황과 사물에 대한 사랑의 마음, 현상을 넘어서 어린 아이 같은 순수한 마음으로 대상을 바라보며 대상의 진정한 내면과 조우할 때라야 이 세상 만유와 진정한 교감을 나누고 서로 감응할 수 있다. 위의 시에서도 나와 남의 경계, 안과 밖의 경계가 모두 사라지고, 자아라는−아상(我相)을 모두 "허물고 버리고 내동댕이치"고 난 뒤에야 "물북소리 달과 별의 심장소리 개구리 울음소리/하늘과 땅과 온갖 새와 짐승들이 밤새도록 함께 어울려 상운하며/어화둥둥 얼씨구 닐리리맘보 춤을" 출 수 있는 상호교합의 환희로운 세계가 펼쳐진다. 내적인 에너지만으로 교감할 수 있는 합일의 세계가 비로소 다가오는 것이다. 이러한 세계는 시인의 '꿈꾸기'를 통해서라야 가능한 이상적인 세계일 것이다.

　이처럼 시인들은 유한자의 세계, 결핍의 세계를 초월하고, 언어를 통한 꿈꾸기로 불가능의 현실을 또 다른 가능태로 새롭게 현현시키는 언어의 변용자, 꿈꾸는 자이다.

삶의 비의(秘意)와 초월적 이행(移行)

1. 삶의 관조와 역사의식

인간은 모두 '관계 속의 인간'으로 자신이 사는 주위의 사람과 사물과 자연 등과 관계를 맺으며 그들을 변화시키며 스스로도 변화되는 실존적 개체이다.

20세기 최고의 역사가 E. H. 카(Edward H. Carr, 1892~1982)는 그의 명저 『역사란 무엇인가』에서 역사의 과정을 '움직이는 행렬'로 파악하면서 역사가도 행렬의 한 부분에 끼여서 걸어가는 인물이라고 보았다. 그리고 "(역사가도 포함된) 이 행렬이 움직임에 따라 새로운 전망, 새로운 시각이 끊임없이 나타난다"고 하여 역사발전과 변화에 참여하는 역사가의 역할을 '역사의 한 부분'으로 인식하고 있다.

시인도 마찬가지이다. 시인을 포함한 문학과 예술은 그가 살아가는 역사에 참여하고 역사를 변화시키고 새로 창조하고, 독자를 감동케 하여 사회와 민중의 의식을 변화시키고 심화시킨다. 『계간문예』 2005년 창간호에 시가 수록된 이성부, 강은교, 오남구 시인도 그가 사는 역사에 참여하고 역사를 발전시켜 T. S. 엘리엇(1888~1965)이 말하는 '새로운 전통'을 창조해가는 사람들이다. 넓게는 모든 시인이나 예술가들이 모두 해당된다고 할 수 있다.

① 딴 생각을 품고 싶어 집을 나선다
    산길 걷다 보면 모든 생각들 허물어지고
    이다만 보이는 것들만이 하나씩 둘씩
    내 안에 쌓여져 나를 두껍게 만들다
    나는 어느덧 넉넉해지고 자유로워져서
    사람이 살고 있는 마을을 자동차 길을
    쫓기듯 허덕이듯 구물구물 모여 있을
    저 아래 멀찌감치 내려다본다
    이마의 땀 닦고 담배 한 대 피워내고
    다시 또 걷는 일에 파묻힌다
    느릿느릿 또는 바쁘게 부지런하게 또는
    어느만큼 고요하게 또는

— 이성부, 「어느 만큼」 전문

1970년대 중반, 그의 시 '봄'과 '벼'를 읽으면서 느꼈던 감동이 새롭게 다가온다. 공동체적 의식에 바탕을 두고 농촌의 현실과 고통을, 그리고 민중의 희망을 그토록 절묘하게, 서정성을 잃지 않고 형상화시킨 시를 만난 기쁨과 전율, 그래서 그의 시들은 엄혹한 70~80년대를 지나서 21세기 현재까지도 그 신선함과 감동을 잃지 않고 애송되는 시가 되어 있다.

지금 이성부는 산행을 하면서 변화된 작품세계 속에 초극적이고 남성적인 강인함을 거쳐, 생에 대한 관조와 자기성찰의 목소리로 우리에게 말을 걸고 있다.

시 ①에서 시인은 "딴 생각을 품고 싶어 집을 나선다". 그가 생각하는 "딴 생각"은 자연과 하나 되어 넉넉하고 자유로운 가슴으로 관조하듯 비추며 내려다보는, 있는 그대로의 직관이며 산처럼 침묵하는 우주적 사고이다. 이처럼 "사람이 살고 있는 마을을 자동차 길을/쫓기듯 허덕이듯 구물구물 모여 있을/저 아래"로 "멀찌감치 내려다" 볼 수 있는 "어느만큼 고요하게 또는"에서 드러나듯 갈앉은 고요와 여유로운 마음은 산길을 걸으면서 얻어지는 마음의 수양과 관조에서 온다.

관조(觀照, enjoyment, contemplation)란 감상하고 완상하며 쾌감을 수반하는 미적 향수(美的 享受)를 의미한다. 또한 자연과 인간과 삶을 지혜로 비추어 맑은 물에 만유가 비치듯 있는 그대로를 직관하고 초월하는 향수의 태도이다. 우주는 그 스스로 도덕적 질서를 갖고 자연의 섭리에 의해 운행되므로 우리 인간도 이에 순응하고 관조와 초월의 정신으로 살게 되면 천명과 운명을 알고, 이해하고 순응하며 살아가는 순명의 태도를 얻게 되는 것이다. 이러한 관조와 순명의 태도는 자연 앞에 섰을 때 가장 잘 느낄 수 있고 체득될 수 있다.

"산과 내가 한몸이 되어/슬픔이나 외로움 따위 잊어 버렸을 때는/머지않아 이것들이 가까이 오리라는 것을 알았다/집과 사무실을 오고 갈 적에는/자꾸 산으로만 떠나고 싶어 안절부절/떠나기만 하면 옷 갈아입은 길들이 나를 맞아들이고"(「산을 배우면서부터」, 시집 『작은 산이 큰 산을 가린다』)에서처럼 집을 떠나 대자연 속에서 산과 하나가 되어 '슬픔과 외로움' 즉 온갖 인간적인 감정과 갈등과 번민을 잊어버리고 생을 관조하게 된다. 그러나 시인에게 이러한 관조의 경지가 변함없이 지속되는 것은 아니다. "가도가도 끝없는 길 오르락내리락/더 흘릴 땀도 말라버려 주저앉을 적에는/어서 빨리 집으로만 돌아가고 싶었다" 또는 "이렇게 집과 산을 수도 없이 오가면서"(「산을 배우면서부터」) 등에서 볼 수 있듯이 항심(恒心)으로서의 경지가 아니라 상황에 따라 수시로 변하여 집에서는 산을 그리워하고 산에서는 집을 그리워하면서 슬픔과 외로움을 잠재우고자 하는 갈등을 보인다. 그래서 시인은 자기성찰과 수도의 장소로서의 산을 외경심으로 대하고 있다.

　　② 깊은 산에만 들어오면 왜 이리
　　　나는 작아져서 풀벌레나 가벼운 바람이거나

하는 것들이 되어 흔들리는지
무슨 희망은 이리 맑은 땀방울로 떨어져
나를 숨 헉헉거리게 하는지
(중략)
한달 전에 돌아섰던 고개 다시 올라와
반갑게 껴안고 볼을 부벼도
그대 저만큼 달아나서 나를 내려다본다

— 이성부, 「깊은 산」 부분

③ 작은 산이 큰 산 가리는 것은
　살아갈수록 내가 작아져서
　내 눈도 작은 것으로만 꽉 차기 때문이다
　먼데서 보면 크높은 산줄기의 일렁임이
　나를 부르는 은근한 손짓으로 보이더니
　가까이 다가갈수록 그 봉우리 제 모습을 감춘다
　오르고 또 올라서 정수리에 서는데
　아니다 저어기 더 높은 산하나 버티고 있다
　이렇게 오르는 길 몇 번이나 속았는지
　작은 산들이 차곡차곡 쌓여서 나를 가두고
　그때마다 나는 옥죄어 눈 바로 뜨지 못한다
　사람도 산 속에서는 미물이나 다름 없으므로
　또 한번 작은 산이 백화산 가리는 것을 보면서
　나는 이것도 하나의 질서라는 것을 알았다
　다산은 이것을 일곱 살 때 보았다는데
　나는 수십년 담 흘려 산으로 돌아다니면서
　예순 넘어서야 깨닫는 이 놀라움이라니
　몇 번이나 더 생은 이렇게 가야 하고
　몇 번이나 더 작아져버린 나는 험한 날등 넘어야 하나

— 이성부, 「작은 산이 큰 산을 가린다」 전문

시 ②와 ③에서는 시인이 산길을 걸으면서 느끼는 정서적 동일화와 자연 앞에서 갖는 외경심과 자신의 왜소함에 대한 깨달음 등이 직정적인 어조로 표출되어 있다. 같은 높은 산을 보면서도 당나라 시인 두보(杜甫, 712~760)의 "마침내 저 높은 산꼭대기에 올라 올망졸망한 뭇산을 내려다보고야 말리라(會當凌絶頂 一覽衆山小－「望嶽」)"에서 보여주는 젊은 패기와 호연지기와는 또 다른, 삶을 대하는 원숙한 눈과 삶의 이치를 깨달으며 스스로 자기를 낮추는 겸허함, 자신의 왜소함을 드러내는 겸손함 등의 주제의식이 잘 드러나는 인생시라고 하겠다.

또한 시 ②에서 시인은 자신이 "풀벌레나 가벼운 바람이거나/하는 것들이 되어 흔들"린다고 하여 대자연과 자기를 동일시하는 자타일여(自他一如) 사상을 보이고 있는데 이러한 의식은 "오랜만에 짚어보는 지팡이 모가지 잡은/내 왼손을 거쳐/땅 기운이 내 몸속으로 들어오는 것을 알겠다"(「나무지팡이」)에서, 또 "앞서가는 사람 쇠지팡이 두 개/바윗돌을 스칠 때마다/내 머리 어지러워 주저앉아버리고/푸나무 건드릴 때마다 내가 아퍼/눈으로 신음소리를 낸다"(「쇠지팡이」) 등에서 땅과 바위돌과 나무와 풀, 모든 우주만유와 함께 느끼고 함께 숨 쉬고 함께 아파하는 우주적 인식을 볼 수 있다. 백두대간을 종주하며, 마음속에 산과 들과 우주와 인간 역사의 아픔과 회한을 다 들여놓고 물처럼 맑은 마음거울에 비치는 그대로 맑은 시자락을 풀어놓는 큰 시인이다. 지면상 그의 초기의 민중적 참여적 시의식이 좀 더 내면화되고 심화되어 형상화된 역사의식과 겨레 사랑의 시를 언급하지 못해 아쉽지만 "반드시 통일이 성취되고 백두산까지 산길이 트일 날이 머지 않"(「시인의 말」)아서 시인의 꿈과 우리 겨레의 통일 꿈이 성취될 날이 빨리 오기를 기원한다.

어제 금강산 풀들에게
남겨놓고 온 내 징소리

지금 무얼 하고 있을까
낯선 길 뱅뱅
돌고 있을까.
돌고 돌면서 메뚜기 뛰는
북한 풀밭들을, 산들을 이리 뛰고 저리 뛰고 있을까.

이리 뛰고 저리 뛰다 지금쯤
평양가는 길목 어느 풀숲에 이르렀을까.

어제 신계사 절터에 날던
쌍잠자리
두 마리가 서로 업고 사랑하고 있었는데
사랑하다 헤어지는 걸 보았는데
지금쯤 어디서 서로 소식 전해보고 있을까.
방금 서울 하늘을 날아오른 저 잠자리
그중 한 잠자리인가.

　　　　　— 강은교, 「어제 금강산풀들에게 남겨 놓고 온 내 징소리」 부분

　“한 겹씩 벗겨지는 생사의/저 캄캄한 수 세기”(「自轉 1」) 속의 심연에
서 존재론적 비애와 허무를 노래해온 강은교 시인의 위의 시에서는 국토
사랑 겨레사랑의 역사의식을 읽을 수 있다.

　2005년 만해축전 세계평화시인대회의 일환으로 지난 8월 13일 금강산
에서 시낭송을 하면서 징을 치는 시인의 모습을 TV에서 보았다. 가슴속
에 들끓는 ‘말’들을 다 쏟아내지 못하는 ‘언어의 한계’에 갇힐 수밖에 없
는 시인의 몸짓이 실감나게 다가옴을 느꼈다. 이 시의 말미에 “8.14.아침
서울에서—”라는 추기가 붙어있다. “어제 금강산 풀들에게/남겨놓고 온
내 징소리”는 시인 대신 북한의 풀밭과 산들을 이리 뛰고 저리 뛰다 평양
가는 길목까지 이르고 싶은 시인의 넋이자 분신이다. 또한 “두 마리가 서

로 업고 사랑"하고 있는 쌍잠자리, 그러나 헤어질 수밖에 없는 이산가족의 한을 쌍잠자리 날개에 얹어 "서로 소식 전"하고 살기를 기원하고 있다. "방금 서울하늘을 날아오른 저 잠자리"가 "그중 한 잠자리"라면 남과 북은 벌써 하나 되는 합일을 이룬 것이리라. 그래서 "어제 구룡포 올라가던 산길/돌부리에 넘어지며 내려오던 물소리"가 "벌써 동해바다로 다가고 말았을까"라고 하여 남과 북의 물줄기가 동해바다에서 하나 됨을 기정사실화하여 기원을 보다 강조하는 기법을 보인다. 그러나 아직은 성취될 수 없는 기원이기에 "어제 금강산 돌들에게 남겨놓고 온 내 징소리"는 풀들에게 남겨놓고 온 징소리와는 달리 이데올로기와 고정관념으로 무장된 돌들에게 스며들지 못하고 "피 철철 흘리고" 있는 것이리라. 그래서 시인은 "어제 신계사 부처님께 올린 내 절/부처님이 과연 받아보셨을까" 하고 설의법을 사용해 보다 강한 기원을 표출한다.

　금강산, 징소리, 잠자리, 물소리, 절, 풀밭, 돌들 등의 구체적 이미지를 지닌 객관적 상관물(Objective Correlative)을 통해 평이한 언어 속에 주제를 잘 형상화시키고 있다.

　　참회하는 말 사이로 졸졸 물소리가 끼어든다
　　"천지의 덮고 싶어주는 은…(졸졸졸), 아직 참에 돌아가는 길을…(졸졸졸), 오랫동안 고 해에…(졸졸졸), 이전에 허물을…(졸졸졸), 도를 마음 공부에 두어…(졸졸졸), 도장을 깨끗이 하고…(졸졸졸)"
　　졸졸 물소리 따라 마음 흘러가면 환하게 보이는 물돌 사이, 피라미 새끼들이 기를 쓰고 거슬러 온다. 너럭바위 아래 아이들의 아랫도리가 흔들리고 화들짝 놀라 눈을 뜬다.
　　창문 안으로 들어오는 맞은 편의 산
　　두어뼘 하늘이 열리고 첩첩 푸른 가슴의 살결
　　두 봉우리의 능선이 뭉클 안긴다
　　　　　　　　　　　　　　　　　　　　　　　— 오남구, 「참회문」 전문

오남구(본명 오진현) 시인은 『이상의 디지털리즘』(범우사, 2005.4.)과 계간 『시향』을 통해 디지털문학선언을 하여 21세기 시론의 선두에 서서 '탈관념' '접사와 염사' 등의 화두를 던지면서 새로운 아방가르드운동을 전개해오고 있다. 지난 6월 25일 배재회관에서 열린 '한국시문학아카데미'에서 '나의 시쓰기 과정'을 강연하면서 "탈관념이란 한 마디로 말해서 '살가죽이 벗겨진 시신이 한 손에 자신의 벗겨내진 살가죽을 들고 서 있는 것처럼 관념이라는 표피를 탈피하여 직관한 신선한 참의 세계'를 일컬으며, 그러한 탈관념시론의 연장선상에 있는 것이 '디지털문학' 혹은 '디지털리즘문학'"이라고 개념을 정의하고 그러한 탈관념적인 디지털문학의 원점을 이상의 시에서 찾고 있다.

그에 의하면 관념의 제로포인트(탈관념의 상태－본질의 상태)인 물체를 디지털카메라로 찍듯이 촬영한다는 점에 주목하고, '접사'란 물체가 반사시키는 빛이 카메라의 렌즈구멍으로 들어와서 생긴 영상을 촬영하는 기술이며, '염사'는 일종의 선적(禪的) 현상으로서 내면세계의 잠재영상을 촬영하는 기술을 말한다.

위의 시에서는 '있는 그대로의 대상을 묘사하여 보여주는' 디지털적 시쓰기로서의 본인의 실험적 의식이 엿보인다. 인용시 5, 6행은 그가 말하는 내면의식의 사진 찍기로서 염사에 해당된다. 어느 때의 잠재의식인지는 몰라도 '졸졸' 물소리에 의해 환기된 잠재의식을 따라가다가 '화들짝 놀라' 눈을 뜨면 현재의식으로 돌아와 1행과 7, 8, 9행은 현재의 상황을 접사로 나타내주고 있다. 관념을 배제하고 구체적, 사물적 이미지만으로 있는 그대로의 대상을 '보여주기(showing)'하는 시이다. 그의 시론이 보편성을 획득하기 위해서는 J. C. 랜섬의 분류에 의한 사물시나, 모더니즘시에서 즉물적 이미지를 중시하는 이미지즘시 등과의 차별화를 위해 더 많은 이론적 실제적 보완이 필요할 것으로 보인다. 어쨌든 디지털 시대, 유비쿼터스 시대의 새로운 세기를 맞이하여 시대에 앞서가는 아방가르드 시론을 제기하고 직접 실험시를 창작하여 디지털리즘운동을 전개하고 있는 오남구 시인의 전위적 작업은 주목할 만하다.

이 외에도 강미영의 「나무였으면」에서 나무의 여러 가지 장점과 특성을 자기화하는 기원 속에서 생의 관조의식이 엿보이며, 안영희의 「거리」에서는 에피그램적 지혜가 엿보이고 있다.

2. 삶의 비의와 초월적 이행

제8회 김동리문학상 심사평에서 평자(대표집필 이동하 평론가)는 최일남 소설의 지금까지의 특장점을 열거하면서, 근자에 이르러서는 그러한 문학적 수준의 높이에 더하여 '노년의 원숙함' 이라는 미덕이 추가되었다고 하고 '노년의 원숙함이란 삶을 바라보는 눈길의 깊이와 작품을 써나가는 붓길의 자유무애(自由無碍)함을 함께 아울러 이르는 것' 이라 하였다. 『계간문예』 겨울호에서 이러한 평에 딱 어울리는 참 아름다운 시를 만났다.

흔히 시인이 나이가 들면 대부분 시도 나이를 먹고 늙는다. 어쩐지 함축성이 적고 풀어지고 넋두리가 섞이고……. 그래서 대부분의 시인들이, 치열하게 공부하던 시절에 쓴 등단작을 능가하는 시를 쓰기가 어렵다고 한다.

그러나 홍윤숙, 김윤식 시인의 시에는 삶의 온갖 풍파와 욕망과 소연한 바람과 파도를 다 겪어내고 나서 비로소 얻게 되는 안정과 관조와 위무로, 초월적인 또 하나의 세계로 향한 아름다운 비상을 준비하는 내면의식이 표출되어 있다.

> 일찍이 낙법을 배워둘 것을
> 젊은 날 섣부른 혈기 하나로
> 오르는 일에만 골몰하느라
> 내려가는 길을 미처 생각하지 못하였다.

어느덧 전방엔 '더는 갈 수 없음'의
붉은 표지판

석양을 등지고 돌아선 너의
한 쪽 어깨 이미 어둠에 묻히고
발 밑에 돌무더기 시시로 무너져 내리는
아슬한 벼랑 끝에 외발로 섰다

세상의 진 빚과 죄로
몸보다 무거운 영혼의 무게
추슬러 이마에 얹고
남은 한 발 허공에 건다

아득하여라
해 아래 떨어지는 모과의 향기
바람에 섞이듯 그렇게
사라지는 소멸의 착지(着地) 그
아름다운 낙하를…….

— 홍윤숙 「落法」 전문

연륜이 쌓일수록 향기로운, 썩어가면서 더 향기로운 모과처럼 아름다운 향기가 영혼에 묻어나는 시이다.

젊은 날에는 누구나 자기 앞의 생이 벅차고 바쁘고 힘들고 해내야 하는 역할은 많고, 찢어서 나누고 나누어도 시간은 모자란 채로 '나'를 위한 시간이 부족하다. 그에 더하여 '오르고 싶은' 욕구가 모든 인간을 뒤에서 쫓고 있다.

트리나 포올러스의 명작 「꽃들에게 희망을」 속의 줄무늬 애벌레처럼, 어디로 가는지도 모르는 채 앞서가는 애벌레가 모두 올라가니까 따라서 거대한 애벌레 기둥으로 기어 올라간다. 가다가 기둥이 무너져 떨어져 죽기도 하고 다른 애벌레에 깔려 죽기도 하고 때로는 자기가 방금 이야기 나누었던 바로 그 친구애벌레의 머리를 밟고 올라서야 하는 일도 생긴다.

물론 시인에게는 이처럼 맹목적으로 '오르는 일'이 아닌, 가치관과 목표의식이 뚜렷한 그곳을 향해 '오르는 일'이 앞에 있었지만 '올라가는' 삶의 과정 속에서는 그 자체에만 골몰할 수밖에 없어 다른 것을 생각할 겨를이 없다. 그러나 이 시에서는 '내려가는 길을 미처 생각하지 못하였다'는 고백과는 달리 '아름다운 낙하'를 위한 낙법을 늘상 생활 속에 익혀온 여유로움과 풍화하듯 자연스레 소멸하고자 하는 시적 화자의 의지가 보인다. 생에 대한 탈속적 관조와 무욕의 생활 태도 속에 절제된 표현력이 돋보이는, 사라지면서 더욱 곱게 불타는 석양의 아름다움을 보여주는 작품이다.

시 「창을 닫으며」도 아름다운 영혼의 울림을 준다.

> 어스름 저녁이
> 먼 길 걸어 문 앞에 돌아오면
> 천천히 일어나 창을 닫는다
> "수고했구나 어서 와 쉬거라"
> 어둠의 손을 잡고 창문을 닫으며
> 내 마음도 닫는다
> 온 천지 떠돌던 세상 뒤에 두고
> 소연하던 거리와 불빛도 모두 버려두고
> 비어 있던 내 마음의 집으로 돌아와
> 먼저 와 기다리던 어둠과 마주앉아 손을 잡는다
>
> — 홍윤숙, 「창을 닫으며」 부분

시 「落法」에서 "내려가는 길을 미처 생각하지 못하였다"고 하였지만 홍윤숙 시인은 이 시에서 '내려가는 법'을 아름답게 보여주고 있다. "젊은 날 섣부른 혈기 하나로/오르는 일에만 골몰"(「落法」)하던 그 마음이 어느새 "온 천지 떠돌던 세상을 뒤에 두고" "비어 있던 내 마음의 집으로" 돌아오는 안정과 여유로운 하강 즉 낙법을 익히고 있다. 이때 손을 잡는 "어둠"이나 먼 길 걸어온 "어스름 저녁"은 시적 화자 자신의 모습이다. 그리하여 시인은 '먼 길 걸어 문 앞에 돌아' 오는 자신에게 "수고했구나 어서 와 쉬거라" 하고 감사와 위로의 손을 내밀어 혼을 씻는 "가랑잎 지는 소리"를 함께 들으며 "적막의 고성(古城)"에 기대어 함께 쉴 수 있는 것이다. 읽는 이로 하여금 가슴이 서늘해지면서도 착 가라앉게 하는, 인생의 갖은 굽이굽이를 걸어온 멀고도 험한 길을 자신도 모르게 돌아보고 묵상하게 하는, 엄숙한 깊이와 명상을 주는 작품이다. 이는 삶의 노년을 맞이하여 삶의 감춰진 비의(秘意)를 느끼는 시인의 사유의 깊이와 절제력과 삶을 대하는 관조와, 생명 가진 유한자에 대한 측은지심과 관용이 바탕 되어 있어 가능한 것이리라.

낙법, 내려감, 벼랑, 떨어짐, 소멸, 낙하, 어둠, 저녁, 지는 소리, 얇아짐, 지워짐 등의 시어를 사용해 소멸되어 가는 유한자의 생명에 대한 측은지심과 하강을 노래하면서 역설적으로 비상과 초월의식을 표출하는 돋보이는 작품이다.

> 변산(邊山)의 저녁 물을 건너면 저승이리라. 길을 버리면 밤이리라. 내가 물 위에 저무는 황혼처럼 아름다울 수 있겠는가. 벼랑 위에는 바람 속에 씨앗을 던지고 있은 늦가을 꽃. 멀리 가고 또한 가까이 와 있는 어둠. 내가 고요해질 수 있겠는가. 다시, 나의 불빛들이 눈물처럼 따뜻이 흐려질 수 있겠는가. 변산 저녁 바다가 먼지 이는 붉은 사막이 될 때까지, 진실로 내 몸이 아름답게 이승을 건널 수 있겠는가.
>
> — 김윤식, 「바다 · 0508」 전문

김윤식 시인의 「바다 · 0508」도 내려가는 법, 저물어가는 법, 이승을 건너는 법에 대해 노래하고 있다. "물 위에 저무는 황혼처럼" "늦가을 꽃"

처럼 씨앗 하나 남기고 고요하고 따뜻한 마무리로 이승을 하직하고 또 다른 초월의 세계를 향한 아름다운 비상을 준비하는 화자의 의식이 잘 나타나 있다.

홍윤숙의 시가 바람에 섞이는 모과향기와 '소멸'과 '낙하' 등의 시어를 사용해 초월적 세계로의 역설적인 비상을 노래한다면 김윤식의 시는 보다 직설적이고 직정적인 언어로 의문문 형식을 통해 자신의 소망을 표출하고 있다.

"변산 저녁바다가 먼지 이는 붉은 사막이 될 때까지" 모든 인간의 소망이 이처럼 아름답게 이어져 간다면 "흘러흘러 여기까지 왔다는 옆방 남자의 나직한 목소리"(「旅宿」) 속에도 체념과 고통만이 아닌 희망과 기쁨이 함께 할 수 있는 것이리라.

> 시루봉에서 슬금슬금 뒷걸음친 단풍이
> 연화사
> 앞마당에 와 잠시 가쁜 숨 고르고 있다.
> 가지에서 가지로 옮겨 붙는
> 여우 불 같은 저 불속
> 나 잘 마른 장작으로 누워
> 뼈 속의 뼈
> 옹이까지 활활 타는 잉걸불이었으면.
> 사는 일 늘 벼랑이라고
> 가을 산 말없이 손을 건네고
> 작은 인기척에도 숨소리에도
> 가슴 쓸어내리는 내 살붙이들
>
> — 이필녀, 「가을, 산행」 부분

2005년 겨울호의 시들을 읽고 있으면 우리들 한 생애가 거기 펼쳐져 있는 것이 보인다.

위의 시에서 "앞마당에 와 잠시 가쁜 숨 고르고" "사는 일 늘 벼랑이라고" "작은 인기척에도 숨소리에도/가슴 쓸어내리는" "종주먹을 대며 윽박지르며" 등의 구절들에는 한참 장년의 삶의 과정에서 시간과 역할과 능력을 쪼개가며 종종걸음 치며 전심전력으로 삶을 살아내는 어미나 아비의 모습이 펼쳐진다. 이는 홍윤숙 시인의 "오르는 일에만 골몰"하던 바로 그 시절이며 "온 천지 떠돌던 세상"이며 "소연하던 거리와 불빛"들의 바로 그 과정이다.

지나고 나서 되돌아보며 표현하자면 의연하고 직설적이 아닌 레토릭으로 초연하고 여유롭게, 약간의 그리움을 섞어서 표현할 수 있고 또 다른 초월적 세계로 떠날 준비를 할 수도 있다. 그러나 삶의 치열한 현장에서 그 과정을 이제 막 거치고 있는 화자의 입장에서 보면 삶이란 정말 버겁고 숨 가쁘고 벼랑 끝에 선 듯 가슴 쓸어내리는 일이 아닌가. 그래서 불타는 단풍처럼 이도 저도 다 버리고 오로지 자신만을 위해 "뼈 속의 뼈/옹이까지" 잉걸불로 타오르고 싶은 욕망을 어쩌는 수가 없다. 그러나 아직은 "종주먹을 대며 윽박지르는" 손길에 쫓기어 자기 앞의 생을 성실히 살아내야 하는 생활인으로서의 화자의 내면의식이 아프게 감지되는 작품이다. 이는 임인숙 시인의 "때로는 나이팅게일이 숨어 있는/때로는 마릴린 먼로와 애마부인이 함께하는/때로는 오리아나 팔라치의 몸에 스쳐간/총구멍에 숨어 있는/깊숙한 골짜기 내 안의 것들" "내 안의 내가 너무 많은 나"(「나를 본다」)로 표현되는 우리들 삶의 과정과도 일맥상통한다.

김현옥의 「폐허」(『문학나무』, 2005년 겨울호)에서도 이처럼 삶의 현장성과 치열성이 표출되고 있다. "그 거리의 어느 주점에서 나는/추억과 비틀거리도록 삶을 들이켰던가/어떤 거짓에게 멱살을 잡았던가/어떤 눈물에게 마음 잔을 건넸던가" 비록 과거를 추억하는 형식이고 위의 시들과는 약간 다른 삶의 양태이지만, 삶을 대하는 과정마다의 치열성을 잘 표현하고 있다.

우리들의 한 생애−삶의 과정을 노래하되 숨 가쁘고 치열한 과정으로 서가 아니라 약간은 여유롭고 넉넉한 아름다움과 사랑의 과정으로 그려 놓은 시로 이기철의 작품이 있다.

> 우리가 이 세상에 와서 일용할 양식 얻고
> 제게 알맞은 여자 얻어 집을 이루었다
> 하루 세 끼 숟가락질로 몸 건사하고
> 풀씨 같은 말씀 팔아 볕 드는 木家 얻었다
> 세상의 저녁으로 걸어가는 사람의 뒷모습 아름다워
> 세상 가운데로 편지 쓰고
> 노을의 마음으로 노래 띄운다
> 누가 너더러 고관대작 못 되었다고 탓하더냐
> 사람과 사람 사이를 세간이라 부르며
> 잠시 빌린 집 한 채로 주소를 얹었다
> 이 세상 처음인 듯
> 지나는 마을마다 채송화 같은 이름 부르고
> 풀씨 같은 아이 하나 얻어 본적에 실었다
> 우리 사는 마을 뒤뜰에 달빛이 깔린다
> — 이기철, 「사랑에 대한 반가사유」 부분, 『창작과 비평』

따로 설명이나 해설이 필요 없이 우리 삶의 과정을 노래하듯 그림 그리 듯 그려놓은 시이다. 위에서 예를 든 작품과는 조금 다르게 이 시에서의 삶은 아름다운 사랑의 과정이며 "잠시 빌린 집 한 채로 주소를 얹"어 사 는 무욕의 삶이다. 이 시에서 "세상의 저녁으로 걸어가는 사람의 뒷모습" 은 아름다운 그늘을 드리우고 그래서 우리로 하여금 "세상 가운데로 편 지"를 쓰게 하고 "지나는 마을마다 채송화 같은 이름" 부르고 싶은 그리 움을 심는다. "풀씨 같은 아이 하나 얻어 본적에" 실어 우리 사는 세상은 끝없이 아름답게 이어져 갈 것이며 그리하여 "뒤뜰에 달빛이 깔"리는 아런한 소망과 낭만으로 삶이 그려진다.

이처럼 삶을 바라보는 화자의 시선과 내면의식과 가치관과 욕망의 크기와 그가 처해 있는 상황에 따라 시에 펼쳐지는 삶의 양태가 각각 다르지만, 필자가 여기서 주목한 또 한 가지는 시인의 성(性)의 차이이다.

홍윤숙, 이필녀, 임인숙, 김현옥 시인은 모두 여성이며 이기철 시인은 남성이다. 즉 한국 사회에서 여성으로서 치러내야 하는 역할과 그를 둘러싼 상황이 주는 중압감과, 남성으로서 치러내는 역할과 느낌이 주는 차이가 그들의 창작하는 작품과 삶을 바라보는 의식에 많은 부분 영향을 주지 않는가 하는 생각을 사족으로 해 보는 것이다. 그만큼 한국 사회에서 주부이며 어머니이며 아내와 직장인의 역할을 해내면서 '시'라고 하는 자신만의 창작세계를 가꾸어 가야 하는 여성의 역할이 '벼랑' 끝에 선 듯하고 그래서 '잉걸불'처럼 자신을 통째로 불태우지 않으면 불가능한 일이라는 의미가 된다.

이 문제는 일괄적으로 단정할 수는 없는 것이며 많은 여건과 상황과 시인의 의식에 대한 정신분석학적 연구가 선행되어야 가능한 분석이 이루어질 것이기에 일단 문제제기만 해 둔다.

삶의 노년에 이르러 삶의 비의를 느끼는 사유의 깊이와 초월적 세계를 지향하는 시와는 달리 딸의 시선으로 어머니 즉 타자의 노년을 그려내는 시로 허영자, 서석화 시인의 시가 있다.

　① 연엽아
　　연엽아
　　저 세상 먼저 가신 소꿉동무가 부르는 듯
　　부르는 소리 들리는 듯

　　어머니

고개를 숙이시네

연꽃 한 송이 고개를 떨구듯이······.

—허영자, 「고개를 숙이시네」 부분

② 국내 최장 길이라는 죽령터널을 어머니 영정사진을 찍기 위해 달려갑니다

(중략)

셔터를 누르면서 딸은 우는데 어머니, 그제야 환하게 웃습니다

마른 햇살을 닮은 할머니들이 영정사진을 찍고 있는 어머니와 딸을 부러운 듯 바라보고 있습니다

소망의 집에서는 사소한 것도 소망이 되는 모양입니다

버려진 자에게도 끌어안고 가고 싶은 자신의 얼굴이 왜 없겠습니까

— 서석화, 「잠실여자 6」 부분, 『문학나무』

①은 연꽃 닮은 예쁜 아가가 태어나서 예쁜 처녀가 되고 예쁜 새악시가 되고 하얀 할머니가 되신 어머니가 "저 세상 먼저 가신 소꿉동무가 부르는 듯" 그 "부르는 소리 들리는 듯" 새로운 초월의 세계로 떠날 준비를 하는 모습을 비밀스레 지켜보는 딸의 시선을 그리고 있다. 이때 어머니는 "이제는/내 등에 업히신 어머니"로 "너무 조그맣다/너무 가볍다"(허영자 「너무 가볍다」)에서 느낄 수 있듯이 모든 욕망과 근심걱정, 세상에 대한 잡다한 관심을 다 덜어내 버리고 가볍게 길 떠날 채비를 하고, 다른 세상에서 부르는 목소리를 기다리는 거의 초월적 존재에 가깝다.

시 ②에 그려진 어머니도 쓰러진 지 3년이 지나 '소망의 집'에서 딸이 영정사진 찍는 것을 보며 환히 웃는 모습을 보여준다. 그도 그럴 것이 주위에는 영정사진 찍는 것조차 부러운 다른 할머니들의 사소한 소망이 널려 있기 때문이다. 딸이 와서 영정사진을 찍으며 또 다른 세계로 떠날 준비를 하는 것은 죽음을 눈앞에 둔 노인들에게는 당연한 일이며 담담히 혹은 기쁨으로 수용해야 하는 과정이 되고 있다. 이 시에서는 내 어머니뿐

만 아니라 아픔을 간직하고 있는 모든 어머니들에게도 위무의 눈길을 보내고 있어 더 아름답다.

우리들 한 생애의 과정과, 노년에 이르러 삶의 비의를 감지하며 또 다른 초월적 세계로의 이행(移行)을 위해 아름다운 낙하와 비상을 준비하는 시세계를 살펴보았다.

삶이여, 아무쪼록 잉걸불처럼 불타고 불타서 재가 될 때는 썩어가면서 더 향기를 내는 모과처럼 향그러워지기를!

3. 존재를 영속하게 하는 통찰

우리의 삶은 제한적이고 1회적이다. 그렇기 때문에 더 귀하고, 최선을 다해 노력해야 하고, 그렇기 때문에 살아볼 만한 가치가 있는 것이다.

필자는 첫 강의시간에 새내기들에게 미국의 인생시인 로버트 프로스트(Robert Frost)의 「가지 않은 길」을 읊어주고 인생의 길에 대해 이야기한다. 그 시는 인생길의 선택에 대해 읊고 있지만 또한 인생길의 유한성에 대해 이야기한다.

"나는 두 길을 다 가지 못하는 것을 안타깝게 생각하면서/한 길이 굽어 꺾여내려 간 데까지/바라다 볼 수 있는 데까지 멀리 바라다보았습니다."

우리의 삶은 1회밖에 허용되지 않고 그 나마 100년도 채 안 되는 유한한 것이기에 오로지 한 길밖에 갈 수 없고, 더욱이 무한하게 살 수도 없는 것이다.

시인은 이처럼 유한한 시간의 한계를 이야기하면서 오히려 시간의 한계를 뛰어넘어 인생과 세계에 대한 통찰과 초월의 지혜를 보여준다.

시간이 흘러 지나가면 흔적 없이 사라지고 잊혀질 존재나 사물이나 사건도 창작과정에 수용되어 시로 태어날 때 그 존재는 후대에까지 길이 남아 영원한 생명력을 가진다. 시는 이처럼 우리의 삶에 날개를 달아주고 우리 삶을 빛나게 하며 삶의 핵심에 닿게 하여 본질을 찾아주고 영원한 생명을 누리게 한다.

비루하기 짝이 없는 삶, 소금에 절여진 듯 비틀거리는 힘겨운 나날들, 사막의 모래바람과 내리쬐는 폭염에 지칠 대로 지쳐 물 한 방울도 남아있지 않은 몸과 마음, 책임과 의무만 훈장처럼 남아서 등짐을 지고 가파르게 넘어야 하는 고비고비들, 이러한 삶을 물에서 씻은 듯 건져내어 사랑을 이야기하여 메마른 가슴에 사랑을 불어넣고 그리움의 불씨를 살려내고, 존재의 본질에 다가서게 하고, 꿈꾸는 날개를 달아 저 자유로운 우주 창공으로 날아오르게 하는 신묘한 힘과 능력을 지닌 것이 시이다. 『계간 문학』 봄호를 중심으로 이 계절의 시를 살펴본다.

> ① 신전은 무너졌다. 하지만 사람들 뇌리에서 잊혀짐으로
> 이날껏 그 흔적을 보존한다.
> 정원에는 시든 잎을 떨어뜨릴 바람이 불어
> 한때의 위엄서린 돌기둥 밑에 낙엽을 쌓이게 하고
> 그 위에 서리가 얼어 아침햇빛에 반짝거린다.
>
> 실로 그의 생애는 속속들이 헐거워
> 느닷없이 소나기가 퍼붓는 날의 낯선 처마밑
> 바짓가랑이 쪽부터 젖어들던 그 모양이었을지라도,
> 먹이사슬 저 아래 청빈(淸貧)처럼, 그림속의 그림자마냥
> 또는 가을 잠자리의 가벼운 비상과 같았다면
> 그의 성취가 무너지는 유형(有形)이진 않았겠지
>
> 그는 반백의 듬성해진 머리카락,
> 낙엽처럼 쌓인 기억들과
> 그 부피만큼의 후회를 간직한 채
> 저 고대의 빛나는 시간을 가고 있다.

아무도 왈가왈부해선 안 된다.
그 혼자 세상에 떨어졌고
자신의 방식대로 세상을 끌어안았기에.
한 사내의 노심초사, 진이 빠진 매 순간의 자취가
풀 섶에 허물같이 남겨진 그런 신전이라 할지라도……

— 신중신, 「그」 전문

② 별이 하나 떨어졌다
눈에 없던 별이다

캄캄한 하늘에 비질을 하듯
이긴 여운이 잠시
하늘에 머물다 사라진다

흔적하나 남기지 않고
보다 작게
보다 낮게 값없이 살다 간 사람.
그를 기억하소서.
그의 여운이 아직 사라지기 전에
한 때 우리들의 일원이었던 그를.

— 김형영, 「無名氏」 전문, 『문학동네』

　　시 ①에서는 한 사람의 생애를 하나의 "신전"에 비유하고 있다. 그의
생애는 "속속들이 헐거"운 삶이었으며 그러므로 아무런 준비도 없이 느
닷없이 퍼붓는 소나기를 맨몸으로 맞을 수밖에 없는 삶이지만, 그럼으로
인해 더욱 그의 삶이 "먹이사슬 저 아래 청빈처럼, 그림속의 그림자 마
냥" 욕심 없이 집착 없이 그냥 흘러가는 맑고 밝은 삶이었기에 "그 성취
가 무너지는 유형(有形)"은 아니라고 노래하는 것이다. 형태를 가진 것은
언젠가는 무너지고 깨어지고 해어져서 반드시 잊혀지고 소멸하는 과정

을 겪는다. 그러나 화자는 유형으론 잊혀지지만 역설적으로 유형이 잊혀짐으로 인해 오히려 무형으로 그 흔적을 보존하는 영원성을 노래한다.

뿐만 아니라 "그"는 그 자신 하나의 역사가 되고 또한 역사 속으로 편입되어 "저 빛나는 시간을 가고 있"는 것이다. 한 사람의 생애는 삶 그 자체로서 빛나는 광휘를 지니는 것이며 그가 성취한 성과―산의 높이에 상관없이 그대로 아름답고 고귀한 것이다. 그렇기에 "풀섶에 허물같이 남겨진 그런 신전이라 할지라도" "아무도 왈가왈부해선 안" 되는 것이다. 저 풀섶에, 산기슭에 허물조차 남지 않은 수많은 사람들의 생애가 모두 그 자체로서 빛나는 광휘를 지니고 고개를 끄덕이고 있다.

시 ②에서의 "그"는 별에 비유되지만 시는 보다 직설적이다.

"흔적 하나 남기지 않고/보다 작게/보다 낮게 값없이 살다 간 사람"이기에 "한 때 우리들의 일원이었던 그"이기에 "그를 기억 하소서"라고 호소하고 있지만 별다른 레토릭이 없이 단순하고 직설적인 구조이다. 표현면에서 다소 호소력이 약하지만, 그래도 흔적 하나 남기지 않고 살다간 '無名氏'를 하나의 "신전"으로 기억하고 그 광휘를 노래하는 것이 시인이다.

> 눈송이 이리저리 흩날리며 내리는 건
> 들판 가운데 외떨어진 나무가 칼바람을 묵묵히 감내하던
> 풍경을 여직 기억하고 있기 때문이다.
> 잿빛 하늘을 배경으로 시나브로 희번뜩이며 떨어지는건
> 놀이터 벤치에서 노인 홀로 어둠에 묻혀들던
> 저녁을 상긔도 잊지 못해서이다.
> (중략)
> 누군가 씀벅거리듯
> 저같이 눈이 내리네 눈이 내리네
>
> ― 신중신, 「눈이 내리네」 부분

위의 시에서 '눈'은 세상의 온갖 아픔을 함께 앓고, 쓸어안고 쓰다듬어 위무해주는 '동화 나라의 아늑한 무반주 음악'이다.

이 시에는 세상 만유가 서로서로 교유하고 교통하는 우주적 인식이 바탕 되어 있다. 이 우주에는 단 한 가지도 서로 상관없이 그냥 이루어지는 일은 없다. 가을날 "한 송이 국화꽃을 피우기 위해" 봄부터 소쩍새가 울고 천둥이 먹구름 속에서 여름 내내 울고, 그도 모자라 무서리 내리는 가을밤을 시인은 또 잠 못 이루고 꼬박 밝히며 새우고, 이러한 우주적 기운이 다 모여서 우주적 교감을 이루어 마침내 "노오란 네 꽃잎"이 피어나는 미당 서정주의 「국화 옆에서」처럼 우주적 인식에 더하여 "누군가 씀벅거리듯" 눈이 내리는 연민의 정이 바탕 되어 있다.

> ① 나무는 가슴에 이름표를 달고
>   사람들이 흘린 말소리 발자국 소리에
>   혼탁해진 물을 지켜보고 있다네
>   어둠이 깊어지면 물푸레나무는
>   물. 푸. 레. 물. 푸. 레.
>   비선대 물속 깊숙이 푸른 가지를 내려
>   가슴에 잎사귀를 달아주며 새벽마다
>   물을 푸르게 키우고 있다네
>   (중략)
>   물푸레나무가 비선대 바위틈에서
>   천년 지킴이가 되어
>   물. 푸. 레. 물. 푸. 레.
>   사랑하는 이 가슴에 푸른 잎사귀를
>   달아주는 일이라는 걸
>
>   ― 권정남, 「물푸레나무 사랑법」 부분

② 하루치 강물을 건너온 여인들이
　터번을 쓰고 거울 앞에 앉아있다.
　여자라는 이름의 명패를 가슴에 달고
　모래바람에 수건 날리며
　사막을 달려온 모습이다.
　날마다 들풀처럼 자라고 있는
　귀밑 절망을 가위로 잘라내며
　세상여자들은 미장원에서
　한 겹씩 껍질을 벗는다

　　　　　　　　　　── 권정남, 「오후, 미장원 풍경」 부분

　권정남 시인의 「물푸레나무 사랑법」도 독자를 잔잔하게 감동시켜 메마른 가슴에 사랑의 샘이 솟게 한다. 비선대 바위틈에 선 물푸레나무가 밤마다 물속 깊이 가지를 내려 가슴에 잎사귀를 달아주며 물을 푸르게 키우고, 물은 다시 푸르게 정화되어 물푸레나무를 키우는 '사랑법'을 배우면서 화자는 "나의 팔이 지친 너의 가슴에 닿아/너의 몸에 푸른 잎을 달아준다면/세상을 눈부시게" 만들고자 하는 소망을 키우게 된다.

　사랑한다고 하면서 받으려고만 하고, 소유하고 집착하려고만 하는 현대인에게 참된 사랑이 어떤 것인지 깨우쳐주려는 알레고리 기법을 효과적으로 구사하고 있다. 또한 '물푸레'라는 소리의 연상작용으로 물을 푸르게 키우는 사랑으로 의미 부여하고 그 사랑을 다시 세상을 눈부시게 만들고자 하는 보다 큰 사랑으로 의미를 확대하는 레토릭이 놀랍다.

　시 ②에서도 흔히 예사로 보아 넘기는 미장원의 한때를 잘 포착하여 여성 삶의 단면에 의미를 부여해 주는, 여성과 남성이 함께 음미해볼 만한 작품이다.

　한국에서 여자로 살아야 하는 운명은 자기 자신의 이름을 버리고 그냥 여자로 남거나 '누구의 아내(金室, 李室, 또는 아줌마, 조금 대접해 주는 말로 이름은 없이 그냥 사모님)' 또는 '누구의 엄마'로 살아가는 삶이다. "여자라는 이름의 명패를 가슴에 달고" "사막을 달려온" 혹은 "하루치 강물을 건너온 여인들"이다. 그러나 그들도 여자이기 이전에 인간이기에 "날마다 들풀처럼 자라고 있는/귀밑 절망을 가위로 잘라내"기를 원하고 "포롱포롱 아침 새처럼 날고 싶"은 소망을 키우며 "젖어있던 시간들을/드라이로 말리"면서 잠시 잠깐이나마 자신으로 돌아가 내일을 꿈꾸는 것이다. 『인형의 집』의 노라처럼 용기 있게 가정을 박차고 나오지는 않지만, 때때로 그들도 자신의 꿈과 이름을 찾고 싶은 '인간'인 것이다.

필자는 어떤 모임에서건 먼저 이야기한다. '저는 사모님이라고 불리는 것을 싫어해요' 여성이 아무리 자기 세계가 있고, 자신이 하는 일이 있고, 사회적 지위나 직분이 있어도 남편과 함께 있을 때는 그 사람의 이름을 알려고 하지 않고 그냥 '사모님'이라 부른다. 나는 이때의 '사모님'은 여성을 독립된 인격체로 인정하지 않는 여성 비하적 호칭이라고 생각한다. 여성을 남편에 예속된 부속적인 인간이 아니라 한 사람의 독립된 인격체로 대접하는 사회적 인식이 확산되어야 우리사회가 성숙한 사회로 가게 될 것이다.

한편 이처럼 자신을 버리고 어머니로 살아온 여성의 삶에 반칠환 시인은 최상의 훈장을 걸어드리고 있다.

주상절리 입구에서
소라와 해삼을 팔고 있는
해녀 할머니는
주상절리에서 나서
주상절리로 시집와서
이마에 주상절리가 새겨지도록
물질을 해왔다고
젊은 날 당신과 할아버지의 두 섬 사이에도

만경창파가 일었지만
이제는 갈수록 사이가 좋아진다고
오남매 자식들 훌륭히 공부시켰지만
손주들 용돈 주려고
소라와 해삼을 판다고
팔다가 남으면 도로
바다에 넣었다가 건져온다고
붉어진 손매듭이 뿔소라 같은
파도에 지문이 씻겨간 두 손을
꼬옥 잡아드리며 나, 중얼거렸네

오 년 전 돌아가신 어머니가 왜 이리 많을까

— 반칠환, 「어머니가 너무 많아」 전문

　'제주도 주상절리에서'라는 부제가 붙어 있는 이 시는 주상절리 입구에서 만난 어느 해녀 할머니의 삶의 이야기를 들은 그대로 옮겨놓고 있는 서사적인 시이다. 이 단순한 구조의 이야기를 시가 될 수 있게 만드는 것은 1연으로 이루어진 마지막 1행이다. '오 년 전 돌아가신 어머니가 왜 이리 많을까'에서 전(轉)과 결(結)의 효과를 한꺼번에 얻으면서 시적으로 승화시켜주고 있다.

　이름 없이 이 땅에 살다간 혹은 살고 있는 이 땅의 어머니들, 자신의 안락을 뒤로 한 채 자식을 위해 가족을 위해 모든 것을 희생하고 어미고둥처럼 텅 빈 껍질만 남아 "붉어진 손 매듭이 뿔소라 같은/파도에 지문이 씻겨간" 손으로 자식들을 키우고도 모자라 손주들 용돈 주는 기쁨으로, 고생을 고생으로 여기지 않는 모든 어머니들게 바치는 헌시이다.

나 혼자 미치겠네 저 달빛
압구정 샛강을 비추던 달빛이야

우리사이처럼 샛강은 깊지 않았지
물소리 울음소리 멱감는 소녀들
모래사장에 누워 바라보면
별똥별 끊임없이 내려와
그녀 생각만 내 가슴에 깊이 새겨 주었지

— 정정남, 「지금도 저 달빛은」 부분

　　지금은 "콘크리트 속에 영영 묻히어" 흔적조차 찾을 수 없는 "압구정 샛강"과 모래사장을 시인은 기억 속에서 불러내어 영원한 생을 부여한다. "땅위에 불빛보다 별빛이 더 밝았던/그 시절"을 다시 살고 있다. 그래서 노년을 향해 달리고 있는 신체의 나이를 잊은 채 푸른 소년시절로 돌아가 "젖가슴 사이로 흘러내리던 물소리"를 듣고 "별빛 푸른 목소리"도 들으며 "끝 번호를 누를까 말까" 가슴 설레고 있는 것이다. 시인의 기억 속에만 존재하는 "압구정 샛강"은 시로 인해 모든 독자들의 고향으로 영원히 존재하게 되고 우리들의 지친 마음을 끊임없이 위무해 주는 역할을 해낸다.

아파트 영산홍이 피고
산책길 뗴기밭 가에 꽂혀 녹슬던 가시투성이 막대들이
연초록 두릅순을 피우고 있었다.
목, 겨드랑이, 사타구니를 찢으며 피우고 있었다.
아 또 한 번의 삶!

온몸의 피가
목, 겨드랑이, 사타구니의 틈새를 찾아 헤매는 꿈을 꾼 아침,
가구들이 제자리로 돌아 왔다.
방에서 새로 천천히 대면하는 햇빛, 아 새로운 틈새!
몸이 괴괴하다.

— 황동규, 「대상포진(帶狀疱疹)」 부분, 『창작과 비평』

'풍장'을 노래했던 황동규 시인은 '대상포진'이라는 몸의 병을 앓으면서 새순이 피어나는 봄에 "또 한 번의 삶"을 발견하고 새로운 삶을 찾은 의욕과 환희를 노래하고 있다. 화자는 대상포진을 앓으면서 "잠자다 아파 울음을 참고 눈물 쏟는 사이" "개나리지고 벚꽃지고/라일락이 가쁜 숨을 쉴 때"까지 잠을 설치는 사이, "산책길 떼기밭가에" "연초록 두릅순"이 피어나는 것을 보며 가시투성이 막대인 줄 알았던 두릅의 또 한 번의 삶에 경이의 눈을 뜬다. 목, 겨드랑이, 사타구니를 찢으며 새순을 피우는 두릅처럼 화자의 몸에서도 발열과 수포(水疱)가, 온몸의 피가, 목, 겨드랑이, 사타구니의 틈새를 찾아 새순을 피우기 위해 헤매고 있다. "방에서 새로 천천히 대면하는 햇빛"은 영원히 이어질 새로운, 또 한 번의 삶에 대한 발견이며 소망이며 의지이며 환희이며 행복이다. 비로소 아픔이 잦아들고 새로운 삶을 준비하고 대면하느라 "몸이 괴괴하다."

　　그러나 넝쿨은 그곳에 길이 있었기에 걸어갔을 것이다.
　　낭떠러지든 허구렁이든 다만 길이 있었기에 뻗어 갔을 것이다.
　　모래바람 불어, 모래무덤이 생겼다 스러지고 스러졌다 생기는 사막을 걸어
　간 발자국들이
　　비단길을 만들었듯이
　　그 길이, 누란을 건설했듯이
　　이다만 길이 있었기에 뻗어가, 저렇게 허공중에 열매를 매달아 놓았을 것이
　다. 저 넝쿨
　　가을이 와, 자신은 마른 새끼줄처럼 쇠잔해져가면서도
　　그 끈질긴 집념의 집요한 포복으로, 불가능이라는 것의 등짝에
　　마치 달인 듯, 둥그렇게 호박 한 덩이를 떠올려 놓았을 것이다
　　　　　　　─ 김신용, 「도장골 시편─넝쿨의 힘」 부분, 『창작과 비평』

　'환상통'을 노래하던 김신용 시인이 '찔레열매'와 '넝쿨의 힘'에 따뜻한 시선을 보내고 있다.

"집 앞, 언덕배기에 서 있는 감나무에 호박 한 덩이가 열렸다."로 시작되는 이 시는 다소 긴 형식 속에 '기어가는 것들의 힘'을 노래한다. 가느다란 줄기에 비해 턱 없이 커다란 열매를 턱하니 키워서 노랗게 익혀놓고 "마른 새끼줄처럼" 시들어가는 호박 줄기 앞에서 경의를 표하지 않을 자 그 누구랴. 더욱이 그 줄기가 키 큰 나뭇가지에 걸려서 대롱대롱 큰 달덩이 같은 호박을 매달고 있는 것을 보면 경이를 넘어서 측은하고 가슴 아프기까지 하다.

화자는 이러한 호박넝쿨을 보면서 비단길을 만들고 누란을 건설한 '사막의 발자국'을 연상하면서 선구자, 선각자의 발자국을 오래도록 기억하려 한다.

시 「營實」에서 '다시 한 생을 얻는 일, 그 천로역정을 위해'에서도 비슷한 의미로 나타나는데 찔레열매가 다시 태어나는 새로운 생을 위해, 새의 입속에 들어가려고 빨갛게 단장하고 불타고 있듯이, 호박 줄기가 새로운 길을 찾아가 혼신의 힘으로 호박 한 덩이 익혀가는 일, 시인의 그러한 모든 생물과 사물에 긍정의 따뜻한 시선을 보내며 혼신을 다해 한 편의 시를 창작해 내는 일, 모두가 영속하는 삶을 위해 저마다 최선을 다해 한 생을 불태우고 있는 것이다.

> 나는 쓸모없이 널려있는 낡은 널빤지를 보면
> 모두 일으켜 세워 이리저리 얽어서 집을 짓고 싶어진다
> 서까래를 얹고 지붕도 씌우고 문도 짜 달고
> 그렇게 집을 지어 무엇에 쓸 것인지 나도 모른다
> 이다만 이 세상이 온통 비어서 너무 쓸쓸하여
> 어느 한 구석에라도 집을 지어놓고
> 외로운 사람들 마음 텅 빈 사람들
> 그 집에 와서 쉬어가면 좋겠다
> 때문에 날마다
> 의미 없이 버려진 언어들을 주워 일으켜

이리저리 아귀를 맞추어 집 짓는 일에 골몰한다
나같은 사람 마음 텅 비어 쓸쓸한 사람을 위하여
이 세상에 작은 집 한 채 지어놓고 가고 싶어

— 홍윤숙, 「쓸쓸함을 위하여」 부분, 『시안』

하이데거는 '언어는 존재의 집'이라고 했다. 이 시의 화자는 '쓸모없이 널려있는 낡은 널빤지'를 일으켜 세워 이리저리 얽어서 집을 짓고 싶다고 한다. 그러나 시인은 목수가 아니기 때문에 막대기로 짓는 유형의 집이 아닌 '언어'로 집을 짓는 일에 골몰한다. 유형의 집도 물론 인간에게 안식을 주지만, 시인이 지은 언어의 집—시는 특히 "외로운 사람" "마음 텅 비어 쓸쓸한 사람"을 위해 존재하며 그들에게 안식과 위무와 평안을 줄 것이다.

1925년생인 홍 시인은 이제 80세를 넘었다. 결국 그가 한 생애에 걸쳐 영위해온, 전신을 바쳐 몰두해온 일이 "의미 없이 버려진 언어들을" 주워서 집을 짓는 일이며 그 속에 외롭고 마음 쓸쓸한 사람들이 들어와 위안 받기를 원하는 일이었음을 고백하는 시이다.

모든 시인들이 평생을 바쳐 짓는 언어의 집이 누군가의 영혼을 위로해주고 따뜻하게 쉴 수 있는 안식처가 되어준다면 그들의 시는 영원할 것이며 그 시로 인해 우리들 하잘 것 없는 존재도 영원하고 의미 깊은 생명을 누릴 수 있을 것이다.

4. 푸른 돛을 올리는 유목민

오백년도 넘은 은행나무 몇 그루
정정하게 굽어본다
(중략)
산개나리 질펀한 요사채 마당에서

카메라 앵글을 고정시키고
아래쪽 강물소리 부르면
가슴 짓누르던 안개도 걷히고
산짐승 울음도 정겹다

저 은행나무 무슨 조화로
오백년을 한결같이
때만 되면 푸른 돛을 올리고
거대한 범선되어 출항하는가.

— 이옥희, 「수종사(水鍾寺) 은행나무」 부분

강물이 없어도 푸른 돛을 올리고 범선이 되어 출항하는 나무가 있다. 이옥희의 「수종사 은행나무」는 수천 수만 장의 푸른 잎을 계곡 물소리에 담고 서서, 화자의 카메라 앵글을 빌어 발 아래 출렁이는 강물소리를 불러오기도 하고 거대한 범선이 되어 해마다 출항하기도 한다. 수종사에 가 본 사람은 알겠지만 산중턱에 있는 수종사에서 산 아래 흐르는 강물을 끌어올려 그 강물에 은행나무 범선을 띄운다는 새롭고 개성 있는, 인력(引力)이 이토록 강한 시를 누구나 쓸 수 있는 것이 아니다.

시인의 눈은 남이 보지 못하는 개성적인 관점과 독특한 내면의 시선으로 사물의 이면을 파악하는 것이 중요하다. 이옥희 시인의 '카메라 앵글'은 이처럼 독특한 개성적 눈으로 초점을 맞추기 때문에 푸른 시, 젊은 시, 개성 있는 시를 독자 앞에 보여주어 신선한 감각 속에 공감을 느끼게 한다.

"오백 년을 한결같이" 푸른 돛을 올리는, 오랜 역사의 증인으로 서서 해마다 다시 젊어지는 나무처럼 푸르고 새로운 개성적 시안(詩眼)은 오랫동안 독자에게 신선한 감동을 줄 것이다.

에스프리(esprit)나 소재, 주제에 해당되는 관념들을 그대로 드러내는 시, 수필을 행갈이만 해 놓은 듯한 시, 시적 형상화가 안 된 잠언 같은 시들이 많은 속에서 귀한 시를 찾아 읽는 기쁨은 크다.

> 밤 열차로 경인선 달리면
> 별들이 두꺼운 매연을 덮고
> 깊은 시름에 바졌을 때
> 빛나는 십자가는 달려온다
>
> 낮에는 회색으로 졸다가
> 밤이면 높이 솟아
> 네온빛 십자가
> 복음을 전하고 있다
>
> 열차에서 내린 저 노파
> 가슴에 담은 십자가를
> 등불로 꺼내들고 혼자서
> 깜깜한 길을 걸어간다
>
> — 김영훈, 「경인선 열차」 부분

김영훈의 「경인선 열차」는 "열차에서 내린 저 노파/가슴에 담은 십자가를/등불로 꺼내들고 혼자서/깜깜한 길을 걸어간다"라는 3연이, 밤하늘에 지나치게 많다고 느끼는 십자가의 이미지를 한순간에 따뜻하고 밝고 긍정적이고 희망적인 빛으로 전환시키는 묘미를 보인다. 깜깜한 길과 등불의 이미지는, 세파에 시달리는 노파의 어둡고 추운 인생길과 그 어둠을 밝혀주는 절대적 의미까지 함유하고 있다. 다만 그 다음에 오는 4연은 다소 설명적이다.

> 나 운주사에 가서 와불(臥佛)에게로 가서
>
> 벌떡 일어나시라고 할거야
>
> 한세상 내놓으시라고 할거야

와불이 누우면서 발을 길게 뻗으면서

저만큼 밀쳐낸 한세상 내놓으시라고 할거야

산 내놓으시라고 할거야

아마도 잠버릇 사납게 무심코 내쳤을지도 모를

산 두어 개 내놓으시라고 할거야

그만큼 누워 있으면 이무기라도 되었을 텐데

이무기 내놓으시라

이무기 내놓으시라

이무기 내놓으시라고 할거야

정말 안 일어나실 거냐고

천년 내놓으시라

천년 내놓으시라고 할거야.

— 신현정, 「와불」 전문

신현정의 「와불」은 새로움을 창조하고 일상의 모든 것을 낯설게 하여 독자로 하여금 전혀 다른 시선으로 사물과 사람살이를 보는 눈을 뜨게 해 준다. "와불이 누우면서 발을 길게 뻗으면서/저만큼 밀쳐낸 한 세상"은 바로 내가 지금 이 자리에서 살아감으로 인해 밀쳐낸 세상이며, 나도 모르게 밀쳐낸 그 사람이며, 내가 원하는 목표를 향해 가는 길에 나도 모르게 끌어내리거나 밟고 올라가기도 하고 상처를 주기도 한 경쟁 상대이며, 어제 등산길에서 무심코 당겨 부러뜨린 나뭇가지이기도 하며, 내 발 밑에

밟혀 죽은 개미와 수많은 생명체이기도 하다. 또는 가장 가까이 있으면서 사랑하는 마음에서 혹은 위해 주는 마음으로 오히려 아픔을 준 그 상처이기도 하다.

"그만큼 누워 있었으면 이무기라도 되었을 텐데"라고 하면서 "이무기 내놓으시라" "천년 내놓으시라" 하는 구절에 이르면 모골이 송연해진다. 와불의 천년에 해당하는 한 생애동안 우리는 무엇을 하며 무엇을 이루며 그 많은 시간을 허송했던 것일까. 해야지, 해야지, 하면서 미루기만 하고 의미 없이 보내버린 시간들, 혹은 작은 성취에 어깨 우쭐해지거나, 자기보다 못하다고 남을 깔보며 업신여긴 일들, 누군가 내게 와서 '이무기' 내놓으라고 한다면 우리는 과연 무엇을 내놓을 수 있을까.

인도의 시성(詩聖)이라 불리는 라빈드라나드 타고르(Rabindranath Tagore, 1861~1941)가 그의 시 「기탄잘리(Gitanjali, 신께 바치는 노래)」에 이제 막 숨이 넘어가는 사람에게 생명의 신이 와서 '나는 당신에게 목숨을 주었다. 그 목숨의 대가로 그대는 이 바구니에 무얼 담아주겠는가?'라고 물었다는 내용이 있다. 이때 목숨의 대가로 '나는 이렇게 열심히 살았습니다' 하고 그 바구니에 '이무기'를 '세상'을 '천년'을 내놓을 수 있는 사람이 과연 얼마나 될까? 아직은 목숨이 경각에 달려있지 않으니 남은 시간동안 무언가 바구니에 담을 것을 마련해야 되지 않을까. 그러면 적어도 목숨을 빚진 자가 되지는 않으리라.

우리에게 삶을 어떤 태도로 어떻게 살아야 할지를 시치미 딱 떼고 제시해주는 놀라운 기교를 이 시는 갖고 있다. 와불이라는 객관적 상관물을 통해, 낯설게 하기의 기법으로, 전혀 새로운 관점으로 자신을 돌아보고 성찰하게 하는 물음을 주는 작품이다.

길에서 주워온
직사각형 파란 플라스틱 화분에

번식한 蘭을 세 개 심어놓으니

나는 그 푸른 싹 들여다 보는 것이 꼭
유목민 같다

풀을 찾아 물을 찾아 떠도는
유목민
(중략)
羊이건 염소와 야크 등등
順한 짐승이 있어야 하는데

내가 牧者인가?

— 김영승, 「21평의 유목민」 부분, 『창작과 비평』

무엇을 위한 목자인가? 누구를 위한 목자인가? 자신에게 들으라고 내면에서 고요히 말하는 혼잣말을 옆에서 귀 기울여 듣는 독자를 위해 물을 찾고 풀을 찾고 영혼의 양식을 찾아, 한 곳에 머물지 못하고 늘 새 터전을 찾아 길 떠나는 유목민─시인은 유목민이다.

필자는 몽골리아(mongolia)의 초원 테를지라는 곳에 가서 그 곳 유목민의 겔(둥근 천막)을 방문하여 그들의 삶의 모습을 보며 그들의 이야기를 들은 적이 있다.

몽골은 해발 1,700m의 고원지대이고 강수량이 절대 부족하며 땅 밑이 바로 바위인지라 나무는 거의 못 자라고, 가까이 가서 보면 풀이 띄엄띄엄 나 있는데 그 풀도 잘 자라지 못한다고 한다. 그래서 가축들이 한 번 뜯어 먹으면 다시 돋아나는 시간이 오래 걸려서 유목민들은 평균 3개월마다 다른 곳으로 이동하여 천막생활을 한다. 이처럼 그들은 생존을 위해 때마다 이동하며 사는데, 시인도 이들과 마찬가지로 영혼의 굶주림과 영혼의 목마름을 해소하기 위해 한곳에 정착하지 못하고 떠도는 유목민이다. 그가 떠도는 곳이 지상이건 천상이건 구름 위이건 간에 시인은 꿈을 찾아 언제나 떠날 준비가 되어 있는 유목민이다.

시인은 항상 그 자신이 몸으로 시를 살아내고 시인 자체가 시로, 언어로 변용되어 나타난다. 시인의 내면에는 형용할 수 없는 자기만의 고독과, 영원과 진리를, 이상세계를 향한 갈구가 들끓고 있다. 덧없는 인간의 삶에서 이렇게 가슴속에 들끓는 갈증을 충족시키기 위해 자기를 다 바쳐 길 떠날 수 있는 것이 시인이며 그 갈구를 어떻게 언어로 형상화해서 표현하는가가 시인들이 겪어내야 하는 시련이며 과제이다.

우리나라를 방문한 적이 있는 미국 시인 폴 엥글은 「언어와 시인」이라는 시에서 "韻文은 그냥 쓰여지지 않는다. 시인의/추상적 머리로부터 피 흘려 얻는 것/언어는 페이지 위에 뚝뚝 시를 떨군다/그의 슬픔, 기쁨과 분노로부터//언어는 그의 생명을 안는다, 유리창이/통과시키며 햇빛을 안듯이."라고 노래하였다. 그리고 또 "우리는 우리의 시를 그냥 쓰면 되는 것이 아닙니다. 우리는 우선 실제의 경험을 견디고, 그리고 시인의 마음속에 고통이나 기쁨으로 노래했던 바를 독자의 마음속에 창조하는 언어를 발견하는 시련을 견뎌야만 합니다."라고 시쓰기의 기법과 정신에 대해 말하고 있다.

필자도 시를 쓰는 한 사람이지만, "유리창이/통과시키며 햇빛을 안듯이" 언어가 관념이 아닌 한 개 이미지로서 독자의 감각을 일깨우고 영혼을 일깨우고 함께 울고 웃을 수 있는, 그냥 햇빛이 아닌, 시인의 언어적 표현이라는 프리즘을 통과함으로써 더욱 다양한 색채로 빛날 수 있는 시를 쓰기 위해 모든 시인들이, 시인에게만 주어진 천형을 달게 여기고 더욱 노력해야겠다.

영혼의 목마름과 굶주림을 채우기 위해 언제라도 푸른 돛을 올리고 출항하는 범선이 될 수 있고, 초원의 유목민이 될 수 있는, 떠도는 시인의 영혼을 위해, 거기 공감하는 독자의 영혼을 위해 축복 있을진저!

5. 농익은 가을 시와 풍경화

가을의 시에는 삶의 깊이와 성숙과 환한 햇살 같은 따스함이, 오래 곰삭은 장맛 같은 풍성함이, 들판의 황금물결과, 잎을 다 떨군 감나무의 주홍빛 감의 빛깔이 들어있다.

열정으로 질풍노도의 길을 달려온 봄과 여름을 지나 "마른 나뭇가지 위에 다다른 까마귀"(김현승, 「가을의 기도」)가 되기 위한 성숙으로 가는 길 위에 가을빛이 있다. 이성보다 감성이 앞서는 젊음의 터널을 지나 사물의 이면까지 바라보고 헤아려 품어 안을 수 있는 성숙한 세계관과 인생관이 농익어 있는 가을의 시를 읽으며 마음이 따뜻하고 풍요로워진다.

거리의 나무들 진저릴 치며
화르륵화르륵 잎을 쏟을 때
급하게 내려 덮는 땅거미 속
난삽한 뽕짝 같은 변두리동네
따뜻한 동화(童話)로 바꾸며

저마다 작은 등(燈)이 되어
당도한 이들, 아 노점의 가을과실 빛!
(중략)
배탈의 신음소리 넘쳐나고
나무가 저 현란한 한 철 옷을 버리며
겨울을 향해 회한의 빈자로 서는 지금
알겠네

무차별 팔매로 날아갈듯한 노여움
속살까지 환히 익힌

양식으로 바꿔내기 위하여

— 안영희, 「맨 뒤에 온 손님」 부분, 『계간문예』(2006년 가을호)

　"노점의 가을과실 빛"을 오랜 견딤과 침묵의 시간을 지나 속살까지 환히 익힌 양식으로, 변두리동네를 환하고 따뜻하게 밝히는 등불로 읽어내는 시인의 눈이 깊다.

　가을과실이 자신을 익히기 위해 "피를 삭이는 동안" 그와는 대조적으로 "때깔만 좋은 상품들"은 "질서를 이탈한 편법"으로 앞질러 와서 "자주 세상을 휘"저었었다. 그래도 "무릎이 꺾이는 슬픈 줄서기"로 매양 꽁무니를 지키던 가을과실은 노여움을 양식으로 바꿔 속살까지 착실히 익히며 맨 뒤에 당도하여 땅거미 어두운 변두리 동네를 따뜻한 동화의 나라로 바꾸는 마술사가 된다. 이처럼 뒤처져 맨 뒤에 온 가을과실을 마술사로, 등불로 읽어낼 수 있는 것은, 시인의 눈이 온갖 것을 다 익혀주는 가을처럼 깊어져 있기 때문이다. 흔하게 보아 넘기고 지나쳐버릴 수 있는 일상의 사물에서 새로움과 삶의 깊은 의미를 발견해내는 인식의 깊이와 혜안이 있기에 가능한 것이다. 한 편의 시에서 우리는 시인의 인생관과 원숙한 세계관을 함께 읽을 수 있다. 한 편의 시는 그 시인의 과거 현재 미래의 체험과 인식의 총량의 형상화이기 때문이다. 이러한 눈을 가지기 위해서는 "폭염과 태풍의 질곡 혼절할 듯 허우적대며" 건너는 여름날만 있어서는 안 되며 조용히 '법(法)'의 가르침에 귀 기울이며 밤을 새워 수행하는 철야정진도 있어야 한다.

　　자시가 넘은 시각인데도 꽃봉오리마다 등불 켜고 野壇法席을 펴고 있다
　　燈마다 심지 빳빳이 세우고 저마다 열심히 법문을 들려주고 있다
　　(중략)
　　잠들지 못한 뭇 생명이 나만이 아니었다
　　어떤 무명은 방죽가에 물새처럼 쪼그리고 앉아

한밤의 등불들의 無遮大會에 어두운 귀를 기울이고 있었다
남포등 환히 켜든 채 천수천안의 법석은 날이 밝도록 끝날 줄 몰랐고
딱딱했던 내 사대육신은 어느덧 진짜 관음이 되어 있었다
물의 법단에서 밤새 타던 연꽃향이 아침 천 리를 가고 있었다
별도 차마 지지 않았다

— 이진영, 「덕진공원 연꽃밭」 부분, 『문학수첩』

　진흙밭에 뿌리 내리고 있어도 진흙에 물들지 않고 맑고 밝은 꽃빛을 자아내는 연꽃은 불교의 상징적인 꽃이다.

　봉오리마다 아름다운 빛과 향을 뿜어내는 연꽃밭에서 시적 화자는 야단법석의 법문을 듣는다. 야단(野壇)이란 '야외에 세운 단' 이란 뜻이고 법석(法席)은 '불법을 펴는 자리' 란 뜻으로 '야외에 단을 마련하여 부처님의 말씀을 듣는 자리' 란 의미이다. 말씀을 듣고자 하는 사람은 많은데 법당이 좁아 그 많은 사람을 다 수용할 수가 없어서 야외에 단을 펴고 설법을 듣고자 하는 것이다. 많은 사람이 모이면 시끄럽고 경황이 없기 마련인데 이처럼 경황없이 시끌벅적한 상태를 비유해서 야단법석이란 말이 일반화되어 쓰이고 있다.

　위의 시에서는 연꽃들이 "등마다 심지 빳빳이 세우고" 들려주는 법문을 듣고자 '뭇 생명' 즉 중생들이 자시(子時)가 지난 한밤중에도 잠들지 못하고 있다. 불교에서는 인간만이 아니고 생명 가진 모든 것들을 다 '중생' 이라는 카테고리에 넣어 그 생명성을 귀히 여기고 '불살인(不殺人)' 뿐만 아니라 '불살생(不殺生)'을 지켜야 할 계명의 제1위에 두고 있다. 위의 시에서도 야단법석을 펴야 할 정도로 부처님 법문을 듣고자 하는 '뭇 생명' 이 많아 천지 대자연 모두가 "한밤의 등불들의 無遮大會"에 어두운 귀를 기울이고 있다.

　승려나 속인, 빈부노소를 가리지 않고 누구나 자유롭게 참여하여 법문을 들을 수 있는 법회가 무차대회이다. 시주자가 잔치를 열고 물건을 나

뉘주며 불경을 강의하여 불법의 공덕이 중생들에게 골고루 미치게 하는 의미에서 여는 법회로, 왕이 시주자가 되어 백성들의 어려운 생활을 달래고 민심을 수습하려는 의도에서 열기도 하였다고 한다. '연꽃'이라는 객관적 상관물─시주자의 위치에 개인이나 국가, 시인, 어느 것을 대입시키더라도 더불어 함께 살아가는 나눔과 베풂의 삶은 언제 어느 시대라도 꼭 필요한 마음가짐이리라. 더구나 "날이 밝도록" 끝날 줄 모르는 "천수천안의 법석" 덕분에 "내 육신은 어느덧 진짜 관음이 되"도록 깨달음을 얻고 있다. 일체중생을 제도하는 천수천안(千手千眼) 관음보살의 법문을 듣기 전에는 딱딱했던 사대육신이 진짜 관음이 되었다는 의미는, 완고하고 자아가 강한 한 개체가 타인의 아픔과 고통을 벗어나게 해 줄 정도로 나 아닌 타인과 타자(뭇 중생)의 생명에 관심을 가지고 베풀고자 하는 마음을 지녀 가지게 되었다는 의미이다.

필자도 달빛 머금은 아름다운 계곡에서 펼쳐진 어느 차회에서 연꽃차를 마신 적이 있다. 찻물 위에서 마른 꽃잎을 활짝 펼치고 향기를 전해주는 연꽃차를 마시면서, 말라서도 뭇 생명의 마음귀를 열어주는 그 향기에 취한 적이 있다. 아름다운 마음과 향기를 통해, 자기밖에 모르는 이기적이고 메마른 뭇 중생들 마음속에 촉촉한 촉기를 주고 온기를 주어 '나'와 다른 '남'을 배려하고 가진 것을 나누고 끌어안을 수 있는 깨달음을 주며, 스쳐 지나는 향기나 사물에서도 깊은 의미를 느끼는 '밝은 귀'의 시이다.

당신은 이 가을에
뭐 잃어버린 것이 없으십니까?
메시지가 담긴 휴대폰,
신용카드가 꽂힌 지갑,
승용차 열쇠 꾸러미가 아닐 것입니다
애틋한 사랑,

고즈넉한 행복,
슬픔 또는 노여움도 아닐 것입니다
(중략)
세상만사에 좀 어둡다고
제발 한숨짓지 마십시오
오로지 내가 당신이고
당신이 내가 분명하거늘
이 가을에 나는
나를 잃어버리고
내가 나를 찾고 있습니다

— 박만진, 「이 가을에」 부분, 『열린시학』

가을은 고요히 멈추어 자기의 내면을 들여다보는 사색의 시간을 갖게
한다.

이러한 사색과 내면 성찰의 시간에 시적 화자는 본질적 자아와 만나고
자 '자아찾기'를 시도한다. 현실생활을 영위하느라 생활인이 되어, 되풀
이되는 일상에 파묻혀 분주하게 지내다가, 문득 어느 날 멈추어 서서 생
각해보면 언제인지 모르게 잃어버린, 잃어버리고도 자각하지 못한 본연
의 자아와 만나게 된다. 이때 내가 찾고자 하는 '나'는 나만의 자아가 아
니고 "내가 당신이고/당신이 내"가 되는, 보다 넓게 확산되는 보편적 자
아이며 '나'만을 생각하는 '소아(小我)'가 아니라, 시간 앞에 속절없이 마
모되어가는 모든 개체들에게 해당되는 자아이다.

같이 수록된 시 「마음빨래를 하다」에서도 "거품 잘 나고/때 잘 빠지는/
그리움표 빨래비누로" 빨래하고 나서야 비로소 환히 보이는 자아와의 만
남을 노래하고 있다. 이러한 만남은 하늘이 맑고 높아 우리들 마음속까지
환히 비추어주는 가을날에라야 비로소 가능한 것이다.

마른 잎 한 장이 떨어져 내린다.

바람의 등에 엎혀 곡선의 길을 간다.

놀라워라, 저 생명의 다이어트!

나뭇가지에 모든 걸 내려놓고 팔랑,

팔랑 마른 잎 한 장으로 돌아가는

마른 잎 한 장으로 친정(親庭)에 드는

어머니

— 김선태, 「마른 잎 한 장」 부분, 『문학수첩』

　가을이면 곳곳에 지천으로 떨어져 내리는 "마른 잎 한 장"에서 삶의 진실을 읽어내는 유추가 놀랍다. 현대인은 지나치게 비대하고 가진 것이 많음에도 불구하고 더 많이 가지려하는 데서 비극이 싹튼다. 물질은 가져도 가져도 한이 없고 정신은 영양결핍인 채로 육체의 배만 채우려 들어 아이들조차 소아비만이 되는 것이 사회문제로 등장하고 있다. 이러한 과욕과 비만의 시대에 "평생의 다이어트"로 팔랑팔랑 마른 잎 한 장으로 돌아갈 수 있음은 얼마나 자신을 다스려야 가능한 것일까.
　평생 동안 가졌던 것, 가지려고 소망했던 것을 모두 '나뭇가지'에 내려놓고, 인연의 줄도 모두 끊은 채 홀연히 본연의 고향으로 돌아가는 우리들의 '어머니'―그분의 삶은 자신만을 고집하는 '직선'이 아니라 자식과 가족과 주위를 다 배려하여 자신을 다 내어주는 '곡선의 길'이다. "마른 잎 한 장"이 주는 메시지에 어울리는 최소한의 언어로 1행을 1연으로 배치하여 행간에서도 함축된 의미를 느끼게 하는 형식미도 음미해볼 만하다.

멀리 갈밭에 얼굴을 넣고
둑길 하나 붉은 댕기처럼 나풀나풀 가고 있다

한낮 내내 오르내리며 미끄럼 타는 아이들 발길에
등덜미가 빤질빤질 닳아 있는 둑길 옆구리
밑창이 드러난 개울 속 헤엄치는 올챙이를 따라
첨벙거리는 아이들 말아올린 바짓가랑이 사이로
물질경이 몇잎 파란 손을 흔들고 있다
잠자리채를 들고 바람을 타고 가는
아이들 잠자리채 속엔 파란 하늘만 담겨
팔랑팔랑 오지랖에 가을을 넣고 달린다

— 김지향, 「가을날 그리고 개울」 부분

한 폭의 가을풍경화를 언어로 이렇게 맛깔나게 그려낼 수 있다니! 주제나 의미전달보다는 오로지 이미지에만 의존하여 독특한 가을날의 풍경을 시각화, 촉각화로, 음성상징어로 재현해놓고 있다. 갈밭을 이웃하여 길게 번은 둑길을 "갈밭에 얼굴을 넣고""붉은 댕기처럼 나풀나풀 가고 있다"로 그린 표현력과, "등덜미가 빤질빤질 닳아있는 둑길 옆구리""밑창이 드러난 개울 속""아이들 말아 올린 바짓가랑이 사이로/물질경이 몇잎 파란 손을 흔들고 있다""팔랑팔랑 오지랖에 가을을 넣고 달린다" 등등의 빼어난 이미지 묘사는 언제 읽어도 선명한 어린 날의 가을풍경을 독자의 마음속에 되살려준다.

이 가을에는 성숙한 세계관과 인생관이 농익어 있는 가을시와 선명한 이미지의 가을풍경화를 읽을 수 있어서, 분주한 일상 속에서 잃어버린 자아를 만나는 기쁨을 누릴 수 있었다.

객관적 상관물과 카이로스의 시간

1. 현실비판과 기억 속으로의 회귀

올 여름 계간지에서는 숭례문을 소재로 하는 시를 많이 만날 수 있었다.

2008년 2월 10일 저녁 8시 무렵부터 다음날 새벽까지 우리나라 국보 제1호인 숭례문(崇禮門)이 불타서 사라졌다. 토지에 대한 보상금 부족에 불만을 가지고, 국가에 대한 원한으로 사다리를 타고 숭례문에 올라가 방화범이 불을 지른 것이다.

숭례문은 조선 태조 5년(1396)에 신축되었다가 세종 29년(1447)에 다시 신축되었다 하니 그때부터 561년의 역사를 지닌 조선 초기 건축물로, 서울에 있는 목조건물 중 가장 오래된 건축물이다. 근 600년 동안 우리나라의 남쪽 도성으로 우뚝 서서 국가의 대소사를 지켜보며 전쟁과 참화를 겪어내고 국민들과 애환을 함께하며 국민의 마음속에 중심축이 되어 예(禮)와 자존심의 상징이 되어 온 숭례문이 하루아침에 사라졌다.

역사 속의 사건을 보면 순조 23년(1824) 8월 10일에 석수장이 최영득(崔英得)이 숭례문 근처의 체성(体城)을 헐다가 잡혔는데 문초 결과 장료(匠料, 품삯)을 타내기 위해 흉계를 꾸몄다고 자복했다. 그 뒤 남대문 밖에서 죄인을 끌어내 효수하였다 한다.(신봉승, 『문화일보』, 2008. 2. 16.) 그때는 불만의 표시로 숭례문의 성벽을 헐다가 잡혔지만, 이번에는 숭례문 자체를 완전히 불태워버린 것이다. 284년이라는 시간의 차이가 인간의 성정을 바꾸어 이토록 각박하고 흉악하게 만든 것을 숭례문은 스스로 반성하여 자신의 몸을 던져 불탐으로써 이 나라와 이 민족의 가슴에 다시 인의예지신(仁義禮智信)이 바로 서고 남을 위한 따뜻한 배려와 인정과 사랑이 꽃피는 세상이 되기를 기원했던 것은 아닐까.

필자도 『세계일보』 2008년 2월 16일자 '시의 뜨락'에 「사리 하나 품으려고―불타는 崇禮門에 든다」라는 시를 게재하면서 숭례문이 불탄 것은 이 나라에 예(禮)가 부활하기를 바라는 '사리' 하나 품기 위해 숭례문 스스로 화마를 불러들인 소신공양(燒身供養)이었노라 쓴 적이 있다. 이 여름시단에 숭례문 조시가 유난히 많이 눈에 띄는데 특기할 점은 그 시들 중 거의가 숭례문의 소신공양을 노래하고 있다는 점이다.

> ① 숭례문(崇禮門)이 불탔다고
>   세상이 술렁이더니
>   정부 세종로 청사에도 불이 났단다.
>
> 불 탄 것이 남대문뿐이랴
>
> 부서진 것, 무너진 것, 사라져 버린 것
> 잊어버린 것, 잃어버린 것이 어디
> 하나 둘이더냐
>
> 이네 가슴, 내 가슴 다 타버리는 것
> 이런 것이
> '소신공양'일 터이다
>   — 정광수, 「그래도, 寒梅가 피었구나」 부분

> ② 이제는 문도 아닌 것이 문이라는 이름으로, 솟을대문 높이 치켜세우고 대

도시 서울 한복판에 서 있는 것이 얼마나 어려운지를 너는 아느냐. 아무도 관심
조차 갖지 않는 모습으로 그저 자리를 지킨다는 것이 얼마나 민망한 일인 줄은
너는 아느냐. 국보 일호, 엿도 바꿔 먹을 수 없는 이름표 가슴에 달고 살기가 얼
마나 난감한 줄 너는 아느냐. 그러나 무엇보다도, 무엇보다도 나를 어렵게 하는
것은 예도 모르는 사람들이 그저 이름값이나 하고자 일 년에 한두 차례 의례 들
려서 어쩌고저쩌고 떠들고 가는 꼴이라니.

　　그래서 오늘 나 스스로 불타기로 했다. 스스로 몸뚱이 불 지르는 소신공양
(燒身供養). 2008년 2월 10일, 600년의 나를 스스로 나 불 지르고 말았다.

— 윤석산, 「자문자답 숭례문」 부분, 『문학 · 선』

③ 태극의 한복판 극점을 바로 딛고
　기원의 얼굴에 핏줄을 돌게 하며
　숭례의 깊은 뜻 담아 의연히 서 있더니

　무지개 성벽을 타면 날아오듯 휘인 날개
　인왕산 산자락을 끌어 눈을 맞춰 주고 받는
　지켜운 사무친 인연 호국의 문이더니
　(중략)
　이긴 고뇌 무게 이고 수모도 깨물어오며
　청사를 가슴에 담고 되새김질로 삭히더니
　오늘은 소신공양이냐
　왜 혼불로만 남았느냐

— 이처기, 「아, 숭례문」 부분

　　시 ①에서는 직설법으로 사회 전체에 대한 비판적 시각을 들이대고 있
다. "불 탄 것이 남대문뿐이랴" "네 가슴, 내 가슴 다 타버리는 것"을 "소
신공양"이라 하여 타버린 속에서 새로운 희망을 일으키고자 한다. 숭례
문이 불탄 것은 70대 노인 한 사람의 방화 때문이 아니라, 문화재청의 관
리 소홀과 경비 시스템의 부실과 위기대처능력이 없는 소방당국의 무능

과 무지, 우리 것을 소중히 하고 아낄 줄 모르고 물신주의로만 치닫는 모든 국민들의 총체적인 잘못으로 화마를 불러들였기 때문이다. 이처럼 숭례문이 불타버린 것을 그 자체로 끝내버릴 것이 아니라 불교적 의미의 소신공양으로 인식하여 깨달음을 얻고 교훈을 얻는다면 우리 사회에 만연한 안일과 총체적 부실을, 무너지는 예(禮)를 다시 세울 수 있는 전화위복이 될 것이라는 내포적 의미가 축약되어 있다.

소신공양이란 불교의 『묘법연화경』「약왕보살 본사품」에 약왕보살이 몸에 향유를 바르고 신통력의 염원을 가지고 스스로 자기 몸을 불사른 데서 연유하며, 중국과 일본, 태국 등지에 더러 소신공양한 등신불을 모신 전각이 있고 우리나라에도 소신공양을 한 고승이 있었다고 하나 이름이나 흔적 등이 구체적으로 전해지지 않고 있다. 소신공양이란 자기 몸을 불태워 공양함으로써 간절한 염원을 이루고자 함이니, 숭례문의 소실을 단순한 소실로 받아들일 것이 아니라 그 불타는 행위가 의미하는 남겨진 교훈을 겸허하게 받아서 잊지 않아야 하는 간절한 기원을 시인들은 저마다의 시에서 '소신공양'으로 표현하고 있다.

②의 시에서는 이와 동일한 내포적 의미를 역설적이고 시니컬한 어법으로 숭례문의 입장에서 진술하고 있는 점이 독특하다. "예의보다는 실용이" "무슨 짓을 해도 부자가 되고, 힘이 커지면 땡땡이며 사는 세상"과 국보나 문화재, 혼이 깃든 옛것에 대한 무관심 등을 꼬집어 비판하면서 "국보 일호, 엿도 바꿔 먹을 수 없는 이름표 가슴에 달고" 등에서 자학적 어조를 사용하여 독자의 공감을 끌어낸다.

이처기 시인은 시 ③에서 연시조 5수로 숭례문의 소실을 애도하고 있다. "숭례의 깊은 뜻 담아 의연히 서 있더니" "호국의 문이더니" "은은한 정한의 소리 석축에 스미더니" "청사를 가슴에 담고" 등에서 역사 속에 새긴 숭례문의 의미를 되짚으며 그 모습에 민족의 정한을 실어 묘사하고 있다. 마무리에서 숭례문의 소실을 역시 '소신공양'으로 확장시키면서 그 의미와 교훈을 새기고 있다. 또한 김석현 시인도 "문명의 밤공기를 찬란하게 적셨는데"(『Pen 문학』)에서 "그대 훨훨 소신공양, 누구 위한 소신인가" 하고 소신공양의 참뜻을 묻고 있다. 허윤정 시인은 「숭례문」(『문학마을』)에서 "어질고 의연한 모습 당당하고 높은 雄姿/어디가 찾을 건가 방화범은 오천만 모두/또 한 번 터를 다지자 저 창천을 일으키자"라고 하여 숭례문의 소실에서 새로운 교훈 얻기를 직설법으로 호소하고 있다.

사회비판과 교훈을 통해 독자의 공감과 감동을 이끌어 내고 보다 '바람직한 세계 이루기'에 기여하는 것을 문학의 효용 중 한 축이라고 한다면 위의 작품들은 그러한 효용에 충실한 작품이다.

> 해가 바뀌고 여기저기 조각난 파일들이 내 몸속에 들어와 정신과 육체를 산산조각 내놨다 인간들의 부주의로 서해안 바닷가가 새까맣게 조각나 선량한 어민의 숨통을 조이고 자연의 생명을 조각내고 있다 냉동창고가 불이 나고 가족들은 조각난 주검을 찾아 통한(痛恨)의 이 땅을 적신다 연일 쏟아지는 조각난 언어들이 신경을 조각내고 술 취한 사람은 선로에 뛰어들고 멍해진 의식의 조각들 또한 갈 곳을 잃고 헤맨다 질주의 본능으로 유리파편이 되어버린 관절들의 조각 모음을 시작한다 작심하고 손끝을 빠르게 놀려 절대 중지하지 않으리라 마음 먹었지만 오늘도 나는 결국 조각모음에 실패하고 말았다 모음을 주도하는 세포마저 과민성신경증후군으로 조각이 나고 말았기 때문이다 세상의 조각난 파일들이 손끝에 묻고 얼굴주름 사이로 끼어들기까지 한다 나는 오늘도 조각난 파일에 종일 팔다리를 쓰고도 모자라 컴퓨터 자판을 두드리고 시퍼런 칼날로 유리 같은 세상을 그어대고 있다 밖에는 일기예보에도 없던 눈이 내린다 저 수많은 조각들도 땅 위로 내려와야 조각모음이 끝나는 모양이다
>
> — 김경수, 「조각모음」 전문

김경수 시인은 오늘날의 사회적 상황과 사실, 사건 등을 현대인이면 누구나 벗어날 수도, 멀리할 수도 없는 컴퓨터 작업과 연관시키면서 "조각난 파일"이라는 객관적 상관물을 통해 현실비판적 메시지를 던진다. 인

간들의 부주의로 파괴되는 자연과 파괴되는 생태계, 그로 의한 영향으로 인간들이 오히려 병들게 되어 신경이 조각나 유리 파편이 된다. 조각을 모아 바로잡고자 하는 "나"의 세포마저 "과민성신경증후군"으로 조각조각 깨어진다. 그러나 시인은 비판적 메시지에만 머물지는 않는다. 창밖에 내리는 눈이 "땅 위로 내려와야 조각모음이 끝"나듯이 우리의 조각모음도 땅에 발을 든든히 딛고 서로서로를 껴안아야 가능할 것이라는 긍정적 메시지를 읽을 수 있다.

> 나는 갑자기 긴 비닐 끈에 걸려 넘어졌다.
> 희고 긴 비닐 주머니는 누군가
> 고로쇠나무들 몸통에 매달아 놓은 것이다.
> 수액을 뽑으려고 도끼가 함부로
> 제 몸을 찍어 들어왔을 때
> 고로쇠 잎들이 소스라쳐 우수수 쏟아지고
> 뿌리에서부터 높은 가지 끝까지
> 그리움 같은 진액이 폭포처럼 뿜어 올랐을까.
> 제 배꼽들을 열고 긴 비닐 탯줄들을
> 아무렇지도 않게 매달고 서 있는 나무들
> SOS! 나는 들고 있던 휴대폰으로 타전했다.
> 촘촘하고 어둔 숲이 일순 환하게 터질 뿐
> 어느 한 문장도 날아가지 못했다.
>
> — 노향림, 「울울창창」 부분, 『문학 · 선』

노향림 시인은 파괴되는 자연과 파괴되는 생명, 생태계를 고발하면서 현상에 상상력을 더한 묘사와 진술로 인간의 지나친 욕심에 메스를 가한다. "제 배꼽들을 열고 긴 비닐 탯줄들을/아무렇지도 않게 매달고 서 있는 나무들"에서 역설적으로 고로쇠나무의 아픔과 고통을 제시한다. 그러나 서정적 자아는 아픔에는 공감하지만 그 아픔이나 상황 앞에 무력하다.

"SOS"를 타전하지만 "어느 한 문장도 날아가지 못했다." 다만 울울창창하고 컴컴한 숲 속에서 "간신히 숲을 빠져"나올 수 있을 뿐이다. 극에 달한 물질 중심주의와 인간 중심의 세태 속에서 시인이 할 수 있는 일은 어느 정도일까? 문필의 힘과 책무는 먼 이야기인 채로 오늘날 시인의 목소리는 너무도 미약하고 귀 기울이는 사람조차 찾기 힘들다. 문인들도 자기들끼리만 공유하고 공감하는 문학에만 만족할 것이 아니라 좀 더 사회적 책무를 짊어져야 하지 않을까. 문학이, 철학이, 인문학이 살아나고 제 역할을 해야 '숭례문'이 불타는 총체적인 사회문제가 제자리를 바로 찾고 무너진 예(禮)가 바로 서는 사회가 될 것이다.

예와 사랑이 넘치는 아름다운 사회, 인간만이 아니라 나무도 풀꽃도 짐승도 벌레도, 생명 가진 모든 중생과 우주를 이루고 있는 만유가 더불어 함께 어울려 저마다의 생명을 향유하며 살아가는 세상을 위한 비전을 제시하고, 그렇지 못한 것을 비판하는 일, 이러한 시인들의 꾸준한 목소리에 감동하고 공감할 그날을 기다려 시인들은 절망하지 않고 오늘도 감동을 창조한다.

헬레나 노르베리 호지는 『오래된 미래』라는 책에서 '리틀 티벳'이라 불리는 '라다크' 지방 사람들의 삶의 방식에 대해 마음 깊이 찬사를 보내고 있다. 라다크 사람들은 살생을 꼭 해야 한다면 더 많은 사람들이 먹을 수 있도록 큰 짐승을 택하는 것이 낫다고 생각하고 생선을 먹는 일이 없다고 한다. 그들은 동물 죽이는 것을 가볍게 생각하지 않고 마음 모아 기도드리며 신에게 용서를 구하고 난 다음에야 동물을 죽인다고 한다. 그리고 집안에 출산을 앞둔 산모가 있으면 약 1주일 전부터 들에 나가지 않는다고 한다. 혹시 실수로 쟁기 날에 작은 생명이 죽을까봐 살생을 피하기 위해 온 가족이 조심하는 것이다. 새로 태어날 생명을 위해 이보다 더 큰 축복은 없을 것이다. 이 책의 저자는 '진정한 미래는 오랜 옛 지혜 속에 있다'는 결론을 내리고 있다.

이 여름의 시에서 시인들은 예가 무너지고 생명을 경시하는 현실에 대한 비판의 메시지와 아울러 옛 시간의 기억 속으로 회귀하여 낙원을 찾고 그 속에서 미래의 희망의 빛을 발견하고 있다.

어린 시절 동화 속에는
대패질한 버드나무의 촉촉함과 무른 나뭇결,
거기서 풍겨나는 상긋한 내음이 있지.
볕바른 데와 그늘이 시시각각 바뀌던 저수지의
수초 사이를 휘젓는 잉어의 거무스레한 등이며
소택지 얼음장 밑으로 돌미나리가 볼이 퍼렇게 언 채
봄을 기다리던 풍경도 일렁이지.
매화나 산수유나무 곁을 지나칠라치면
가지마다 지난해 눈(芽) 자국이며
몽글몽글 꽃 타래 지었던 기억이 발걸음을 다잡아
생각 속에 꽃송이들이 움쑥 벌어지기도 하지.
바람 불어오는 저편에서 설핏했던 건
알지도 못한 자유의 여신상 같은 손짓이었을까, 과연
무지개나 다름없을망정 희망이 설핏하기나 했던 걸까?
고개를 들면 삼밭을 빠져나온 날의 그 어스레한 하늘 마련이라
을씨년스럽기만 했던 그때에
그래도 난 알았어, 어느 곳에선가 오고 있는 꽃을.
— 신중신, 「그때 알았어, 오고 있는 꽃을」 전문

"어린 시절 동화"는 시인의 온갖 감각과 기억이 살아 있는 낙원이며 부족함이 없는 시간이며 공간이다. 시인은 이러한 동화 속의 낙원을 재생시키기 위해 "촉촉함과 무른 나뭇결"의 촉각적 이미지, "상긋한 내음"의 후각적 이미지, "잉어의 거무스레한 등" "돌미나리가 볼이 퍼렇게 언 채" "어스레한 하늘" 등의 색채를 나타내는 시각적 이미지에 더하여 '몽글몽글' '움쑥' 등의 의태어를 사용하여 선명한 이미지의 그물을 교직(交織)으

로 엮어내고 있다. 그러나 이미지의 나열에만 그치는 사물시가 아니고 그 속에 '희망'이라는 의미를 제시하여 "그래도 난 알았어, 어느 곳에선가 오고 있는 꽃을"이라고 형상화시켜 놓았다. 풍경화적인 회화시에다 관념을 형상화시켜 반짝이는 희망의 꽃을 제시하는 기법이 돋보인다.

정희성 시인도 「나의 고향은」에서 "아득히 먼 별에 숨어 있는 한 송이 꽃처럼" 고향(낙원)을 그리는 마음을 공간이 아니라 시간 속에서, 기억 속에서 찾고 있다. 고영민 시인의 「치약」(『미네르바』)에서도 이러한 기억 으로의 회귀와 그리움을 읽을 수 있다. 군것질거리가 없던 어린 시절, 치약 한 통을 먹고 치르던 곤욕 속에 떠오르는 아버지와 그 걱정 없던 시절에 대한 그리움을 익살과 해학 속에 그려 놓고 있다.

이처럼 시인들은 사회 현실에 대한 비판의 목소리로 세상을 일깨우고자 하며, 한편으로는 그들이 소망하고 그리워하는 낙원의 모습을 먼 기억 속으로 회귀하여 찾고 있다.

2. 세상의 지붕과 소금기 빼기

올 가을호(2008년) 계간지에서 소름이 돋는 시를 읽었다. 실제로 일어난 사실을 시화한 것이지만 현실에 기적이 가능하게 한 천륜의 사랑을, 그 절체절명의 순간을 이렇게 가슴이 저리도록 실감나게 언어로 재현해내는 시 앞에서 시인의 무한한 능력을 새삼 확인한다. 좀 길지만 전문을 인용한다.

> 자궁엔 지진이 없단다, 아가야
> 다시 자궁으로 들어가거라
> 아직 너는 물이니 몸 한껏 구부리면
> 양수로 흘러갈 거야
> 눈도 귀도 열지 말거라, 아가야

탯줄로 받아먹던 노래와

몸 밖에서 그려주던 숲과 언덕과 강물의 춤들은

이렇게 잔인하게 무너질 수 있단다

아가야, 나는 네 언덕이란다

햇빛 좋은 숲이고

젖이 마르지 않는 동산이란다

아가야, 아직은 눈 뜨지 말거라, 놀라지도 말거라

어미가 둥글게 몸 구부려 단단한 지붕을 만들 동안

내 뼈가 산을 받아내고 콘크리트 절벽을 밀어낼 동안

너는 자궁에서 부르던 옹알이, 탯줄에 걸고

발길질 하고 놀거라

어미뼈가 우두둑 우두둑 부러지고 산산조각이 나도

이 동산은 들꽃과 나비들이 만발할 터이니

아가야, 천둥번개 땅이 갈라지고

어미 호흡이 지천을 흔들다 끊어져도

이 어여쁜 숨소리 작은 목숨 끝내 지키는

장한 모습 보여다오

아가야, 아직 이름도 없는 내 아가야

어미의 부서진 몸뚱이 든든한 철벽이 되어주마

내 사랑, 아, 아, 내 아가야

　　　　　　　　— 정영주, 「단단한 지붕」 전문, 『다시올 문학』

　중국 쓰촨성 지진 때, 시신으로 발견된 젊은 여자의 구부러진 품속에 갓
난아기가 살아 있었던 기적 같은 사실 앞에 무릎 꿇는다는 각주가 있다.
　아기를 키우면서 세상을 살아가다 보면 어쩔 수 없는 위험에 처하기도
하고 인위적이거나 자연재해이거나 불가항력적인 상황을 맞이할 때가
있다. 이런 경우 아기가 가장 안전한 자궁으로 들어가 자신의 완전한 보
호 아래 있기를 원하지 않는 어머니는 없으리라. 그러나 현실은 그것을
허용하지 않고, 어머니와 아기는 엄연히 다른 몸이니 어미는 스스로 자기

몸을 구부려 "단단한 지붕"이 되어 아기를 보호할 수밖에 없다.

갓난아기는 아직도 자유로운 물이어서, 어미의 "뼈가 산을 받아내고 콘크리트 절벽을 밀어낼 동안" "어미뼈가 우두둑 우두둑 부러지고 산산조각이 나도" 단단한 지붕 아래서 천진스런 눈망울로 "어여쁜 숨소리 작은 목숨"을 끝내 지켜낼 수 있게 되었으리라. 만약 그때 아기가 철이 든 목숨이어서 놀라고 두려워하며 어미를 믿지 못해 어미의 단단한 지붕을 한 치라도 벗어났다면 천둥번개 땅이 갈라지는 지진 속에서 살아남지 못했을 것이다.

"어미 호흡이 지천을 흔들다 끊어져도" "어미의 부서진 몸뚱이 든든한 철벽이 되어주마"라고 약속하는 어미가 있는 한 아기는 홀로 남아 이 험한 세상을 건너간다 해도 결코 흔들리지 않고 "들꽃과 나비들이 만발"하는 자기만의 동산을 가꾸는 아름다운 사람으로 자라날 수 있을 것이다. (중국문학을 전공하는 딸에게 나중에라도 이 시 번역을 부탁하여 그 아기에게 전해주어, 비록 유명을 달리 했을망정 아기가 언제까지나 그 어머니의 "단단한 지붕"과 어머니의 살과 뼈와 함께 호흡하도록, 그리하여 어머니의 사랑과 신적인 보호 아래 훌륭하게 자랄 수 있도록 도움이 되고 싶다.)

나라와 민족을 초월하여 우주의 섭리와 하늘까지 감동시키는 어머니의 사랑의 기적, 그 사랑을 언어로 표현해내는 예술이 있는 한 지구는 "세상의 단단한 지붕" 아래서 새롭게 싹트고 열매 맺어 가는 것이다.

애기 머리가 어미 자궁 끝에 걸려 있다
빛으로 나올려는 몸짓
축복의 꽃가루가 뿌려지는 순간이다

꽉 쥔 조막손, 쫑긋한 입술이
자작나무 같은 저 하얗고 이쁜 다리가

그 좁은 공간 거꾸로 몸 틀며 문잡다가
골반과 골반 사이에 끼어버렸다
딱 붙어버린 어금니, 식은땀 흘리며 힘주던 두 팔이
밧줄처럼 허공에서 흔들리다가
생(生)과 사(死)의 길 멈추어버렸다

400년 회곽묘에 갇혀 있던 모자(母子) 미라가
한 달에 한 번 다알리아 꽃물 쏟아내는
세상 여인들 앞에
여자라는 이름을 고발하고 있다

키 153센티, 물푸레처럼 새파란
파평 윤씨 20대 여인이
합성된 사진 속에서 비명을 지르고 있다
　　　　　　— 권정남, 「모자(母子) 미라」, 시집 『물푸레나무 사랑법』

　생과 사의 갈림길에 있는 모자(母子)의 이야기를 쓴 시에 권정남의 「모
자(母子) 미라」가 있다. 경기도 파주시 교하읍 당하리에서 파평 윤씨의 무
연고 묘역을 정리하는 과정에서 440년 전의 모자 미라가 발견되어 공개
되었다. CT 촬영을 통해 분석한 결과 미라 속엔 엄마의 자궁을 빠져나오
기 직전에 사망한 태아의 미라도 함께 있었다 한다. 현대의학이 밝혀낸
모자의 사망 원인은 '자궁 파열로 인한 과다 출혈'이다.
　시인은 440년 회곽묘에 묻혀 있던 모자 미라의 사랑을 한 편의 시를 통
해 감동적인 언어로 재현해내고 있다. "축복의 꽃가루가 뿌려지는 순간"
에 "골반과 골반 사이에 끼어버"린 아기의 생명은 그 어미와 한 몸이 된
채로 440년이 지난 현대에 발견되어 고려대학교 박물관에서 영원히 보존
되어 사람들을 감동시킬 것이다.
　오로지 아기를 위해 열 달을 몸속에서 키워내어 출산과정에서 아기와

함께 죽음에 이른 수많은 어머니들을 위한 경건한 송시(頌詩)이다. 동시에 자기 목숨에 닥칠 위험은 아랑곳하지 않고 몸속에서 목숨을 키워내고 낳아내고, 또 양육해 내는 지금까지의 모든 어머니들과 앞으로 어머니가 될 여성들─ '여자'라는 이름 앞에 바치는 송가이다. 아무리 의술이 발달한 현대라고 하지만, 오늘날에도 일신의 안위는 뒤로 한 채 임신과 출산의 고통을 뛰어넘어 자식 위해 목숨 거는 어머니라는 지붕이 있기에 인류의 역사가 단절되지 않고 면면히 이어져가는 것이다.

> 바닷물과
> 민물이 만나는
>
> 이곳에
> 머무는 동안
>
> 내 이름은
>
> 바다장어인가
> 민물장어인가.
>
> ─고두현, 「장어의 일생」 전문

　자식의 생명을 살리기 위해 목숨 바치는 어머니가 되기 위해서는 먼저 인간이 되어야 한다. 인간다운 인간이 되기 위해 시인들은 어떤 고뇌를 짊어지고 사는가. 자기응시와 내면 성찰의 시를 살펴보자
　고두현의 「장어의 일생」에는 '기수역(汽水域)에서'라는 부제가 붙어 있다. 기수(汽水)란 바닷물과 민물이 만나서 섞이는 강어귀의 물을 의미한다. 시인은 열 줄이 안 되는 짧은 시 형식, 34글자 속에 현대인의 고뇌와 자기성찰을 압축적으로 표현하고 있다. 21세기를 살아가는 현대인은 사회가 복잡해지는 만큼 더 많은 갈등과 괴리감 속에서 나날이, 순간순간마

다 자기 앞의 생을 선택하고 판단하며 거기에 적응하려 애쓰며 살아가고 있다. 가시적인 것과 불가시적인 영혼과의 괴리, 현실과 이상과의 괴리, 물질만능주의로 치닫는 사회에서 예술적, 정신적 가치를 추구하고자 하는 시인으로, 지식인으로 살아가는 어려움, 마음으로는 아니라고 하면서 막상 부딪치는 눈 앞의 상황에서 흔들릴 수밖에 없는 가치관의 혼란, 이 모든 갈등과 번뇌를 "내 이름은//바다장어인가/민물장어인가"라는 시행 속에 함축해서 비유적으로 표출하고 있다. 그러나 시인은 고뇌와 갈등 속에만 발을 빠뜨리고 있는 것이 아니라 스스로의 해답을 다음 시에서 제시하고 있다.

풍천에 닿기 전까지
온몸이 투명할 것
심장만 바알갛고
나머지는 보이지 않을 것

풍천에 닿을 때까지
몸 비우고
마음 비우고
눈만 맑게 헹굴 것

담수를 만나는 순간
무엇보다
염도를 낮출 것
소금기를 전부 다 뺄 것.

— 고두현, 「풍천(風川)을 위하여」 전문

「장어의 일생」에서 고뇌하고 갈등하던 시인은 「풍천을 위하여」에 와서는 갈등과 번뇌를 벗어나 흔들리지 않는 가치관을 정립하고 삶의 지향점을 제시한다. 풍천(風川)은 바다와 강이 만나는 기수 지역이다. 장어는 민물에서 5~10년 정도 성장하여 산란기가 되면 강 하구로 내려가 민물과 바닷물이 섞여 염분도가 낮은 기수지역에서 바닷물에 적응하여 바다로 간다. 이때 장어는 수개월에 걸쳐 아무것도 먹지 않고 산란장소까지 6,000여 Km를 이동하여 산란하고 일생을 마친다고 한다.

이때 바다에서 알에서 깨어난 장어는 다시 어미가 살던 민물을 찾아가게 되는데 이때도 바다에서 강으로 들어가려면 기수지역에서 민물에 적응하여 비로소 민물장어가 될 수 있는 것이다. 시인은 이때의 장어에 감정이입법으로 자신을 동화시키고 있다. "온 몸이 투명할 것" "몸 비우고/마음 비우고/눈만 맑게 헹굴 것"을 장어에게 요구하는 것은 바로 자신의 삶의 지향점이요 수행자세에 다름 아니다. 먼지 많고 유혹 많은 속세에서 청정지역인 '담수'로 들어가기 위해서는 온몸의 염도를 낮추고 소금기를 전부 다 빼야 한다. 장어가 살고 있는 '바다'가 염분이 가득 찬, 그래서 불투명하고 혼탁한 세상살이를 의미한다면 한 마리 장어는 그러한 오탁악세를 벗어나 맑디맑은 민물(정화된 세계)에 몸 담그고 살기 위해, 오염된 세상과 절연하고, 세상 풍파 건너오느라고 온몸에 절어 있는 소금기를 다 빼내어—자신의 잘못된 가치관과 습관과 생각은 물론이고 세상으로부터 알게 모르게 받아들인 좋지 않은 명향을 먼지 한 톨까지 버리고자 한다. 이처럼 기수지역에 적응하고 온몸의 불순물—소금기를 다 빼어 민물장어로 살아가고자 하는 것도 산란을 위한 모정의 노력이라 할 수 있다. 결국 시인은 시 「장어의 일생」에서 갈등과 번뇌를 거쳐 「풍천을 위하여」에 이르러 '장어'라는 객관적 상관물을 통해 스스로의 삶이 지향하고자 하는 지향점을 자기 내면 응시와 성찰을 통해 제시해 주고 있다.

이밖에 이필녀는 「모기론」에서 처서가 지나도록 극성인 철모르는 모기의 "분수 없는 것" "염치 없는 것" "제 목숨 한 치 앞도 모르는 것"이 "인두겁을 쓴" 나와 닮았다고 자기성찰의 시선을 보여준다.

이번 가을호 계간지에서는 자식을 위해 기꺼이 목숨 바치는 어머니의 소름끼치도록 감동적인 사랑과, 그러한 사랑을 가능하게 하는 지순한 인간으로 거듭 태어나기 위한 자기성찰로 몸과 마음의 불순물을 제거하기 위해 쉬지 않고 노력하는 '소금기 빼기'의 시들을 살펴보았다.

3. 객관적 상관물과 삶의 무늬

시를 쓰다 보면 막연한 관념이 머릿속에 엉켜 흐르다가 어떤 구체적 대상을 만나면 번쩍 하고 직관의 관념이 대상에게로 옮겨가서 표현의 몸과 표현의 옷을 입고 언어로 표출되어 한 편의 시로 탄생된다. 이때 만나는 구체적 대상은 엘리엇(T. S. Eliot)이 말한 객관적 상관물(objective correlation)로서 시를 관념에서 벗어나 시적으로 형상화시켜 주는 표현의 중요한 방법이다.

엘리엇에 의하면 객관적 상관물이란 "어떤 특별한 정서를 나타낼 공식이 되는 한 떼의 사물, 정황, 일련의 사건들로서 바로 그 정서를 곧장 환기시키도록 제시된 외부의 사실들"이다. 즉 객관적 상관물이란 정서를 직접적으로 서술하는 것이 아니라 구체적인 사물 등을 통해 간접적으로 환기시키는 방법으로 사상이나 정서를 상징적, 함축적으로 암시하는 시적 기법이다. 대상에 대한 직접적 감정 토로가 예술일 수 없다는 반 낭만주의 발상에 근거를 두고 개인적인 감정은 객관화되어야 하며 이를 위해서 객관적 상관물이 필요하다는 견해이다. 엘리엇 이후, 문학은 개인의 사상과 감정의 표현이라는 문학의 정의가 크게 수정되면서 객관적 상관물은 현대시의 대표적 기법으로 널리 사용되고 현대시의 형상성을 설명하는 중요한 기준으로 작용하고 있다.

> 커피 속에 종이컵 바닥이 어른거린다
> 향긋하고 달착지근한 맛에

쓴 커피 주는 줄 몰랐구나
자판기 커피가 일생의 거울인 줄 몰랐구나
반품 안 되고 리필 안 되는
딱 한 컵의 생애
마지막 한 모금 삼키고 나면
누구든지 그냥 빈 종이컵이 되고 마는구나

— 감태준, 「자판기 커피」 전문.

　감태준 시인은 『계간문예』 겨울호에서 '자판기 커피'라는 객관적 상관물을 통해 제한적이고 1회적인 삶에 대한 성찰을 노래하고 있다. 종이컵에 담긴 한 컵의 커피를 마시며 "향긋하고 달착지근한 맛"에 취해 쓴 커피가 줄어드는 줄도 모르고 어느덧 쓸모없는 "빈 종이컵"이 되어 인생의 종말을 맞이하는 것이 우리들의 삶이다. "반품 안 되고 리필 안 되는", 아무리 아쉽고 억울해도 다시 되돌아갈 수 없는 "딱 한 컵의 생애"를 8행의 짧은 시에서 효과적으로 제시할 수 있는 것은 "자판기 커피"라는 객관적 상관물을 통한 형상화가 있기에 가능한 것이다.

　불교의 『불설비유경(佛說譬喩經)』에 중생의 삶을 비유적으로 표현한 그림에 〈안수정등도(岸樹井藤圖)〉가 있다.

　옛날 어떤 사람이 들판에 나갔다가 미쳐서 날뛰는 코끼리 한 마리를 만났다. 그는 크게 놀라 뒤도 돌아볼 겨를 없이 도망치다가 들 한복판에 있던 옛 우물터에서 뻗어 내려간 등나무 넝쿨을 붙잡고 간신히 위기를 모면할 수 있었다.

　그런데 그곳에는 또 다른 적이 있었다. 우물 네 구석에는 네 마리의 독사가 기다리고 있었고 우물 한복판에는 무서운 독룡이 독기를 내뿜고 있었다.

　위에서는 미친 코끼리가 발을 동동 구르고 밑에서는 용과 뱀이 혀를 날름거리니, 오도 가도 못하게 된 나그네는 유일한 생명줄인 등나무 넝쿨에만 몸을 의지하고 있는데, 어디선가 흰 쥐와 검은 쥐가 나타나서 서로 번갈아 등나무 줄기를 갉아먹기 시작하였다. 그는 멍하니 하늘을 쳐다보았다.

그런데 머리 위의 큰 나뭇가지에는 몇 마리의 꿀벌들이 집을 짓느라 앉았다 날았다 하고 있었는데 그때마다 꿀이 떨어져서 나그네의 입에 들어갔다. 그는 꿀의 단맛에 취해서 모든 위험을 잊어버렸다. 그러는 동안 대지에는 난데없이 불이 일어나 모든 것을 태워 버렸다고 한다. 이 이야기에서 넓은 광야는 무명장야(無明長夜), 위험을 만난 사람은 인생, 코끼리는 무상, 우물은 생사, 등나무 줄기는 생명줄, 흰 쥐와 검은 쥐는 낮과 밤, 뱀과 독룡은 인간을 기다리는 죽음, 벌은 헛된 생각, 꿀은 오욕, 불은 늙고 병듦을 각각 비유한다. 흰 쥐와 검은 쥐가 생명줄을 갉아먹는데도 오욕락에 빠져 다가오는 죽음을 잊고 있는 어리석은 중생을 가장 잘 나타내주고 있다.

사람은 누구나 태어나서 흰 쥐와 검은 쥐가 생명줄을 갉아먹는 '시간'에 대해 의식하지 못하고 헛된 세월을 보내다가 생명의 마지막 순간에 가서야 삶의 허무함을 깨닫지만 이미 흘려버린 시간을 되돌릴 수 있는 방법이 없다. 이 시에서 "향긋하고 달착지근한 맛"에 취해 커피 컵의 바닥에 이르는 것을 느끼지 못하듯이, 우리들 인간도 희노애락애오욕의 오욕락에 빠져 인생의 종말에 닿아 후회하는 일이 많다.

위의 시에서도 "일생의 거울"인 자판기 커피를 통해 누구든지 "빈 종이 컵"이 되는 삶을 제시함으로써 함축된 많은 의미를 독자들이 유추할 수 있는 행간의 의미를 살리고 있다.

미개한 머클래스족 인디언들은 매년 〈버스크〉라는 '허물을 벗는 의식'을 치른다고 한다 미리 새 옷과 새 가재도구와 햇곡식과 새 식료품들을 마련해 놓고, 헌 옷과 헌 가재 도구와 먹다 남은 곡식과 식료품들 그리고 청소한 모든 쓰레기들을 모아 불사른다고 한다 사흘 동안 단식을 한 후에 새 불씨를 얻어 새 불을 피운다고 한다

낙엽을 떨어뜨린 겨울 나뭇가지는 머클래스족 인디언이다 미리 새 꽃눈과 새 잎눈을 비늘잎에 꼭꼭 숨겨 놓고 〈버스크〉를 치른 후에 사흘이 아니라 긴 겨울을 혹한에 떨면서 깊이 참회하는 것이다

나도 한 번 〈버스크〉라는 의식을 치르고 싶다 나의 과오가 얼룩진 누더기와 나의 허영을 담았던 가재도구와 나의 욕심을 살찌운 곡식과 양념들 그리고 나의 둘레를 청소한 쓰레기들을 모아 불사르고 싶다 낙엽을 떨어뜨린 겨울 나뭇가지처럼 긴 겨울 혹한에 떨면서 깊이깊이 참회하고 싶다.

— 정호정, 「낙엽을 떨어뜨린 겨울 나뭇가지는 머클래스족 인디언이다」 전문, 『문학과 창작』

정호정 시인은 위의 시에서 "겨울 나뭇가지"와 "머클래스족 인디언"이 치르는 "버스크"라는 의식, 두 가지의 객관적 상관물을 통해 시적 자아가 지향하고자 하는 삶의 방향을 제3연에서 직접 제시하고 있다. 우리가 미개하다고 무시하고 인정해 주지 않는 인디언들, 그중에 머클래스족 인디언들이 치르는 '버스크'라는 허물 벗는 의식은 첨단의 문명을 자랑하는 21세기를 살아가는 현대인들에게도 귀감이 되는 필요한 의식이다. 시인은 머클래스족 인디언의 버스크 의식을, 낙엽을 떨어뜨리고 빈 몸으로 하늘 받쳐 들고 서 있는 겨울 나뭇가지에서 다시 떠올리고 있다. 존재의 본질에 다가가기 위해, 참된 자아를 되찾기 위해, 지난 잘못을 참회하고 새롭게 태어나기 위해 불씨조차 새롭게 얻어 새 출발하는 머클래스족 인디언들과, 새 봄을 준비하는 새 꽃눈과 새 잎눈을 비늘잎에 꼭꼭 숨겨두고 낙엽을 모두 떨어뜨린 알몸으로 한겨울 내내 혹한에 떨면서도 물을 길어 올리고 양분을 준비하는 겨울나무를 보면서 자신의 삶의 태도를 되돌아보고 참회하고자 하는 시적 자아의 내면의식을 표출하고 있다. 1연과 2연에서 제시한 객관적 상관물을 통해 시적 자아가 지향하는 삶의 지향점과 삶의 방향을 더욱 극명하게 느낄 수 있다.

그 시절,
비가 오고
꽃이 팔리지 않는 날
명동거리의 담벼락에 웅크리고 앉아
양동이 안에 지친 꽃다발을
들여다보면

이시 꽃 속에 낀
어린 꽃봉오리들
모가지 꼿꼿이 세워 피어나고 있는
중

꺾이고 묶이고
통 속에 갇히었어도
빗물 먹고 공기 먹고 피어나고 있는
중

— 노명순, 「生은 피고 지는데」 전문, 『애지』

　　노명순 시인은 "지친 꽃다발"이 양동이 안에서 피어나고 있는 상황을 객관적 상관물로 제시하고 있다. 가족의 생계가 그 조그만 몸뚱이에 매달려 있던 그 어려운 시절, 그러나 "비가 오고" 꽃은 팔리지 않아 웅크려지는 마음으로 양동이 안에 지친 꽃다발을 들여다보면, "어린 꽃봉오리들"은 시들어 가는 꽃 속에서도 "모가지 꼿꼿이 세워" 피어나고 있다. "꺾이고 묶이고/통 속에 갇힌" 극단적 상황 속에서도 빗물 받아먹고 공기 먹으며 "피어나고 있는 중"이다. "그 시절"이라는 시어로 제시되는 어렵고 힘든 상황, 꽃 파는 소녀가 비 오는 날 겪게 되는 절망적 상황, 양동이 속의 꽃들이 현재에 이르기까지 꺾이고 묶이고 통 속에 갇히게 된 일련의 상황, 그럼에도 불구하고 하다못해 내리는 빗물이라도 받아먹고 "모가지 꼿꼿이 세워 피어나고 있는/중"이라는 상황이 전체적으로 객관적 상관물로 제시되어 어떤 절망 속에서도 희망의 줄기를 찾아 뻗어나가는 우리들 삶을 대변해주고 있다. 특히 (피어나고 있는) '중'이라는 한 글자를 두 번이나 한 행으로 처리하여 희망의 현재진행적 상황을 강하게 제시해 주어 이 시를 읽는 독자의 마음속에도 환한 희망의 꽃이 피어나게 하는 암시성을 갖고 있다.

심해어의 눈알이 반짝이는 수중도시
빗속에 잠긴 도시의 불빛이
깊은 물속을 헤엄치는 심해어의 눈빛 같다
빛을 뿜는 비늘처럼 빗방울이 파들거린다
심연을 알 수 없는 구덩이가 사방에 뚫려 있고
수목 우듬지를 올려다보면
깊은 바다의 수초 숲이 웅성거린다
진화하지 않은 원시의 밀림
비익조가 날면서 낮게 내는 울음소리
뒤집힌 바다에서 물이 엎어진다
끝이 보이지 않는 장대비 속
위와 아래가 하나로 이어진 수중도시
난반사된 빛에 밀리어 하늘이 뛰어내린다
— 한성례, 「심해어의눈알이반짝이는수중도시」 부분

한성례 시인은 장대비가 내리는 밤, 빗속에 잠긴 도시의 불빛을 묘사하면서 객관적 상관물로 '심해어의 눈알이 반짝이는 수중도시'라는 이미지를 차용하고 있다. 삶이란 "심연을 알 수 없는 구덩이가 사방에 뚫려 있고" "견고했던 것들이 빛을 잃고" 믿었던 것들이 무너져 내리는 일이라는 내면의식을 함의하고 있지만 대부분은 비 내리는 밤 "도시의 불빛"을 묘사하는 다양한 이미지로 일관하고 있어 선명한 회화성이 돋보이는 작품이다. 또한 "파들거린다" "웅성거린다" "엎어진다" "뛰어내린다" "빛을 잃는다" "바라본다" "헤엄을 치고 있다" "잠겨 있다" 등의 동사와 형용사를 사용하여 회화성에만 머물지 않고 시에 역동성과 활기를 주어 독자로 하여금 마치 수중도시에 들어와 있는 듯 실감나게 묘사하고 있다.

새집 달라고 두꺼비에게 졸라대던 기억의 뒤안길 거기. 왼손과 왼팔에 힘을 주고, 오른손으로 살살 두드리며, 깊고 단단하게 잘 지은 집, 한순간에 무너지는 꿈의 집 거기. 늦어지는 어머니를 기다리며 지었다 허물고 허물었다 다시 지으며 하늘 향해 소원 빌고 땅에다 하늘 그리던 바로 거기. 기억의 현장 바로 거기에 내가 못박혀 있다. 얼마나 더 허물고 다시 지어야 빛나는 노래의 집을 지을 수 있을까.

— 차윤옥, 「두꺼비집」 전문

차윤옥 시인은 「두꺼비집」에서 "기억의 뒤안길"에서 새 집 달라고 두꺼비에게 졸라대던 유년의 두꺼비집 짓기 놀이에서 객관적 상관물을 차용해 같은 집짓기인 "빛나는 노래의 집"을 짓고자 하는 열망을 간접적으로 표현하고 있다. "지었다 허물고 허물었다 다시" 짓는 모래집이지만, 화자는 그 '집짓기'에서 하늘에다 소원을 빌기도 하고 아득히 손닿을 수 없는 하늘 위의 꿈을 화자가 발 딛고 있는 땅(현실)에다 그려보기도 하면서 큰 꿈을 꾸어왔다. 그러한 기억의 현장에서 아직도 벗어날 수 없는 의식을 직시하면서도, 한편으로는 "빛나는 노래의 집"을 향한 꿈꾸기를 실현시키기 위해 "허물고 다시 지어야" 하는 정진을 다짐하는 시정신이 살아있다.

날카로운 것은
언제나 무디게 써야 한다
감꼭지를 돌려 잘라내다가
손바닥을 찍힌 막내를 보고는
나는 곧바로 과도 끝을 잘라냈다

날 선 세상 살아가려면
내미손처럼 조금은 만만히 살아가야지

무논 가득 차가운 달빛을 채우며
개구리떼처럼 쩡쩡 울어서야 되겠는가

몇 백 년 전 전장을 휩쓸던 칼끝도
땅속 깊은 곳 아무도 모르게
조금조금 제 끝을 삭혀와
평화의 이 시대에 발굴되었듯이

직선처럼 날카로운 길이 아닌
먼 길을 돌아
어리숭하게 길을 간다면
갈 길의 길눈은 트이게 마련

— 구재기, 「무딘 칼날」 부분

위의 시에서도 '무딘 칼날'이라는 객관적 상관물을 통해 세상 살기의 방법을 노래하고 있다. "내미손"처럼 어수룩하고 만만하게, 어리숭하게 살아가고자 하는 2연과 4연을 말하기 위해 차용한 구체적 형상화의 대상이 '무딘 칼날'이다. 이 경우처럼 대부분의 객관적 상관물은 메타포와 겹치기도 한다.

이처럼 시인들은 삶에서 대면하는 여러 가지 지향과 열망, 삶에서 그리게 되는 갖가지 삶의 무늬를 직접 표출이 아니라 객관적 상관물을 통해 형상화시켜 간접적으로 표출함으로써 보다 상징적이고 호소력이 있는 시적 성공을 거두고 있다.

4. 카이로스의 시간과 공간여행

시간에는 두 가지가 있다. 헬라어로 '크로노스(chronos)'는 흘러가는 시간, 연속적인 시간, 시계로 잴 수 있는 시간 그 자체를 의미한다. 이것은 연대기적인 시간이며 천문학적으로 해가 뜨고 지면서 결정되는 시간이며, 지구가 공전과 자전을 하면서 결정되는 시간이다. 매일 한 번씩 낮과 밤이 찾아오고 매년 한 번씩 봄 여름 가을 겨울이 찾아오는 객관적인 시간이다.

다른 하나의 시간개념은 '카이로스(kairos)'로 특정한 시간, 특별한 의미가 있는 시간, 사건과 기회, 혹은 위기로 이해되는 시간이며 계획이 세워지고 그 계획이 실행되는 시간이다. 행복한 시간, 가치 있는 시간, 선한 시간이었던 삶의 순간을 의미하며 예기치 못한 시간의 역류와도 같다. 100년을 하루같이, 하루를 100년같이 기억하고 만들 수 있는 주관적인 시간이며 능동적인 시간이고 원하는 대로 만들 수 있는 시간이며 크기와 속도를 조절할 수 있는 시간이다. 『화엄경』에서 설한 일체유심조(一切唯心造)의 시간으로 마음이 만들어내고 마음이 의미를 부여하는 시간이다. 그래서 황진이는 "冬至ㅅ둘 기나긴 밤을/한 허리를 버혀 내어/春風 니불 아래 서리서리 너헛다가/어론님 오신 날 밤이여든 구뷔구뷔 펴리라" 하고 시간을 마음대로 잘랐다가 붙였다가, 줄였다가 늘였다가, 필요에 따라 가져갔다가 가져왔다가 할 수 있었던 것이다.

이처럼 시인은 크로노스의 시간보다 카이로스의 시간에 사는 사람이며, 시간을 변용하여 시간과 공간을 자유자재로 넘나들며 사는 여행객이며, 변함없이 흐르고 있는 크로노스의 시간 속에서 특별한 시간, 기억하고 싶은 시간, 혹은 가보고 싶은 미래의 어느 시간으로도 날아갈 수 있는 능력과 영혼의 자유를 가진 사람이다. 그리고 그 능력을 '언어'를 통해 표현할 수 있는 혜택을 받은 자이며 역으로 말하면 '언어'에 울고 웃고 언어에 구속되어 살아가는 '언어에 감금된 자'이다.

> 아버지가 찾아왔다
> 낯선 노인이 아버지 친구라며 아버지가 우리집에 오다가 우물가에서 혼자 놀고 있다고 일러주었다
> 우물로 갔더니 일흔 아홉의 아버지가 흰 수의에 삼베꽃신을 신고 두레박에

손을 넣어 물장난을 치고 있었다

아버지,

하고 불렀더니 아버지 친구는 나뭇짐 때문에 애조원에서 사람들과 싸우고 있다며 거기로 가보라고 했다

급하게 고개를 넘어 마구촌을 지나 숨을 헐떡이며 애조원에 도착했을 때

머리가 희끗한 중년의 아버지는 흰 셔츠에 한복 바지를 입고 문둥이와 장기를 두고 있었다

아버지,

하고 불렀더니 아버지는 꿈쩍도 않고 대신 문둥이가 뭉개진 손가락을 입에 대며 쉿쉿거렸다

등을 보인 아버지는 이번에도 아버지 친구일 터

상심하여 돌아서는데 그가 이번 판만 두고 보내마, 그랬다

덜컥 겁이 나서 아무 말도 못하고 우물쭈물 서 있으니

문둥이가 사라진 입술로 뭐라고 웅얼거렸다

원문고개 호떡집 아줌마한테 물어봐라, 그런 뜻으로 들렸다

그 집은 없어진 지 오래인데

안방에 촛불을 켜 둔 채 급하게 나왔는데

힘이 장사인 아버지는 점점 더 젊어져서 어디서 무슨 짓을 하는지

터벅터벅 집으로 돌아와 대문을 젖히니 죽담에 선 어머니가

아버지 옷을 입고 어딜 그렇게 싸돌아다니냐고 버럭 소리를 질렀다

산 것들이 매달렸던 검은 가지에

저녁 빛을 모은 흰 물방울이 그렁그렁 맺혔다

물방울 사라지면 빛은 또 어디로 가는지 알 수 없는 일이었다

— 김점용, 「검은 가지에 물방울 사라지면」 전문

아버지가 찾아왔다. 그러나 찾아온 아버지는 낯선 노인의 모습을 하고 있다. 그도 그럴 것이 아버지는 이미 저세상으로 가신 지 오래된 기억 속의 아버지이기 때문이다. 그 기억 속의 아버지가 카이로스의 시간을 타임머신처럼 타고서 "흰 수의에 삼베꽃신" 즉 돌아가셨던 때의 모습 그대로 "일흔 아홉의" 나이로 찾아왔다. 이때 화자의 기억 속에서 살아나는 아버

지는 역류하는 카이로스의 시간대의 역순으로 찾아온다. "흰 수의에 삼베꽃신을 신은 아버지" "나뭇짐 때문에 애조원에서 싸우는" 생활 속의 아버지, "머리가 희끗한 중년의 아버지" "흰 셔츠에 한복 바지를 입고" 장기를 두는 아버지, 그리고 "힘이 장사인 아버지" "점점 더 젊어"지는 아버지, 마지막엔 "아버지 옷을 입"은 화자 자신으로 오버랩되는 아버지. 이러한 여러 모습과 여러 시간대와 여러 장소의 아버지는 결국 화자에게 특별한 의미로 기억되거나, 기억하고 싶은 카이로스 속의 아버지이다. "물방울 사라지면 빛은 또 어디로 가는지 알 수 없는", 물방울은 인식의 주체인 마음이며 이 마음의 작용으로 지금껏 여러 시간의 여러 모습의 아버지를 만났다. 한 인간이 사망했을 때를 우리는 사망이라 인식하지 않고, 그에 대한 사람들의 기억이 온전히 사라졌을 때 우리는 그를 완전한 죽음의 세계로 보낼 수 있다. 그에 대해 인식하고 기억하고 그리워하는 사람이 있는 한 그는 죽은 것이 아니다.

"저녁 빛을 모은 흰 물방울"이 사라지면, 인식의 주체인 마음, 그리워 찾아다니는 마음, 그 마음이 사라졌을 때 '빛'은 어디로 가는지, 우리가 알 수 없는 또 다른 차원의 세계로 그때서야 비로소 온전히 떠나보낼 수 있는 것이다.

> 인민군이 후퇴하던 날
> 우리 아버지 우리 어머니
> 그리고 구장(區長) 아저씨는
> 영문도 모른 채 쇠사슬에 묶여
> 영마루 성황당에서 전원 총살당했다.
>
> 그날 우리 모두 뛰쳐나와 돌무더기 옆에 피흘리며
> 얼싸안았지만
> 죽은 자를 어디 가서 불러오랴.
> 아산만은 담수호로 바뀌어 우리들의 목을 축이고

고갯길은 말없이
북으로 북으로 이어지지만
몽고 호란 때 밀려오던 칭기즈칸 무리들의 말발굽소리
임진왜란 때 밀려오던 왜인들의 게다짝소리
병자호란 때는 용골대 오랑캐 대장군의 고함소리
그리고 끊일 줄 모르는 포성, 소리

지금도 아산만
소청다리게 가면
산 자를 부끄럽게 하는
저놈의 포성, 소리
언제 그칠리야

— 이삼헌, 「소청다리게 가면은」 부분

    화자에게 "소청다리게"라는 공간은 카이로스의 시간과 함께 기억된다. "포성, 소리/밤새 번쩍이며/창문을 뒤흔들며" 울리던 그 소리는 화자에게 강렬하게 각인되어 잊혀지지 않는 사건으로 언제까지나 마음 안에 집 짓고 있는 카이로스의 시간이다. 더욱이 "우리 아버지 우리 어머니"와 "구장 아저씨"가 죄 없이 쇠사슬에 묶여 영마루 성황당에서 총살당한 일은 죽을 때까지 잊지 못할 특별한 시간과 공간이다. 이렇게 볼 때 시간개념에 크로노스와 카이로스가 있듯이 공간개념에도 크로노스와 카이로스를 적용시킬 수 있을 것이다. 어느 곳에나 존재하며 누구에게나 똑같이 인식되며, 눈으로 볼 수 있고 넓이를 잴 수 있는 객관적 공간을 크로노스의 공간이라 한다면, 한편으로 특정한 공간, 특별한 의미가 있으며 사건과 기회 혹은 위기가 일어날 수 있는 공간, 계획이 세워지고 그 계획이 실행되는 공간, 행복한 시간, 가치 있는 시간, 귀한 시간 혹은 그 반대의 시간을 보내는 공간, 천 리 만 리를 단숨에 달려갈 수 있는 공간, 함께 이곳에 있어도 천 리 만 리 떨어져 있는 것처럼 느껴지는 공간, 크기와 넓이를 조절할 수 있는 주관적인 공간을 카이로스의 공간이라 개념 규정할 수 있을 것이다. 왜냐하면 크로노스이건 카이로스이건 시간 혼자 따로 존재할 수는 없고 그 시간, 그 사건이 일어나는, 그 시간을 받쳐주는 공간이 필연적으로 함께 해야 하기 때문이다.

위의 시에서 화자에게 특별히 기억되는 카이로스의 시간은 "아산만 소청 다리게"라는 공간개념과 함께 할 때에 지금도 들려오는 "저놈의 포성, 소리"도 듣게 되고, 몽고호란 때 밀려오던 "칭기즈칸 무리들의 말발굽소리/임진왜란 때 밀려오던 왜인들의 게다짝소리/병자호란 때는 용골대 오랑캐 대장군의 고함소리" 등 역사의 질곡의 소리를 들을 수 있게 되는 것이다.

> 50만 년 전에 이곳에 살았던 호모 엘렉투스 자바 원인(猿人)이 웃고 있다 4만 년 전에 이 근처에 살았던 사라왁의 호모 사피엔스도 웃고 있다 8천 년 전에 살았던 켈란탄의 호모 사피엔스도 턱이 달아난 채 웃고 있다
>
> 쿠알라룸프르 국립박물관 1층 컴컴한 전시장 한 구석 집중 조명을 받은 세 명의 해골이 입을 크게 벌려 웃고 있다 죽고 나니 죽음도 별 것 아니었다고 살아보니 사는 것도 별 것 아니었다고 해골들이 웃고 있다
> — 윤정구, 「와 하 하 하」 부분, 『문학과 창작』

크로노스를 기록하면 역사가 되지만 이곳에서 화자가 만난 것은 '역사' 속의 카이로스이다. 50만 년 전에 살았던 '호모 엘렉투스 자바 원인(猿人)'과 4만 년 전에 살았던 '사라왁의 호모 사피엔스'와 8천 년 전에 살았던 '켈란탄의 호모사피엔스'와, 그리고 쿠알라룸프르 국립박물관 전시장에 서 있는 시적 화자인 '나'는 카이로스의 특별한 시간과 공간에서 함께 만나 "와 하 하 하" 웃고 있다. "그들 옆에 내 해골"을 얹어보기도 한다. 웃고 있는 "세 명의 해골"을 만남으로써 50만 년을 뛰어넘고, 4만 년을 뛰어넘고, 또 8천 년을 단숨에 건너뛰어 카이로스의 시간을 만나고, 그

헤아릴 수 없는 시간과 공간을 초월한 해골들의 웃음 앞에서 앞으로 몇천 년, 몇만 년 훌쩍 뛰어넘어 살아갈 내 미래의 시간과 모습을 만난다.

"죽고 나니 죽음도 별 것 아니었다고" "살아보니 사는 것도 별 것 아니었다고" 하는 진술이 다소 설명적이지만, 50만 년 전부터 또 다시 50만 년 후까지 함께 호쾌하게 웃을 수 있는 삶의 초월적 의미를 깨닫게 해주는 것은 시간과 공간을 초월하는 카이로스의 만남이 주는 선물이다.

같은 시인의 「밀집모자 쓰고 한오백년」에서도 "김해공항에 내리면서" 상기되는 송도 해수욕장, 달맞이고개, 연산동 집 등의 공간에서 기억 속에 잠들어 있던 카이로스로 돌아가 행복한 추억 속에 잠기게 된다.

이처럼 카이로스는 특별하고도 주관적인 시간개념일 뿐만 아니라 공간개념도 함께 해야 완전한 개념이 성립될 것이다. 시인은 크로노스 속에서 카이로스에 사는 사람이며 시간과 공간을 자유자재로 변용하여 넘나들며 사는 여행객이다. 이러한 특별한 능력과 영혼의 자유를 '언어'를 통해 표현하고 또한 언어에 구속되어 살아가는 것이 시인의 특권이기도 하고 시인의 천형이기도 하다.

5. 감동 깊은 시

사단법인 '우리詩 진흥회'에서 '감동 깊은 詩, 어떻게 쓸 것인가?'라는 주제 아래 충북 괴산에서 여름자연학교를 개최하였다.(2009년 여름) 필자도 가끔 주제발표를 하지만, 대체로 문학단체에서 개최하는 세미나라고 하면 주로 평론가나 학자들이 주제발표를 하고, 이론적이고 학술적인 성격이 많아서 창작에 도움이 되기도 하지만 그냥 이론으로 끝나 버리기도 하고 딱딱하고 지루하기도 한 것을 부인할 수 없다. 그런데 이번 자연학교에서는 감동을 주제로 한 시창작과 시세계에 대한 발표와 열띤 토론으로, 참석자들에게 치열한 시쓰기에 대해 새로운 동기부여를 해 주었다.

발표자의 한 사람인 도종환 시인은 결코 평탄하다고 할 수 없는 자신의 삶을 진솔하게 펼쳐 보이면서, 넘기 힘든 고비 고비마다 더욱 치열하게 시쓰기에 매달리고 그리하여 시를 통해 구원을 얻고, 시가 있어서 힘이 되었다는 진솔한 고백을 하여 청중들의 많은 공감을 얻었다. 어떤 어려움이 닥쳐도, 심지어 목숨이 위험해지는 건강의 위기가 찾아와도 시가 있어서 다 극복할 수 있었으며, 고요와 평화로움 속에 아름다운 시간을 하늘의 별과 함께 보낼 수 있었다는 고백 앞에서 청중들은 숙연해졌다.

이른 봄에 내 곁에 와 피는
봄꽃만 축복이 아니다
내게 오는 건 다 축복이었다
고통도 아픔도 축복이었다
뼈저리게 외롭고 가난하던 어린 날도
내 발을 붙들고 떨어지지 않던
스무 살 무렵의 진흙덩이 같던 절망도
생각해 보니 축복이었다
그 절망 아니었으면 내 뼈가 튼튼하지 않았으리라
세상이 내 멱살을 잡고 다리를 걸어
길바닥에 팽개치고 어둔 굴속에 가둔 것도
생각해 보니 영혼의 담금질이었다
(중략)
육신에 병이 조금 들었다고 어이 불행이라 말하랴
내게 오는 건 통증조차도 축복이다
죽음도 통곡도 축복으로 바꾸며 오지 않았는가
이 봄 어이 매화꽃만 축복이랴
내게 오는 건 시련도 비명도 다 축복이다

— 도종환, 「축복」 부분

고통도 아픔도 가난도 절망도, 심지어 죽음도 통곡도 다 축복으로 받아들이며 관조할 수 있는 인생관이 배어나는 시는 아무나 쓸 수 있는 것이 아니다. 온몸으로 그 고통과 아픔을 겪어내고 함께 뒹굴고 마침내 그것을 넘어서는 관조적 경지를 이루어내는 삶, 그 고비고비를 시와 함께 하였기에, 시인의 직관과 사유가 있었기에 가능하였을 것이다. 그 고통과 절망 속에서 스스로 넘쳐 흘러 진국이 된 시이기에 독자에게 감동을 주고 위안이 될 수 있는 시가 되는 것이다.

　시인은 다시 이렇게 말한다. "시를 쓰며 사는 삶이란 결국 '밤에 홀로 유리를 닦는 것'인지도 모른다. 유리창 건너편에 묻어두고 온 고통을 꺼내 혼자 밤을 새워 닦는 일이다. 그리하여 그 슬픔 그 고독을 보석처럼 박히게 하는 일이다." 그는 또 어느 음악회에서 간주로 연주되는 바이올린 소리에 감동하여 이렇게 말한다. "나는 내 시가 저렇게 사람의 가슴을 후벼 파고 있는지 물어보았다. 내 시, 내 삶이 남의 가슴의 방파제를 뒤흔들어놓는 파도로 부서지고 있는지, 그럴 가능성은 있는지 물어보았다. 물결도 없이 파도도 없이 나는 시인인지 물어보았다. 로댕은 예술은 감동 이외의 아무것도 아니다'라고 말한 바 있다. 나의 시가 남에게 감동을 줄 수 없다면 나는 언제까지 시인인가? (중략) 한 편의 좋은 시를 쓸 수 있다면 여기서 그만 멈추고 싶었다. 감동을 주는 한 편의 시를 쓰는 일, 그게 우리가 해야 할 가장 중요한 일이라고 생각한다."

　또 다른 발표자인 이승하 시인은 스승인 미당 서정주 시인이 늘 강조했던, 시는 머리에서 머무는 것이 아니라 가슴을 거쳐 감동을 주어야 한다는 말을 상기하면서, 스승이 영면한 후, 새롭게 스승 삼고 있는 세 사람에 대해 이야기하였다. 시쓰기에 전념하기 위해 건설회사 간부직을 사직하고 시 창작을 공부하다가 실명하고, 뇌종양 수술을 받고 오로지 시쓰기에 매달리는 대학원 제자 배우식 시인, 출판사에 근무하면서 시인의 꿈을 키우다가 교통사고로 식물인간이 되었지만 기적적으로 깨어나 근 20년간의 투병생활 속에서 몸의 반쪽이 마비되고, 말도 어눌하고, 시력이 돌아오지 않은 상태로도 시인의 꿈을 버리지 않고 온몸으로 사투를 벌이며 시를 써서 시집을 출간한 대학 후배 정상현 시인, 자신의 저서 『이승하 교수의 시쓰기 교실』을 읽고 편지를 보내온 것을 시작으로 편지 왕래를 통해 시 창작에 대한 지도와 교류를 하고 있는 무기수 남OO 씨에 대한 이야기를 하면서 그들의 시를 소개하였다.

> 울지 마세요 어머니 금방 갔다 올게요 금방 갔다 올 텐데……울지 말고 어머니 웃어주세요 저처럼 환하게 웃어달라니까요 저를 웃음의 모종 컵에 꼭꼭 눌러 심어주세요 아침 마다 웃음을 뿌려주면 쭈욱쭉 넝쿨 뻗어……금방 갔다가……금방 올 수 있어요 걱정 마세요 가다가 배고프면 먹을 수 있도록 빨갛게 잘 익은 웃음 몇 알 싸주세요 제 몸이 펄펄 끓어요 더 이상 말할 수가……없어요 어머니 금방, 금방 갔다 올게요 알았죠 약속할게요 금방 안 오면 혼내주세요 네?(만일, 혼수 속에서 영원히 돌아오지 못하더라도 어머니…… 울지 마세요)
>
> ― 배우식, 「슬픈 약속」 전문

뇌종양 수술을 받기 위해 수술실에 실려 가는 아들을 보며 울지 않을 어머니가 어디 있겠는가. 그것을 알기에 시인의 마음은 더욱 아프다. "만일, 혼수 속에서 영원히 돌아오지 못하더라도 어머니……울지 마세요" 혼수 속에서 영원히 돌아오지 못하는 자신보다도 남겨질 가족들에 대한 염려가 더욱 절절하게 전해져서 감동을 주는 시이다.

시를 쓰기 위해서 두개골을 절개하는 방법의 수술을 피하려고 의사에게 울며 매달려서 결국 코를 통해 새로운 방법으로 수술을 받고 시력과 건강을 되찾은 배 시인은 '제 시가 다른 사람에게 희망이 될 수 있다면 더 바랄 게 없다'는 간절한 염원으로 시인의 길을 걷고 있다.

> 그것이 사랑이라면
> 어찌

이승의 것만이 사랑이겠느냐

그것이 인연이라면
단 한 번의 저포놀이라 할지라도
숙세(宿世) 내세(來世) 건너가는 다리가 아니겠느냐

옷깃 스친 꽃잎 하나로도
영원이 아니겠느냐
그 단내 나는 숨결
한 바탕 꽃꿈이라 하지만

그것이 운명이라면
사랑해서는 안 되는 것까지도
사랑하는 나의 길은
이승 저승 영원의 길

혹여 네가 다시 그 길에 피어
옷깃에 스칠 수만 있다면
내가 오늘 지리산에 들어
시방세계 꽃잎을 다 헤겠다

— 복효근, 「만복사저포기」 전문

    복효근 시인은 '나의 시쓰기에 대한 변명'이라는 제목 아래 그림과 시, 이야기와 시, 독서와 시쓰기, 체험과 시쓰기 등의 부분으로 나누어 자신의 시를 예시하면서 감동 깊은 시쓰기에 대한 이야기를 풀어 나갔다. 위의 시는 김시습의 소설 「만복사저포기」에서 모티브를 얻어 쓴 시이다. 떠꺼머리총각 하나가 만복사에 들어가 부처님과 저포놀이 내기를 하여 이기고, 원하던 낭자를 만나 사랑을 얻었으나 그 낭자가 죽은 혼령이었음을 알고 난 뒤에도 여전히 사랑과 정절을 지켰다는, 고전을 재창조하여 절절한 사랑을 노래한 시이다. "옷깃 스친 꽃잎 하나" "한 바탕 꽃꿈"이었던 짧은 사랑을 위해 "지리산에 들어/시방세계 꽃잎을 다 헤겠다"는 이승 저 승을 넘어서는 영원한 사랑 앞에 독자로 하여금 경건히 옷깃을 여미게 하고 가슴 먹먹함을 느끼는 감동을 준다. 함께 예를 든 시 「씨알 속의 우주 한 그루」는 시공을 뛰어넘는 우주적 상상력과 창의력, 그리고 사물의 너머를 투시할 수 있는 혜안으로 우주의 비밀을 엿보는 시이다. 이러한 직관이나 혜안은 어느날 문득 얻어지는 것이 아니라 부단한 독서와 사유와 훈련과 노력으로 습득되는 것임을 우리 모두 알고 있지만 실천하기가 그리 쉽지 않은 데에 문제가 있는 게 아닐까.

복 시인은 또 '너무 길지 않은 시'를 주장하면서 '길어야 할 시가 없는 것은 아니나, 한참 읽다 보면 앞의 내용이 떠오르지 않는 시, 쓸데없이 군살이 많은 시, 너무 친절하게 이것저것 다 설명해주는 시'를 경계하면서 '모두 설명해 줘 버려서 독자의 몫이 남아 있지 않은 시'는 감동을 줄 수 없다고 한다. '촌철살인의 언어구사가 필요합니다. 크고 화려한 외양보다는 절제되고 정제된 언어형식으로 독자의 마음속에 쏙 안길 수 있는, 그래서 언제든지 혀에 굴려보고 맛보고 음미할 수 있도록' 시는 길어서는 안 된다는 말에 주의를 기울여 볼 만하다.

　　어미의 이름을 얻으려는 시험지 앞에

　　무수한 꽃송어리를 피워냈으나
　　열매는 고작 몇 개뿐인 모과나무가 왔다

　　알몸으로 겨울을 나는 그 모과나무 곁에
　　산 채로 껍질을 벗겨내야 값이 쳐진다는
　　밍크 한 마리가 왔다

　　그렇게 저를 다 내주고도 살아남은
　　알몸의 밍크 한 마리가 그려진

답안지가 왔다

— 박라연, 「모(母)」 전문

『계간문예』 2009년 여름호에 수록된 시 중에서 감동을 주는 시는 어떤 시일까 살펴보는 눈에 박라연의 「모(母)」가 읽힌다. '어머니—어미'는 시의 영원한 화두이다. 어미라는 이름 덕분에 얼마나 많은 여성들이 맨발로 얼음강을 건너서 겨울을 나고 새 촉을 틔워서 얼마나 많은 꽃을 피워냈을까? 그 "무수한 꽃숭어리"는 그러나 속절없이 떨어지고 열매 맺는 것은 고작 몇 개뿐인, 그것도 맛있지도 예쁘지도 않은 모과나무 열매뿐이다. 뿐만 아니라 산 채로 껍질을 벗겨내야 비싼 값으로 팔릴 수 있는 밍크처럼 저를 다 내주고도 여전히 살아남아 자식을 위해 나머지를 다 바칠 수 있는 것이 '어미'라는 이름이다. 이승에 목숨을 받은 생명으로 어미가 없이 태어난 생명은 없다. 어미의 몸을 빌어 태어나고, 어미의 지극한 보살핌 속에 자라나서 어미의 희생과 사랑을 잊어버리고 사는 것이 우리들 삶이다. 그렇기 때문에 이처럼 어미의 사랑과 맹목적인 희생에 대한 글을 읽을 때면 깜짝 놀란 듯 자신을 돌이켜 보고 어머니에 대해 고마움과 후회를 느끼게 되는 것이다. 짧은 형식 속에 비유의 이미지로 어미의 삶에 대해 효과적으로 표현하여 감동을 주는 시이다.

툭, 어깨를 털어 나온 먼지를 고운다
뼛속까지 가득히 차 있는 거만을 고운다
고여져 남아서 있는 고독을 고운다

당당하던 초상이 저 넘에서 내려다본다
천상의 모든 모양은 보이지 않고
푹 고여 남아 맴도는
허어연 국물 국물

— 이처기, 「사골」 전문

이처기 시인은 사골을 고는 일상의 평범한 체험 속에서 자아를 성찰하고 존재의 본질을 천착하는 깊은 사유를 보여준다. 누구나 겪는 나날의 일상 속에서 자기만의 직관적 시선으로 내면의 먼지와 자만심을 털어내고 고독을 치유하는 능력이 예사롭지 않다. 소망하는 자신의 모습은 보이지도 않고 "푹 고여 남아 맴도는 국물" 속에서 걷어내야 할 쓸모없는 기름기와 독소, 도달해야 할 지향점을 시조의 형식 속에 담아 효과적으로 제시하고 있다.

봄 바다 건너오는 갯바람
사월의 청보리 연둣빛 머리채를
흔들며 달려오네.

청보리 밭 가슴팍에
소금기 간간한 맛으로
징소리가 물결치네.

— 임원식, 「징소리」 전문

임원식 시인의 「징소리」는 보이는 시, 들리는 시, 맛보는 시이다. 소리(청각)를 바람(촉각이미지)으로, 청보리 연둣빛 머리채(시각이미지)로, 소금기 간간한 맛(미각이미지)으로, 다시 징소리(청각이미지)로 공감각적으로 변용시켜 뛰어난 표현력 속에 징소리를 다양하게 맛보게 한다.

죽도록 맞고 태어나
평생을 맞고 사는 삶이러니,

수천수만 번 두드려 맞으면서
얼마나 많은 울음의 파문을 새기고 새겼던가
소리밥을 지어 파문에 담아 채로 사방에 날리면
천지가 깊고 은은한 소리를 품어

풀 나무 새 짐승들과
산과 들과 하늘과 사람들이 모두
가슴속에 울음통을 만들지 않는가
바다도 바람도 수많은 파문으로 화답하지 않는가
나는 소리의 자궁
뜨거운 눈물로 한 겹 한 겹 옷을 벗고
한평생 떨며 떨며 소리로 가는 길마다
울고 싶어서
지잉 징 울음꽃 피우고 싶어

— 홍해리, 「방짜징」 부분, 『우리詩』

자궁은 생명을 키워내는 생명의 샘이며, 생명의 집이다. 방짜징의 자궁은 그냥 자궁이 아니고 소리의 자궁이다. 세상의 온갖 소리를, 소리밥을 지어 파문에 담아 사방에 날리는 소리의 생명샘이고 소리의 집이다. 그 소리는 그냥 태어나는 것이 아니라 "수천 수만 번 두드려 맞"아야 태어나는 소리, 웃음보다 울음의 파문을 새기는 소리다. 그 울음은 저 혼자 우는 울음이 아니고 천지가 깊고 은은하게 품어 화답하는 울음이며, 풀 나무 새 짐승들과 산과 들과 하늘과 사람들로 하여금 가슴속에 울음통을 만들게 하는 울음의 자궁이다. 한평생 떨며 떨며 가는 울음꽃길의 소리이다. 우리들 삶에 울음이 없고 슬픔이 없다면, 웃음만 있고 기쁨만 있다면 그 삶이 얼마나 삭막하고 깊이 없고 가볍고 경박할까. 모름지기 삶이란 강물 밑바닥 깊이 가라앉은 슬픔이 있어서, 혼자 고요히 밀실에서 눈물 글썽이는 울음이 있어서, 가슴 아려 잠 못 이루는 그리움이 있어서 그윽하고 아련한 꽃길로 승화되는 것이리라.

"방짜징"이라는 객관적 상관물을 끌어와 환유를 통해 삶의 본질을 감동적으로 제시하고 있다. "맞아야 사는, 맞아야 서는 나"이기에 때려주는 너를, 본질적인 울음 울게 하는 너를 그리워하는 역설 속에 슬퍼서 아름다운 우리들 삶이 아프게 꽃피고 있다.

삶의 본질과 삶의 진실에 닿아 있어서 독자들이 그 시를 읽으면서 스스로 자신의 우물에 두레박을 드리워 길어 올릴 수 있게 하는 시, 삶의 본질을 꿰뚫어 통찰하고 인간의 보편적 감정을 건드려 공감하고 교감하게 하는 시, 그리하여 인간의 감정을 움직이게 하고 드디어는 그의 삶을 바꾸어 놓는 시, 어떻게 사는 것이 값진 삶인가를 항상 생각케 하는 시, 이런 시가 감동 깊은 시이며, 시공을 초월하여 많은 독자에게 감동을 주어 오래 남는 시가 될 것이다. 일생 동안 이러한 시 한 편을 쓰기 위해 모든 시인들은 오늘도 밤을 밝히며 생명의 불꽃을 사르고 있는 것이리라.

시인이 창조하는 신화

1. 시인의 통찰력과 신화 창조

13세기 송(宋)나라의 시론가(詩論家) 엄우(嚴羽)는 시를 세계와 시인의 마음에 대한 관조의 구체화, 즉 선(禪)이나 입신(入神)의 경지라고 주장하였다. 그에 의하면 시는 시인의 의식을 통해 반영된 세계의 구체화이며 입신이란 명상의 객체와 자신을 동일화함을 의미한다. 이 이론은 왕사정(王士禎, 1634~1711)에 의해 신운설(神韻說)로 나타났는데 '神'이란 사물의 정기를 뜻하고 '韻'이란 시에 있어서의 개인적 문체, 관용어, 운취 등을 뜻한다. 그러므로 그에 의하면 시는 외부 사물의 정수를 개성적으로 표현한 것이다.(劉若愚, 이장우 역, 『중국시학』, 명문당, 1994 참고)

시인은 그의 시적인 능력으로 지금까지 통찰되지 않은 우주 내의 실재에 대해 새로운 양상을 발견하고 정교한 예술성으로 그 대상들을 선택하고 배열하여 새롭게 결합시킴으로써 거기서 태어나는 진리를 새로운 경이의 세계로 형상화한다.

롤랑 바르트는 '어떠한 사회이든 그 사회에 자기 존재의 인식을 유지하고 거기에 권위를 부여할 목적으로 만들어낸 이미지나 신념의 복잡한 체계'를 '신화'라고 명명하였다.

그러므로 시인은 그들이 체험한 삶의 여러 가지 양태들을 그들만의 내

밀한 질서와 변용을 통해 새롭고도 경이로운 신화로 독특하게 창조하여
독자들로 하여금 그 상징과 변용의 고리를 풀게 하는 것이다. 그러나 이러
한 자신만의 새로운 신화창조에 모든 시인들이 다 성공하는 것은 아니다.

『월간문학』 6월호에는 미래시 시인회의 특집을 포함해서 근래에 드물
게 많은 시가 수록되었지만, 이처럼 각 시인만의 특이한 신화와 상징체계
구축에 성공한 시들은 많지 않아 보인다. 오히려 한 편의 시에서 '감성,
그리움, 목마름, 마음의 진폭, 한없는 인간의 번짐' '그리움, 깨달음, 사
무침, 심금, 홍진의 뒤안길, 꿈' 등 형상화되지 못한 관념어가 줄줄이 나
열된 시들도 눈에 띈다.

'시는 감정의 유로(流露)'라던 낭만주의 시대는 지나간 지 오래다. 이
시대는 극단의 낭만주의도, 극단의 주지주의도, 극단의 모더니즘도 환영
받지 못하는 시대이며, 각종 영상물과 인터넷에 의해 시가 외면당하는 디
지털 시대이다. 그러나 감성과 지성이 적당히 조화된 시, 감정을 이미지
에 싸서 잘 형상화시킨 아름다운 시라면 눈 밝은 독자들은 먼저 감동하
고, 메마른 감정을 촉촉이 적시며 시에서 삶의 지표를 받아 지니기 위해
노력할 것이다.

> 죽음이 무엇인지
> 어려서부터 참 궁금했다.
> 어른들에게 물어 보면
> 핀잔만 되돌아와
> 책을 아무리 뒤져봐도
> 해답을 얻어내지 못했다.
>
> 그래서 詩를 썼다.
>
> 나이가 들어가니
> 곁의 사람들이 죽어갔다.

죽음을 볼 수는 있지만
그래도 알 수는 없었다.
죽음이 무언이라는 것만 알았다.

나도 이젠 조금
죽음쪽에 가까워졌다.
죽음이 뭐냐고 묻는 이도 생겼다.
낸들 어찌 알랴.

무언에 이르기 전에
내가 할 수 있는 말은
죽음이 뭐냐고 묻게 되면
그도 詩를 쓰게 되리라는 것뿐.
— 김대규, 「죽음이 무엇이냐고 묻기」 전문

시인은 시 속에서 대답해주는 것이 아니라 의문을 제시한다. 삶의 온갖 문제에 대해, 진리에 대해, 슬픔에 대해, 기쁨에 대해, 또 사랑에 대해, 삶 자체에 대해, 죽음에 대해, 죽음 이후와 이전에 대해 의문을 제시한다.

그리하여 독자들로 하여금 스스로 의문을 갖게 하고, 삶의 본질에 대해 천착하게 하고 공감하게 하고 감동하게 하고 상상력의 확장에 의해 스스로 깨닫게 하고 길을 찾아가게 한다. 깨어 있는 영혼을 갖게 해 준다.

알베르 까뮈가 장 그르니에의 『섬(LES ILES)』을 읽고 "나는 그에게서 의혹을 얻었다. 그 의혹은 끝이 없을 것이다."라고 말했듯이 좋은 시는 독자에게 끝없는 의혹을 준다.

동양에서는 시인을 신과 동격으로 인정해 왔지만 서양에서는 신과 인간의 매개자, 연결고리로서 '신의 소리를 붙잡아 제 민족에 전하는' 영매자로 생각해 왔다.

그러나 시인에게 '신'처럼 길을 가리켜주는 의무를 강요해서는 안 된다. 시인은 아프게 깨우쳐주고 의문을 제시해 주고 새로운 눈으로 인간과 사물을 보게 해주고 안일하게 잠든 영혼을 일깨워서 먼 길을, 힘든 길을, 그러나 보람찬 길을 가도록 등을 밀어 주는 사람이다.

그가 창조하는 새로운 신화와 상징의 고리를 풀어서 새롭게 해석하고 타자와 사물에 다가가도록 해 줄 뿐 해답을 직접 가리켜주지 않는 것이 시인이다.

시는 설령 말하고자 해도 직설적으로 말하지 않기 때문에, 에둘러 말하는 상징과 비유와 신화의 고리를 풀어낼 수 있는 눈을 가진 독자는 그가 설령 시를 쓰지 않는다 해도 준시인의 반열에 들 수 있다. "무서운 세상/이리 저리 끌고 다니다/잠시 멈추어/땀을 닦는 벌레 한 마리"(김철, 「어디로 갈까」)처럼 한없이 위대하기도 하고 한없이 왜소하기도 한 것이 시인이며 인간이다.

> 길지 않은 생을
> 모래만 푸다 말 것같다
> (중략)
> 하염없이 모래를 푸고 나르는 일이
> 빛나는 일은 아니지만
> 하염없이 그 누군가의 몸속으로 들어가서
> 튼튼한 기둥, 그 기둥 속에 숨은
> 내력이 된다는 것은 기쁜 일이다
> 모래는 기쁘게 자기 몸을 던진다
> 자기 마음을 숨긴다
>
> 모래를 푸고 나르고 쌓는 일도
> 경전을 짓는 일이다.
>
> — 나호열, 「모래를 쌓다」 부분

이 시에서의 '모래'는 다의성을 지닌다. "모래만 푸다 말 것 같다"에서 모래는 헛된 것, 의미 없는 생(生), 도로의 생을 의미하지만 "모래가 되기도 쉽지 않다."의 모래와 "튼튼한 기둥, 그 기둥 속에 숨은/내력"이 되는 모래는 의미심장한 모래이다.

모래가 없다면, 튼튼한 기둥이 없다면, 그 속의 숨은 내력이 없다면 우리는 텅 빈 껍데기일 뿐으로 홀로서기도 어려운 공허한 건물, 공허한 삶, 공허한 우주가 될 것임이 자명하다. 그래서 "모래를 푸고 나르고 쌓는 일" 우리 삶의 의미 없어 보이는 모든 일과 순간순간이 모두 경전을 짓는 일만큼 귀하고 필요하며 값진 것이다. 그래서 "기쁘게 자기 몸을 던지"는 모래는 우리 삶의 모든 순간과 우리가 하는 모든 일을 가리키는 대유법으로 시적 화자는 그 모든 것에 절대적 의미를 부여하는 신적인 존재이다.

> 그가 내 몸에 박힌 못들을 하나씩하나씩 빼내갔다.
> 못 빼기는 박는 일보다 품이 더 들었다.
> (중략)
> 내 몸을 뒤집어 발치께를 망치질해야
> 들어간 길을 뒷걸음질 쳐서 겨우 빠져나왔다
> 뒷걸음질은 느리고 불안했다
> 박힐 때는 자동식으로 얼떨결이었지만
> 빠질 때에는 수동식으로 고통도 배가 되었다
> 나는 싫든 좋든 지나온 길을 돌아보아야 했다
> 감쪽같이 아물었던 상처는 뻥 뚫려버렸다
> 상처 주위까지 가시랭이가 일고 부풀었다
>
> ── 주경림, 「고해성사」 부분

화자에게 '못'이란 고통과 상처이고 멍이고 걸림돌이기도 하지만 또한 우리 삶을 지탱해주는 지주이기도 하다,

우리 삶을 '못 박는 일'과 '못 빼는 일'에 비유하는 알레고리 기법을

사용하면서 지나온 삶을 반추하게 해주는 작품이다. 오래 박혀 있는 못은 상처인지 살인지 구분이 안 되는 채로 그냥저냥 살게 되지만 그 상처를 다시 부풀려 덧나게 해서 못을 뽑아 낼 때는 "뻥 뚫려" "상처 주위까지 가시랭이가 일고 부풀었다." 그러나 "감쪽같이 아물었"다고 생각하고 그냥저냥 덮고 살아가는 오래된 상처라도 덧내고 일깨워서 밑뿌리까지 도려내어야 완전한 치유가 되는 것임을 깨우쳐주는 것이 시인이다.

시적 화자는 '그'의 도움으로 못을 빼내기는 해도 화자의 의지가 없다면 불가능한 일이다. 누구나 다 고해성사를 할 용기가 있는 건 아니다. '그'의 도움으로 결국 시적 화자는 자신의 삶을 자기 의지대로 능동적으로 사는 것이다. 김류의 「佐飯 고등어」도 '고독만이 내 것인가' 라는 사족이 걸리긴 해도, 자아의 바깥에서 제3자의 객관적인 눈으로 자아의 진면목을 바라보는 시인의 통찰력을 엿볼 수 있다.

이번 호에서는 외부 사물의 정수를 자신만의 개성적인 심안으로 파악하여 지금까지 통찰되지 않은 우주 내의 실재에 대해 정교한 예술성으로 그 대상들을 선택하고 배열하여 새롭게 결합시킴으로써 거기서 태어나는 진리를 새로운 경이의 세계로 형상화한 작품들을 살펴보았다.

2. 헛되지 않은 시인의 삶

휘트먼(W. Whitman, 1819~1892)과 함께 19세기 미국 시의 개척자로 쌍벽을 이루고 있는 에밀리 디킨슨(Emily Dickinson, 1830~1886)은 그의 시에서 "내가 만일 한마음의 파멸을/멎게 할 수 있다면/나의 삶은 헛되지 않으리(중략)/힘이 다해 파닥거리는 새 한 마리를/그의 둥지에 넣어줄 수 있다면/나의 삶은 진정 헛되지 않으리"라고 노래하였다.

우리의 시가 이 노래처럼 누군가의 가슴에 닿아 꽃 한 송이 피워낼 수 있다면, 슬픈 누군가의 눈물을 닦아주고 괴로운 가슴을 위무의 손길로 달래줄 수 있다면, 그리하여 그들의 벗이 되고 웃음과 희망을 함께 할 수 있다면, 우리 시인들은 소월이 그의 유일한 시론인 「詩魂」(1925)에서 시인을 일러 "저 깊고 어두운 산과 그늘진 곳에서 외로운 버러지 한 마리가 그 무슨 설움에 겨웠는지 쉼 없이 울고 있습니다"라고 말했듯이 "외로운 버러지 한 마리"로 울고 또 울어도 그저 가슴 뿌듯하고 그득한 행복과 보람을 느낄 것이다. 『월간문학』 5월호의 시들을 살펴본다.

> 빛나는 훈장은
> 한 포기 민들레였다
> 들의 봄을 맞아
> 쑥부쟁이 질긴 생명력으로 돋아나고
> 강둑언덕에 목숨의 방아쇠 걸머쥐고
> 미친듯이 달려가다가
> 機銃掃射 맞아 쓰러진 병사의
> 뜨겁게 박동치던 심장의 피와 탱탱하던 살갗
> 너른 들판 바람결에 실어보내고
> 한 줌 뼈도 남기지 않고 실어보내고
> 깨어진 철모 속 녹슨 半球의 하늘을
> 고향으로 여기고 뿌리를 내려 샛노란 반짝임으로
> 눈부심을 더해가는 민들레 한 포기
> 더러는 하늘 향해 활짝 품을 벌려보다가
> 더러는 입을 삐죽이 내밀고 있는 듯도 하고
> 자랑스럽다, 휘황한 민들레
> 뜨거운 피 흘리며 싸늘히 식어가던
> 목숨에 비친 빛의 프리즘
> 너, 빛나는 훈장아.
>
> — 전재승, 「민들레와 훈장」 전문

비록 문산에서 개성, 제진(대한민국 강원도 고성군 현내면 제진리)에서 감호역(조선민주주의인민공화국 강원도 고성군 고성읍 감호리)까지이지만 경의선과 동해선을 55년만에 연결하여 앞으로 기차가 휴전선을 넘어 북한까지 가는 시운전을 할 것이라는 뉴스가 있었다. 필자도 졸시 「갈대밭머리」에서 "몸뚱이는 까만/레일 두 줄기로 놓는다/달의 심장은 벌판 한가운데를 간다."라고 하여 끊어진 철길을 이어 남북을 오가고 싶은 소망을 노래한 적이 있는데 그 소망이 55년만에 이루어진다니 감개무량하다. 55년 동안 남북이 나뉘어 사람 왕래가 끊어진 비무장지대 어디엔가 녹슨 철모가 나뒹굴고, 반쯤 삭은 철모 안에서 갸웃이 고개 내밀고 피어 있는 샛노란 민들레꽃은 "강둑 언덕에 목숨의 방아쇠 걸머지고/미친듯이 달려가다/機銃掃射 맞아 쓰러진 병사의/뜨겁게 박동치던 심장의 피와 탱탱하던 살갗" 위에 피어난 그의 영혼이며 나아가 그 이름 없이 희생된 병사를 위해 자연이 수여하는 숭고하고 빛나는 훈장이다. 그들의 숭고한 희생 위에 오늘의 평화와 안식을 누리며 살아가는 동족들은 모두 그를 잊고 있지만, 자연은 해마다 그를 위해 훈장을 꽃피워주고 또 그것을 노래해주는 시인이 있기에 그들은 그저 잊혀져가는 것이 아니라 영원한 생명을 누리며 겨레의 가슴에 다시 살아나는 것이다.

> 제 이름 한 번 제대로 불리우지 못한 채
> 생의 무릎을 꺾는 한해살이풀들을
> 들여다 보면서
> 나는 누구인가.
> 어디에 떠 있는가를 되짚는다.
> 바람은 마른 풀이며 나무를 넘어
> 나의 온 몸에 달려든다.
> 산자락에는 흉흉한 바람의 비명만 남아
> 나의 말을 더욱 깊숙이 감추고
> — 김인구, 「구름, 다시 산에 서다」 부분

김인구 시인은 한해살이풀과 나무의 생애를 통해 자기성찰과 자아 들여다보기를 제시한다. 숲속에서 제 이름 한 번 제대로 불러보지 못하고 자연의 섭리대로 순하게 피었다 지는 풀꽃들, 가을이면 수행자처럼 "삶의 군더더기를 벗어던지는" 나무들 앞에서 내부를 더욱 흔들어놓는 바람과 맞서서 자아 속으로 침잠하는 화자는 독자로 하여금 함께 자기성찰과 자아 들여다보기로 이끌어 저마다 자기 삶을 재정립하도록 해준다. 무성했던 한여름 녹음의 계절을 지나 깊은 내면으로 침잠하는 자연 앞에서, 채우기 보다는 비우기로 자신을 관조하는 회자는 "말을 더욱 깊숙이 감추고" "마지막 닿는 산기슭을 향해" 자신을 밀어올리고 있다.

> 젖 먹던 힘을 다해 수중보를 타고 넘는다
> 한 길이나 되는 물속의 울타리
> 강으로 가야 살 수 있다고 가르친 유전자
> (중략)
> 어떤 친구는 그물에 걸려
> 몇 개의 다리가 잘려나갔다
> 그래도 입에 풀칠은 해야지
> 양다리에 고무옷을 둘둘 감고
> 나프탈린 수세미라도 팔아야지
> 게처럼 엎디어가는 세상
> 어제는 비가 내리더니
> 오늘은 태풍이 온단다
> 하느님 사는 하늘은 무슨 색깔일까.
>
> — 이보숙, 「기어서 가는 세상」 부분

이보숙 시인은 세상의 어두운 면을 밝히기 위해, 바다에서 강으로 가는 '참게' 의 이미지를 차용하는 알레고리 기법을 사용하고 있다. 바다에서 강으로 가는 험한 길, 가다가 통발에 갇히기도 하고, 수달과 백로의 먹이가 되기도 하고, 그물에 걸려 몇 개의 다리가 잘려나가기도 한다. "양 다리에 고무옷을 둘둘 감고/나프탈린 수세미라도 팔아야지" 시인은 흥분하지 않는다. 연민의 정을 쉽사리 보이지도 않는다. 다만 담담히 객관적으로 묘사하고 제시할 뿐이다. 판단은 독자의 몫이다. 그러나 마지막 행에서 더 이상 감정을 숨기지 못하고 있다. 게처럼 엎디어가는 세상에 '비'와 '태풍'을 내리는 하늘, 때로는 반짝 햇살 퍼붓는 하늘, 이 형벌과 축복은 과연 하느님 뜻일까. 아쉬움과 원망과 의문을 함축하고 있는 이 구절은 같이 수록된 시 「월든호수」에서도 되풀이 제시되고 있다.

> 아무도 가까이 오지 말라
> 먼 하늘에 마른 번개 치고
> 석불의 눈 언저리에 경련이 인다
> 열반하신다 말하지 말라
> 아직은 고뇌중이시다
> (중략)
> 누가 돌이라고 말하는가
> 머릿속에 천둥소리 잠이 있다
>
> — 김명배, 「老佛頌」 부분

김명배 시인은 「老佛頌」에서 천년 잠에 든 석불을 깨워 시인의 고뇌를 이입시키고 있다. 바위가 되어 인간의 희로애락을 잊어버리고자하는 유치환의 시 「바위」와는 반대로 바위조차 잠들지 못하게 하는 인간의 번뇌를 전이시킨다. 열반은 언제 올 것인가? 먼 하늘에 마른번개 칠 때마다 "석불의 눈언저리에 경련이 인다". 이 세상의 모든 중생이 다 성불하기 전에는 결코 성불하지 않겠노라는 원을 세우고 오늘도 지옥문전에서 연민의 눈물을 흘리고 있는 지장보살처럼 석불은 고뇌한다. 인간을 비롯해 온 누리에서 삶을 영위하고 있는 모든 중생의 고뇌가 있는 한 소월 시인이 「詩魂」에서 말한 것처럼 시인은 영원히, 쉼없이 울고 또 우는 "외로운 버러지"일 수밖에 없다. 이처럼 함께 우는 가슴이 있기에 시인의 시작행위는 "헛되지 않은" 고뇌를 영원히 계속할 수밖에 없는 것이리라.

3. 영원한 예술혼의 현현(顯現)

폴 엘뤼아르(Paul Eluard, 1895~1952)는 '영속하고 싶어 하는 인간의 고통스런 열망'을 실현하는 힘으로 예술혼을 들고 있다. 시인이 의도하건 의도하지 않건 간에 영원한 생명을 누리고자 하는 열망이 그의 시 속에 담겨지며, 그의 전 생애, 전 열망을 시에 던진 삶이라면 그의 삶은 당대는 물론이고 사후 언제까지라도 작품에 표현된 예술혼으로 현현되어 영속하게 될 것이다.

> 묘비에 새겨진
> '오, 흐름위에 보금자리친 나의 魂……'은
> 지금도 외롭지 않습니다예
> 어느덧 해는
> 끊임없이 돌고 돌아
> 꽃은 피고지면서
> (중략)
> 당신은
> 求道者의 詩人으로
> 지금도 외롭지 않은
> 영원한 미소였습니다.
>
> — 심하벽, 「空超 墓碑」 부분

'靑銅' 식구들이 모여서 수유리에 있는 공초 오상순(1894~1963) 시인의 묘를 참배한 체험을 쓴 시이다. 공초 시인은 1920년 김억, 남궁벽 등과 함께 『폐허』를 창간하고 동인으로 작품활동을 시작한 이래 이 나라 현대시의 선구자로, 온몸으로 시를 살다간 시인이다.

'이승에서부터 영원을 사신 道人 공초선생'이라고 '공초 오상순 선생 숭모회'에서 묘역의 유택보존 안내문에 써 놓았듯이 평생을 독신으로 표랑(漂浪)하면서 구도자적 삶을 살았다. 위의 시에서 "해는/끊임없이 돌고 돌아/꽃은 피고 지면서"라고 표현하였듯이 그가 가신 지 43년이 지났지만 해마다 '공초 문학상'을 시상하고 숭모회원과 많은 문학인들이 그의 묘소를 참배하며 그의 시와 삶을 되새겨 기리고 있다. 이처럼 진정한 시인을 기리는 후배, 제자들과 그의 작품을 만나면서 시인의 영혼과 교감하고 감동하는 독자들이 있는 한 시인은 시를 통한 영원한 생명을 누리는 것이다.

> 천지에 그대 달래줄
> 아무도 없을 때,
>
> 여기 시골에 와
> 밤하늘 둥근 달을 쳐다보아라.
>
> 냇가에 싸늘한 한 점 돌
> 환하게 비추는 중천의 달.
> 허영의 도시에서
> 부나비같이 허둥대다 죽지가 부러진 그대.
>
> 매연에 그을린 도회의 달이야,
> 피 멍든 속가슴까지 닿을 수 있나.
>
> — 김원길, 「시골의 달」 부분

김원길 시인의 「시골의 달」을 읽고 떠오른 시가 문인수 시인의 「달북」이다. 김원길의 '달'은 "냇가에 싸늘한 한 점 돌" 즉 뭇 생명 속의 하찮은 작은 존재 하나까지도 환하게 비춰주며 위안을 주고, 이름 없이 시드는 존재들마다 "피멍든 가슴속까지" 속속들이 닿아서 밝혀주고 안아주는 천지에 단 하나뿐인 존재이다. 바로 그 '달'이 문인수에 와서는 "아무런 내용도 적혀있지 않지만 고금의 베스트셀러"이며 "덩어리째 유정한 말씀"이며 "먼 어머니"이며, 역설적으로 "만개한 침묵"이다. 또한 "그 달은 북에서 그 변두리가 한 없이 번지"는 가늠할 수 없는 말씀과 괴로움과 암흑 속에 머리 내미는, 억눌러서 오래 탄생하는 '만월'이다. 김원길이 노래하듯 "천지에 달밖에/그대 보아줄 아무것도 없을 때" 스스로 '죽지'가 부러졌다고 생각될 때 시골에 와서 중천의 고운 달을 쳐다본다면 독자는 아마도 문인수가 노래하는 '달북'의 저 비장하고 생동하는 시의 실체를 온몸으로 체득하고 팽창과 괴로움과 긴장의 강을 건너 두둥실 만월로 태어나는 자기 몸을 안고 새롭게 떠오를 수 있을 것이다.

> 바람은 온다
> 나무에 이르러 가지를 타고
> 잎을 달아 주며
> 한 가지 한 가지 흔들며 온다
> 산을 세우고 산을 넘어서 온다
> 들을 깔고 들을 건너서 온다
> 살다가 동구 밖으로 나간다
> 가지에 연꼬리 걸어 놓고 나간다
> 상여를 타고 나간다
>
> ― 이병훈, 「바람은」 부분

이성부의 「봄」처럼 이병훈 시인의 '바람'은 "기다리지 않아도 온다" 즉 그것은 신적인 존재이거나 아니면 자연의 섭리의 대유이다. 그러나 2연의 끝머리에 가면 '바람'은 생명 가진 존재에 대한 은유이며 또한 "상여를 타고"에 이르면 그것이 본질적으로 '인간'을 의미함을 알게 된다. 그 인간은 '바람'으로 상징된 신적인 존재로 파도를 만들고, 섬을 세우고 산을 세우고, 들을 깔기도 하고 나무에 가지를 달고 잎을 달아 주기도 하며 세상의 만유를 주재한다. 그러나 그 바람도 영원한 생명을 누릴 수는 없어 제한된 삶을 "살다가" "상여를 타고" 동구 밖 영원의 세계로 귀화할 수밖에 없다. 이처럼 이병훈의 시에서는 바람 이미지를 차용하여 생명 가진 존재, 인간 존재를 신적인 존재까지로 끌어 올리며 영원한 생명을 부여하고 있다. 이때 시적 화자는 그 자신이 신이며 본질적으로 자연의 섭리를 주재하는 자의 능력을 갖는다.

> 바람의 집을 짓는다
> 가슴 황량한 한켠에
> 떠돌던 그림자로 기둥을 세운다
> 다시 구름으로 하얀 벽을 바르고
> 별들만 가득 방안을 채운다
>
> ─어디서 살면 어때.
> ─어떻게 살면 어때.
>
> 잠시 머물다가 바람의 집을 허문다
> 그림자 지워지고
> 구름 흩어지고
> 별들 제자리로 돌아간다
>
> 모두 떠나버린 빈집
> 허공에 세운 바람의 집.
>
> ─ 김송배, 「餘白詩 · 64」 전문

김송배 시인은 모든 것을 다 비우고 삶을 말간 물처럼 응시하는 관조의 시세계를 보여준다. 뜨거운 가슴을 서늘하게 식히고 번뇌로 들끓던 정신도 말갛게 가라앉히면 가슴은 의외로 넓어져서 이웃의 아픔은 물론이고 온 우주라도 다 품어 안을 수 있는 여백으로 가득 찬다.

그리하여 그 여백에 우주의 일부분인 '바람'도 '구름'도 '별들'도 '떠돌던 그림자'도 모두 들여놓고 함께 머물 수 있는 우주의 집을 지을 수도 있다. 이쯤 되면 그 어느 선사(禪師)도 부럽지 않은 초탈의 경지에 이른 것 같은데, 문제는 둘째연의 "—어디서 살면 어때./—어떻게 살면 어때."이다. 이런 물음, 이런 생각을 갖는다는 자체가 아직도 지상의 세속적 삶에서 초월하지 못한 갈등을 보여주는 것이다. 겉으로는 초연한 듯 자신을 달래면서도 가슴속 깊은 곳에서는 만족과 안주를 느끼지 못하는 마음이 역설적으로 드러나고 있다.

그러나 화자는 자신을 달래면서 애써서 지은 집인데도 거기에 오래 머물지 않고 "잠시 머물다가" 집을 허문다. 그림자는 지워지고 구름도 흩어지고 별들도 제자리로 돌아가 모두 떠나버린 "빈집"이 된다. 그런데 그 빈집마저도 허공에 세운 "바람의 집"이어서 집이랄 것도 없는 형태 없는 집이다. 불교에서 말하는 심우(尋牛)의 과정에서는 '자기 마음'의 형상인 소를 애써 찾아서 여러 가지 어려운 수행과정을 거쳐 길을 들이면 마지막엔 삼라만상이 다시 제자리로 돌아가, 시냇물은 노래하고 풀빛은 푸르고 들꽃도 그대로 피어있는데 자신은 자기 마음을 자유자재로 움직이며 있는 그대로를 깨달을 수 있는 반본환원(返本還源)의 경지가 온다. 이와 마찬가지로 위 시의 화자는 마음속에 잠시 집을 지었다가 모두 제자리로 돌려보내고 마지막엔 형태조차 남지 않은 바람의 집에서의 초탈의 경지를 노래하고 있다. 가시적인 존재에 연연하지 않고 집착하지 않는 시인의, 삶의 내면에 대한 투시와 관조가 잘 드러나는 시이다.

이번 호에서는 영속하고자 하는 인간의 열망이 예술혼으로 현현되는 작품들을 읽었다. 생명을 가진 유한한 인간존재를 신적인 존재로 끌어올리고 관조의 옷을 입혀 영원한 생명으로, 자연으로, 자연의 섭리를 주재하는 자로 표현하거나, 초탈의 경지로 표출하는 작품들을 살펴보았다.

변용과 연상의 묘미

1. 변용과 연상

예술가를 모방인의 차원에 머물러 있도록 제한하던 고전주의 시대와 달리 현대는 예술가에게 발견인과 창조인으로서 풍부한 상상력과 연상 작용과 변용의 미학을 실천하여 독자적인 세계를 창조하는 역할을 부여 하고 있다.

필자의 책상 앞에는 문청의 푸른 시절에 써 붙여놓은 프로스트(Robert Frost, 1874~1963)의 글이 누렇게 바랜 채 있다. "처음의 발상이 나중까지 그대로 남아 있는 시는 속임수에 불과하며 따라서 전혀 시라고 할 수 없 다. 시는 진행되면서 그것 자신의 이름을 발견하며 마지막 싯구에서 최선 의 것을 발견하는데, 그것은 지혜로운 동시에 슬픈 어떤 것 – 술자리에서 하는 노래의 행복과 슬픔의 혼합과 같은 것이다."

『월간문학』 4월호에서는 씹을수록 묘미를 느끼게 하는 '시인이 창조한 세계'와 함께 할 수 있어서 '행복과 슬픔의 혼합, 정신의 뿌듯함'을 함께 느낄 수 있다. 특히 원로시인의 좋은 시를 만날 수 있어서 그 역량과 경륜 을 느낄 수 있었다. (따로 밝히지 않은 작품은 모두 『월간문학』 4월호에 발표된 작품임)

그날,
용틀임 눈 떠
불비늘 번쩍 치솟았것다

먼 길 순례꾼들 제 별자리 잡아 줄 서니
行首 앞머리에 서다
오돌찬 젊은네 얼른 회두리 맡아야지
꼬불딱 꼬불딱 먼 개벽의 숨길 빠끔 뚫렸으리
절벽의 사다리 겹신겹신 한동안 내려가다 되오르니
아 광장, 다시 곁길 갈린 뒤 몇 굽이 감도니
불쑥 가로막는 폭포, 암벽을 뚫고 콸콸 내리쏟다
곤두쳐 부서뜨려 뿌리는 물보라
한강 낙동 발원의 이 소용돌이에 바르르 떨리는
발끝에 수정구슬들 영글어 어릿멍하다.
여기 돌다리 · 돌둑 · 돌기둥 · 돌병정 · 돌창
돌칼 · 돌순 · 돌짐승 · 돌부처 · 돌귀신
와르르 내리 덮칠 듯 몰려 웅성거리니
질려 오금 오물고 동그려 엉깃엉깃 길 수밖에

발밑,
옛 할아버지의 빛
한 잎 밟으면서

— 문덕수, 「용연 동굴에서」 전문

　　문덕수 시인의 「용연 동굴에서」는 용연 동굴이라는 자연 현상을 보면
서 자연의 신비 앞에서 대비적으로 느끼는 인간의 한계와 왜소함 속에 겸
허와 겸손을 표현하고 있다. 동굴을 보면서 자연에 대한 외경심과 더불어
역사의 시원을 "용틀임 눈 떠/불비늘 번쩍 치솟"는 역동적 이미지로 유추
하고 "옛 할아버지 빛/한 잎 밟으면서" 발밑 한 걸음 한 걸음에서 인간 역
사의 전통을 발견하고 경건하게 옷깃 여민다.

절제된 언어 감각, 생략과 비약의 시어 조탁이 돋보이는 작품이다. 인간의 내면의식을 밀도 있게 추구하고 이미지즘과 실험 중심의 시로 무의미시 계열까지 시도하던 모더니스트로서의 시인이 시집 『빌딩에 관한 소문』(1997) 이 후 생태시학의 구축에 집중적인 관심을 보이는 한편, 삶의 본연에 대한 긍정과 유한자의 연민에 관심을 보여왔으며, 장시 「우체부」 발표 이후 전 세계에서 집중적인 관심을 받고 있다. 최근에는 월간 『시문학』을 중심으로 활발하게 시도되고 있는 하이퍼시에 큰 관심을 보이고 있다.

> 그대여, 먼 바다에서 바람은 시나브로 들쳐 일어나
> 파도는 쉼없이 밀려왔다 거품으로 잦아들고
> 그 서슬에 꽃들이 다투어 피어난다네.
> 초원위로 시커먼 구름장 휘덮여
> 저마다 비늘을 곤두세울 때
> 들리는가, 목이 쉬어버린
> 한밤중 나의 랩소디.
> 달빛아래 하얀
> 박꽃이 핀다.
>
> ― 신중신, 「한밤중의 랩소디」 전문

신중신 시인은 짧은 시형식 속에 인생의 사계(四季)를 우주적 교감으로 장엄하게 펼쳐놓고 있다. 먼 바다에서 "들쳐 일어나"는 "바람" "쉼 없이 밀려"오는 "파도" 그 서슬에 "다투어" 피어나는 "꽃" 등을 통해 존재의 생성 이전-시원(始原)의 움직임과 열정을 노래하고 이어 생성되는 "꽃"으로 명명되는 실존, 그러나 "꽃"이라는 실존이 존재하는 집으로서의 초원은 어느새 "시커먼 구름장" 휘덮인 혼돈의 세계로 이어진다. 이러한 혼돈과 어둠의 상황에서, 존재하는 모든 우주적 실존은 자신의 존재와 안정을 위해 "비늘"을 곤두세워 보지만 그들을 잠재우고 안정과 평화를 위해서는 오로지 시인이 부르는 랩소디만이 유효할 뿐이다. 랩소디(rhapsody)란 환상적이고 관능적이며 자유로운 형식의 광시곡(狂詩曲)이다. 시인의 전 혼을 기울여 환상 속에서 목이 쉬도록 부르는 광시곡으로 말미암아 천지를 뒤흔들던 혼돈은 잠자게 되고 천지 만유는 제 모습을 찾게 된다. 비로소 찾아온 평화와 고요, 정적 속에 달빛은 교교히 있는 그대로의 존재를 비춰주고 또다시 하얀 박꽃이 새로운 실존의 모습으로 피어나는 것이다. 〈심우도(尋牛圖)〉에서 '마음'의 상징인 소가 그것의 주재자인 사람과 함께 인식조차 없어지는 인우구망(人牛俱忘)의 경지를 지나 다시 시냇물이 흐르고 꽃들이 피어나는 자연현상 그대로 돌아가는 반본환원(返本還源)의 경지랄까. 그러나 이때 피어나는 꽃, 흘러가는 시냇물, 자연의 존재와 인간존재는 이미 예전에 피어나던 그 자연과는 차원이 다른 새로운 의미를 지닌다.

시원의 태동—열정—생성—혼돈—시인의 랩소디—정적, 평화—새로운 존재의 탄생(반본환원)의 과정을 통해 인간의, 또는 모든 존재의 생명 영위과정을 질서 정연하게 그리고 있다. 김현승 시인의 "굽이치는 바다와/백합의 골짜기를 지나/마른 나뭇가지 위에 다다른 까마귀"(「가을의 기도」) 같은 영혼에 비유할 수 있는 시인의 랩소디는 또한 미당 시인의 「국화 옆에서」에서 "노오란 꽃잎이 필라고/간밤에 무서리가 저리 내리고/내게는 잠도 오지 않았나 보다."처럼 한 송이 국화꽃을 피워내기 위해 잠 못 들고 고뇌하는 시인 영혼의 진통과 비견되는 고통이며 환희의 절창이다.

시의 형식에 있어서도 태동에 해당되는 1행이 5음보로 가장 길고 열정, 생성에 해당되는 2, 3행에서 다소 짧아지고, 혼돈과 그 혼돈을 잠재우고 재탄생을 위한 시인의 영혼의 노래부분은 짧고 숨 가쁘게 진행되다가, 안정과 정적과 재탄생의 해탈경지에서는 각각 두 어절씩 6음절/5음절의 단순한 형식을 취하여 절묘하게 시각적 효과를 거두고 있다.

① 더 낮은 목소리로 이름을 부르고 싶은 나라, 땅 속
   어딘가에 여태도 백성들이 숨어살 것 같은
   가야의
   일부가 출토되어 있는 것을 보았다.

   잠든 사람을 옆에 두었을 때처럼 숨을 죽이며
   박물관을 돌다가
   미늘쇠에 앉아 있는
   쇠붙이로 만든 가야의 새들을 보았다.

   날개를 가진 것들이 앉아 있으면
   답답하다.

   누구든 발을 굴러 깨우고 말겠지, 가야의 새들이
   깨어나면
   그들이 떠다니는하늘만한 땅이
   다시 가야가 되리라.

                                   — 신용선, 「가야의 새」 전문

② 얼마만큼 세월이 쌓여야
   저 무게를 견디어 낼 수가 있을까.

   불로도 태울 수 없고
   물로도 씻을 수 없고
   바람으로도 지울 수 없는
   모서리마다 서린 이끼
   검게 그을린 물비늘의 구름때를 벗기고
   누가 저 깊이 잠든 대가야를 흔들어 깨울 수 있을까.

   침침한 몇 줄의 삭은
   응고된 시간의 흔적

그 누구도 가까이 다가가 엿볼 수 없도록
해 저물면 저 어둠의 빛 골짝을 따라
목이 쉰 가야금소리가 퍼져 울리고
등 굽은 나뭇잎 너울거리는 음산한 춤사위가
온 산을 잿빛구름으로 덮어내린다.
(중략)
얼마만큼의 세월을 헐어내야
그 산마루에 다시 피는
대가야의 꽃을 볼 수 있을까.

— 장렬, 「꽃 · 179 – 대가야의 고분군」 부분

①은 『東國詩集 · 23』에 수록된 신용선 시인의 시이고, ②는 『월간문학』 2006년 4월호에 수록된 장렬 시인의 시이다. 두 편 모두 '가야'라는 역사에서 소재를 취하고 있다. 가야(伽倻, 42~562)는 가락국(駕洛國) 또는 가라(加羅)라고도 하는데 낙동강을 중심으로 작은 부족국가들이 6가야를 이루어 대가야가 562년 신라에 합병될 때까지 약 500년 동안 지속된 나라이다. 금관가야(지금의 김해), 아라가야(지금의 함안), 고령가야(지금의 진주 또는 함창), 대가야(지금의 고령), 성산가야(지금의 성주), 소가야(지금의 고성) 등이 6가야인데 ①의 시는 이러한 가야를 포괄하는 개념이고 ②의 시는 6가야 중 대가야만 의미하므로 현대의 시점에서는 동일시기의 역사를 보는 시각으로 생각된다. ①의 시는 역사의 순환 혹은 전통의 계승이라는 긍정의식에 바탕을 두고 있다. 시적 화자는 어둑신한 박물관을 돌면서 줄곧 가야의 백성들과 가야의 하늘을, 그들이 삶을 영위했던 그 땅을 '가야의 새'라는 객관적 상관물을 통해 만나고 있다. 그에게 가야는 '더 낮은 목소리로 이름을 부르고 싶은 나라'이며 백성들이 살고 있는 숨소리가 옆에서 들릴 것 같은 나라이며 '누구든 발을 굴러 깨우고 말' 잠깨는 나라, 다시 살아 일어날 재현의 나라, 긍정의 나라, 밝은 이미지의

나라로 표현되고 있다. 이 시를 읽으면 자기도 모르게 목소리가 낮아지고 차분해지고, 또 한편 마음속이 환히 밝아져서 계산할 줄 모르고 미워할 줄 모르는 가야의 백성들―먼 먼 선대의 할머니 할아버지들이 흰옷 입고 다가와 환히 웃으며 손잡아 줄 것 같아 그 따뜻하고 두툼한 손을 마주 잡고 싶어진다.

각각 4행으로 된 4연의 간결한 형식 속에 3연만이 2행의 파격으로 효과적인 전환을 보여주며 평이한 일상어를 사용하면서도 축약과 운율의 효과까지 살린 묘미가 있다.

②의 시는 '돌무덤'을 보면서 그 속에 묻힌 가야 사람들의 쌓인 한을 읽어내고 그 '무게'에 초점을 두고 있다. ①의 시가 함축적으로 이미지를 제시한 시라면 ②의 시는 좀 더 구체화시켜 일일이 짚어주고 보여주고 싶은 시인의 의도가 앞서서 다소 장황한 느낌을 준다. 그러나 잠든 가야인들을 깨우고 싶은, 깨워서 역사의 현현을, "그 산마루에 다시 피는/대가야의 꽃"을 보고 싶은 시적 화자의 염원은 ①과 동일하다. 그러나 ②의 시는 잠든 대가야를 흔들어 깨우기에는 다소 부정적인 여러 이유를 2연에서 점층적으로 제시하고 있다. 3연에서도 "응고된 시간의 흔적" 속에 해 저무는 밤을 시간적 배경으로 하여 "어둠의 빛 골짝을 따라/목이 쉰 가야금 소리" "음산한 춤사위" "잿빛 구름" 등의 청각적 시각적 배경을 통해 어둠과 무거움, 부정적 이미지를 제시하고 고분 속에 묻힌 남자와 여자, 어른과 아이의 무리들을 등장시켜 "멈춘 시간의 그 숨소리를 잘라/아무도 기억하지 못하도록 지워버린/저 짓무른 통곡의 상처"를 들춰내고 있다. 뿐만 아니라 고분군의 돌무덤을 "천 년쯤 후의 세상을 향해 던질 돌"이라 하여 시간이 흘러도 가라앉지 않는 한과 상처를 원망 섞어 표출한다. 그러나 마지막 연에서 화자는 꽃피는 대가야의 역사에 대한 염원을 보여줌으로서 민족의 새로운 역사전개를 소망하여 시상의 전환을 꾀하고 있다.

문두근의 「새소리도 멀어지고—안견의 몽유도원도」 「천년의 미소—금동일월식 반가사유상」 등도 역사 속의 전통적인 소재를 통해 자기를 응시하는 자아성찰의식을 보여준다.

> 말 못한 수천만의 눈빛들이 불을 켜
> 말보다 더 휘황찬란하다
> 가로수 은행잎마다 온 몸이 자지러질 듯
> 제가 켜든 말의 불빛에 놀라
> 하늘로 가는 길, 땅으로 가는 길을 모르고 있다
> (중략)
> 지금, 막
> 손을 놓고 파르르 몸을 날려 허공에 매달리는 순간
> 때가 되어 떨어지는 것은 슬픔이 아니라고
> 가로 세로 몸을 흔들어 시간을 더 늦추면서
> 조금은 길게 잡으려 하나 이윽고
> 작은 우주를 땅바닥에 내려놓고 만다
> 길은 여전히 조용하고 환하다.
>
> — 이운룡, 「길이 환하다」 부분

이운룡 시인은 「길이 환하다」에서 가로수 은행잎 단풍드는 모습을 소재로 소멸하는 것의 아름다움, 사라져가면서 밝히는 생명의 빛을 노래하고 있다. "초겨울 마른 옷자락 잡고 투정하려고" "손 내민 목숨의 절정 몇이/안타깝게/지금, 막/손을 놓고 파르르 허공에 매달리는" "순간"을 포착하여 소멸의 순간, 이별의 순간을 극적으로 묘사한다. "작은 우주를 땅바닥에 내려놓고" 마는 데까지 오면 이형기 시인의 「낙화」에서 '가야할 때가 언제인가를 알고 떠나는 이'의 뒷모습, 그 아름다움을 노래한 시의식과 만나게 된다. 은행나무 작은 잎새에서 소멸하면서도 남은 이들을 위해 빛이 되고자 하는 생명의 보편적 가치를 발견하는 시인의 우주적 안목은 견자(見者)의 눈이다.

이 외에도 강희근 시인의 「빛살」에서 "밥풀같이 기어가는" "섬들"로의 연상(「창선도 아침 – 연륙교 근처」)이나 시 「분재찻집에 가서」에서 "치고 자르고 매만지는 일"로 우리 삶을 성찰하는 시정신, 이한용 시인의 시 「4차원의 변주」에서 '별들'과 '오색테입'과 '시계바늘 초침'을 통해 '창세기의 행간과 리듬'을 '살아있는 우리들의 숨결'로 변용해내는 시적 기교 등이 돋보였다.

2. 시인의 사명 – 예언의 빛

시인이 사용하는 언어는 부족방언으로서 그 부족이 처해 있는 역사적 배경이나 사회적 상황의 반영이며, 시인의 정신활동의 산물로서 시정신과 세계인식의 방법과 분리될 수 없다. 우리나라에 전통적으로 학문과 문학을 겸한 선비에게서 계승되는 선비정신은 현대를 살아가는 문인들이 꼭 받아 지녀야 할 귀한 정신이다. "마음을 거울처럼 맑게 해야 하고 몸 단속을 먹줄처럼 곧게 해야 한다"(이덕무, 『청장관 전서』, 민족문화추진위원회, 1979)는 자기인격도야의 자세는 물론이고, 나라에 어려운 일이 일어났을 때 한 몸에 가해지는 위해를 무릅쓰고 곧은 소리로 간언하고, 상소를 올리던 선비는 그 사회의 양심이고 지성이며 인격의 기준이었다.

『월간문학』 3월호에는 시인이 이러한 전통적 선비정신을 계승하여 시대 사회의 양심으로서 시가 이 사회에 어떤 역할을 해야 할 것인지 개인의 내면에서나 민족의 역사에 어떻게 기여할 것인지 효용론적 관점에서 음미해 볼 만한 작품들이 눈에 띄었다.

> 재계의 별 하나가 떨어졌단다
> 이런 운명도 재천이라 하는가
> (중략)

빈손으로 왔다가
꽃잎 한 장 무게로 가는 길이기에
저 구름에 싸인 꽃가마에 태워
유언 따라 금강산으로, 온 북한땅에
4천만 소망의 길 열릴 수 있도록
당신의 그림자와 발자취 담은
거울을 세웁니다
훗날 통일의 노래 되기를 바라며.

— 한상준, 「긴 그림자 비추는 거울」 부분

　19세기 영국 시인 셸리(Percy Bysshe Shelley, 1792~1822)는 시인을 가리켜 "미래가 현재에 던져주고 있는 거대한 그림자를 비춰주는 거울"이라고 하였다. 단순히 눈앞의 상황에만 연연할 것이 아니라 현재를 넘어서서 미래를 예언할 수 있는 예언의 빛이 되는 거울, 현재를 고민하고, 현대를 반성하고 통찰하여 다가올 미래를 더욱 바람직한 방향으로 비춰줄 수 있는 거울의 역할을 해야 하는 책무가 시인에게는 있는 것이다.

　위의 시는 한 경제인의 죽음을 통해 우리 사회의 풍토를 비판적인 시각으로 성찰하고, 그의 죽음이 헛되지 않게 "4천만 소망의 길 열릴 수 있도록" 거울을 세운다고 하였다. 그와 그가 속하였던 20세기 말의 정부와 기업이 쌓아온 돌 하나하나가 통일의 초석이 되기를 기원하며 "훗날 통일의 노래"를 미리 불러 보는 것이다. "보이지 않는 넉가래로/책임 떠넘기기/내 탓은 허리춤에 숨기고/네 탓으로 돌리는/녹슨 우리 사회의 풍토" 등에서 직설적인 비판을 서슴지 않고 있다. 성숙하지 못한 민주주의, 조정력을 상실한 정부, 헌정사상 초유의 작금의 탄핵사태 등을 떠올리며 착잡하고 씁쓰레한 마음 금할 수 없지만 이 시대를 살아가는 개인 누구라도—특히 시인은 이러한 상황을 초래한 책임에서 자유로울 수 없는 사회적 책무를 지고 있다.

고려 조선 대한민국
돌아가고 싶은 조국이렷다
1백 37년이 귀국길에 아직도 모자라는 세월
밤낮 가림 없이 소쩍으로 우짖다가
이젠 더 버틸 기력 없노라
그렇다면
몇 년을 더 곱셈해야만
병인양요 설움 접도록
나폴레옹 3세 휘하 극동 함장 로즈가
첫 자리 갑곶부로 옮겨주도록 할
내 나라 고래힘줄 언제 당겨 볼거냐

고려청자 끼르륵—학울음은
큰 뿌리 잔가지까지 잇대 내린
대한 민국 한국에게
묻고 물어본 소리일지니
조선의 쇄국 양이 정책은
대원군 곰방댓통에서 사글게 하라.

그간 암초 해초로 묵정 뱃길
평화 번영 도약의 열린 외교 시대임에
침공 아닌 화해와 신뢰로
극동 로즈 함대 띄워라
타국살이 노린내 배인 몸
잠속에서도 꿈으로 그리던 갑곶
다시 문화를 세계로 미래로 내보낼 산실
강화부로 가고 싶노라.
— 강성수, 「직지심체요절·2」 전문

직지심체요절은 『백운화상 초록 불조 직지심체요절』로 현존하는 가장 오래된 금속활자 인쇄본이다. 1377년(고려 우왕 3년)에 금속활자인 주자로 찍어낸 초간본으로 상하 두 권이 약 50권에서 100권 정도 인쇄되었으리라 추정되는데 지금까지 전해지고 있는 것은 하권 1책뿐이다. 구텐베르크가 활판 인쇄술을 발명한 것보다 약 80년 앞선 첫 금속활자이며 세계에서 가장 오래된 문화유산이라는 점에서 지난 2001년 유네스코 세계기록유산으로 지정되었다. 그러나 이 『직지심경』은 1866년 병인양요 때 강화부를 점령한 프랑스 군대에 약탈당하여 지금까지 프랑스 국립 박물관에 보관되어 고국으로 돌아오지 못하고 있다. 시 「직지심체요절」은 1과 2, 2편으로 연작시인데 1에서 시인과 일치하는 시적 화자는 "약탈당한 문화재 찾아오고자" 프랑스의 "세느강 다리건너 꽁꼬르드 광장"에 서서 외치고 있다. 우리나라의 직지심경뿐만 아니라 "나폴레옹 이집트로부터/금박문자 신고 오는 마차와 군선"을 통시적 안목으로 바라보면서 "쉰여 나라"의 "상형 금박 문자 모본은 공개하면서/유독 '직지심경'만 숨겨"두는 프랑스에 반환을 청구하는 1인 시위자의 무력함을 표출하고 있다.

위의 시 「'직지심체요절'·2」에는 '프랑스 국립 도서관에 감금되어 한국에게 묻노라'라는 부제가 붙어 있다. 즉 프랑스에 반환을 청구하는 개인적인 시위로는 움직일 수 없으니 "내 나라의 고래 힘줄"을 당겨서 "나"를 찾아오라는 하소연이다. '직지심체요절'을 시적 화자로 하여 말하고자 하는 뜻을 전하는 일종의 우유법을 사용하고 있다. "1백 37년 귀국길에 아직도 모자란 세월/밤낮 가림 없이 소쩍으로" 우짖도록 버려 둔 것은 우리나라의 약한 국력, 관계자들의 무관심, 무성의, 민족의 전통과 유물과 정신을 계승하고 보존하고자 하는 국민의 성의 부족 등 많은 요인들이 있을 터인데 이제는 고래 힘줄보다 더 강한 힘으로 세계적 보물을 되찾아가기를 소망하고, 요청한다.

찾아오는 것만이 능사가 아니라 "다시 문화를 세계로 내보낼 산실"이 되기를 "평화 번영 도약"의 조국이 세계 속에 우뚝 서기를 갈망하는 자주

성과 애국심이 돋보이는 작품이다.

　조선 시대 선비―사대부의 시가를 읽다 보면 충의사상이 드러난 시가를 제외하고 자연을 노래하고 풍류와 은일(隱逸)을 노래한 시조나 가사에서까지도 늘 마무리하는 "感君恩"으로 끝맺고 있다. 물론 오늘날의 시각으로 볼 때 주제의 지나친 노출은 바람직하지 않지만 "자유"를 빙자한 지나친 개인주의와 이기심이 만연하는 방종의 사회에서 되돌아보고 되새겨야 할 국가의식이나 민족의식은 필요하지 않을까 생각한다. 관념을 형상화하고 승화시켜서 세련된 언어 감각으로 표현하는 기교는 각자의 감각과 역량에 맡겨야 하겠지만 시정신의 측면에서 음미해 볼 필요성을 느낀다. 개인의 삶의 질과 문화적, 경제적 능력은 곧 국력에 의해 좌우됨을 간과할 수 없고 어느 나라, 어느 민족의 안방까지도 환히 들여다 볼 수 있는 개방적인 지구촌 시대에 살고 있기 때문에 이러한 차이는 극명하게 대조되며, 그래서 더욱 국가와 민족이 귀중하고 자주성과 전통이 소중한 자산이다.

> 5분이 5년과 맞먹는 아침은 바쁘다
> 어머니께 다녀오겠다는 인사 뒤로 미룬 채
> 오늘도 출근 시간 지켜주는 정확한 전동차를 탄다
> (중략)
> 지글지글 허망한 육신이 타는 냄새 나를 넘겨 코를 찌른다
> 지금 우리는 죽음을 넘어 주검으로 가는 향기로운 동반자
> 저승 명부에 일찍 등재된 순서 체크하러 가는 우리는
> 붉은 꽃밭에서 한 바탕 흐드러지게 뒹굴다 간다
> 안녕 마지막 인사는 짧게 그러나 또 바쁘다
>
> ― 김숙희, 「안녕」 부분

　시 '안녕'에는 대구 지하철 참사를 담담히 보여주는 속에 고발정신이 숨어 있다. '사는 일을 의심하지 않는 착한 이웃들'이 '고개 숙여 졸고 있

거나 문고판 책을 읽'다가 느닷없이 기습당한 죽음의 순간을 숨가쁘게 묘사하면서 "안녕/마지막 인사는 짧게 그러나 또 바쁘다"라는 마지막 행에서 많은 의미의 함축을 보여준다. "바쁘다"는 이중적 의미로 "죽음을 넘어 주검으로 가는" 동반자들끼리 "저승 명부에 일찍 등재된 순서 체크하러" 가기에 바쁜 영혼들이 그 하나이며, 불합리와 부조리, 부정부패와 태만, 이기심을 넘어서 바람직하고 위험요소 없이 "사는 일을 의심"하지 않고 살아가는 사회를 만들기에 바빠져야 할, 산 자들에 던지는 메시지가 그 둘이다. 위무하고 고발하고 변화시켜야하는 문학의 사명을 보여주는 작품이다.

이희선의 「두물머리」도 고발정신의 시이다. "결빙 속 두물머리 안개 숲에 꾸벅꾸벅/찌들고 오래된 강심 항변의 목소리"를 제시하고 매연인지 물안개인지를 "언 강이 하얗게 내 뱉는 분노"로 인식하면서 환경문제에 경종을 울린다. "한천에 짝 없는 떠돌이 새/뉘랑 외로움 나눌까"에서 짝 없는 떠돌이새의 짝 한 마리는 어디로 갔을까. 찌들고 오염된 강심에서 양심 없는 인간들이 던져놓은 무언가를 잘못 먹고 먼저 죽었거나, 아니면 맑고 쾌적한 환경을 찾아 먼저 떠나버린 것일까.

같은 지면의 시 「야행성」은 "빛의 현이 뚝 끊기고 어둠이 저벅저벅 걸어온다./검은 고요로부터 쭈볏, 갈기 서는 나의 야행성"의 시행에서 활유법과 의인법, 공감각적 이미지 등 표현 기교가 돋보인다.

하이데거는 횔덜린의 시를 논하는 글에서 "시의 본질은 역사라는 시간을 앞질러간다."고 하였다. 시인에게는 현실을 직시하고, 성찰하고 고발함으로써 역사라는 시간을 앞질러 가서 바람직한 미래를 앞당겨 실현시킬 예언의 빛이 되어야 하는 사명이 있다. 이러한 시정신의 측면에서 접근해 본 작품들이 세련된 언어감각과 주제의 형상화, 운율의 아름다움까지 함께 했으면 하는 아쉬움이 남는 것은 어쩔 수 없는 과제이다.

3. 생에 대한 관조와 신선한 언어 감각

이달의 시 100인집이니 170인집이니 하여 유례없이 많은 시인들의 작품을 대할 수 있었던 전년도 호와는 달리 『월간문학』 2월호에는 22명의 시인의 43편의 시를 읽을 수 있었다.

원로시인과 중진시인들은 인생을 담담한 마음으로 관조하는 투명한 의식 속에 연륜을 가늠케 하는 인생관을 깊이 있게 보여주었다. 한편 젊은 시인으로 옮겨갈수록 신선한 언어감각과 살아 펄떡이는 이미지를 손에 잡을 수 있는 언어표현의 묘미를 느낄 수 있었고, 비꼬아 비판하고 깎아내리면서도 개선의 의도를 내면에 감추고 있는 풍자시도 의미 깊게 읽었다.

> 길을 메우는 눈송이 뒤에
> 나는 길을 따라 나서고 싶다
>
> 하늘에 눈길이 있어
> 눈이 내리듯,
>
> 동지 섣달
> 퍼붓는 저 눈 속을 헤쳐
>
> 고리포 개펄 울음
> 가슴 미어지는 시야
>
> 나는
> 길이 끝나는 곳까지 가고 싶다.
>
> ― 진을주, 「길을 메우는 눈송이 뒤에」 전문

길에서 나서 길 위에서 삶을 영위하다가 길에서 사라져가는 것이 우리들 삶의 양태이다. 이러한 인간 삶의 도정을 가장 상징적으로 보여주는 것이 후에 깨달음을 얻어 부처가 된 고타마 싯다르타의 생애이다. 그러므로 미국의 인생시인이라 일컬어지는 로버트 프로스트(Robert Prost)는 젊은 날 삶의 선택을 "두 갈래길"(「가지 않은 길」)에 비유하였다. 지금 시인의 앞에는 "길을 메우는 눈송이"가 내리고 있다. 조용히 쓰다듬듯 낭만적으로 내리는 눈송이가 아니라 "동지 섣달/퍼붓는" 눈송이이다. 시인은 이처럼 한겨울 에이는 추위 속에 눈송이가 퍼부을지라도 "나는 길을 따라나서고 싶다"고 자연의 섭리 앞에 굴하지 않는 의지를 보여주고 있다. "고리포 개펄울음/가슴 미어지는 시야"는 시인의 고향 유년시절부터 노년이 된 현재까지 걸어온 인생행로가 굽이굽이 담겨있는 대유적 표현이다. 시인은 이러한 자연의 섭리, 인생과 우주의 섭리에 순응하며 조용히 삶을 관조하는 마음으로 자기 앞의 생을 받아들이며 "길이 끝나는 곳", 삶이 다하는 날까지 최선을 다할 것을 다짐한다. 시인의 삶을 대하는 태도는 순응과 관조에 그치지 않고 같이 수록된 「톨스토이 생가」에서는 "뜨락 나뭇가지에 걸린" 종소리에서 "불멸의 사상"을 읽어내면서 "가슴이 뜨거워" 자꾸만 뒤돌아보는 젊은이의 열정으로 타오르고 있다.

허유 시인의 「객설」에서는 "모든 哀情과/모든 격정과/모든 소망을 박탈"당하고 "인생 불량자"에 편입되는 상황을 노래한다. 젊은 날의 패기와 격정과 열기와 희망, 그에 따르는 자신감과 노력은 얼마나 든든한 신용이며 자산이었던가. 그 모든 것을 다 박탈당한 노년의 쓸쓸함과 겸손 뒤에 도사린 비애를 감정의 노출 없이 담담히 여과시켜 "인생 하나만/불량하다"고 시치미 떼는 기교가 놀랍다.

시속 60킬로의 지하철 선반 위에 배낭 4개가 알록달록 눕고 기대고 포개어져 떨어지지 않는다 오손도손 속소리로 속삭이고 있다 선반 밑에 서른을 갓 넘은 듯한 아빠와 엄마 새에 낀 맏딸은 시적거리며 살세게 달리는 캄캄한 터널이 무서운 듯 연신 고개를 돌려 힐끗거리고 둘째인 사내놈은 엄마의 손을 꽉 잡고 휘둥그래 세상을 익히는 눈치다 천원 한 장에 두 켤레라고 외치며 목이 쉬어버린 요술장갑장수가 막 지나간다 아뿔사 나는 약을 먹으라는 아내의 말을 깜빡 잊고 나왔음을 깨닫는다

— 문덕수, 「아내의 말」 전문

『시문학』 2월호에 발표된 문덕수의 「아내의 말」도 생에 대한 따뜻한 심안과 관조를 보여준다. "알록달록 눕고 기대고 포개어져 떨어지지 않는" "지하철 선반 위에 배낭 4개"는 그 모습 그대로가 정겹고 끈끈한 혈연으로 뭉쳐진 가족의 모습이다. 세상을 앞서가며 든든하게 손잡아주는 아빠, 엄마(어린 시절에 잡았던 아빠 엄마의 손은 얼마나 크고 따뜻하고 미더운 세계이던가!), 빨리도 지나가는 변화무쌍한 세상 앞에서 "휘둥그래 세상을 익히는" 아이, 세상살이의 고단함을 단적으로 보여주는 "목이 쉬어버린 장갑장수"(아이러니컬하게도 요술장갑을 팔고 있다), 그들의 앞에서 아내가 챙겨주는 '약'을 먹으며 건강을 유지해야 하는 노년의 시적 화자, 그들을 모두 싣고 세월의 흐름은 시속 60킬로의 속도로 달려가고 있다. 이때의 시속 60킬로는 물리적 속도에 불과하다. "캄캄한 터널이 무서운 듯" 힐끗거리는 "맏딸"과 이제 막 신기한 세상을 익히는 "사내놈"에게 "시간"은 빨리 흘러 어른이 되고 싶은 소망을 실은 느림보일 뿐이며 노년에 이른 시적 화자에게는 가늠하기 어려운 과속의 흐름으로 인식될 것이다.

인간 삶의 아름답고 설레고 약간은 두려운 도정을 따뜻한 긍정과 애정의 눈으로 바라보며 담담히 관조하는 시적 화자의 눈에 인생의 연륜과 깊이가 느껴지는 시이다. 우리네 삶을 축약적으로 보여주는 한 장의 인생도라고 해도 좋고 소위 디지털리즘에서 말하는, 디지털 카메라가 현실세계를 찍는 접사에 해당된다고 해도 좋겠다.

『시문학』 2월호에 발표된 정유준의 「나무」 연작시도 눈길을 끈다. 그중에 특히 「송광사 싸리나무는」은 알레고리 기법을 써서 큰 사람, 큰 그릇

에 대한 소망과 그리움을 "세월의 풍상을 벗어놓고 누워" 있는 싸리나무 구유에 비유하여 관조와 초탈로 노래하고 있다.

> 독이 올라 푸르고 탱탱해진
> 동백나무 이파리
> 칸칸마다
> 카바이트 불빛처럼 붉은
> 꽃등을 밝혀놓고
> 동박새를 호객하고 있는 봄
>
> 지난 가을 집 떠났던
> 곤줄박이 돌아와
> 제 짝을 부르는 소리에
> 백목련, 제풀에
> 처녀막이 찢겨 보드랍고
> 보송보송한 속살을 드러내놓은 채로
> 허공에서 4지를 바동거리고
>
> 보이지 않는 누군가의 손에 이끌려
> 한참을 가다
> 발부리를 잡고 놓아주지 않는
> 돌멩이의 호들갑에 놀라
> 엎어져
> 엉겁결에 움켜쥔
> 초록봄의 머리끄덩이.
>
> — 남석희, 「초록봄의 머리끄덩이」 전문

레이놀즈(J. Reynolds)는 "모든 예술의 중요한 목적은 想像力과 感受性 위에 하나의 인상(impression)을 이루어 놓는 것이다"라고 하여 예술작품 이 사람의 마음에 만족스러운 인상을 가져오게 하는 목적을 충족시켜야 한다고 지적하고 있다.

시가 언어를 매재로 하는 언어예술인 바에야 언어에서 감지하게 되는 운율과 이미지와 신선한 감각이 주는 인상과 즐거움을 놓칠 수 없다. 위의 시는 이러한 예술의 목적을 충분히 충족시켜 독자의 마음에 살아서 펄떡이는 신선한 언어로 선명한 인상을 이루어 놓는다. "초록봄의 머리끄덩이"라는 제목에서부터 "독이 올라 푸르고 탱탱해진/동백나무 이파리" "동박새를 호객하고 있는" 꽃등, "제풀에/처녀막이 찢겨 보드랍고/보송보송한 속살을 드러내놓은 채로/허공에서 4지를 바둥거리"는 백목련 등의 시어를 읽어 내려가는 동안 밝고 향기롭고 에로틱하기까지 한 봄의 인상 때문에 펜 끝에 떠도는 야릇한 향기를 느끼게 한다.

조형은의 「산에서」에서도 '산'과 그 산에 사는 나무를 의인화시켜 밝고 맑은 웃음의 이미지를 조형해내는 신선한 언어감각이 돋보인다. "옆구리에 척 손 얹은 산"의 "초록 숨소리" "훤칠한 나무"가 터뜨리는 웃음소리가 들릴 듯한, 시각의 청각화로 시의 감칠맛을 내고 있다. 같이 발표된 「파도」에서도 "바다는 제 몸을 뒤집어/지구를 흔들었다"라는 마지막 연의 표현에서 역설적 사고를 통한 낯설게 하기의 기법으로 시의 묘미를 보여준다.

> 새코롬한 날이면 바람든 뼈마디가 쑤신다 쑤신다 하셨지요
> 어머니 딸도 그리움에 바람든 뼈마디가 쑤시는 밤입니다
> (중략)
> 먼 데 고운 한복 입은 여인이 걸어오면
> '아, 엄만가.' 하다가 이내 눈 깜박여봅니다
> 목이 시원했던 모습 하마 어디에도 없습니다.
> 이렇게 다시도 그리워 오는 건
> 흰 머리 뽑아드렸던 외동딸 희끗희끗 징검징검 돌여울 건너온 탓
> 검은 머리 그 때가 그립습니다

흙되고 바람되어 4철꽃을 피우지만
그 어디에도 불꽃그림자는 없습니다, 어머니.

　　　　　　　　　　　　　　　— 송세희, 「어머니 어머니 · 2」 전문

　송세희의 「어머니 어머니 · 2」도 세련된 언어감각 속에 주제가 잘 용해
되어 선명한 인상을 주는 작품이다. "바람든 뼈마디가" 쑤시는 어머니의
아픔에 "그리움에 바람" 들어 뼈마디가 쑤시는 화자의 아픔을 대칭적으
로 놓은 대위법도 뛰어나거니와 "새코롬한 날이면" "지금은 달을 따는 시
인이 되었습니다" "목이 시원했던 모습" "희끗희끗 징검징검 돌여울 건
너온 탓" 등의 표현의 묘미, "흙 되고 바람 되어 사철 꽃을 피우지만/그
어디에도 불꽃 그림자는 없습니다 어머니"라는 마지막 연에서 윤회사상
속에 다시 생성되는 생명을 인식하나, 한편으론 현상적인 실체의 어머니
를 그리워하는 시인의 사모의 정이 이 시인 특유의 언어의 조탁 속에 잘
용해되어 있다.
　김윤완의 「구두 수리」, 정연덕의 「낡은 손가방」, 정정숙의 「맞을수록
맛이 나는」 「시인들이 살아남는 까닭」 등에서는 구두, 낡은 손가방, 수타
면, 개미떼 등의 제재를 통해 세상살이와 인생살이, 삶의 깊이, 시인의 존
재이유 등을 우의적이고 풍자적인 기법으로 표현하여 삶의 지혜와 의미
에 대해 사유하게 해준다.
　오늘날 지나치게 늘어나는 시인의 숫자를 낙관적으로 보기도 하고 비
판적 시각으로 보기도 한다. 시인의 숫자야 다다익선, 많으면 많을수록
좋겠지만 문제는 그중에, 시창작과 시정신에 있어서, 시인의 삶에 있어서
참다운 시인다운 시인이 얼마나 되겠는가 하는 점이다. 정정숙 시인은 시
인을 한갓 미물인 개미떼에 비유하면서 그중에 살아남은 시인의 "눈이 벌
겋게 달아오르"도록 자신을 탁마하는 각고의 노력에 대한 깨달음을 제시
하고 있다. 모든 시인 또는 예술가들이 음미해봄직한 주제라고 생각된다.

강우식, 「서정주 시의 상징연구」, 『한국문학』, 1984. 7.

고진하, 이경호, 『새들은 왜 녹색별을 떠나는가』, 다산글방, 1991.

과학백과사전종합출판사 편, 『문학예술사전』(상, 중, 하), 과학백과사전 종합출판
　　　　사, 1988, 1991.

권오만, 「琴兒詩의 금빛 비늘」, 피천득 선생 탄생 100주년 기념 세미나(2010. 6. 4,
　　　　프레스센터) 자료집.

권희자, 『별빛으로 오시는 어머니』, 天山, 2011.

김남식, 『남로당 연구』 1, 돌베개, 1984.

김서려, 이근실, 『조선문학사』, 과학백과종합출판사, 1994.

김영삼 편저, 『한국시대사전』, 을지출판공사, 1988.

김용직, 「윤동주 시의 문학사적 의의」, 『나라사랑』 23집, 1976.

_____, 「비극적 상황과 시의 길」, 이건청 편, 『윤동주 평전』, 문학세계사, 1981.

_____, 『현대시원론』, 학연사, 1988.

_____, 「임화문학연구-이데올로기와 시의 길」, 세계사, 1991.

_____, 「어두운 시대의 시인과 십자가」, 권영민 엮음, 『윤동주 연구』, 문학사상사, 1995.

_____, 『韓國現代詩史』 1, 한국문연, 1996.

김원길, 『내 아직 적막에 길들지 못해』, 민음사, 1984.

김윤식, 『임화 연구』, 문학사상사, 1989.

_____, 『그들의 문학과 생애-임화』, 한길사, 2008.

김재홍, 「미당 서정주」, 박철희 편, 『서정주』, 서강대학교 출판부, 1995 참고.

김정훈, 「임화시연구」, 한양대학교 박사학위논문, 1996

김준오, 「서술시의 서사학」, 『시와 사상』, 1996년 여름호, 33쪽.

김학동, 「신라의 영원주의-「신라초」를 중심으로」, 『어문학』 24호, 1971.

김화영, 『미당 서정주의 시에 대하여』, 민음사, 1984.

남민옥, 『바람에게 길을 묻다』, 월간문학 출판부, 2005.

류재엽, 『이성의 문학 감성의 문학』, 푸른사상, 2009.

문덕수, 『한국 모더니즘 시 연구』, 시문학사, 1981.

_____, 「생태시와 에콜로지」, 송용구 외, 『에코토피아를 향한 생명시학』, 시문학
　　　　사, 2000.

_____, 「수퍼비니언스의 원리」, 『시문학』, 2005년 12월호.

_____, 『한국 시의 동서남북』, 시문학사, 2010.

문익환, 「태초의 종말과 만남」, 『크리스찬문학』 제5집, 1973년 신춘호.

백　철, 「암흑기 하늘의 별」, 『하늘과 바람과 별과 시』, 정음사, 1987.

백준호, 『슬픔이 꿈을 꾼다』, 계간문예, 2008.

사회과학원 문학연구소, 『조선문학사』, 과학백과사전출판사, 1977~1981.

서정주, 『서정주 문학전집』, 일지사, 1972.

_____, 『떠돌이의 시』, 민음사, 1976.

_____, 『徐廷柱』 한국문학총서 2권, 한국문학연구소, 1980.

_____, 『미당 시 전집』, 민음사, 1983.

서창남, 『네잎 크로바』, 文苑社, 1960.

_____, 『悲情의 거리』, 新興出版社, 1961.

_____, 『山頂의 칡꽃』, 靑雲社, 1967.

_____, 『아시아의 미소』, 先進文化社, 1969.

_____, 『文身』, 불교사상사, 1975.

_____, 『구름의 散調』 徐昌男第六詩集, 文佑社, 1984.

송세희, 『시는 말라꼬 쓰노』, 새김, 2007.

송용구 외, 『에코토피아를 향한 생명시학』, 시문학사, 2000.

_____, 『독일의 생태시』, 새미, 2007.

송하선, 『미당 서정주 연구』, 선일문화사, 1991.

신구문화사 편, 『한국의 인간상』 제6권, 신구문화사, 1965.

신규호, 『한국 현대시 연구』, 이화문화사, 1999.

신세훈, 『조선의 天平線』, 미래문화사, 1991.

오세영, 「윤동주의 시는 저항시인가」, 『문학사상』, 1976년 4월호.

운허용하, 『불교사전』, 동국대학교 역경원, 1961.

劉若遇, 이장우 역, 『중국시학』, 명문당, 1994.

윤동주, 『하늘과 바람과 별과 시』, 정음사, 1983.

윤삼하, 「보석처럼 진귀한 시」, 『산호와 진주와 금아』, 샘터, 2003.

이덕무, 『청장관 전서』, 민족문화추진위원회, 1979.

이재복 편저, 『불교 교리 및 상식 해설』, 동국문화사, 1992.

이창배, 『二十世紀 英美詩의 形成』, 민음사, 1979.

이춘하, 『결(潔)』, 글나무, 2008.

이형권, 「임화문학연구」, 충남대학교 박사학위논문, 1997.

_____, 「현해탄 시편의 양가성 문제」, 『한국언어문학』 49집, 한국언어문학회, 2002.

이혜선, 「윤동주 시 연구」, 『세종어문연구』, 세종대학교 세종어문학회, 1988.

_____, 「절제된 언어, 순수한 시혼」, 『문학비평』 제17집, 2010.

임 화, 「어떤 靑年의 懺悔」, 『文章』, 1940년 2월호.

장영우, 『거울과 벽』, 천년의 시작, 2007.

정병욱, 「인간 윤동주의 편모」, 『크리스찬문학』 제5집, 1973년 신춘호.

정정남, 『백미러 속의 무지개』, 다층, 2002.

조병무, 『꿈·辭說』, 광덕출판사, 1978.

_____, 『떠나가는 시간』, 우리문학사, 1993.

_____, 『머문 자리 그대로』, 글나무, 1997.

_____, 『시 짜기와 시쓰기』, 국학자료원, 1999.

_____, 『문학작품의 사고와 표현』, 푸른사상, 2006.

조연현 편, 『서정주 연구』, 동화출판사, 1975.

차주환, 「피천득의 수필세계」, 『산호와 진주와 금아』, 샘터, 2003.

채수영, 「난파된 시의 표정」, 한국문학비평가협회 편, 『문학비평』 제15집, 빛나리, 2008.

한국문학연구소 편, 『미당 연구』, 민음사, 1994.

한국비평문학회, 『혁명전통의 부산물』, 신원문화사, 1989.

허정의, 「임화 시 연구」, 동아대학교 박사학위논문, 2008.

홍기삼, 『불교문학의 이해』, 민족사, 1997.

_____, 『민족어와 민족문학』, 생각의 나무. 2010.

E. H. 카 저, 황문수 역, 『역사란 무엇인가』, 범우사, 1994.

M. 하이데거 저, 전광진 역, 『하이데거의 詩論과 詩文』, 탐구당, 1979.

Raman Selden 外 저, 정정호 外 역, 『현대문학 이론 개관』, 한신문화사, 1998.

H. A. Taine, *History of English Literature*, Holt & Williams, New York, 1871.

찾아보기